逆光的女行

扶华 著

②

江苏凤凰文艺出版社
JIANGSU PHOENIX LITERATURE AND
ART PUBLISHING

图书在版编目（CIP）数据

逆袭的男二们 . 2 / 扶华著 . -- 南京 : 江苏凤凰文艺
出版社 , 2022.3
ISBN 978-7-5594-6098-1

Ⅰ . ①逆… Ⅱ . ①扶… Ⅲ . ①长篇小说 – 中国 – 当代
Ⅳ . ① I247.5

中国版本图书馆 CIP 数据核字 (2021) 第 126042 号

逆袭的男二们 . 2

扶华 著

责任编辑	张 倩	
特约编辑	席 风	
封面设计	酢 暖	
出版发行	江苏凤凰文艺出版社	
	南京市中央路 165 号，邮编：210009	
网　　址	http://www.jswenyi.com	
印　　刷	北京联兴盛业印刷股份有限公司	
开　　本	880mm×1230mm　1/32	
印　　张	11.25	
字　　数	303 千字	
版　　次	2022 年 3 月第 1 版	
印　　次	2022 年 3 月第 1 次印刷	
书　　号	ISBN 978-7-5594-6098-1	
定　　价	48.00 元	

江苏凤凰文艺版图书凡印刷、装订错误，可向出版社调换，联系电话 025-83280257

目录

contents

001

一 故事三

白绫：大兄弟，你真是个好人

091

一 故事四

姜雨潮：喜欢你很多年啦

245

一 故事五

般如许：人的本质是真香

姜雨潮提着灯笼下台阶，忽然见到前方一处低矮台阶下有火光，她走上前去，隐约听到了狗叫，就抬高声音喊了句：「桂花糕？」

那里有漫山遍野的蓝色黄色的野花，如同织锦的图案，是殷如许从未见过的。

她看痴了，忽然想起一句不知是谁说过的话——

「真正的花，开在山野烂漫处。」

白绫：大兄弟，你真是个好人

12

这个"邻居"其实是曾经的邻居。

在妖魔涧之中，大妖魔都各自占据了一块地盘，这个乌流君也是如此，他当年在妖魔涧之中，也是这种喜欢被人捧着的性格，还搞出了个什么乌蟒国，聚起许多臣民，像模像样地点了些妖魔当妖将，还选了妖怪美人充实后宫，日子过得非常滋润。

最开始，陆林生并没有和这个乌流君对上，他在妖魔涧里四处游走，来到乌流君的乌蟒国附近，被乌蟒国中的几只小妖当成猎物。陆林生不挑嘴，基本上是来者不拒，既然对方来都来了，他就直接给当成点心吞了。

于是乌蟒国又来了一堆小妖要收拾他，他就干脆等在那里，全都吃了。

连续来了好几拨妖都被他吃掉后，终于没妖再来，但陆林生觉得这样有大堆食物主动送上门来的滋味不错，一时还觉得挺可惜，他就像找到了大堆坚果存粮洞的松鼠，顺着痕迹就摸到乌蟒国吃了个痛快——虽然他没有"饱"的概念，但那一次真是他吃得最开心的一次，以至于现在还能想起来。

那一回，他几乎吃空了乌蟒国，乌流君身边的两个大将，包括那一堆蛇妖美人，全都进了他的肚子，只有乌流君幸免于难。不是陆林生不想吃，而是那会儿陆林生还吃不了乌流君，相对地，被乌蟒国妖怪给喂胖了的陆林生，乌流君也拿他没办法。

乌流君对陆林生真是又恨又怕，搞又搞不死，甩又甩不掉。他去哪里都喜欢聚集一大群妖怪围着自己转，陆林生觉得跟着他就有吃不完的妖魔，所以就跟着他了。乌流君被迫做了陆林生好长一段时间的"邻居"。

　　因为这，乌流君差点儿没被逼疯，那段时间他到处跑，一改从前去哪里都先收小弟的习惯，到最后他是彻底怕了陆林生这个在妖魔涧臭名昭著的怪物，千方百计甩掉了对方，之后一直避着，总算过了几年安生日子。

　　好不容易妖魔涧打开，里面的妖魔都遇上了好时候，乌流君出来后看到广阔天地，整个妖都膨胀了起来，立刻故态复萌，聚集起一大堆臭味相投的大小妖物。

　　他的计划是先找个仙宗开刀，也吃点不一样的换换口味，顺便要要威风，立起威信，然后他就能带着心悦诚服的下属们一起去找个大城池盘踞下来，继续搞他的乌蟒国，到时候豢养人族，扩大地盘，什么不能干？！

　　意气风发的乌流君，甩着蟒身粗壮的尾巴，指着归一仙宗的山门叫嚣着，嘲笑声在整个山间回荡。

　　五师兄担心死了，犹豫着问陆林生："既然是你的邻居，你能不能去和他说说，劝他离开？"

　　陆林生没说可以，也没说不可以，只看着白绫，等她说话。

　　白绫打量着那边的乌流君，觉得自己好像打不赢，于是同样迟疑着问陆林生："你和他关系咋样？你们打不打架的？"

　　陆林生摇头，笑道："我们从不打架。"他没和妖魔打过架，一旦动手，从来只有吃掉了和暂时吃不掉两种情况，那不是打架。

　　白绫却想，这关系还不错啊，于是她说："既然是你的熟人，那你试着先去和他打个招呼，看看他愿不愿意走。"

　　陆林生就去了。

　　一个看上去格外无害的书生在这种时候出现，被大堆形状奇怪的妖物一衬托，就显得格外弱势，但陆林生不慌不忙地来到离乌流君不远处，自然地和他打了个招呼。

"乌流君，许久不见了，最近可还好？"这个和善的打招呼方式，也是他学习成为人类这段时间的成果之一。

那群妖怪连带着乌流君都被这一出搞得莫名其妙，乌流君更是下巴抬得老高，不知道这小东西是从哪里冒出来的。可等他细细感受了一番面前这找死的"小东西"身上传来的气息，那下巴就不由自主地越来越低，后背的冷汗一层层冒出来。

这个熟悉的气息，他不会忘记的，是那个该死的怪物！乌流君瞪着陆林生那清秀的书生脸，目眦欲裂。怎么会在这里碰上这怪物？！怪物怎么搞来了这么个弱兮兮的人类皮子披在身上？！他想干吗？！

一瞬间，乌流君想起当年被那个黑漆漆的怪物吃光了后宫和手下的恐惧，他下意识地朝身边那些面带嚣张的新下属看了看，总感觉这些人手也保不住了。

"你等着，我会再回来的。"乌流君说完这句话，飞快地走了。他的下属们还有些回不过神来，毕竟从书生忽然出现，到自家老大突然掉头就走，不过一句话的工夫。

为什么老大的背影看上去有点儿惊惶？小妖们茫然无比，但老大都走了，他们也只好全都跟了上去，眨眼间，原地就只留下了一个瘦书生。

白绫在一旁看着，总觉得陆林生的妖怪邻居似乎和他的关系没有他说的那么好，更像是有仇。

她和五师兄从一边走出来，她还顺手把山门前倒着的石像搬起来放回了原位。五师兄更担心宗门里是不是有事，道过谢后就急匆匆地催白绫告辞，白绫只能趁五师兄不注意，给陆林生打了个手势，又朝他眨眼睛，陆林生笑着点头表示明白她的意思，站在原地看他们两个穿过护山大阵的屏障走进里面去。

他们的气息和身上的弟子命牌，都能让他们自由出入大阵。

回到宗门内，又是一番热闹，神情严肃的宗主和峰主们忙着商量大事，弟子们多少也有些惶惶不安，烈焰谷内人少，倒是一如往常。见过面后先把五师兄送去治腿，然后师徒几人才坐下来好好说话。师父赤炎拉着白绫看了一阵，唏嘘："是师父没选好时间，偏偏在这种时候让你们出门，还好没出啥子大事，安全回来就好！"

白绫说了些外面的情况，然后对师父师兄们说："我感觉我最近化形有点儿问题，可能是换角的原因，恐怕需要闭关修炼一段时间。外面好乱，我就待在咱们谷里，你们不要来打扰我，不然后果好严重。"

几人都不是龙族，不知道情况，听她胡诌，竟然也没发现不对。白绫明面上屋门一关闭关去了，暗地里偷跑出去找了等在外面的陆林生。她之前就和他说好，把五师兄给送回来，看过宗门情况后，就偷跑出去，他们两个再去一趟与焉山。

白绫还惦记着那没能找到的磨剑石呢。估计等师父师兄们发现不对，发现她在屋子里留下的那封信时，她都带着磨剑石回来了。

偷溜出宗门，白绫在之前藏身处左右张望，却没见到应该等在这里的陆林生，奇怪之际刚准备四处去找找，就见陆林生匆忙从树林里走出来。

"你在这儿啊，我还以为你一个人走了。"白绫说。

"不会一个人走的，我说了要跟着你，不会食言的。"陆林生说着，随意擦了擦嘴。

他确实没有一个人走掉的意思，但在等待的间隙里，他也没有闲着，去找了"邻居"乌流君。

当年自己刚认识乌流君的时候吃不了他，后来能吃了，却找不到他的踪迹，现在难得遇上，当然要珍惜缘分。还是那句话，反正来都来了。

乌流君实在跑得太快，要不是那一堆下属拖累了他的速度，暴露了他的行踪，陆林生还不一定追得上他。见到阴魂不散的陆林生时，乌流君那脸色真的十分精彩，一边破口大骂，企图用身边的小妖魔们阻挡陆林生，一边试图逃跑，可惜这回他没能跑掉，最终还是成了陆林生的口粮。

他好歹是个厉害大妖，陆林生吃他也没那么容易，用的时间比较长，他当时还难得评价了一下食物的品相："你的尾巴是黑色的，还有花纹，没有白色鳞片好看……还没有爪子。"

乌流君听到陆林生这话，垂死的时候都挣扎着给了陆林生一击。

你都把我扔嘴里了还要嫌弃我？

陆林生不嫌弃食物长得不好看，反正在他的认知里，只有白绫最"好看"。人形和龙形，都是最好看的，所有像她的就是好看，不像她的就是不好看。

吃了乌流君这一个千里送的外卖，担心白绫回来见不到自己，陆林生又匆匆离开。那一大堆小妖魔他没来得及全部吃光，只选了几个看上去比较厉害，身上血腥气比较浓的妖魔带走在路上吃。见到白绫前，他刚吃完了最后一只。

擦嘴的动作是下意识的，算是学习人类行为的其中一项。

白绫注意到这个动作，问他："你是不是刚吃了什么？"

陆林生点头，没有瞒她："吃了几个血腥气浓郁的妖魔，我喜欢他们身上浓郁的血气。"

一般妖魔身上血腥气越重，就表示他们杀戮越重，像陆林生这种吃了那么多妖魔都没有特别重的血腥气、时常被误认为是小妖怪的情况，极为稀少，不然妖魔涧的那些大妖魔也不会称他为怪物。

"这样啊。"白绫没想到陆林生吃的是刚才那个"邻居"，只以为现在那些厉害的妖魔都敢跑到这附近了，陆林生吃一点也算给宗门减轻压力。

所以她又对陆林生说："你真是个好人……好妖啊。"

被她夸赞了，陆林生兴奋又喜悦，自然而然地朝她露出花儿一样的笑容："你喜欢我这样，那我一直这样。"

他看上去太高兴了，白绫有点受不住地低头踩了踩脚下的草地，这才转头看向其他地方："好，我们去与焉山。"

她想起个事："你认不认得路啊？我不大认路。"

陆林生是认路的，没有碍眼的存在，只有他和白绫，他开开心心地把白绫带走了。

两人这回换了条路去与焉山，路上路过城镇，白绫进城里买了些吃的，最让她惊喜的是她在这城内找到了辣味浓郁的辣椒，那味道让她回想起了上辈子自己最爱的外婆火锅，走的时候她几乎把城内的辣椒买空了，想着等回去能给师父师兄们煮顿火锅尝尝。

她干嚼了个辣椒，被嘴里的辣味刺激得想哭，见陆林生一直瞧着自己，就顺手递了几个干辣椒给他："你也想吃哦？你试试这个味道，我最喜欢嘞！"

她送的东西，陆林生都很珍惜，抬手接过来就像她一样放嘴里干嚼了。

片刻之后，白绫听到旁边传来一阵呕吐声。

白绫："……"

陆林生："哕——"

白绫："你没事吧？只是个辣椒而已，你妖魔都能吃，吃个辣椒嘟个还会吐哦？"她奇怪极了，只能上前拍拍陆林生的背，手足无措地看着他干呕。

"你喝点水，来，小心点。"白绫顺手给陆林生灌了一大壶水，瞧着他那张满是茫然的小白脸，安慰他，"好咯好咯，下回不给你吃辣咯。可能是你没吃过辣，不习惯，一下子吃那么多受不了，下回咱们吃微辣，肯定不会这样！"

13

陆林生从弱小时被许多妖魔吞进肚子里，到现在强大得能吞吃很多大妖魔，这是第一次发现还有自己不能吃的东西。

这东西吞下去，他感觉不到白绫说的"辣"，只是身体自然的排斥反应，逼迫他主动吐出了"异物"，陆林生自己也觉得惊奇。惊异过后，就是不悦，白绫喜欢的东西，他为什么不能接受？他的执念深重，连带着这种小事也异常在意，吐过之后就一直木着脸思考。

白绫见他这样，还以为他是吃了辣椒难受，又硬生生地给他灌了一壶水。她在不知不觉中，对陆林生越来越亲近了。之前陆林生对她足够有耐心、迁就，但他来者不拒吞吃妖魔的场景还是给她带来了些影响，这下因为他吃了几个辣椒给辣吐了，白绫反倒觉得他可爱了起来。

"你不能吃辣，要是下次哪个妖怪身上涂了辣椒，你还吃不吃？"

陆林生被白绫角度刁钻的问题给问倒了，最后说："我下次试一试。"

白绫想想那个画面——陆林生抓起一只形状奇怪的妖魔，先拿辣椒水蘸一蘸，完了再吃掉，吃到一半就吐了出来，被吃到一半吐出来的妖怪还没死透——不，还是不要再想下去了，画面让人有点没胃口。

"我给你磨点辣椒粉，你要是想试，直接撒辣椒粉方便点。"白绫不是说假话，以她现在的力气，磨个辣椒粉都不用磨盘，直接用手轻轻松松就能把大把干辣椒捏成粉末。

"我跟你讲，这个辣椒籽要是遭油炸过了，再磨成粉，味道好香嘞！"她边走路边捏辣椒粉，还给陆林生科普了些辣椒的吃法。

走了一段路，她捏好了一袋子辣椒粉，给陆林生："拿着吃去吧。"

既然是她送的，陆林生当然欣然接受，半点没因为之前那场呕吐产生排斥，而且他还很快用上了。

白绫："……"

陆林生裹着一只双眼暴突、皮肤滑溜的尖牙妖怪，动作略带生疏地往他身上撒辣椒粉，那妖怪沾了满脸辣椒粉，异常暴怒，张开血淋淋的大嘴尖叫挣扎，迎面又吃了一嘴的辣椒粉，被陆林生搞得差点儿当场断气，白绫看得都有点想劝他算了，不要这么糟蹋食物了。

吃了这撒辣椒粉的妖物后，陆林生没什么反应。白绫见他面色如常，很是欣慰："你看，我就说微辣可以嘛。"

等白绫一走开，陆林生捂着胸口，面无表情地在树后吐了一阵。

他是变回原形吐的，漆黑丝线裹成的瘦长人形裂开一个黑漆漆的口子，吐出半具残骸，还没被完全消化的妖物那双大眼睛死不瞑目地瞪着他。陆林生变回书生模样，和那双眼睛对视了一下，见眼睛竟然还咕噜噜转了一圈，他抬脚就给踩进土里，让它深深陷了下去。

白绫回来后，他已经什么事都没有发生似的坐在树下等她了，那单薄的小书生背影给人的感觉，和脚边那丛白色小野花如出一辙，二者相映成趣。白绫觉得有趣，揪了那丛小野花，哈哈笑着丢给陆林生，陆林生又开心地接住，在手里捧了一路。

之后的路途，陆林生就开始这么"讲究"地吃，还吃得非常凶，白绫给他的那一袋子辣椒粉很快就用完了。

白绫有点惊讶："你这么喜欢吃辣椒？真看不出来，一开始还不能吃哦。"不过有同好能和她喜欢一样的食物，她当然非常开心，又替他捏起了干辣椒粉。

"你要吃就吃，为什么还要用这种东西来折磨我？！"被吃的妖魔临死前发出这样的呐喊。陆林生不为所动，动作熟练地撒上一把辣椒粉，接着把他吞了。

白绫现在基本上不看他吃东西，就在一边等着他吃完。她一直以为陆林生是能吃辣的，甚至是喜欢这个味道的，可是两人待在一起，总不可能永远毫无破绽，白绫一次偶然撞到陆林生变回原形躲在一边吐了，才发现事情的真相。

"你是不是根本就不能吃辣椒？"白绫站在陆林生面前问他。

陆林生被当场撞见，还是黑漆漆的原形，一下子都忘记变回人样了，下意识地遮了遮身后吐出来的妖怪残骸。

白绫气得想揪他耳朵，可是他这个样子连眼睛都没有哪儿来的耳朵，于是怒道："你变成人样！"

陆林生变回人样，觑了她一眼，有点惶然。白绫抬高手去揪他的耳朵："不能吃，你就要告诉我不能吃，你逞强有啥子用啊？还不是你自己遭罪，身体都要搞坏咯，你个瓜娃子！"

陆林生歪着脑袋，讨好地看着她："我能吃的，吃多了就能吃了。"

白绫想给他一下让他醒醒脑子，但是想到自己手劲大，又放弃了，抓着他的脑袋摇了一下："你自己听听，这里头是不是有水在响？"

陆林生听了一下，没听见什么响，说："没有什么响。"

白绫被他气笑了，朝他训道："不要跟我扯这些，你不能吃辣椒，以后都不许吃！听到没有？"

陆林生姿势奇怪地弯着腰，虔诚地回答："听到了，我不吃了。"

他大部分时间都是这样白绫说什么就是什么的态度，但偶尔也会有例外。

白绫看不得弱小可怜的人，见到了，自己能帮的，她都愿意顺手帮一帮，路上他们见到些受到流窜妖魔迫害的人，都会停下来帮忙把周围吃人的妖魔清一清，如果遇到太穷的，她还接济一下，送几颗珍珠让他们去换钱买粮。这就出问题了，陆林生不愿意看她给人送珍珠。

"你为什么要给他们送珍珠？"陆林生对着她，第一次没有笑。

白绫满脑门的问号："我有好多这种普通珍珠，送几颗给他们有啥子问题？"

陆林生摇头，看上去有一点吓人，他说："不要送珍珠。"

白绫心想，这男娃子还有点小气嘛，几颗珍珠都舍不得送人。白绫又忽然想起了自己的外公和外婆，外婆花钱大手大脚，外公就老是管着她，不许她乱花钱。白绫小时候老是觉得外公很小气，外婆就笑着抱她亲了一口，小声跟她说："你外公给我买东西的时候，从来不小气，他那个人就是这样，对别人、对他自己都小气，就是对我大方。"

两人脑回路分道扬镳，最后神奇地在没有交流的情况下达成了和谐的共识。

陆林生摸出来一块金子："不如给他们这个。"

就像白绫有自带的龙族灵囊，陆林生也有一个自带的存放地，乱七八糟过滤着那些妖怪身上的东西，他吃了那么多，难免吃到几个大款妖怪，身上的金钱一点都不少，只是他之前没想用，现在全都掏出来交给了白绫："不要给珍珠了，给这些。"

白绫愣了一会儿心想，乖乖，原来他不是小气，而是舍不得我用自己的钱，宁愿我用他的。

这……这是个多好的对象！当年她想要的男朋友就是这个样子嘞！长得又乖，性格又好，还像她外公一样对屋里婆娘好。虽然吃不到一个锅里头，但是这样也就表示他不会跟她抢菜吃啊。

白绫越看越觉得陆林生不错，从灵囊里拿出了一麻袋珍珠，全送他了："这些，都给你！"

然后她就发现，陆林生超级开心，抱着她送的那么多珍珠，笑得整个人都快化了。之后白绫就发现他休息的时候总是喜欢抱着珍珠看，在湖边不小心掉下去过一颗，他都马上下水从淤泥里摸了出来，把衣摆浸得水淋淋的。

"你这么喜欢珍珠啊？"

"嗯。"陆林生笑得甜甜蜜蜜，好像想起了很好的事，又接着看她，更加满足。

白绫见他开心，自己也觉得开心起来，想也没想就从灵囊里拿出了几颗个头比较大的金色珍珠。这种金色珍珠比普通的白珍珠珍贵多了，是最难得的一种。

"这些也送给你，这种金色的更好看。"

看见白绫手上那些熟悉的金色珍珠，陆林生一顿，他记忆深处也有这样一颗金色珍珠，他知道那对自己来说很珍贵，他想永远好好保存，可是在长久的吞噬过程中，他浑浑噩噩的，那颗金色珍珠不知什么时候就不见了，后来找了许多地方都没能找到。

"这些，给我？"陆林生有些犹豫地碰了碰那些金色珍珠。

"对。"白绫把珍珠都塞进他手里，一点都不知道这些对于陆林生而言意味着什么。

陆林生的心情就像是……仰望星星的孩子，有一天发现天上遥不可及的星星全部飞进了自己怀里。他忍不住紧紧抓着那些金珍珠，上前张开手抱住了白绫。

她骂人的时候、生气的时候都气势惊人，好像足有两米高，但被抱在怀里的时候，就只有一小团而已。陆林生有种比刚才得到那么多金色珍珠更高兴的感觉，这种感觉是陌生的，他有点茫然又不舍地抱了一会儿才松开。

白绫回过神，挠了挠脸，看看天，看看旁边的树，憋了半天不知道该说点儿什么。

陆林生的动作太突然了，被人忽然抱了一下，这要是不认识的人，白绫能一锤子把人锤到十米开外，可陆林生刚才那一下又好像是不同的。他太小心翼翼，又太高兴了，深深的喜爱简直能透过动作传达给她。

讨厌说不上，就是有点儿怪怪的，让人不太好意思。

"嗯……我们……"白绫"我们"了半天，也没想起来接下来要怎么说。她想直说要不然咱们两个交个男女朋友处处看，刚说了两个字，天上忽然飘下来一片乌云，从乌云里掉下来一个手臂那么长的白胡子老爷爷，老爷爷手里拿着一根血红色的珊瑚枝拐杖，落到她眼前就大喊："小主人！不好了！你不要在这边乱晃了，快跟我走！"

白绫："你是哪个？"

老头沉默一瞬，有些悲愤："我是贝壳老头儿啊！"

白绫下意识地看向自己腰间的老贝壳，这几天贝壳老头都没说话，但前些年没事的时候，老头也经常几天不说话，她习惯了，没察觉有什么不对。老头拿红珊瑚拐杖敲了敲贝壳表面，贝壳打开了，白绫才发现贝壳里面确实是空的。

"你咋个会变成这个样子，你哪个时候走的，我嗯个不晓得？"白绫新奇地看着贝壳老头这从来没出现过的样子。从她这辈子破壳而出，老贝壳就一直是个贝壳样，现在这个全身白白的神奇小老头样子，她还是第一次见。

贝壳老头挥动手里的红珊瑚拐杖，异常激动地比画着："我以前是受了伤，变不成这个样子，养了这么久才好些，我十几天前就离开了……不过这些都不重要，现在最重要的是，你要先听我的话，找个地方躲起来，离东海那片地方越远越好！"

14

贝壳老头激动得一把胡须都翘了起来，整个人在空中转圈圈，那手臂长的身子看上去就跟个娃娃似的。

白绫新奇地瞧着他，伸手把他捧起来左右看看："贝壳老头儿，你这个样子，好像人参爷爷哦。"

贝壳老头看她这什么都不知道的样子，都快急疯了，在她手里跺了跺脚："哎哟，我的小公主，可别再开玩笑了，咱们先跑，找个地方躲起来再说好不好哟？"

白绫："你又不告诉我在躲啥子，你这些时候又是跑到哪里去咯？"

贝壳老头一下子闭了嘴，支支吾吾，吞吞吐吐，显然不想和她说。白绫撇了撇嘴："你不说我也晓得，你肯定是去东海了，你不想我去，是因为那边现在好危险，我还猜到东海是白龙族从前住的地方。"

老头瞪大眼睛看着她，小声说："小主人……你……"

白绫："我又不是傻子，这都猜不到？"

她从破壳起就在洛水，身边一个老贝壳，总是絮絮叨叨跟她说王和王妃，也就是她爹娘从前的样子，又是希望她平安长大，又是希望她能有教养、有礼仪，只是她每次问起白龙族从前住在哪里，白龙族其他族人都是怎么死的，为什么只剩她一条龙这些事，老贝壳就含含糊糊一笔带过，从来不肯说。

毕竟有上辈子的记忆，也没见过这辈子的爹娘，白绫对于这些其实不是很在意，老贝壳不愿意说，她也就不追问了，只是她多少能猜到些东西，比如白龙族从前都是住在东海这事。

"东海到底发生了啥子事情，让你急成这个样子，非要我躲起来不可？你要是啥事都不告诉我，万一出了事，我要怎么应对都不晓得。"白绫认真起来，板着脸看上去就很凶，"有要紧的事情都不说，让我自己去猜，你这不是为我好，是在害我。"

贝壳老头被她抓在手里，退又不能退，几乎缩成一团，犹犹豫豫地说："当初魔龙要冲破封印，老主人带着整个白龙族为祭，用龙神剑镇压了回去，本来至少还能镇压上千年，但是不知道为什么，现在东海发生异动，龙神剑已经快要崩塌，魔龙随时都能破封而出。一旦他出来，小主人你就危险了。"

"哦，原来是这样。"白绫听了这番话，反应不大，也没再追问，只说，"那你想我躲到哪里去？如果那魔龙是个很厉害的角色，我躲在哪里他不都找得到吗？要是他记仇，要来找我，我就不能回师父师兄那里……陆林生，你也不要跟着我了。"

她转身对旁边沉默听着的陆林生说。

陆林生拒绝了她："不行，我会跟在你身边。"

白绫："好危险的，你不怕死啊？"

陆林生朝她微微一笑，死……在他的记忆里，他死过很多很多次了。他最怕的是漫无目地四处寻找，却怎么都找不到自己的执念所系，整个身体都是空的，吃再多妖魔都填不满。

白绫心想这男娃还有点子死心眼，苦恼道："可是我自己都不知道自己现在要去哪里。"

老贝壳适时建议："或许可以去神木山试一试，那里是凤凰一族的栖息地，当年我们白龙族和凤凰族也有些来往，或许他们能看在当年的情分上庇护小主人一段时间。"

贝壳老头真是怕了自家小主人那倔强的脾气，生怕她不答应。但这次白绫没折腾，直接就答应了下来："好，我们先去神木山看看。"

陆林生说："神木山离这里太远，我们既然要快点过去，那就需要一些准备。"

他说的准备就是代步工具。白绫不敢飞，又恐高，他们这段时间都是自己走的，但现在显然不适合再慢慢走了。

"我来想办法。"陆林生说。

没过多久,他从树林中走回来,牵着一只模样奇怪的妖魔,妖魔身上有厚厚的铠甲,一张大嘴里口水滴答,尖牙上甚至还粘着肉末,一看就不是什么良善的妖魔,可现在,陆林生一只手攥着他长长的舌头,像抓着缰绳一样,那妖魔也不敢挣扎,看上去倒是乖得很。

"来,我们骑这个去,他跑得很快。"

被当作妖兽来骑的妖魔悲愤流泪:"……"我都跑得那么快了,还不是被你给抓住了!跑得再快又有什么用?!

但他没法说话,舌头都还在人家手里抓着呢。

他们就坐在这妖魔的身上,一路风驰电掣般往神木山去。老贝壳又进了白绫腰间挂着的贝壳里,用传音和她说了些东海目前的情况。

那里现在时时都有滔天海浪翻涌不息,在那一片海域里生活的妖们都已经跑了,除了魔龙冲击封印带来的震荡,还有东海边上那个张开的深渊巨口,现在还不断有妖魔涌出,东海情况非常糟糕。

"就连仙庭的仙人们也对东海敬而远之,不愿轻易惹这个麻烦,那些上神更是高坐云端静观事态发展,不过我这次去倒是看见了几个凡人修士在那里斩杀妖魔当作历练,虽然能力微末,但这份心实在难得。"老贝壳有些感叹。

白绫问他:"那条魔龙又是啥子情况,啥子来历?"

老贝壳沉默了很久,久到白绫不耐烦地开始用手指敲贝壳了,他才幽幽叹息说:"魔龙……曾经是我们的龙神。

"很久以前,上古众神纷纷陨落,龙神大人也沉寂下来,很少再现身。但他后来不知什么缘故忽然入魔,变成魔龙,狂性大发,吃掉了许多龙族。他本是我们的神,却一度导致龙族凋零,最后龙族花费了极大的代价才将他封印在东海,保证了一小部分龙族能存活下来繁衍生息。"

白绫这下子真不知道该说什么了,简单来说就是祖宗发了疯,搞死了子孙后代无数。

"所以我的爹娘和族人们,就是为了封印这位龙祖宗才会死。那其他的龙族呢，不只有我们白龙族吧？"白绫纯粹是好奇。

老贝壳叹气："这个封印是所有龙族轮流维系，其他的龙族早就凋零了，族中也只剩下少数龙，如今大多不知所终，我们白龙族本是保存最多的一族，谁知……也就是几日的光景，几日光景而已，就只剩下了小主人一个。龙族，真的是式微了，想当年，我们龙族在三界之中都是名声响亮，所到之处群妖避退，当时还没有仙庭，那些天上的神都对龙族礼遇有加，谁能想到如今……"

老贝壳唏嘘一阵，忽然说："其实，小主人还可以去幽浮山寻求玄苍上神的庇佑。虽然小主人和他闹得不太愉快，但毕竟玄苍上神的原身是龙，黑龙族也就只剩下他一个，小主人与他同病相怜，说不定看在这个分儿上，他能……"他生怕小主人生气，所以话也只说了一半。

白绫微微皱着眉："其实我一直觉得玄苍上神好奇怪，他第一次见我的时候，虽然讲话不好听，对我不屑一顾，高冷得很，但也是个干脆的性子。但是后来，他突然就纠缠起来，送了好多东西，我觉得他行为反反复复，肯定有什么问题。"

被怀疑有问题的玄苍上神，独自坐在神殿上，看着面前的面板，浑身散发着冷气。

到目前为止，剧情偏移得一塌糊涂，连感情线都开始偏移了——感情线偏移，说明女主角没有喜欢上男主角，而是开始喜欢其他的角色。玄苍上神自以为运筹帷幄，还等着魔龙出世逼得女主角低头向自己求助，哪里料得到就一段时间没关注，竟然发生了大变故。

他先前看女主角在归一仙宗乖乖待着好几年没出差错，就没有再日日关注，结果忽然出现的感情线偏移提醒迎面给了他一巴掌。

这是第三次了。

"这回女主角喜欢上了谁？"玄苍上神冷冰冰地吐出一句话。被这个世界表人格影响，他表现得冷漠强势，一旦发怒，周身都会浮起一片冰霜。

玄苍拿出一片白色龙鳞，用神力追溯，闭目探查，片刻后，有一段画面在他眼前出现。那是白绫和一个瘦弱书生模样的男子，那男子伸手将白绫抱在怀里，眼中都是倾慕和笑意。

"……无名。"玄苍上神忽然冷冷哼了声。妖魔无名，在原本剧情中最不被自己看在眼里的男二角色，他没有情爱，装得再柔情蜜意也是假的，归根结底，他接近女主角只是为了满足本能的吞噬贪欲。即使女主角现在喜欢他，想让这份喜欢破碎也是很容易的事情，让她看清楚无名的真面目就行了。

但事情发展再一次超出他预料，还是让玄苍上神感觉十分不高兴。

面板上忽然浮现出一行字——

> 提示，或许你可以改变行事风格，这样更能挽回女主角和岌岌可危的世界气运。

玄苍上神一脸高高在上的冷漠："我对她已经足够迁就和忍让了，如果这样还不行，我只会用我自己的办法处理。"

人都是天生会臣服于强势的，只要他展现出足够的强大，再给这个女主角一些挫折，打磨她的心性，她迟早也会对他臣服。女人一旦学会臣服，心也会跟着沦陷。

> 或许，你做得还不够多，现在女主角不同了，你对待她的方式可能也需要改变。

玄苍听得懂系统的建议，但他对此不屑一顾。

"我可以为了世界气运容忍她们一时嚣张，也可以适时放低姿态，但我是有底线的，那就是她们不能妄图凌驾于我之上，说到底，我才是主导者。"他淡淡说完，看了眼安静的系统面板，"你只需要辅助我，不需要管多余的事。"

面板显现出一个笑脸——

好的，祝你顺利。

之后就再没动静。

玄苍收回目光，招人进入殿中："东海如何？"

仙侍低头回答："妖魔涧已经与东海连接，东海之下的龙神封印即将溃散。"他回答完这一句，见上面玄苍上神许久没出声，又回禀道，"近日幽浮山弟子前去下界处理妖魔，有几人陨落。"

玄苍上神并不在意此等小事，稍一挥手，那仙侍就闭口不言了。

玄苍上神正在思考着，魔龙出世，正该去找他那位女主角麻烦，那他也是时候动身了。这一场，他该让那位不识相的女主角见识一下何谓强大。

15

白绫和陆林生来到了神木山附近，能远远看见高山之上一棵巨大的梧桐木，到了这里，表示他们很快就能进入凤凰一族的栖息地。

载着他们过来的妖魔路上狂奔不停，稍有懈怠就会被陆林生捏着长舌拽紧，痛得狂性大发。有神智的妖魔不像妖兽，能甘心被人驱使，他动不动就要反噬，但陆林生压根不管他有多凶，随手在发狂的妖魔身上撕下一块皮，再作势要去撕底下的肉，那妖魔吃痛就老实了。

白绫每次看到陆林生做这种事，就一阵无言。无害的外表真的很能欺骗人，她总是会忘记陆林生其实并不是个真的文弱书生，就连他吞吃妖魔的凶残模样，都在记忆中美化成了"太饿了，进食有点急，食物也有点特别，其实特别无害，笑起来特可爱"。

"飙车"了几天，快到地方，陆林生终于松开了那只妖魔的长舌头。

"到了这里，这只妖魔就进不去了，凤凰一族的神木洁净，普通妖魔靠近了会变成灰烬。"他说着，拉着白绫一起跳下了那只妖魔的背。

那妖魔站起身仰天大吼，转头就朝着两人扑来，看样子是想要一雪前耻。然后白绫就眼睁睁地看着陆林生整个身子变成一团黑色的丝线，像一张张开的大嘴那样把扑过来的妖魔接了个正着，裹在黑丝线中，下一刻他变回人形，朝她笑了笑，接着说："所以接下来的路我们自己走，可能会遇见凤凰族人。"

白绫："不是，我想好几次咯，你吃这些，都从来不嚼烂的，是吧？"

她小时候吃饭就喜欢囫囵吞，不爱嚼，外婆老是训斥她说这样不好消化，非要她一口饭嚼上十几下才准她往肚子里咽。

"你这样吃，不好消化吧？"

好消化，像这种妖魔，裹进身体里两三下就能消化掉了，但陆林生没有这样说，他说："我有点饿，没注意，下回会嚼了再咽。"

白绫一听就觉得委屈他了，这几天他们赶路，也没让陆林生吃几只妖魔，看给饿的，还是以前受了太多苦。

"这附近有你能吃的吗，不然我们先去找点吃的给你填填肚子？"白绫问。

陆林生乖巧地摇头："不了，我们先去凤凰族。我要是饿了，就自己去找吃的，你放心，我不乱吃东西的。"

白绫又产生了陆林生可怜又乖的错觉。

他们走到神木山脚下，白绫见到了两个羽衣鲜艳的妖在等着，对方见到他们两个后笑吟吟地说："凰王已经在等着了，跟我们来吧。"

白绫带着陆林生往前走，他们倒是没拦下陆林生，只好奇地看看他。上了山之后，出现了许多鸟类妖怪，凤凰一族如今人也不多，但他们是百鸟之王，神木山上不仅有凤凰聚居，还有许多鸟类的妖怪。到了半山腰，出现了大片聚居地，那些房屋奇特美丽，来往的男女大多穿戴着色彩艳丽的羽衣和装饰，颇有一番热闹。

这里比起现在的人界，更像是个桃花源。白绫还见到好几个打闹的小孩子，脑袋上有柔顺的黄色翎羽，颊上两团橘色的晕红，特别可爱。树下有摆摊卖东西的鸟妖，大多是卖漂亮的首饰，他们擅长手工编织，做出来的东西好看，白绫也忍不住多看了两眼。

穿过热闹的聚居地，靠近最中间那棵巨木梧桐的时候，就渐渐安静下来。给他们带路的两个人中，一人进了树下宫殿，还有一人陪着他们在外面等着。

白绫听见一阵乐声从头顶传来，不由得抬头望去。在好几根枝丫之上，有一个穿着凤凰羽衣的年轻男人正在弹奏一把乐器，乐声轻灵，偶尔还夹杂着一点哼唱，也是格外动听。那男子长得好看，但白绫看了几眼就低下了头。

不行，他坐得太高咯，看着头晕。

身边那个鸟妖很自豪地给他们介绍："那是我们凰王的独子凤池大人，他弹奏的凤琴是我们族内一绝，鲜少能听见呢！每每弹奏，都能引得我们族内雌性们蜂拥而来，群鸟相和。"

白绫没什么兴趣，她对乐器一窍不通，但还是礼貌地夸了两句好听。陆林生抬着头，看了那树上的凤池一阵，被白绫喊了一声，他才移开目光朝她笑了笑。

两人去见了凰王。这一代的凤凰族长是凰王，也就是一位女子，虽然看上去如二八少女，但和白绫的父亲老白龙王年纪差不多。

"你来此的目的，我已经明白。"凰王看着威严，但态度温和，"我与你父母都曾有过来往，说得上是朋友，但魔龙出逃在即，你的处境如何想必你自己也很清楚，我有心相护，奈何凤凰一族也日渐凋落，如今只龟缩于此，我也只能护佑这一方，实在不敢招惹魔龙给族群引来祸患，着实抱歉。"

白绫来之前其实就已经猜到这个结果了，闻言也没失望，大方地道："凰王不必抱歉，若愿意帮我，我自然感激，但不帮我也是理所当然，还要多谢凰王愿意见我这一面。"

要是真不给面子，直接在山下把她赶走也是有的，她上辈子见多了这种人。上辈子外公外婆去世后，她一个人无依无靠，就是个所有亲戚都不愿意管的大麻烦，和现在的情形从某种程度上来说很相似。

凰王听她这么说，眼神中满是怜悯与感叹："你既然已经来到这里，我也不好让你就这样空手而归，就请你和你的朋友在此住上两日，我想送你一件礼物。"

因为凰王这句话，白绫和陆林生在这里暂住下来。白绫自己是不急，反正急也没用，只有老贝壳哭哭唧唧，又哭出了一堆的珍珠。白绫捡起来收好，带着陆林生去凤凰族中那些卖东西的地方看看，她对逛街还是很感兴趣的。

她蹲在摊位上看摆出来的各种刀刃，大多是磨出来的骨刀，也不知道是什么妖物的骨头，坚硬锋利，竟然不比铸出来的剑锋差，还有几把青色的木刀，则是装饰用的。她在这儿看刀，陆林生被旁边摊位那些宝石、羽毛、首饰给吸引了注意力。

那卖东西的妖身上挂了琳琅满目的饰品，各种宝石反射光芒，让人看一眼就觉得眼睛刺痛，只能听到他一把柔柔细细的嗓音："你看这宝石，可是在南禺山采的，你看看多闪亮啊，雌性都喜欢这种闪亮的东西！"

陆林生吞吃妖魔的时候，偶尔会得到他们的一些记忆，由此知道很多东西，比如他现在就翻出了一段模糊的记忆，说龙族都爱那些亮闪闪的东西。他看着那些闪亮的宝石，抬脚走了过去。

摊子前还有两个男妖在买首饰，他们正在说自己家的雌性，从她们会喜欢哪种首饰，争执到自己在家庭中的地位。

一个披着红色羽衣的男妖说："我的妻子每月都会给我钱，我攒了好久，本来想买点自己喜欢的东西，但看到这个又想买给她，好看是好看，就是太贵了。"

另一个着黄黑相间羽衣的男妖就笑话他："你在家连点私房钱都没有，也太可怜了吧，我可是偷存了私房钱，足够给我家妻子买两条这样的宝石项链了！"

"我当然是有存私房钱的，只是不多而已！"

卖东西的五彩斑斓男妖对他们俩说："哎呀，两位都是爱护妻子的好男妖，咱们神木山鸟族要说疼妻子，那是哪个种族都比不上的！"

那两个妖听了，脸上都露出自豪的笑容。五彩老板又问起站在一旁看了许久的陆林生："这位客人是外面来的吧，你想买点什么？你看看这种宝石，最近买的人可多了，很受欢迎的，都是买给自家老婆，算是我们这里的特产，我看你和那边那位客人一起来的，不如给她买几样？"

陆林生看了一会儿，想到自己身上的钱都给白绫了，他又不愿意用珍珠换，于是说："我没钱买。"

红羽衣男妖忍不住说："兄弟，你这也太可怜了，比我还可怜，我好歹还买得起一样。"

黄黑羽衣男妖问他："对啊，兄弟，你都没留私房钱吗？"

陆林生："什么是私房钱？"

男妖："……"输了！输给了一个外族妖！

白绫拿着两把骨刀比画着，朝陆林生这边走过来："你在看啥呢？"见到摊子上各色宝石，她一愣，"你喜欢这些？"

陆林生喜欢这种亮闪闪的宝石？糟糕，这未免也太可爱了吧！

"你要哪些随便选，我送你。"白绫说着，又把手中的一把骨刀递给他，"我在那边看到这种骨刀，够锋利，这把送给你耍。"

男妖们："……"家里的妻子也输了！

神木山少有外客，大家同住一座山，几乎都混得脸熟，所以白绫和陆林生来了这里，大小鸟妖们虽然没当面表现出什么好奇，背地里却把这件新鲜事给传遍了，不到一天，几乎大部分鸟妖都知道了这两位客人是一对，那个叫陆林生的男妖还在家里受尽他妻子的宠爱，让神木山上下的男妖们羡慕不已。

"那是龙族吧？怎么和一个妖气那么淡的小妖成一对了？"

"龙族向来不讲究这些的，从前咱们这里不也有龙族跑过来追求人吗？天上飞的，地上爬的，海里游的，就没有龙族不敢干的。"

白绫没发现这些鸟妖在背后叽叽喳喳些什么，她还挺喜欢这个漂亮的地方，如果给她安排的客房不是在高高的树枝上就更好了。这里对待客人的习惯，是越尊贵的客人，屋子在越高处，白绫站在第二根树枝上就开始头晕目眩，更不要说再上去几层，只能要求睡在底下的屋子里。

最底下的屋子精致小巧，躺在里面还有月光洒下来，能嗅到外面的花香，白绫躺着休息了一阵，感觉外面有影子在晃动，就起身推开门看了一眼。

陆林生坐在外面藤蔓结成的椅子上，手里抱着一把样子奇怪的乐器。

白绫推开门走出去，走到他身边："你不休息哦？这个是啥子东西，早上好像看到树上有个人也在弹这个。"

陆林生把手上那乐器给她看："这是凤琴，你不是说好听吗？我去找那个人学了一下，他说我有天分，送了一把琴给我。"

那是个样子如同满月一样的乐器，上面有短短一截把手，缠着各色漂亮绸带，满月一样的木质面上绷了十二根弦。白绫随手一拨，边上那根琴弦嘣地就断了。

白绫："……"

陆林生："没事，没事，这琴弦确实细了些，稍稍用力就会断，是它太容易断了。"

白绫在心里骂自己，叫你没事手贱乱摸！搞坏了吧！一看就知道他半夜不睡觉，抱着这东西坐在门口，就是想弹给自己听，现在摸坏了，人家还咋弹？！

陆林生："虽然断了一根弦，但是应该还能弹，你愿意听吗？"

白绫马上给面子地鼓掌："中！弹弹弹！"

她不说话的时候，这样坐在月光下，就像个小仙女。当然在陆林生眼里，说了话还是仙女。

陆林生弹完一曲，白绫问他："你是真的有天分？"

陆林生："教我弹琴的人说我太厉害，他已经教不了我了，然后把琴送我，让我自己多练。"

白绫："你嘟个哈兮兮嘞，人家是嫌弃你哟！"

陆林生脸上的笑就慢慢散开了，又低头慢吞吞地弹了两下。

白绫："算咯，我又不嫌弃你，你慢慢练嘛，以后肯定比那个人弹得好听。"

16

凤池心情不好的时候就喜欢坐在巨木梧桐的树枝上仰望夜空，这一晚他坐在树枝上，望着皎洁的明月，忽然来了兴致，拿出凤琴准备弹奏一曲。就在这个时候，他听见了断断续续的琴声。

多么熟悉的难听琴声，凤池今天已经被这声音折磨了快一下午，就在刚才，那不成曲调的声音还在他耳边挥之不去，扰得他半夜不睡觉跑出来看月亮，想换换心情，结果这扰人的声音又来了。

他透过茂密的梧桐树枝叶往下看，果然见到那个陆林生坐在树底下。虽然隔得远，但凤池还是能清楚地看见陆林生和白绫坐在那儿一个弹曲一个听。

作为凤凰一族的少族长，凤池当然知道这两位客人的到来，他虽然性子骄傲，不太爱搭理人，但对白绫这个白龙族最后的遗孤还是有两分怜惜……他就不该有这两分怜惜，否则也就不会一时心软答应教陆林生弹凤琴，导致自己耳朵聋了一下午。

尊贵骄傲的少族长凤池，音乐天赋极佳，最受不得那些乱七八糟的乐声，对于陆林生这种正常人范畴的音乐天赋，他简直嫌弃得要命，耐着性子教了两个时辰就把人放生了。

弹成这样，鬼才听得下去，凤池心想。

啪啪啪！"好，弹得好，比刚才大有进步，比我们之前看到的那个少族长弹得还要好听！"凤池听到树下那条白龙这么说。

凤池：什么玩意儿，耳朵聋了吗？龙族果然就是这么没节操，个个都能睁着眼说瞎话，为了追对象，不要脸，什么假话都说得出来。凤池感觉自己被侮辱了，愤愤地抱着凤琴，差点儿忍不住要砸下去把树下那对狗男女砸得清醒点，竟然这样污蔑他。

"好吧，对方是客人，原谅他们的愚蠢，不要和他们计较。"凤池深吸一口气喃喃道，紧接着又听到树下陆林生开始弹琴。

这地方是待不下去了，他抱着自己心爱的凤琴回去睡觉，结果一晚上都没怎么睡好，梦里都是那难听的噪声，这让他一大早起来就有些烦躁，去见凰王的时候忍不住问她："那两个人什么时候走？让他们早点走。"实在受不住这噪声污染。

凰王诧异地看向他，旋即拉下脸训斥："听听你这是什么话！来者是客，即便我们要避祸，没法庇佑白绫，也不能如此无情无义，看你这副唯恐避之不及的模样，我是这样教你的吗？！"

被亲娘劈头盖脸骂了一顿的凤池差点委屈死，他懒得解释，哼了一声就气呼呼地往外走。没走多久，遇上了陆林生，他警惕地看着对方："你又来干吗？我不教了，我很忙的。"

陆林生拿出他昨天随手给出去的那把凤琴："断了一根弦，请你帮忙续上。"

这种丝线柔韧，是用一种孤山之鱼的鱼腹线制成，没有用上几百斤手劲是不可能扯断的，他怀疑地看着陆林生："你拿这根弦干什么去了，钓鲲鹏去了吗？"

白绫过来，看见这两人坐在一起，凤池一脸嫌弃地在给凤琴上新弦，简短地说了几句要怎么换，陆林生就在一边看着他手里那凤琴，脸上表情平平——除了白绫，他对谁都这个样。

这难道是交了朋友？白绫向陆林生问起，陆林生笑着说："当然不是朋友。"对他来说，这世界上可不存在什么朋友。事实上，凤凰这种生物的血肉还挺吸引他，如果不是为了白绫，他说不定会吃了这里的凤凰，吃不了里面那只凰王，但这个小凤凰他应该是能吃的。

陆林生从某种意义上来说和魔更加相似，不过和魔不同的是，他有理智，能克制身体里的吞噬欲望。现在吃了这里的凤凰，白绫会有麻烦，他就不会吃。吃的东西哪里都有，以后也不是没机会。如果以后有合适的机会，他当然会吃这些看上去还不错的食物，哪怕他手上还拿着人家送的凤琴，动起嘴来也不会有半点不好意思。

当天下午，凰王又把白绫叫去了，郑重地给了她一副纯白的铠甲："这是当年白龙族一位嫁入神木山的前辈留下的，他们那一支没有留下后代，这副铠甲就一直放在族内无人继承，我特地取了出来给你，希望你能躲过这场劫难。"

白绫摸着轻软的白色铠甲，这已经足以被称作宝物了，凰王能做主将它送出也不容易。白绫收下铠甲，郑重道谢："要是能幸运避过这一次劫难，下次我会准备礼物再来拜访。"

她没有在神木山多留，很快和陆林生离开了这里。

"这下好了，咱们还能去哪里呢？"老贝壳哀叹连天。其实他也知道，即便走得再远也是徒劳，魔龙是龙神，只要他想找，很快就能发现白绫在哪里。哪怕这位龙神被镇压这么多年，已经被大大削弱了力量，可人间有句俗语叫"瘦死的骆驼比马大"，魔龙再怎么虚弱也不是小主人这条小龙对付得了的。

必须找个能力强大，能庇护小主人的人。

"小主人啊，你就听我一声劝吧，先去幽浮山道个歉，好好地求玄苍上神，他说不定会愿意护着你的，至少能留下一条命。"老贝壳开始不断给白绫传音，试图说服她。

"我知道小主人不愿意，可现在也不是意气用事的时候……"老贝壳苦口婆心劝白绫的时候，浑然不知玄苍上神就在他们上方的云上冷眼旁观，正等着白绫求上门来。

按照玄苍上神的想法，白绫挣扎不了多久，还是要向自己低头的。他当然看得出来白绫的犹豫，她确实还是个年轻不懂事又好面子的小女孩，但小女孩终究要长大，吃了苦头就会懂事了。他好整以暇地等着，可是，没等来白绫的认输，却先等来了东海的龙神封印彻底碎裂。

魔龙，出来了。

白绫感觉到一阵强烈的心悸，她本来正在休息，拿着陆林生那把凤琴在好奇地摆弄，突然表情一凝，手中凤琴摔落，她整个人都被一阵强烈的眩晕给冲击得摔倒在地。

陆林生笑脸一变，立刻将她扶住，感觉她整个身子都在颤抖。

"怎么了？"他没感觉到什么，伸手去抚白绫的额头，却见她的脑袋上长出了一对龙角，她还是幼龙，龙角也小小的，顶端还透着点粉红。

白绫靠在陆林生胸前喘气，摸着自己的脑门，顽强地爬起来，断断续续地说："我有种感觉……龙神……魔龙出来了，很远的地方，东边，有什么东西碎掉了。"她被那道力量冲击，连形态都受到了影响。

陆林生看着她脑袋上的龙角，眼珠子都不转了。

白绫有点神志不清，挠了挠长出龙角的地方，觉得痒痒的："我现在觉得很不好，有好危险的感觉，那条魔龙这样快就要找来了？"

陆林生声音软和："脑袋是不是有点痒？我帮你挠一下？"

白绫随口说："哦，行。"

本来急得不行的老贝壳看到这一幕快疯了，大声在白绫脑子里尖叫："行啥子行！不行！让他把手放下去，别乱摸！那是他能乱摸的地方吗？！"

白绫痛苦地捂住脑袋："帮忙挠个脑壳而已，又没让他帮忙挠后背。你别喊咯，喊得我脑壳痛。"

贝壳老头声音低下来，开始啜泣："魔龙已经没有理智了，性格凶残，他记着是我们白龙族做的最后封印，现在肯定要来找小主人的麻烦，这种时候小主人你还不急，在这里跟旮旯里长出来的奇怪小妖怪早恋，你还这么小……"

白绫觉得老头子可能是急疯了，都开始口不择言了。

"急是没得用的，冷静点儿。"白绫晃晃脑袋站起来，遥遥看向东边，眼中有一抹隐忧。她现在有严重的危机感，这种如芒在背的感觉，让她终于明白了老贝壳之前为什么那么害怕。她的本能在驱使她逃跑，逃得越远越好，可她又担心如果自己躲藏好了，那魔龙找不到自己，会去归一仙宗，那里也有她留下的气息。

老贝壳听到她的担忧，不以为意："魔龙不太可能去归一仙宗，就算他要迁怒发火，也不会是归一仙宗，还有白海……"他说到一半察觉不对，含糊了过去，"反正小主人你现在还是先担心自己。"

"我知道有个地方，可能可以去。"陆林生忽然说。

白绫看向他。

陆林生："妖魔涧。"

妖魔涧有别于人间界，属于另一方天地，两边的气息都是隔绝的，如果想要暂时躲过魔龙，妖魔涧或许会是最适合的地方，那里又是陆林生最熟悉的地方。唯一的问题就是，妖魔涧的入口在东海，魔龙现在也在东海。

"妖魔涧，就是你之前和我说的，你从前待的地方？"白绫想了想，下了决心，"好，我们就去妖魔涧。"

老贝壳："不行，他肯定是心怀鬼胎，故意要骗小主人你去东海送死！去哪里都可以，就是不能去东海，小主人你不要被美色所惑！况且这个美色还不怎么美！"

白绫敲着贝壳，没有回答他。她能理解老头子不想让她去东海的心情，龙族对于那条魔龙有天然的畏惧，老贝壳这种依附龙族的种族更是这样，他又胆小，恐怕胆子都要被吓破了。但除此之外，她也没地方能去。

"我们要快点了。"陆林生看着远方的天际，现在他也能隐隐感觉到什么。有一片红霞从天际出现，绮丽旖旎。

"你不喜欢高处，如果看不见会感觉好些吗？"陆林生问。

白绫："……如果不知道自己是在高空的话。"

陆林生："好，那我裹着你，我们就飞到普通树梢那样的高度，而且你看不见，这样可以吗？"

这个高度白绫还是能接受的，但……

"你裹着我是什么意思？"

就是变成原形，把她裹在那些黑色丝线里的意思。白绫被陆林生说得好奇起来，直接答应了。躺在一片黑暗中，她觉得自己像只被毛线困住的猫。

陆林生的原形背后有一对巨大的、宛如乌鸦一般的黑色翅膀，只是他很少用到。此刻，他感觉到白绫待在自己的身体里，整个身体好像被充满了，他奇迹般地有种完全吃饱了的感觉，再也感觉不到那种无处不在的饥饿与食欲。

那双黑色的翅膀猛然张开，带着他们飞上天空，速度快得像闪电一般。和他之前说的在树梢的高度不同，他直接拔高到了天空之上，身边都能触碰到湿润的云。

但白绫不知道，她躺在陆林生的身体里，觉得很神奇，因为他完全就是黑色丝线组成的，内脏啊什么的全都没有，这样子看上去就是个空空的黑箱子。一阵颠簸后，她感觉应该是陆林生飞起来了，有一点晕眩，但不是很严重，大概就像是从前坐火车睡在卧铺上的感觉。

"呜呜呜，我就说这个陆林生不安好心，把小主人骗到自己嘴里，他这不就是要吃掉小主人吗？小主人你为什么这么傻？人家张着嘴你还往里跳，这下子真的要死了，我的小主人怎么这么命苦啊！呜呜呜！"老贝壳痛哭流涕。

白绫："你怕啥子！我相信陆林生不会吃我，就算他要吃，反正都是死，还不如让他吃了算咯，我跟他比较熟，又不认识魔龙，你说是不是这个道理？"

老贝壳："……"

白绫："老头子你别哭了好伐？到处都滚的是珍珠，我身下好硌人，硌得我腰痛。"

她把滚到自己身下压着的珍珠扒拉到一边，闲着无聊便开始好奇地抠摸那些黑色丝线。这些丝线非常柔软，虽然捕食妖魔的时候可怕又凶残，但托裹着她的时候软绵绵的，毫无攻击力。白绫暗搓搓地还有点儿兴奋，到处乱摸，结果被她摸出来一个线头。

线头？白绫趴在那儿就开始往手指上绕线头，绕着绕着她发现面前稀稀疏疏透出光来了。

白绫：糟糕！陆林生的后背被我抠破了！

她想起自己小时候上课无聊抠毛线衣线头，结果她绕出来一个毛线团的时候，身上那件好好的毛线衣也只剩下一半，变成了个小背心。

白绫松开那线头，不敢再抠了。

"陆林生，你没事吧？"

陆林生的声音和他人形时有点不一样，闷闷的，不过好像带着点笑："没事，就是不知道为什么身体好像有点漏风。"

白绫心虚地用手捂住了自己抠出来的地方，一下子都忘记了自己在空中的事。

她就在自己身体里，做了什么，陆林生怎么会不知道？如果他现在是人形，可能已经笑倒了。

17

虽然有一个厉害的仇家在远处虎视眈眈，但白绫的心态还不错，真正心情糟糕的是关注着他们的玄苍上神。

眼看白绫和陆林生相处和谐，他怎么也不可能高兴。现在他的心情就像是自己的私人用品被其他人擅自用了那样糟糕。

他有一瞬间想直接将陆林生给除去。妖魔之体这种极少见的天生异类，虽然很难杀死，却也不是没办法杀死。可是很快，他又放弃了这个想法，如果现在杀死陆林生，岂不是让他太好过了？而且女主角白绫也会对他念念不忘，这可不是玄苍上神想要的。

他想要的，是让白绫看看她现在这位心上人的所谓"真心"，让这段不该有的感情彻底破裂。

原本玄苍上神是打算等魔龙找过来给了他们惨痛的教训后再出现

施恩，可现在他改变了主意。在陆林生被魔龙杀死之前，他要给他的女主角白绫安排一场好戏。

玄苍上神一挥袖，往东海方向去。

陆林生带着白绫靠近东海，越过了她一直想去的与焉山。此时的东海呈现出一种奇特而瑰丽的景象，海天相接处有大片赤红色的云霞，几乎将蓝色的海水都映红了，红霞铺陈在半个天空中，形成各种各样的飞翔龙形，红色霞云龙狰狞霸道，仿若真龙一般。

海边有一道幽深狭长的裂口，灰黑色的雾气如瀑布一般从裂口中倾泻而下，在裂口下方汇聚起一层灰烟。

东海是超出陆林生预计地安静，不仅没有了那些乱窜的妖魔，连本该已经冲破封印而出的魔龙都不见踪迹，他只感觉到有龙残留下的淡淡气息。

陆林生将白绫从身体里放了出来，顺手抱住她。因为路途有点长，她早就睡着了，现在还没醒过来。

陆林生也没叫醒白绫，只抱着她在周围查看是否有其他异常的情况。是老贝壳看不下去了，用传音叫醒了白绫。白绫一睁开眼，看着一团黑漆漆的人形毛线近在眼前，还有些回不过神，陆林生察觉到她醒来，转过脑袋来朝她笑。当然，鉴于他现在是原形，根本没有脸，做不出笑这个动作，白绫连他眼睛在哪儿都没找到，更看不出来他在笑。

"这里，好像有点子不对劲。"白绫从陆林生那个漆黑的条条身上跳下来，吸吸鼻子说。

陆林生变成人："我也觉得有哪里不太对劲，魔龙似乎不在此处。"

白绫："对，他好像走咯，我闻不到他的味道。"

老贝壳更是紧张，要是魔龙在这里，他害怕，可魔龙不在这里，他还是被自己的脑补吓到："他是不是潜伏在周围？"

白绫："他要是想杀我，直接正面冲过来就行咯，还潜伏，潜伏个锤子，我看他是刚出来太饿了，现在去找吃的了。"

老贝壳被她说服了:"那我们运气还真不错,趁现在赶快进入那个什么妖魔涧!"

白绫:"欸,老头子,我发现你变脸有点快,路上还跟我叨叨哭。"

老贝壳沉默片刻,略心虚:"这不是、这不是来都来了吗?就、就进去看看嘛。"陆林生把白绫裹着一路都没吃,这个事实多少让老贝壳觉得放心了一点点。

虽然有一些疑虑,但有魔龙的威胁,他们还是很快进入了妖魔涧之中。就在他们的身影没入那道裂口之后,裂口前浮现出玄苍上神的身影,他一招手,裂口突兀地合拢,变成一个小鼎落入他手中。而原本的妖魔涧裂口,则还在原地,毫无异样。

原来白绫二人所进入的"妖魔涧"只是玄苍上神布下的一个陷阱。

玄苍上神将幽浮山的神器之一镇山鼎用障眼之法附着于妖魔涧入口上,引得白绫他们入网。这镇山鼎甚至能困住神,现在困住一条小龙和一个还未大成的妖魔之体,自然十分轻松。鼎能隔绝气息,在这种时候,玄苍的目的当然不是护着这两人躲过魔龙,而是想看点有趣的东西。

他回到幽浮山神殿,将小鼎浮在半空中,居高临下地看着里面的情形,同时抓出一个鼎的虚影交给弟子与仙侍们,吩咐他们:"将弟子们都派遣至下界除魔,那些擒住的魔,不论生死,都投入鼎中。记住,只要魔,不要妖。"

幽浮山众仙不明所以,但也听从了他的安排,各自下界去寻找魔物。

玄苍上神要用魔饲养鼎中那个妖魔之体。

玄苍作为上神,已经活过很多年岁,在他的记忆中就有这样的妖魔之体。这是一种很奇特的存在,连他也不知道这种东西究竟是如何产生的,但他知道妖魔之体会被吞噬的东西改变。他们的吞噬能力有多强大,弱点就有多明显——吞噬了什么,就会被什么所影响,哪怕这个影响只是微不足道的,但积少成多,最后会变成什么样,显而易见。

就像陆林生在妖魔涧之时,他吞噬的大多是在妖魔涧诞生的妖魔,那些妖魔没有见过外面的世界,大多被贪欲支配,浑浑噩噩,所以陆林生除了继承的执念和隐约的记忆，也是浑浑噩噩的。等到他离开妖魔涧，开始吞噬人间界的各种妖魔，得到的零碎记忆越来越多，也被各种更加复杂的感情所影响，喜怒哀乐与欲望都越发明显。

玄苍上神记得很久之前出现的那个妖魔之体，当初一出现也是引起了一阵腥风血雨。因为这种东西大多诞生于罪恶之地，最初就是"恶"的化身，所以那个妖魔之体四处作恶，惹得生灵涂炭。当时还没有仙庭，神还有好几位，可都拿他毫无办法。后来为了阻止他，西方佛国十几万虔诚善良的僧人前去度化他，被他全部吞吃。于是，那妖魔之体被影响，有了"善心"。

他开始憎恶自己的行为，无法接受吞吃任何生灵，又对自己从前的杀孽愧悔不已。他从大魔头变成了一个僧人，到处行善，克制自己的食欲。可这是违背天性的事，妖魔之体许久不吞食血肉就会变得虚弱。他越来越虚弱，最后是饿死的。

玄苍上神就是想看看，陆林生这个妖魔之体吃了那么多的魔之后，会变成什么样。等他露出真面目，想要吃掉身边相伴的"恋人"，那条天真的小白龙就该知道害怕了，到时候互相残杀的场面才精彩。

他满怀恶意又带着点微妙的怜悯看着鼎中的人，等待着他们惨烈的结局。

陆林生刚进入那片漆黑的空间就觉得不对，拉着白绫就要往回退，可惜已经来不及了，他撞上了一个屏障，只能继续往下落。踩到地面的时候，白绫默不作声地坐在地上，一脸忍耐地扶住了自己的额头。

陆林生在她身旁，过了一会儿见她不动，才问："好些了吗？"

白绫摆摆手。她恐高症很严重，从上面降落这个过程虽然看不见，但她本能感觉自己处于很高的地方，所以头晕目眩还腿软，好不容易才缓过来。

"这里不是妖魔涧。"陆林生语气肯定。他在妖魔涧里待了那么久，里面的味道和各种气息他都熟悉，绝不是这样陌生的。

白绫终于抬起了头，随手擦掉额头上的冷汗，拍拍屁股站起来。这里是一片黑暗，她看不太清楚，掏出几颗硕大的夜明珠，让它们飘浮在高空中，这才看清楚周围的情况。地面平坦，敲击起来有金属的声音，比一般的金属又多了几分沉闷，白绫在烈焰谷几年也没见过这种金属。

　　她抬手打了个响指，那几颗夜明珠往四周飞去，随着它们的运动，四面高耸的墨绿色墙壁出现在视线尽头，这是一个很宽阔的空间。

　　"我们好像被人丢到了一个大盒子里。"白绫说着仰头望去。上方一片漆黑，她又打了个响指，那些夜明珠往上飘，到了一定高度后就再也上不去了，这个时候他们在底下看那些夜明珠，也只能看到几个光点，像是天上的星星。

　　"我试过了，上不去。"陆林生说。

　　"哪个龟孙儿吃饱了没事干把我们关到这里头！"白绫气得跳起来指着脑袋上空喊，"有本事就给老子出来，耍阴招……"

　　她刚跳起来还没落地就被陆林生拦腰抱住，往后退了好长一段距离。白绫听到砰的一声，有什么东西重重地砸在她刚才站着的地方。

　　白绫又撒出一把夜明珠，整个空间都笼上了一层朦胧光辉。她看清了刚才砸下来的是一只很丑的魔，没等她仔细看，砰砰的声音就接连不断地响起，她拉着陆林生退到了一面墨绿色墙壁前，看着上面跟下雨似的掉下来十几只魔。这些魔有的死，有的残，有的蒙，聚在一起发出各种仿佛车祸现场一样的奇怪叫声。

　　因为空间很大还自带回声，所以这群魔叫唤起来的效果非常可怕。

　　白绫把脑袋磕在背后的墙壁上："好吵。"

　　陆林生就扑过去将他们吃得干干净净，整个空间中没有了魔在叫，只剩下回声重重叠叠，最后回归安静。

　　他回到白绫身边，发现她满脸思索之色，似乎在思考什么严肃的问题。

　　"我刚才以为是敌人把我们两个关到这里，但现在想一想又觉得奇怪。"白绫拉着他分析，"你看，说不定是要救我才把我们关在这儿，避免被那条魔龙找到，还没忘记给你送吃的下来。"

老贝壳："小主人你糊涂了！把你关在这个破地方怎么可能存了好心！"

陆林生对白绫说："嗯，你说得对。"

老贝壳：我总是因为自己不够年轻、跟不上你们的思路而显得格格不入。

白绫："所以到底是哪个龟孙……龟儿子把我们关起来的？！"猜测对方可能是一片好意后，白绫很讲究地把"龟孙"换成了"龟儿子"，礼貌地给幕后黑手提升了一个辈分。

就在他们说话这一会儿，又有魔被丢了下来。

白绫："给你送吃的这速度是不是太快咯？"

又过了一段时间，砰砰——

白绫："把我们关起来的人肯定晓得你要吃好多。"

陆林生："咔嚓咔嚓。"

白绫："……你吃饱了没有？"

变成原形的陆林生吐出来一具被吃得干干净净的骨架，拖着走到她面前："这里面什么都没有，这个可以当床给你睡。"

白绫敲了敲那具魔骨架："骨头太稀了，不好睡，不过我可以这样搞。"

她把骨架翻过来，从灵囊里掏出一卷鲛纱绕上去，做了个吊床："你试下这个，我以前在洛水，就是睡这种吊床！"

陆林生躺上去试了试，对她笑成花："躺着舒服。"外面看着的玄苍上神面无表情地想：我把你们关在这里面是要折磨你们，不是要你们来谈情说爱的！

18

"陆林生？"

白绫喊了一声，没听见回答，又提高声音喊了声："陆林生？！"

那个正在吞食魔的身形才顿住，片刻后传过来一个含混的声音："嗯？我在这儿，怎么了？"

白绫坐在吊床上看着角落那边的漆黑影子。她刚睡醒，夜明珠都飘浮在她身侧，陆林生那边并没有处于夜明珠的照明范围，仍旧是一片昏暗，只能看到他和一堆狼藉的魔骸影子。为了不影响白绫休息，陆林生进食的时候都会把那些被丢下来的魔拖到角落里去吃。

他们被丢进这里已经好些天了，哪怕白绫最开始气定神闲，现在也不免心浮气躁起来，她毕竟还是个年轻的女孩子。不管是这摆不脱的困境还是长久不见的天日，都给她带来了心理压力。但最让她觉得不安的不是这些，而是陆林生。

她从吊床上跳下来，带着那些夜明珠走向陆林生，刚走出去几步，陆林生就出声了，他说："这边有些脏，你不要过来，会弄脏你的靴子。"

白绫下意识地停下脚步看了看自己的靴子，这是一双一尘不染的白靴，作为一条白龙，她变幻出的人形看上去足够干净，让她不会那么容易被灰尘污渍沾染。

就在这一会儿的时间里，陆林生从角落里走出来，慢慢走近她。白绫看见那个黑暗里两米多高的影子由高变矮，最后变成正常人类男性的高度。等走到她身边，在夜明珠的照耀下露出脸的时候，陆林生看上去已经和平时没什么区别了，还是那副文弱书生的模样。

"你醒啦？"陆林生说。

白绫看他一眼，朝他刚才的方向走过去，看到那角落里没吃完的魔。这些天被扔下来的全都是魔，无一例外。

这些事情令白绫日益不安，她总觉得陆林生好像有些微妙的不同——可能是来自女孩子的敏锐，也可能是龙族的天赋。扔进来的魔真的太多了，陆林生又来者不拒，没日没夜吃了很多，她总觉得这样不太好。

在外面的时候，陆林生很喜欢进食的环节，但他跟在她身边，大部分时间是被她管着的，只有遇上攻击他们的妖魔，她才允许他吃。他虽然好像并没有吃饱，但每次都不显得沉溺。和他相处越久，白绫就越觉得他是在走向好的一面，可现在，他已经出现了一些微妙的变化。

白绫说不清楚，但当她突然惊醒时，看到角落里那个影子，她会突然感觉心惊肉跳，那是一种对于危险的本能反应。白绫偶尔会听到血肉骨头被撕扯开的声音，她甚至能想象到画面，陆林生最近进食的方式变得"粗暴"了很多，比起干脆利落地把妖魔裹进去吞食，现在的他开始喜欢在吞食前将食物撕扯得鲜血淋漓——这不是为了方便进食，而更倾向于某种恶欲的发泄。

就像是……魔的习惯。魔就是这样，习惯于享受鲜血，他们都有蓬勃的毁灭欲。

最糟糕的是，陆林生好像没发觉这一点，他不觉得自己现在有什么不对。

从进入这里后就很少再出声的老贝壳给她传音，声音是少有地沉重严肃："小主人，我有一个猜测，我觉得这个陆林生有些像传说中的某种奇特存在。你知道，我很老了，记得一些事，虽然记不太清楚，但我知道这种东西不能吞吃太多一样的东西，不然很容易被同化。

"小主人，以防万一，你不能让这个陆林生再这样吃魔了。就算他不是那种东西，吃了这么多魔，也容易染上魔气，被血腥一冲，可能引发杀性，到时候小主人你也就危险了。"

白绫听过老贝壳的话，心里那股不好的感觉越发明显。她走到角落看过了那些残余的魔骸，烦躁地一脚把一具魔骸踢开，转过身，发现陆林生亦步亦趋地跟在自己身后，双眼盯着自己，有些令人发毛。

她觉得自己应该和陆林生谈一谈。拉着陆林生回到休息的地方，白绫扳着他的脸，让他对准自己的视线，然后很慎重地说："最近你吃的都是魔，我感觉你有点不对。"

陆林生露出个古怪的笑，这可能是因为白绫心情不好，一时手重将他的脸颊挤压得有点变形。

"什么不对？"陆林生丝毫不在乎这个，还在对她笑着。

白绫说不出所以然，老贝壳总是神神道道，他的话还没那么确定，但她真的心慌。

陆林生还在等她说话，只有这种时候，他看上去和之前一样，好像永远都不会反驳她的话。白绫想了想，对他说："不要再吃那些魔，说不定有问题，等我们出去再说好不好？"

陆林生"嗯"了一声，点了点头笑着说好。

他答应得太快，白绫反而不放心了。她看到过他吃那些东西时的表现，就像一个暴饮暴食的大胃王，那种沉醉和痴迷，夸张点说都算吸毒了，能这么简单就答应？

"你真的答应我？你想好了嚓？"白绫怀疑地看着他，觉得他嘴里答应了，可能转头会趁自己不注意时去吃。

陆林生说："你不要我吃，我就不吃。"那样子不像在骗人。

白绫稍稍觉得放心了点儿。

但是很快她就发现，这不是个好主意。丢下来的魔太多，还有很多落在附近，陆林生不吃了，他们就必须将这些东西清理，暂时堆在另一边的角落里。有些魔还没死，白绫就会拿出自己的锤子处置。被莫名其妙地丢进这里，她憋了一肚子气，杀起魔来都变得干脆，再也没有像从前那样觉得恶心想吐。

一天天过去，角落里已经堆出了一个魔的尸山。在这里面，那些死去的魔都保持着新鲜的模样，不曾腐烂，所以没什么怪味，但血腥味越来越重，有些刺鼻。

从白绫和陆林生说过之后，他果然就没有再去吃魔了。为了弄清楚他是不是真的守约，白绫半夜会装睡，看他有什么反应。一连好几天，他都和白天一样，坐在她身边守着，没有离开悄悄去另一边进食。但偶尔她会看见陆林生定定地望着散发着浓重血腥味的地方，看上一阵，又转过头来看她。

后来他看向那些魔尸的次数越来越多，好几次，白绫都发现他的眼睛变成了浓郁的红色。

"陆林生！"白绫有些心惊地喊他。

陆林生眨眨眼睛，和往常一样笑着看她。白绫就凑过去，犹豫地抬手摸摸他过瘦的手："你……是不是很饿了？"他好久没吃东西了，但她还没找到离开的办法。

白绫的灵囊里有她的食物，可那些，陆林生吃了也没什么意义，对他来说不属于能消化吸收的东西。白绫一开始试图和他分享食物，就被他拒绝了。

陆林生看看她覆在自己手背上的手，又看看她脸上明显的担忧神色，犹豫了一下，低下头，将额头靠在她的额头上，说："是，我饿了，我不会吃那些的，你不要怕。"

是的，陆林生感觉到白绫的害怕了，哪怕她没表现出来，但他能察觉到白绫对于他大量吞吃魔的恐惧，哪怕这种恐惧很微弱，甚至白绫自己都没意识到，但他能发现，所以他才这样克制着自己的食欲。

克制自己的本能，确实是一件很可怕的事情。但他的本能不只有食欲，还有白绫，当本能产生了分歧，他就自然而然地选择了白绫。只要她还在身边，他就愿意忍受这种饥饿和痛苦，以及日益的虚弱。

白绫忍不了了，她现在完全肯定把他们关在这里的人，总之不管对方是人是妖还是人妖，都不是什么好东西。她非常想出去，但方法想遍了都没找到出路，她甚至在气急的时候拿着自己的锤子在墙壁上大锤了一通，想把这墙壁砸烂，结果自己的耳朵差点没被震聋。

她坐在那儿生闷气，发觉陆林生又在看那堆越堆越高的魔尸，眼神是极度地渴望，那是非常非常饥饿的人才会有的眼神。白绫伸手把他的眼神吸引过来："你要不要喝点水啊？"她没话找话。

陆林生摇头，看她的眼神和刚才看那堆魔尸的眼神是一样的。为了对抗本能的食欲，对于她的执念，也相应地被完全激起了，所以这是个能把大部分普通人吓跑的可怕眼神。

白绫被他红色的眼睛盯着，生理反应似的冒出一身鸡皮疙瘩，但她主动上前抱了抱他。陆林生也伸手抱住她，把她往自己怀里按，用的力道连白绫都觉得有些疼了。他把脸埋在她颈边，隔了一会儿白绫就感觉到一点湿润。这当然不是眼泪，而是口水。白绫习惯了，因为这不是第一次。对于陆林生来说，她其实也是一种能吃的食物，而且她敢肯定自己的滋味比那些魔好得多，绝对是一道美食。

"陆林生，你又对我流口水，弄到我衣服上咯。"白绫抓着陆林生的衣服。

陆林生声音有点含混："嗯，我……有点饿。"

不是有点饿，是很饿。白绫想象了一下自己是块香喷喷的炸鸡，而陆林生饿得快神志不清，却只能对着她流口水，一时间竟然还对现在的情况感到了那么一点好笑。但很快，她就摸了摸陆林生的脑袋，语调低落地说："要是再找不到出去的办法，你就还是继续吃魔吧，总不能把你饿死咯。"

不管他吃了那些魔之后会变成什么样，她总不能因为这些怀疑就让他把自己活生生地饿死。

老贝壳犹犹豫豫地喊了声"小主人"，最后却什么话都没说出来，选择了沉默。

又过了两天，白绫醒过来发现身旁的陆林生变成了黑漆漆的原形，他没有再保持人的样子了。她一下子明白过来，这是他已经没办法再维持人形。她望着陆林生的背影发了一会儿呆，那是个怪物的模样，身后一对黑色的翅膀垂着，黑色的羽毛落在她脚边，盖住了她的腿。

白绫忽然就跳起来，拽着沉默的陆林生走到那庞大的魔尸山前，言简意赅："吃！"

纤长的黑色影子犹疑了一下，整个身体微微晃动，在白绫木然又毅然地再次表明让他吃的意思后，他就朝那些狰狞的魔尸扑了上去。很快，他就像饿极的人终于吃到食物那样陷入了疯狂。

白绫听着耳边的声音，有种稍稍松一口气，心又猛地被掐着越提越高的感觉。她转过头蹲下，抱着自己的膝盖，将脑袋埋起来。

玄苍上神冷眼望着鼎中的景象，对那个扑在魔尸上的漆黑怪物露出了一个厌恶又鄙夷的神色，转到白绫身上时，则变成了审视和期待。白绫对陆林生的控制令他小小吃了一惊，不过他绝不会相信妖魔之体会被"驯服"，现在他们之间越是和谐，玄苍上神就越是期待他们在这鼎中撕破温情，互相残杀的那一幕。

19

玄苍上神当然不会让女主角白绫死亡，毕竟这对他也没有丝毫好处，他要的不过是让陆林生在白绫面前露出真面目。只要他们翻脸相杀，他当然会在白绫死前将她捞出来。

而如果白绫执迷不悟，他会选择看着白绫去死——哪怕放弃这个世界。

说到底，玄苍上神如此高高在上的姿态，不过是因为他有许多这样聚集气运的世界，而白绫也不是他唯一的女主角，如果她像之前两个世界的女主角一样那么令他恼火，那他宁愿让她去死。所以明知道放下身段讨好的策略对白绫可能更有用，他还是不愿意丢弃自己的脸面和主导权。他的表人格对于女主角的爱，大多基于掠夺和霸占以及控制欲，而换了里人格，他更是无法对这些与自己截然不同，对自己不屑一顾的女主角有什么真心的爱。

他仍旧希望用强压和破坏的方式，得到自己想要的胜利。

而这一次，他觉得自己会胜利。

…………

陆林生已经吃了很多魔，但他一直没有停下来。白绫站在魔尸山底下仰头看了好久，只看见他在上面不停吞吃的模样。他吃得越多，好像就越贪食，这个情形让白绫觉得很不妙。

她在底下喊他的名字："陆林生！"

他似乎没听见，仍然在疯狂地吞咽，有血泊在魔尸山底下汇聚，白绫低头看了看自己踩在血中的白靴。

她没有再喊陆林生，而是退到了魔尸山远处，将目光放在了头顶。那是他们进来的地方，如果其他地方出不去，或许只有那里还有可能。

她有严重的恐高症，虽然师父师兄们每次见她用龙形在地上走的别扭样子都会笑话她的恐高症，但实际上这不是一件好笑的事，因为这对她来说非常可怕。白绫是属于恐高症最严重的那一类型，可能是遗传，也可能是小时候被她那个亲爹给刺激的，或者两者都有。她在生活中完全不会去高处，完全避免高楼。

如果是恐高症轻微一些的人，在高处可能只是眩晕想吐，但换作白绫，她会喘不上气，全身发软直至晕厥。最严重的一次，她被玩闹的同学带到大楼楼顶的玻璃观景台，眼罩刚摘下来，看清面前的景象，她就眼前发黑，浑身发冷，冷汗瞬间浸透了衣服，直接倒了下去。后来就再也没人敢拿这个和她开玩笑，从上辈子到这辈子，没人逼她，她自己也不逼迫自己像条真正的龙那样飞在天上。

但这回，真的避无可避。

她给自己做了一会儿心理建设，闭上眼睛，变成了一条漂亮的小白龙。白得发光的鳞片，清爽干净的须发，流畅姣好的身形，还有明亮的大眼睛。

老贝壳见她抬头望着头顶，愕然问："小主人，你该不是要……"

一个"飞"字没说完，白龙冲天而起，周身围绕着散发光芒的夜明珠，陪着她一起靠近头顶的那道屏障。

这个困住他们的空间很大，头顶最高处的屏障也非常高，白绫刚飞起来没多久，还没碰到屏障，就开始觉得全身发虚。如果她的状态好，或许情况会稍微好些，但她现在极度紧张，状态糟糕，这也就让她更加难受。要是往常，白绫可能就忍不住心底的恐惧，放弃了，但现在她咬牙继续往上飞，尽量不看其他地方，只一心一意盯着顶上。

老贝壳感觉到小主人的难受和虚弱，都快哭了，小主人从出生起就和他在一起，他是看着小主人当初如何抗拒飞行的，哪怕他很希望小主人能像条正常的龙，但他看着小主人难受的样子，也不忍心逼迫她，对于她的"偷懒"也睁一只眼闭一只眼，偶尔拿出来念叨念叨，但他没想过有一天小主人真的会这样逼自己。

"小主人哪！唉！"

快到屏障边上时，白绫还是没能坚持住，眼前一黑，摔了下去。白色的龙飞快地坠落，周围的夜明珠也跟着像流星一样坠下。

老贝壳尖叫起来："小主人！"他不得不变成人形，那个手臂长的老头试图拉住摔下去的白龙，但就像一只蚂蚁拉不住大象一样，他根本不能阻止白绫摔下去。好在白绫被老贝壳拽痛了胡须，最后关头恢复了一点神志，勉强降落在地面，没有被摔个半死。她盘在地上，老贝壳腿软地趴在她的大脑袋边："你可吓死我老人家了！"

白绫没说话，她休息了一会儿，又站了起来。老贝壳看她有继续飞的意思，吓得抱住她的爪子："小主人，我们不试了，没用的，你不要做这种徒劳的事了。"

"什么东西不试都是徒劳。"白绫再次飞了起来。这回她看了一眼魔尸山上那个瘦长的影子，继续往上飞。第二次她甚至没能飞到第一次那样的高度，勉勉强强落下来后，她休息了更长的时间。

老贝壳在她第三次尝试的时候已经不说话了，只在她休息的时候安抚地摸着她的龙脑袋和小牛犊一样的鼻子，像夸奖小孩子那样夸她："我们小公主真厉害，好厉害。"

白绫："你不要哭，珍珠滚得到处都是，我懒得捡，等下摔下来不小心踩到珠子我还可能脚滑摔跤。"

老贝壳被她嫌弃得哇哇大哭。很奇怪，以往他这样大哭，白绫都觉得脑壳疼，这回她却觉得自己昏沉的脑袋好受了很多，再度充满了力量。

她再度飞起来，终于触碰到了屏障。龙的身体是很强悍的，她直接用身体去撞击那个屏障，可惜它纹丝不动，她又试图用锤子去锤，仍然没用。龙形不擅长用锤子，但要她在半空中变回人形，她憋着的那口气一松，很有可能就要掉下去了。所以她最后仍然选择了用脑袋和尾巴不停去撞。

砰砰的巨响不断响起，魔尸山上的瘦长影子忽然顿住吞咽的动作，仰起脑袋。他看见了高处的白龙，她身边的那些夜明珠像星星，中间的她就像月亮，都在散发着照亮黑暗的光辉。那条漂亮的白龙身上溢出了血，她把自己的身躯撞破了，鳞片从身上掉了下来，然后她也失去所有力气摔了下来。

几乎长在魔尸山上的瘦长怪物突然间张开翅膀。他的翅膀和之前鸦羽的模样有些不一样，更大也更难看了，和身体的连接处开始变得有点像是带着硬皮的肉翅。他拍着巨大的翅膀，上前接住了正在坠落的白龙。

伤痕累累的白龙落在地上后，慢慢变回了人形。她白色的裙子上好几处都沾了血，脸色也是惨白惨白的。

"脑袋给我撞得好晕，我流了好多血，好疼哦！"她虚弱地骂了句脏话。

"陆林生？你还能不能变成人？"

陆林生抱着她，把应该是脑袋的那东西靠在她脖子边上，闻言过了好一会儿才又变成了那个书生的模样。白绫感觉自己脖子边上有点湿，抬手就拽了一把陆林生鬓角的头发。

她都流血咯，他还对着她流口水，像话吗？！不过仔细想想，如果鸡腿里的肉汁溢了出来，好像闻上去是会香一点。白绫"呸"地吐出一口血沫："陆林生，你再对我流口水，我要打你了。"

陆林生："我没有流口水。"

白绫："那这个湿湿的是什么？"

陆林生："……我觉得疼，可能是流血了。"

白绫把他的脑袋从自己脖子边上拽起来，看到他身上没有一点伤，倒是眼睛里有水。

"流个锤子的血，你这是眼泪！"白绫说。

陆林生："你疼是因为流血，我疼不也是因为流血？流眼泪也会疼？"

白绫："……你是疼才会流眼泪。你唧个又傻起来咯。"她有点不自在地擦了擦陆林生的脸，把他脸上的水珠子抹掉了。

她发愁地想，最开始认识陆林生，他就有点儿像傻子，傻乎乎的，后来明明越来越聪明了，结果现在在这里吃了这么多魔，又开始变得有点儿傻乎乎的。老贝壳说得对，这东西不能多吃，吃得智商都下降了，太可怕。

"你还是别吃那些魔咯。"白绫说。

陆林生低头舔了舔她的脑门，那里被撞破了，正在流血。他舔了几下，慢吞吞地回答："不吃了。"

白绫想把他推开，但又觉得他傻乎乎的样子可怜兮兮的，不忍心，干脆就让他舔了。不能吃的话，舔舔解馋也好。陆林生觉得嘴里鲜甜的味道很好，但他同时觉得很疼，忍不住又抱着白绫的脑袋蹭了蹭她的脸颊。

没办法在顶上找到出路，白绫心情沮丧，再加上身上的伤和恐高的眩晕余韵，她整个人都不太好，但陆林生抱着她，亲昵地挨挨蹭蹭，让她感觉到了一种和老贝壳相似的疼惜与安慰。她不记得谁说过，在这世界上，爱是最难藏住的，陆林生就是这样，在她还茫然的时候，他就似乎很喜欢她了，这种感情甚至让他此刻还温驯得像是无害的食草动物。

"等我休息一哈子，想想还有啥子办法。"白绫翻个身闭上了眼睛。

过了一会儿，她没听到动静，睁开一只眼睛，发现陆林生不在身边了。她猛地坐起来，往那边的魔尸山上看过去，没有看到陆林生，她意识到什么，又抬头，隐约看到个黑影往上飞去了。

白绫爬起来，一瘸一拐地往前走了几步，将夜明珠浮了上去，照亮已经飞到顶上的陆林生。

他和她一样在试着撞击屏障，但也没什么用，徘徊了一会儿后，他没有再选择撞击屏障，而是整个身体快速融化，变成了一大片黑色——在底下的白绫看来，陆林生融化了，他的身躯像黑色的流水一样铺开，试图覆盖整个屏障。

白绫听到了细微的吱吱声，那片黑色的水蠕动着，过了很久很久，四周竟然嗡嗡震动起来。白绫蓦地睁大双眼，期待地屏息等待。

外面的玄苍上神微微沉下脸，抬手笼罩在面前的小鼎之上，紫色的光芒笼罩整个小鼎，将小鼎的震动镇压下去。

"上神！"仙侍匆匆走进神殿，神色间有一丝惊惶，"东海的魔龙打上了幽浮山，已经快要攻破山门了！"

玄苍上神放下手："慌什么！"他站起身，往殿外走去，"你留在此处看好这个鼎。"

鼎中，嗡嗡震动突然停止，陆林生化成的漆黑水流重新汇聚成原形，跌跌撞撞地飞了下来。白绫上前一把将他接住。

"我觉得你比我厉害。"白绫按住陆林生的肩，"我现在有个想法。"

20

"我有个想法。"白绫坐在陆林生面前，张开嘴缓缓吐出一枚发光的龙珠。

每一条龙都有自己的龙珠，这一颗龙珠并不属于白绫，而是父亲白龙族族长的。虽然成年龙族都能呼风唤雨呼啸天地，但幼龙除却身体的强悍，没有太多自保能力。这枚龙珠就像是父亲留下的护身符，当初还曾在狐狸妖怪的袭击下保护过白绫。

这些年白绫生活平静，没遇上过什么危险，这枚龙珠就一直在她的身体里安生待着。

"刚才我感觉那个动静不一般，再加把劲很有可能就能破开屏障，我们需要一个瞬间爆发的强力攻击。"白绫摸着龙珠，神情坚定，"我要激发这颗龙珠里所有剩余的力量，配合你一起打开这个破盒子！"

要是这样还不行，那他们也别想出去了，就在这里面过一辈子算咯。

"等我出去，我要看看，把我们两个关到这里头的人，到底是哪个？！"白绫摩拳擦掌。

东海镇压的那条魔龙打上了幽浮山，哪怕他已经被镇压多年，再不复往日威风，可他毕竟曾经是龙神，整个龙族信仰的神。以他现在的虚弱状态，仍能轻轻松松地搅弄风雨，将幽浮山一众仙侍、弟子打得落花流水。

在玄苍上神到来之前，那条在云层中咆哮的魔龙已经搞掉了一大拨白衣飘飘的幽浮山仙侍，他们下饺子一样咕咚咕咚全都从天上栽进了幽浮山下的海里。他还把幽浮山的结界拍碎了一个角，粗壮巨大的龙身暴涨几十倍，缠绕着幽浮山周边的那些小仙岛，将幽浮山上那些精美建筑都给摇散架了一片。

从神殿里掠出的白影身形渺小，飞到半空中时猛然一声龙吟，也变成了龙形原身。玄苍上神是黑龙，而魔龙，在他还是龙神时是一条金龙，变成魔龙后被侵蚀成了黑龙，但这个黑和玄苍的不同。

玄苍的黑鳞异常美丽，在阳光下有种斑斓的光彩，所谓"五彩斑斓的黑"。魔龙现在的黑则是打翻了墨汁的黑，简直透不进去丝毫光亮。

这两条外表、大小看上去相差不多的黑龙在天空中轰轰烈烈地撞到了一起，将整个幽浮山的结界都撞破了，发出好几声巨大的轰鸣，把一些小弟子都给震得当场晕过去。

魔龙见到同为龙族的玄苍上神，丝毫没有对于同族的友善，相反地，他那双漆黑的龙眼中全是暴戾和恨意。从他变成魔龙后就是如此，对于龙族有莫名的仇恨，但凡被他遇到的龙族，全都丧命在他爪下。

魔龙是嗅到白龙族的气息才会过来，因为他被镇压在白龙族聚居的东海这么多年，对于他们的气息很敏锐。当然除了白龙，玄苍这条黑龙也在他的敌人范围内，敌人的气息越是强大，魔龙就越是好战暴怒。他的疯狂状态，让玄苍都一时间有些招架不住，连连退了几步。

但玄苍能当这个上神自有道理，他很快就扭转了局势，从略处下风到旗鼓相当，再到偶尔能压制，魔龙被他赶出幽浮山。两条龙换了战场，在远处的天边云层里交手，幽浮山上的众弟子和仙侍无人敢靠近，只能用敬畏的眼神看着那云层里露出的龙身。

都是黑色，在暗沉的云层里几乎让人分不清到底谁是谁，只有偶尔在云层里亮起的闪电，能在一瞬间照亮两条厮杀的黑龙，让人看清楚战况。

就在魔龙和玄苍上神打得难舍难分之际，玄苍上神的神殿内也响起了一声炸雷般的巨响，原本浮在神座前的小鼎忽然间炸开，神殿内多了两个人，一个是浑身鲜血的白绫，一个是浑身漆黑的怪物陆林生。守在此处的仙侍被这巨响吓住，还没往外传信就倒霉地被一大堆魔尸给压住了。

因为鼎被破坏，里面那些没吃完的魔尸也跟着一起喷发出来了，撒得神殿内到处都是，把一个严肃洁净的神殿搞到处血肉模糊，简直成了个屠宰场。那被魔尸压了的仙侍满脸是血地挣扎着推开魔尸，一脸难以忍受地喝住白绫二人："站住！你们不许离开此地半步！"

显然他们是被上神关起来的，如果他们跑了，等上神回来了，她要怎么解释？仙侍一边整理自己，一边心里发虚。

白绫扶了一把陆林生，往周围看了看，脸色很不好地询问那个仙侍："你是哪个？是你把我们关起来的？这又是哪里？"

仙侍暗暗叫苦，期盼着上神早点回来，换上了一副好好商量的面孔企图拖延时间："这里是幽浮山，你现在很安全，最好不要做多余的事。上神把你们带回来也是为了你们好，你是白龙族的白绫吧？我们幽浮山之人都知晓上神对你的青睐，你自己应该也知道上神不会害你的，现在魔龙就在外面，上神还为了你去抵抗那魔龙，这么大的恩情，你怎么能辜负上神的厚爱……"

按她说的，被关起来这么久还要感激那个上神厚爱？白绫骂道："我信了你就是有鬼！我就猜是那个瘟神做的好事！"

白绫左右看看，问陆林生："你看到我的锤锤莫得？"

刚才他们齐心协力炸开那个鼎的时候，混乱中，她拿在手上的锤子也被炸飞了。陆林生漆黑的条状手指了指神殿最上面的那把椅子。白绫一看，发现自己的锤子一只砸坏了神座，另一只嵌在了后面的玉璧里，把上面一条栩栩如生的黑龙砸掉了一只眼睛。

她跑上去拔出自己的锤子，摁着那边还在大呼小叫试图叫人来帮忙的仙侍就是一锤，把人砸晕了埋进魔尸山里。

"外面哐哐乱响，两个老坏蛋在打架，我们趁现在赶紧离开这里。"白绫擦着自己脑袋上的血，毫不在乎地蹲在陆林生面前，"你怎么样，还能不能走？"

刚才陆林生几乎抽空了自己的力量，现在已经无法变回人形，如果不是白绫还在这儿，他可能已经控制不住本能，冲出去开始吞噬所有能见到的血肉了。

看他这累傻了的样子，白绫干脆把他拉起来，在更多人被吸引来这里之前赶紧跑。

跑出去一看，双锤勇士白绫顿时萎了。

"幽浮山这个鬼山山，真的是在天上的哦。"她声音虚弱，都不敢看那些飘浮在周围的云。

之前在那个黑暗的空间里她能咬牙飞起来试试，但现在她真的精疲力竭，勇气都用光了，而且现在不比之前，这个高度多可怕，都看不到陆地的模样，往下一看全都是云和天空，好像只要跳下去就会一直往下摔似的。

额头上的虚汗和血一起往下唰唰地流，白绫看向陆林生："要不，你一个人先走？"红色的血流向眼睛，她眨眨眼，擦了一下。身体到处都有痛感，她感到头超乎寻常地晕，不知道是流了太多血的缘故还是因为驱使龙珠抽干了体内本就不多的灵力。

陆林生从出来后就没说过话，对于白绫的询问，他的反应是张开了自己的胸膛——如果那算是胸膛的话，整个把白绫裹了起来。

这是白绫第二次被陆林生裹起来，她当然不会因为这个慌，但她明白陆林生是要带着她从这里飞下去，她虚得整个人都快变成一摊泥，又不能在这种逃命的时刻大喊不要，只能捂着嘴忍着不吐，这就是她最积极配合的行为了。

他们想趁着幽浮山众人都被天上战斗吸引的时候逃跑，但显然他们的逃命之旅没有这么容易。发现神殿出事的幽浮山弟子们大呼小叫着，像一群嗡嗡的蜂那样追了过来。这一群弟子还颇有些能力，联手暂时困住了陆林生，让他一时没法突破重围。

这边一乱起来，天上正和魔龙打的玄苍上神就发现了自己后院着火的事，也没心思和魔龙打了，满心恼火地一扭头准备先弄死陆林生出口恶气，飞出去没多远，狂化的魔龙一口咬在他的尾巴上，玄苍上神怒吼一声，将魔龙甩了出去。

魔龙怎么肯看着敌人在眼前跑掉，不甘示弱地回吼一声，拖着伤痕遍布的身躯跟了上去。玄苍上神身上也有不少伤，但他没在意这个，靠近底下的陆林生后，他张口喷出一股冰寒龙息，将陆林生冻了起来。

陆林生整个身体在瞬间凝固，张开的双翅也被裹进冰内。也就是在两个呼吸间，周围的弟子都没反应过来，陆林生已经挣脱了冰封，奇迹般地躲过了玄苍上神的一击，往天空飞了过去。

好死不死，那魔龙恰巧跟至，又嗅到陆林生身上的白龙族气息，也发狂地朝他攻击。陆林生被两条巨龙环绕，险象环生。

玄苍上神看出白绫被陆林生裹在身体里，他想杀陆林生，却因为前车之鉴而不敢杀白绫，动手难免束手束脚。魔龙则一心要吃掉最后的白龙族人，也想趁隙吃了黑龙玄苍。陆林生对这两个当然是能下杀手，可他们之间终究有着差距，他也没办法对付两条力量强大的龙。

情况既混乱又隐隐僵持。

玄苍上神很快感到不耐烦，魔龙的搅局让所有的事都变得不可控，仿佛冥冥之中有什么在扰乱这一切。他仰天长啸，周身寒意迅速蔓延了整片天空，幽浮山都在瞬间变成一片冰天雪地，同时有数不清的冰箭直刺魔龙，刺骨寒意和锋锐冰箭甚至能穿透龙族坚硬的外皮和鳞片，魔龙受伤不轻，终于往后退去。

陆林生虽然没有正面承受那浩荡一击，但还是躲闪不及擦了个边，数道冰箭扎进他的双翅里，在他的翅膀上结成一片片霜花。

玄苍上神冰冷的眼眸睥睨这狼狈的怪物，冷然道："把她交出来。"

陆林生转身欲飞，玄苍上神一爪将他打落，准备将他那具乱七八糟的身体撕开，把白绫抓出来。然而他们都没想到，他将陆林生打落至空中，那原本已经离开的魔龙又神出鬼没地突然出现，从云层底下冲出来一张口把陆林生连带着白绫都咬进了嘴里。

"找死！"玄苍上神真正怒了，冲过去在魔龙的身躯上留下了一个大大的血口，血液在空中喷溅，使得这一片天地里落下的白雪都被染成了红色。

女主角在眼前被吃了，那意味着他又将失去这个世界，玄苍上神如何能不恼火，可就在这时，他忽然发现魔龙浑身抽搐着张开了口。他的嘴被漆黑的东西完全撑开，那些漆黑的丝线互相缠绕，像是一个人临死前挣扎的手，将一道小小的白色影子从魔龙嘴里推了出来。

就在那道白影子被推出去远离魔龙之后，魔龙愤怒地将口中挣扎的漆黑怪物嚼碎吞了下去。

21

白绫做了个梦。

在梦中，她被困在一个地方，孤身一人，怎么都找不到出路。那是一个大到没有边际的树林，每一棵树都长得一模一样，她不停地跑，心里又害怕又焦急。

不知道跑了多久，她看到一个影子出现在前面。她出声喊住那个影子，影子就停了下来转身看她。

那是个衣衫褴褛、看起来很可怜的丑陋青年，让她有种莫名的熟悉感，这个场景也似曾相识。可梦中的白绫不知道他是谁，她问："你能不能带我出去？"

那个丑兮兮的青年对她摇摇头，就在她面前变成了一个漆黑的怪物，然后很快融化成一大片黑水……

陆林生。

白绫醒了过来。她躺在那儿一动不动，眼神怔怔的，她想起自己晕过去之前看到的最后一幕——陆林生被那条魔龙吃掉了。

她被裹在陆林生空荡荡的躯体里的时候，整个人都非常难受，强忍着保持最后的清明，她不知道那短暂的时间里发生了什么，只知道自己忽然被推出了陆林生的身躯，她看到天空和飘飞的雪，以及在魔龙嘴里挣扎的陆林生。

他那时不是人形，而是原形，所以她连他的表情都没看见，只看见他的脑袋似乎是往她这边转了转，然后那巨大的龙口就闭了起来。

白绫忽然捂住脸，整个人蜷缩起来，身体不停地颤抖。

"小主人？"老贝壳的声音小心翼翼的。

白绫没说话，只有细碎的呜咽从指缝里流出来。老贝壳变成小人的模样，坐在了白绫身边，试着用小手摸了摸她漆黑的长发。在这种时候，老贝壳才觉得自己的小主人看上去真的像条幼龙了。

"老头儿，陆林生死了。"

"唉！"

白绫用通红的眼睛看他，张口就说："我要去把那条魔龙抓住，剖开他的肚子，说不定陆林生还没被消化完。"

老贝壳吓了一跳："欸欸，小主人别孩子气，这怎么可能呢？先不说咱们抓不到魔龙，就是抓到了真剖开他的肚子，那个陆林生肯定也没了。"

白绫却不和他说话了，她坐起来，转头看自己这是在哪儿。

缥缈庄严的建筑，高贵典雅的摆设，还有窗户外飘浮的白云，这一切都告诉白绫她现在在幽浮山。她抓起老贝壳，起身走了出去。

"小主人，你又要做什么？"

白绫刚到殿门口，就发现自己推不开那扇高大的殿门，显然被人锁了："外面有没有人？把门打开，让我出去。"

门外传来一声嗤笑，有人语气不屑地说："上神吩咐了，让你先在这里休息，想出去，等上神要见你再说。"

老贝壳抱着白绫的腿劝她："小主人，你先别急着出去，先忍忍。你身上还有很多伤呢，我们在这里养好伤再说其他的事好不好？"

白绫绷着脸："我已经受够了被人关起来了。"她说完，拿出了自己的大锤子，走到旁边的墙上敲了敲，选了个最薄弱的地方，抡起锤子猛力砸下去。

轰轰几声，烟尘滚滚，砖石坍塌，白绫从墙面上破开的大洞钻了出去。这个被她暴力破开的洞和门隔得不远，在门边负责守着她的两个幽浮山弟子正面色惊骇地扭过头看她，他们怎么想得到，还有人这么不讲究，到了幽浮山这种地方，也敢这样放肆。

"你、你不能走！"一个弟子反应更快些，看到白绫准备走，连忙拦她。白绫也不说话，只拖着手中的大锤往地上杵了杵。

两个弟子瞧着破了个大洞的墙壁，一下子都噤了声。白绫走下台阶，听到身后两人小声地在说赶紧通知幽水仙人。这个幽水仙人白绫知道，曾经代表那个玄苍上神去归一仙宗招揽过她的，在幽浮山地位还挺高。

"什么？白绫不是受了伤昏睡了吗？怎么这么快又醒来了？"幽水仙人听到弟子的回报，头疼得不行。

魔龙来袭和上神那一战，把整个幽浮山的结界都撞破了，本来四季如春的幽浮山还因为上神的能力变成了一片冰天雪地，到现在还没恢复。幽水仙人还要忙着处理之前受伤的弟子和各种事，再加上个白绫……如果可以，她真不想理会这条难缠的小白龙。

可惜上神不知道怎么回事，就是对这条白龙青睐有加，每次都格外宽容。幽水仙人怨气丛生，不仅因为白绫给她惹来的麻烦，还因为内心的嫉妒，从来没人能得到玄苍上神如此的厚爱。而白绫竟然还不知珍惜，这是最可恨的地方。

幽水仙人冷着脸匆匆赶到，拦住了白绫："在我幽浮山地界，当客人的如此无礼，我还是第一回见到。请你回客房去，现在大家都很忙，不要再给我们添麻烦。"

白绫瞧她一眼："我是客人？要是你不说，我还以为我是在当囚犯。爬开，我要走了。"

幽水仙人皱眉："上神还没说你可以走。"

"他又不是我亲爹，还管我去哪里？"白绫摩挲了一下自己手里的锤，"我这一锤下去，你脑袋上那一堆头发可能要散，我不想跟你打架，你快点子爬开。"

幽水仙人脸色忽红忽黑，如果可以，她倒是很想跟白绫打，好好教训这个小兔崽子，但她不能，她只能控制着自己的情绪继续和白绫说："你应该知道，这一次是我们上神救了你的性命，如果不是上神出手，你现在已经被魔龙吃掉了。现在魔龙虽然暂时败退，但你一旦离开这里，失去了上神的庇护，很有可能被魔龙盯上，你最好想清楚现在该怎么做。"

"最后问一次，让不让开？"白绫举起了锤子。

白绫还是和幽水仙人打了起来，虽然她打不过，但幽水仙人也不敢伤她，白绫发起脾气来凶得很，丁零咣当一阵乱砸，把幽浮山的漂亮屋子砸塌了好几间，一个人就抵得上一整个拆迁队。

实在闹得不像话，玄苍上神终于出现了。他伸手虚虚一掌压下来，把白绫整个压得动弹不得。

"你也该学乖一点了。"玄苍上神冷冷望着在地上挣扎的白绫，道，"是我救了你。"

白绫发现自己挣脱不开，也就不费那个劲儿了，趴在地上扭脸看着脚不沾地、白衣飘飘的玄苍上神，冷笑一声说："我求你救我了？我是想活还是想死，都要由我自己选，不关你的事。你有啥子资格把我关起来？难道你还真是我亲爹？"

玄苍上神微微动了动手指，白绫就感觉身上的重量突然加重，朝着她碾压过来。

"啊啊啊——"

听着白绫的惨叫，玄苍上神道："从今天开始，你就待在幽浮山，我要你学会听话。"

白绫吐出一口血沫，扯着嗓子大喊："听话个屁！我去你个仙人板板！"

玄苍上神继续加重力道，白绫嘴里的骂声扭曲，变成了接连不断的惨叫，最后活生生地疼晕了过去。玄苍上神这才放开禁锢她的力量，对一旁的幽水仙人吩咐："给她戴上万钧锁，锁住她的手脚，不许她变成龙形，还有，把她的武器扔了，我要看到一个愿意听话的弟子，不是一个只会和我作对、满口粗俗之语的叛逆孩童。"

既然拒绝了他的屡次示好，又这样冥顽不灵，那他只能用自己的方式好好调教她。摧毁一个人，再重建，其实是一件很简单的事。

幽水仙人低头应"是"，望着昏迷的白绫，露出个幸灾乐祸的笑。

就如玄苍上神所说的，幽水仙人给白绫戴上了特制的万钧锁。这锁看上去就是拇指大小的小银锁，但系在手脚上无法取下，一般人戴上会直接被压断手脚，就是幽浮山弟子们戴着也会无法起身，换作龙族的白绫，这万钧锁会最大限度地限制她的行动。她没办法再搞出任何破坏，也不会有一点杀伤力，这沉重的几道锁甚至让她连多走几步都会累个半死。

白绫的苦日子开始了。

不过，负责教导她的幽水仙人和几个看管她的弟子，日子更苦。

"你都这样了，为什么还这么能折腾？！"幽水仙人心力交瘁地发出这样的疑问。

白绫瘫在地上，整个人散发着"反正我不配合，你随便干吗"的气息。她的性子是撞上南墙不回头，非得撞碎南墙往前走不可的，谁都别想勉强她。

幽水仙人每日找人来教导她礼仪，所有被找来的教导仙人都被白绫气得拂袖而去，这些人哪里体会过白绫这样特殊的骂人技巧？幽水仙人让人看着她，但她一会儿戴着万钧锁跳进水里沉底，让一群弟子忙活半天打捞不起来，一会儿和一群弟子打起来，闹得到处鸡飞狗跳，就连幽水仙人都被她薅下来一大把头发。

"上神，我实在是无法教导她，请上神恕罪。"幽水仙人跪在玄苍上神面前，整个人都好像老了十岁。

玄苍上神："把她带到这里来。"

白绫立刻被送到他面前，两人一个坐在神座上，另一个站在台阶下。

"跪下。"

白绫："我告诉你，你最好现在杀掉我，不然老子迟早要锤破你这个臭脑壳。"她这句话说得很认真，到这个世界后，她还是第一次真心想搞死一个人。

玄苍上神起身，走到她的面前，一根手指点在她的脑袋上，将她整个人压得跪了下去："我不喜欢有人违抗我的命令，我让你跪下，你就要学会跪下。"

白绫的反应是吐了他一身："你这样恶心，也不怪我想吐。"

玄苍上神黑着脸一巴掌将她甩飞出去，白绫摔落在地上，没事人似的擦着脸爬起来哈哈大笑，朝他比了个中指："龟孙，你再来啊，我还怕你吗？"

魔龙在幽浮山受了重伤，落入海中后在一片海域里暂时蛰伏，哪怕是重伤在身，他盘踞在海中散发的气息依旧慑人，使得周围海域里所有的活物都远远逃离了这里。

突然间，正在憩息的魔龙睁开双眼，他张开口，似乎想要将什么呕吐出来，却没有办法如愿，很快他庞大的身躯在海中扭曲翻滚起来，这动静搅起了海面上的波浪。

这片海域动荡了好几个日夜，终于在某个月夜平静下来，海底那条魔龙比几日前更加疲惫，身体上的伤也更加狰狞，那些大大小小的伤口里开始溢出黑色的丝线，慢慢地，龙鳞底下也开始溢出，整条龙的身上仿佛长出了什么奇怪的植物，看上去异常可怕。

又过了半个月，魔龙几乎已经被这黑色的丝线裹住了龙身。他仍然在挣扎，不断将那些黑色的丝线扯碎，可很快又会长出新的丝线。终于，魔龙精疲力竭，无法再动弹，这时候黑色的丝线缠住了龙脑袋，发出一阵咯吱咯吱的奇怪声响。

巨大的魔龙在海中忽然变成了一个人，这个男人有着一头黑发和一双金色的眼睛，神情凶戾。

"杀……灭龙族……"他说完这句话忽然神色一变，捂住了脑袋低声喊道，"白绫、白绫！在哪里……

"杀龙族……不……我要找白绫……"

22

"你这是何苦呢？违抗上神是不会有好下场的，这些日子吃了这么多苦头，你还没想清楚吗？"仙侍在给白绫处理过伤口后，一如既往地劝她。

白绫捂住耳朵，她没力气，也懒得骂人了。整个幽浮山都是玄苍上神的地盘，这里的人会说的话也就那几类，苦口婆心地劝她妥协的，讥讽嘲笑她不自量力的，嫉妒暗恨她不知好歹的，还有个发神经的玄苍上神——就是一只万年绿毛龟带着他的一群龟孙。

白绫确实吃了不少苦头，但越是这样，她就越厌恶玄苍上神。想让她乖乖听话？不管是现在还是以后都没可能。

仙侍暗自叹了口气，端着药走了出去。虽然她有些可怜白绫，但走的时候仍然尽职尽责把房间给锁上了，免得白绫又想不开逃跑。

白绫费力地坐起来，从灵囊里拿出了一把琴。这把风琴是陆林生的，后来他们被关起来那回，陆林生就把琴放在了她这里。

发了一会儿呆，白绫试着抱起琴弹了两下。她对于乐器实在不擅长，瞎弹了两下很快就失去了兴趣，只是眼眶发红地望着琴。

以后不会有人弹给她听了。

白绫手一松，凤琴落在一旁，她无力地合上了双眼。

玄苍上神闭眼休憩，思索着自己是不是应当更狠一些，白绫的坚韧出乎他的意料，她那些没有杀伤力但足够恶心人的反抗也令他觉得厌烦。

打定了主意，玄苍刚准备令人去带白绫来，面前忽然弹出一块面板。因为他的一意孤行，面板许久没有出现过了，此时它忽然弹出，直接就是一个鲜红的警报。

主空间出现问题！警告！主空间严重受损！

听到主空间受损，玄苍神情一变："怎么回事？"

多个世界同时出现混乱，数据延迟，刚收到同步更新数据，情况过于严重，请至主空间查看。

主空间是里人格赖以生存的世界，同时联系着他的无数个小世界，极为重要，玄苍上神也顾不得这个小世界里的事了，直接脱离身体，回到了主空间。

虚无一片的主空间里，此时仿佛刮起无数风暴，原本无垠的世界肉眼可见地收缩坍塌。玄苍见此情景，暴怒地道："告诉我，究竟怎么回事？"

系统迅速展开，铺满了这虚无的空间，上面有着无数"甲辰""乙武"之类的字样。

在您降临于玄苍上神这个表人格世界的时候，共有上百个世界同时发生偏移，数据发生未知延迟，没能及时传达到

您这里，现在那些世界大部分已经偏移，您失去了再次登录那些小世界的机会，也一次性失去了那些世界的气运，因此主空间发生动荡。

在那块面板上，原本黑色的字体，有大半变成了红色，这表示这些小世界都已经不在他的掌控之内了。

"回溯，我要看看这些世界是怎么回事。"玄苍忍着怒火说。

是，请您做好准备。

玄苍闭上眼睛，一幕幕画面在他脑海中出现。那些原本属于他的世界，都出现了相同的问题，女主角们仿佛换了个人似的，她们不再像原本的发展那样爱上他的表人格男主角。而他的表人格们都来自主人格的衍生，所以带着相同的霸道和自我，他们虽然并不像主人格这样知道世界的剧情，但他们的性格导致他们和那些女主之间产生了巨大的摩擦，最后的结局非常惨烈，不是他的那些表人格杀死了那些异变的女主角，就是女主角反杀了他的表人格。

这两种结局，前一种等于是他直接斩断了自己和那些世界的联系，这种行为带来了一定的后遗症，比如数据延迟，这很有可能就是因为他的表人格杀了太多的女主角，影响到了系统的运行；后一种虽然没有后遗症，但同样令他失去那些世界，表人格被杀死，几乎就等于他自己也被杀了一次，这让他感到异常暴躁。

玄苍看完那些世界留下的影像，愤怒的表情里渐渐有了一丝恐惧。

他之所以趾高气扬，就是依仗着这些数量巨大的小世界，对他来说失去一个世界、两个世界，甚至十几个世界都不算什么，可一次性失去上百个，并且情况很有可能会越来越糟糕，就容不得他再无所谓了。最令他感到恐惧的是，他始终没发现这些问题究竟是从何而来，他不知道这些异变是谁造成的，还有没有办法处理。

他阻止不了这些世界的快速流失。

如果有一日这些世界全都脱离了掌控，那他这个"神"还有意义吗？到那时候，这个主空间会变成什么样？他又会变成什么样？

"到底是谁？！一定有什么在背后操纵这一切！系统，你给我找出来！"他几乎控制不住自己的情绪。

然而系统依旧是不疾不徐地显现出一排字——

叮——系统没能查找到异变源头。

"找不到那就继续搜索！"

搜索失败，未能找到异变源头。
搜索失败，未能找到异变源头。
…………

里人格脱离表人格躯体，回归主空间之后，留在神殿内休憩的玄苍上神猛然睁开了双眼。他感觉自己似乎有些奇怪，他在突然间失去了一些奇怪的念头。他想起自己这段时间的所作所为，逼迫一条并不怎么优秀的白龙当弟子，还想征服她？！

他有着这段时间的记忆，可怎么都无法理解前一段时间的自己究竟为什么要做这些事。他在记忆中找出关于白绫的事，嫌弃地拧起了眉。

毫无可取之处，屡次冒犯他，还和一个邪恶的妖魔之体颇有渊源，足以直接杀掉了，何必费这个心思特地调教？

他怀疑地在自己的灵府之内审视了一下自己的神魂，并没有异样，没有被人控制的痕迹。那他怎么会做出这些匪夷所思的事情？

玄苍上神正百思不得其解之际，仙侍前来回禀："上神，龙女伤重，一直不肯好好用药，情况有些不好，如今她已经陷入昏迷，上神是否要去看看？"

玄苍上神厌烦道："不必管她死活，死了就令人将尸体扔出幽浮山。"他本来也不打算留下白绫性命。他这些时候的异样似乎和白绫有关，当初卜星也算出他有一个命劫落在白绫身上，在这样的巧合之下，玄苍上神当然想处置了白绫。

仙侍难以置信地抬头去看玄苍上神，他们上神对于白绫的看重在幽浮山是尽人皆知，从前费心费力派人前去招揽，现在又特地把人抓来日日教导，结果突然就放手不管了，怎么看都十分诡异。

"下去。"

仙侍忙低下头，匆匆离开了。她一出去，关于白绫终于失去了玄苍上神宠爱的消息就传遍了幽浮山。

幽水仙人听到这传言还不敢相信，特地去神殿见了一次玄苍上神，这才相信上神是真的转了性，不，或者说，这才是她认识的那个无心无情的上神。

没了玄苍上神的看重，幽水仙人也不把白绫看在眼里，现在她想对付白绫就是一句话的事而已。

"伤得厉害？反正都快死了，那就直接按照上神的意思把她丢出幽浮山吧。"幽水仙人吩咐着，露出意味深长的笑容，"上神现在对她十分厌恶，不想再看到她了，你可明白我的意思？"

她的弟子也是个聪明人，很快笑道："弟子明白，一定办好此事。听说那魔龙前些时候被上神打退后就一直盘踞在东海，不如将这白龙族最后一位族人送过去，到时候她被魔龙吃了，上神问起来，也和我们无关。"

幽水仙人满意地点点头："很好，就按你所说的，去吧。"

白绫没想到自己折腾得要死要活都没能逃出幽浮山，突然间机会就降临了。她先前为了逃出去弄了一身伤没有好好养，后来又和玄苍上神作对，被他心狠手辣地折磨了好几次，终于坚持不下去，虚弱地躺在床上起不了身。

有不认识的弟子过来的时候，她还以为对方是要带她去见玄苍上神，谁知那人取下了她手脚上的万钧锁，扛着她直接离开了幽浮山。

"你是哪个？要带我去啥子地方？"白绫看着身边掠过去的白云，恐高症又犯了，挣扎着问出这一句。

扛着她的那个幽浮山弟子大概是看她要死了，还好心回答了她一句："上神不想见你，让我们把你处理了。"

白绫："……我谢谢他全家！"

扛着她的弟子摇了摇头，飞到了东海之上。东海有一片海域格外寂静，就是那条魔龙所在之地，他有些害怕那条魔龙，不敢太过接近，生怕自己被殃及，于是看着到了地方，赶紧把白绫扔了下去。

他在原地停留片刻，见白绫毫无所觉地缓缓沉入海中，同时，海面上忽然翻起一层海浪，厚重的龙吟声从海底传到海面。

是那条魔龙来了，怎么来得这么快？！这弟子不敢再停留，飞快地飞走了，临走前他往后看了一眼，顿时吓了一跳。只见巨大的魔龙影子映在海面，那身形大得可怕，离他异常近，一甩尾就能将他从天上打下来。然而那条魔龙并没有理会他，只将龙身盘成一个圆圈缓缓游动着。

弟子逃也似的飞出去好一段距离，这才心有余悸地停下来。他忽然想到，刚才那魔龙盘起来的位置，恰好就是他把白绫扔下去的地方，看来那位白龙女已经被魔龙吞掉了。

他当然想不到，白绫并没有葬身龙腹。

不仅没有，此刻那条发疯的魔龙还小心翼翼地在她身上嗅了嗅，接着将她整个圈在了身体中间。因为白绫是人形，只有小小一团白色的影子，而魔龙是巨大的龙形，被团在中间的白绫几乎就是躺在了一个小小的圆圈缝隙里。

她掉进水里的时候就没了意识，在水中模模糊糊清醒片刻，因为重伤在身，神思有些迟滞，没能发现自己身边黑色的墙壁是什么，她依着本能在水中变回了龙形。龙族受伤时，化为龙形对伤势的恢复是最好的。

变成白色的长条后，白绫再一次昏了过去。而巨大的黑色魔龙察觉到身体卷着的人变成了条条，很快舒展身体，绕着那条小白龙游了一圈。

小白龙真的太小了，和魔龙的躯体比起来就像是一根筷子和一条手臂。魔龙游动带起的水流就把小白龙冲得东倒西歪。

原本的魔龙在正常状态下眼睛是金色的，混沌状态下则是黑色的，可是此时的魔龙，双眼是血一样的红。他用鼻子轻轻拱了拱那条软绵绵的小白龙，干脆将她挂在了自己的鼻子上，带着她往另一片海域游去。

23

东海里有一片海域很特殊，这里是"海中海"，一片海中陆地上有另一片"海"。相比大海深邃的蓝，这片海中海因为比较浅，显出一种干净剔透的碧色，宛如海中的一块浅绿宝石。

海中海周围长着许多红色的杉树，这些杉树又叫龙血杉，顾名思义，是在龙血中机缘巧合长出来的植物。而这里有一大片粗壮的龙血杉从海中生长出来，可见这里曾经有过多少龙血灌溉。正是这个原因，这片海中海也有了一个特殊的能力，待在这里能让受伤的龙族伤口愈合得更快。

双眼血红的魔龙就这样把昏睡的小白龙挂在鼻子上，一路游到了海中海。他穿过那些高大的海中龙血杉，将挂在鼻子上的小白龙放在了浅碧色的海水里。

白色的龙在碧色的浅海中，看上去既好看又好吃。

魔龙昂着龙首，趴在旁边看着白龙，看着看着，龙嘴里不自觉流下龙涎。他的眼睛慢慢从红色变成黑色，尖齿也露了出来。

"吃……白龙……"魔龙的眼睛完全变成了黑色，他张开了大嘴，朝着白龙咬了下去。但在半途中，那漆黑的眼睛又溢出几丝红，让他在空中猛地闭上了嘴，咬了一嘴空气。

留恋地看了一眼白龙，魔龙忽然一转头，扎进海里消失不见了。他现在没办法完全控制住自己，一直在和那个还没消失的意识争斗着，担心会无法克制地伤害到白绫，他选择了暂时退避。

白绫在昏沉中感觉到一股柔和的力量将自己包裹了起来，身边的水流温暖又柔软，抚慰了她身上的伤痛。她感觉自己就像是在春日的太阳底下睡觉，舒服得不想睁眼。

但是不知过了多久之后，她感觉太阳被遮住了，有什么危险的气息就在脑袋上流连不去，还有什么东西滴答滴答地落在身侧，非常扰人清梦。白绫恼怒地睁开眼睛，对上了魔龙一双漆黑的大眼睛和那大张的嘴。

一觉醒来发现仇敌对着自己的肉体流口水？

"吓死老子咯！"白绫身体反应比脑子快，一个蹦高蹿起来直击魔龙的下巴，给了他一个下颌暴击。只见一根白色长条直挺挺地顶在了魔龙的下巴上，把毫无防备的魔龙顶翻了出去，仰倒在海里，霎时浪花四溅，波涛汹涌。

白绫不知道自己现在在哪里，魔龙又是个什么情况，她盯着魔龙倒下去后露出的肚皮，想起了被他吃下去的陆林生。

——现在剖开魔龙肚子，陆林生还在吗？这么长时间应该消化了吧？

老贝壳虚弱地在她脑子里说话："小主人……快跑啊……"

之前白绫被玄苍上神那个龟孙搞得十分凄惨，老贝壳壮起胆子为她反抗了一回，结果被玄苍上神轻轻松松吊打，只能窝在贝壳里，和小主人白绫一起苦兮兮地养伤。他也是才醒来不久，发现小主人和魔龙正面干上了，差点吓得贝壳盖子都碎裂了，一迭声地催白绫赶紧逃。

白绫也不傻，知道自己干不过人家，那个异想天开的想法也只是在心里过了一下而已。只可惜她虽然有逃跑的心，但筷子拧不过粗胳膊，魔龙那粗壮的龙身和他的大头很快戳了回来，虎视眈眈地戳在她跟前，白绫压根儿没地儿跑。

输龙不输阵，白绫狠狠地瞪着面前的魔龙，觉得自己在被吃前一定要爽个够，不管怎么样先照着脑袋给他来几下，打不死也要把他打傻！

白绫蠢蠢欲动，身后的龙尾巴晃来晃去。魔龙甩了甩脑袋，朝她大吼一声咬了过来，白绫退无可退，悍勇地扑上前，捶上了魔龙的脑壳。这不是一个强力的攻击，至少有准备的魔龙这次没被她打翻，但被她打了这一下后，魔龙突兀地停住了，歪着脑袋在半空中愣愣地发呆。

机不可失，时不再来，白绫又不客气地猛捶了几下，结果见到魔龙眼睛一闭，很尿地把脑袋埋进了海里，没有还手的意思。

白绫：干啥呢，一开始还要吃龙，现在咋不凶了？

"这魔龙咹个突然怪怪的？"

吓得小心肝扑通扑通跳的老贝壳也感到奇怪，目瞪口呆地看着许久没动静的魔龙。白绫没有化作人形，就保持着白龙的样子四爪着地溜达，甚至胆大包天试图爬上魔龙的背，准备走到前面去继续捶他脑壳。

发觉小白龙踩到自己身上，魔龙终于把冷静下来的脑袋抬了起来，看着她说："我是……陆林生……"

气势汹汹的小白龙猛然一顿，爪下打滑地从魔龙身上摔了下去。但她很快又爬了上来，四爪歪歪扭扭地奔跑在魔龙身上，来到魔龙的脑袋前面。

"你说啥子？"白绫不敢相信。

此时魔龙外貌的陆林生把大脑袋往后放了放，开口说："我现在是陆林生，但是魔龙也还在，有时候我控制不了自己……要是下回魔龙要吃你，你就像刚才那样捶我的脑壳。"

白绫不知道说什么，呆呆地瞧着黑色巨龙的红眼睛，突然间大喊一声冲过去撞在了黑龙脑袋边，爪子紧紧抓着黑龙的龙须嗷嗷哭了起来："陆林生！陆林生！"

"你没有死干净！太好咯！你还没有死干净！噫呜呜呜！"她哭着把自己的小龙脑袋往黑龙大嘴上撞，撞了一会儿抬头一看，哭声就噎住了。

"……你咹个又对我流口水？你管管你的大嘴。"

陆林生吸着口水把脑袋搁在水面上，和自己的本能做斗争，一脸弱小又无助地看着她："魔龙吃龙族，是他想吃你，我不想吃。"

白绫想起来他刚才说的那些："你是说，魔龙也在这具身体里，你不能一直控制身体？"

陆林生："嗯，等我再厉害一点，就能完全吞噬他，现在还不行。不过你不要怕，只要魔龙想伤害你，你用力打他就行了，我会醒过来的。"

白绫：好像外婆家以前那台老电视，坏了就敲一敲，敲两下就能好。

她半个身子挂在黑龙的脖子上，龙嘴轻轻撞了撞他的嘴："我不会被他吃，你要快点恢复，我还想听你弹琴。"她顿了顿，语气有些低落，"但是我把你的凤琴落在幽浮山咯，我下回再去凤凰那里给你买一把。"

黑龙被小小一条的白龙撞得心花怒放，虽然他不知道心花怒放是什么，但他高兴又满足地盘起身体，将小白龙圈了起来。

"我一定快点恢复。"他简直膨胀得觉得自己能立马再吞一条魔龙。

白绫就在他身上盘了个小的圆圈，把脑袋搭他嘴边。她现在心情特别好，连身上的伤也不痛了。

"小主人，你问问他可不可以带你去海里。"老贝壳显然心情也不错，期待地问。

"咋？海里有宝贝？"白绫问。

老贝壳沉默了一下说："底下就是白龙族当年建造的海下宫殿，你还没有见过当初族人们生活的地方呢。"

白绫明白老贝壳那一阵沉默有多少感慨和心酸，但她没太大感觉，毕竟感情这种东西，只有相处了才会有，她没法像老贝壳那样深深为从未谋面的白龙族人们难过，就像听了个悲伤的故事，好感度只在路人范畴。

"有龙宫啊，里面有没有啥子东西能给你治伤？"白绫关心的是这个。她怕老头子伤得太重，没她这样皮糙肉厚，一不小心可能就死了。

老贝壳十分感动，圆滚滚的白色珍珠噼里啪啦往下掉："小主人，这种时候你还想着我，我就是死了也欣慰啊！"

得到了肯定的答案，白绫不许他再哭，抓了抓黑龙背上的鳞片对陆林生说："我要去底下的龙宫看一下，你要不要跟我一起去？"

陆林生说："去。你伤还没好，我背着你去。"

一条小白龙就乘着一条大黑龙往黢黑的深海里游去。在龙族的眼里，海底并不是暗淡的，相反，海中有许多明亮的光点，像是雪花一样，还有着只有龙族才能看到的精致宫殿。用各种珊瑚、贝壳、珍珠还有海底宝石建造的宫殿在海底散发着明亮的光辉，营造出的是一个毫不逊色于外界白日的效果。

这样亮晶晶的奢华宫殿就静静矗立在海底，里面生活的龙族已经不见踪影，只有一个空荡的龙宫。

白绫发现这里比她从前在影视剧中看过的"龙宫"要朴素很多，没有人间界房子的雕梁画栋，只充满了一种有钱和闪亮的豪奢风范。那条盘踞在宫殿门口的巨大黄金龙雕像，让她体悟最深。

落下去仔细看才发现，屋顶上都长海草了，宫殿门口还长了大丛大丛的血玉珊瑚，几乎把通往殿门的路给挡住。

白绫变回了人形，能轻松穿过珊瑚的缝隙，黑龙也变成了人形，白绫扭头看了眼就愣住了："你怎么变成这个样子了？"

陆林生现在外貌出色，甚至比玄苍上神更好看。虽然玄苍上神是个龟孙，但白绫不得不承认他的长相位于颜值链顶端，而现在的陆林生已经超过玄苍，登顶了。

"虽然你现在很好看，但我不习惯。"白绫说，"一般帅就行，太帅了我吃不消。"她现在看陆林生，总觉得好像是在看另一个人似的。

陆林生："我变不回去，等我能完全控制这个身体，就能恢复原貌了。"

白绫想念他文弱书生的样子，甚至是黑毛线的样子。

他们穿过红珊瑚林，进入建筑内部，在老贝壳的指引下，白绫依次参观了白龙老族长和王妃的宫殿、她还是一颗蛋时待过的宫殿以及宝物库。

"这些都是族长留给小主人你的，只有身具最后白龙族血脉的小主人你才能进这里面。"老贝壳欣慰地说。

原本魔龙的威胁在侧，他也害怕让小主人回到这个故地，因此关于这里的事他半点都没说，只想着等小主人长大后再慢慢告诉她，但魔龙变成现在这个样子，他心里最沉重的负担都卸下了。

白绫给老贝壳拿了几样养身体的药，又好奇地在宝库里转来转去，在角落的大架子上找到了一颗脑袋大的金珠，她记得陆林生特别喜欢这样的金色珠子，这颗珠子这么大，送他了。

"陆林生，你看这颗珍珠，送给你。"

老贝壳："……小主人，这颗不是珍珠，这是遗梦珠。"

白绫："啥，这珠对人有害？"

老贝壳："这倒是没有……"不过趴在这上面睡觉，能让人看到心底最深的记忆。

白绫："没有危害那就把它当珍珠。"

白绫还是把它送给了陆林生。

24

即便这辈子变成了龙，白绫作为人类的习惯和喜好还是根深蒂固，毕竟各方面已经固定了的成年人是很难被改变的，所以哪怕龙宫很好看，她还是不习惯在水底休息。逛了两遍龙宫宝库后，白绫又乘坐着自己专属的黑龙坐骑回到水面上。

这一趟陆林生得了颗巨型金珠，老贝壳拿了很多治伤的宝药，白绫则取了一件武器——大宝刀。就是那种她上辈子总在垃圾网游广告里面看见的"点击就送，屠龙宝刀"，因为外表太眼熟了，令她很有好感，再加上她的武器大锤子被幽浮山的人扔了，需要新的武器，于是她就选了这个龙宫宝库里最靓的崽。

真的是最靓，白绫看到它的时候，这把长刀还光芒四射了一阵，就和歌舞厅蹦迪的灯光球一样酷炫。

"啊，这是镇胧宝刀啊！"虽然老贝壳这么说，但白绫执意为它取名为"屠龙宝刀"，舔狗黑毛线陆林生哪怕变成黑魔龙陆林生了，还是那个熟悉的舔狗，对着白绫垃圾的取名风格赞不绝口，老贝壳只能看着面前两条龙和小主人手里那把"屠龙宝刀"陷入沉默。

白绫："这个'屠龙'里的'龙'主要是指玄苍上神那条龟孙龙。"

无动于衷的老贝壳立刻跳起来叫好。他对玄苍上神最初是敬畏讨好，但经过白绫遭受的这一通折磨，老贝壳心疼不已，已经完全把玄苍上神看作阶级敌人，深恶痛绝。

"小主人你都能制伏魔龙，还有什么做不到呢！"老贝壳也膨胀了起来。魔龙啊，那可是龙神啊，哪怕他经过多年封印变成现在这个样子，还是令人仰望的，现在魔龙壳子里换了人，还是个对小主人千依百顺的妖怪，老贝壳回过神后怎么能不膨胀？

不过白绫和陆林生这两条龙，目前处于伤残状态，还没办法去打最后关卡的怪物，只能先在海中海抓紧时间养伤。

他们两个挨着睡成一坨，陆林生睡前还特地把白绫送给他的大金珠拿出来垫着睡。这么颗大金珠，架不住龙形更大，脑袋一架上去就能把金珠完全盖住。白绫挨着他的脑袋睡，半个脑袋和龙角就抵着那颗金珠。老贝壳还在心潮澎湃、雄心万丈，没注意到他们的行为。

所以在一黑一白两条龙陷入沉睡后，原名"遗梦珠"的正经珠子就默默发挥了它的功能——帮助枕着它睡觉的客人们回忆内心最深处的深刻记忆，因为目前枕着它睡的人有两个，所以记忆是交互的。

白绫在睡梦中来到了陌生又熟悉的地方，熟悉是因为她感觉周围的景物仿佛见过，陌生是因为她想了半天都没想起来自己到底在哪里见过。她现在的状态很奇怪，有清醒的神志，知道面前一切不是现实，但如果说这是梦境，又太过清晰真实。

她听到了一阵咒骂，眼前原本空无一人的地方忽然出现了好几个人，他们都是普通的村人打扮，正在踢打中间那个一身肮脏破烂的男人，那泥巴似的男人偶尔抬起头的时候，白绫看清了他的面容，顿时"啊"了一声。

她还记得他，当初她刚出洛水，听老贝壳的话准备去找幽浮山，结果迷路了，被困在一片森林中很久没走出去，就是这位兄弟带着她走出去的，因为他长得比较有特色，所以白绫还有印象，只不过她不知道这兄弟叫什么名字，他们毕竟萍水相逢，她随手帮助过他，后来就再没见过了。

所以她为什么会突然看见他？白绫正想着，忽然看见自己从远处跑来，一脚一个把那些村人踢飞出去，把趴在地上吃土的那兄弟提了起来，拽回了他的危房。

是的，这是那个时候发生的事。白绫慢慢想起来，跟在他们身后，重温了当初的那段记忆。

然后这段记忆飞快地跳了出去，白绫一眨眼就发现自己身处一间囚室中，上一个片段里还捧着金珍珠珍惜不已的大兄弟奄奄一息地躺在脏乱的牢狱里，一副濒死之相，有些疯狂地将那颗金色的珍珠吞了下去。白绫几乎感受到了他心里那种绝望的痛苦挣扎。

他的躯体很快被一只老鼠给吃了，那是一个会令人产生不适的场景，但白绫感觉不到，因为她的意识变成了那只老鼠，原本清晰的思绪变得浑噩。老鼠心里没有人类的各种思想，它只是在贪婪地获取能量，可是太多的能量令它痛苦，随着这阵痛苦一起出现的，还有一个隐约的念头，寻找什么的念头。

它不知疲倦地奔跑，终于在某一天嗅到了想找的那个气息，他抬起头看到一个白色的影子，它想上前，可他们离得那么远。而且它还很快被人杀了，死亡的痛苦将白绫抽取出来，她再度变成旁观者，看着那只老鼠的尸体留在废墟里。她愕然抬头，看见远处的"自己"和归一仙宗的弟子们毫无所觉地离开。

这是那个时候，是她遇上了妖狐那一次。

记忆和现在的场景分为两个视角，她不知道究竟是怎么回事，又看着一只乌鸦吃掉了老鼠尸体，然后它变成了一只小妖。

白绫看着那只在地上乱爬的红眼乌鸦，这只乌鸦好像也眼熟，她心里隐隐约约有什么呼之欲出。这一段清晰的记忆过后，又是一阵浑浑噩噩，白绫的意识再次成了那只乌鸦小妖，她感觉自己飞了很久很远，来到了一个地方。身体很疼，但是有心里追寻的那个气息在附近，所以这具身体就挣扎着靠了过去。

他看到了在湖中游水的一条白龙，她的鳞片和眼睛都在发光，蓝天绿水，鹅黄色的花，还有一条无忧无虑的白龙，这一切都显得静谧而美丽。

他变成红眼的小老鼠，变成红眼的乌鸦，神志始终浑浑噩噩，但只要看到白龙，他就感到满足。

这段时光眨眼就过去，白绫甚至还没从与红眼乌鸦的共情里回过神，就发现自己再次来到了一个奇怪的地方。这里一片暗淡，有着无数不怀好意的冰冷目光。被吞噬的过程就像是一次缓慢死亡的过程，窒息一般的痛苦会持续很长时间，而它就这样接连不断地被吞噬了很久很久，久到白绫都感到头疼不适了才慢慢停下来。

这一段画面混乱交错，白绫一时是旁观者，一时成为那个迷失于吞噬与被吞噬的怪物，好像在一个迷乱的恐怖噩梦里被来回拉扯。

噩梦停止的瞬间，她再次看到了自己，也看见那个怪物吞吃了一具乞丐的尸体，看见他循着心中执着的念头，走到自己面前。

"我……叫陆……林生……"

陆林生。他果然是陆林生！他竟然是陆林生？！

白绫简直快疯了，傻傻地看着眼前和谐的画面。"她"揪了一朵花丢在陆林生身上，陆林生收了起来，朝"她"笑。

眼泪从她的眼眶里溢出来。

和白绫的经历不同，陆林生看到的是一些很好的画面。

他看到了一个扎着小辫子的女孩子穿着花袄，牵着两个老人家的手晃来晃去。她开心地吃街口那家的凉粉，街尾那家的凉皮，还有一条街外的火锅，到处都是好吃的。卖山楂糖的小贩悠长的叫卖，鸡汤咕嘟咕嘟翻滚在火上，播放着故事画面的黑匣子，老人家给她新做的花裙子。院子里的缸里有一群蝌蚪，变成青蛙在她眼前跳走了，天气热的时候开了满院子的蜀葵花，悠长缓慢的午后时光，散发着竹子香的小床，蒲扇打出的风拂在脸上……

虽然很多东西陆林生都不认识，但他觉得很舒服，整个人都好像喝醉了一样软绵绵的，几乎要和那个缺了颗牙的小女孩一起睡过去了。

但他突然间感觉眼皮一阵刺痛，耳边响起一阵大哭大喊声，就从这个还没看完的美妙故事里抽离了出去。

睁开眼睛的陆林生看到白绫哇哇哭着拿爪子踹自己眼皮："你快醒醒！快醒一下！"

白绫虽然很想温柔地叫醒陆林生问个清楚，但是无奈体形差摆在那儿，温柔的方式实在叫不醒，只能用脚踹眼皮这种方式。

陆林生血红的大眼睛凝视着她，虽然是可怕的颜色，但里面满是喜爱，一点都不会让人觉得害怕。白绫一直奇怪陆林生为什么要跟着自己，为什么对自己这么喜欢，现在得到了答案，但她还是趴在陆林生的鼻子上问他："你是不是当初那个带我出了森林的大兄弟？！"

陆林生不知道她在说什么，喷了口气，歪了下大脑袋，从鼻子里疑惑地"嗯"了一声。

白绫急得直拍他的鼻子："就是、就是我当初还送给你一颗金珍珠，你当时丑丑的！后来你是不是还变成老鼠，还有乌鸦？我看到你咯，你是去归一仙宗找我？"

她一口气儿问完，却没能得到陆林生肯定的答案，他摇头说："我不知道。"

白绫："怎么会不知道，你不记得？"

陆林生："记得，但是很多东西都断断续续，那些好像是我，又好像都不是我。'我'这个概念，我不知道该怎么去定义。现在我还没完全吞噬魔龙，那现在这个我是我吗？乌鸦和老鼠，'我'这个意识又好像格外模糊，没有所谓的'自我认知'，也算我吗？还有最初的那个人类，我和他完全不一样，他又算是我吗？"

白绫被陆林生的灵魂发问给难住了，这种"我是谁，谁又是我"的问题搞得她脑壳好痛。

"那你为什么说你叫陆林生？这是谁的名字？"

陆林生："是我意识最初记得的名字，我只有这一个名字。我记得我要告诉你我的名字，很想你记住它。这是我继承的一种意识。"

喜爱和追寻她，这种意识，就像是塑造人时，用以支撑血肉和皮囊的骨头，是最坚硬的东西。就像他最终的形态是漆黑的线形怪物，内里是空荡荡的，没有血肉和各种器官，更没有心，当裹住那些血肉的时候，只会吸收他们的生命，只有白绫能安然无恙地待在那里，因为她是那具怪物身体的"骨"。

白绫想了好一会儿，忽然变成人形，小小一个，爬上黑龙的鼻子，"大"字形摊开在他的双眼中间。

黑龙为了看清她，把自己的眼睛变成了斗鸡眼。

"怎么了？"

白绫随手擦了下眼泪，在黑龙垂下来的须发上擦了擦："心口痛。"

她终于明白了陆林生的执着从何而来，但是一点都不高兴，男朋友惨成了这个样子简直太可怜咯。

25

老贝壳后知后觉地发现他们枕着遗梦珠睡了，在他解释了遗梦珠的功能后，白绫总算搞明白自己为什么会有这一场似梦非梦的经历，原来都是这个自动脑内投影仪的锅。

"你不要怕，我对你负责，下半辈子你就跟到我一起，晓得不？"白绫坐在黑龙的鼻子上跟他说话，黑龙陆林生开心得只会哼哼了，巨大的黑龙尾巴在身后悠悠一甩，溅起一片水花。

白绫考虑周全，讲究，想着先谈几年恋爱，等把老玄苍这个龟儿子搞死了，他们就回归一仙宗去见师父师兄，婚礼那个时候办也行。

她已经在考虑喜宴上要请哪些人，而陆林生心里还在高兴白绫愿意让自己一直跟着她，至于男朋友是什么东西，他并不知道。

而老贝壳，听到小主人安排自己的终身大事，他心里很累。小主人她究竟记不记得自己是条幼龙呢？不好意思，因为本质思想就是个成年人，即便成了幼龙，白绫也没把自己当未成年，如果要按照身体的大小来排年纪，陆林生现在就是她祖宗。

眼看着小主人是没这个自觉了，老贝壳只能自己想办法。他的办法很简单，就是带着白绫再次下了海底龙宫，找到了一片草。

"这些是苦易草，吃了有助于龙族成长，以前族内的小龙都要吃这种草，对身体好。虽然味道不怎么好，但是……"

没等他说完，白绫已经上去咔嚓啃了一口，随后大喜过望："这不是海带吗？！"

"太好咯，我好久没吃过海带了，我割了这些晒一晒做海带结吃！"

苦易草虽然对幼龙好，能加快他们换角的速度，但是一般龙族都不爱这味道，小龙们更是，只有强逼着才肯吃上一两口，他还以为要想让小主人吃这个得费好大一番功夫，没想到小主人这么喜欢。

白绫找到了一大片"海带"，开开心心地全部收割走了，一片片铺在黑龙的背上晒。

"忽然好想吃火锅。"白绫看着"海带"感叹。

陆林生一动不动地帮她晒海带，闻言说："那就吃火锅。"

"行，我来搞火锅！"白绫是个一受到支持立马就搞起来的性格，马上就开始想怎么搞。在海里，吃的当然就是海鲜火锅。她抓了一大堆鱼类，全都扔到海中海那片较小的海域里，又在海中海附近找贝类和虾蟹，还抓到一只章鱼，可等她回到海中海，发现之前扔进去的鱼都跑了。

"陆林生，你把身体圈一圈。"

黑龙依言把身体围成个圈，白绫就把抓来的食材扔进他身体圈出来的地方，陆林生整个就成了个食材架子。

白绫翻出来个巨大的贝壳做锅，往里丢大把辣椒和各种调料的时候，陆林生感到一阵头晕目眩，身体刺痛。他很熟悉这种感觉，是魔龙残存的意识和本能又要发作了，但他死死压抑着这种转变，不想将控制权交给魔龙——要是交给了魔龙，这些火锅材料被他掀了怎么办，白绫找了这么久的，眼看着就能吃了。

凭借着这种坚定的信念，陆林生把身体里翻涌的恶念和魔龙的贪欲都死死压了回去，完了他扭头看看，发现海带没掉，鱼没跑，这才放了心，只有一只大螃蟹企图越狱，已经爬上了他的尾巴，被他一尾巴甩了回去。

条件简陋，只能将就。白绫原本想做个鸳鸯锅，又一想陆林生根本吃不了，于是她就直接做了个辣锅，自己吃了个爽。她的屠龙宝刀在屠龙之前先屠了一只章鱼，削成圈圈丢进辣香四溢的锅子里，还有雪白的没有刺的鲜嫩鱼肉、小个的鱿鱼和红虾、大蛤、海参……当然少不了海带。

"除了火锅，还想吃烧烤，章鱼烤着吃更好吃。"除了屠龙宝刀，白绫后来去宝物库的时候还拿了一件武器备用，要是打起来的时候武器掉了还能有其他选择。这备用武器是把威风凛凛的三叉戟，老贝壳说的大名白绫没记住，就叫它大鱼叉了，用来插着章鱼腿做烧烤很不错。

白绫吃，陆林生就在一边看，问她一句："好吃吗？"

白绫点点头，见他安静地看着自己吃，有点心疼。陆林生吞噬魔龙后，可能是因为魔龙太补了，神志清醒的同时心智见长，这会儿还敏锐地察觉到了白绫的心思，安慰她说："我现在不饿。你看，我连口水都没流。"

对，他一般馋到流口水的时候，都在看她，他对火锅可能真没什么食欲。白绫的独食一下子吃得心安理得起来。她吃了十几条海带，当天晚上就觉得脑袋痒痒，变回龙形后就是龙角痒痒。幼龙要是长得快，是会很频繁地换角的，大概就像小孩子换牙齿。

白绫脑袋痒得睡不着，不自觉地拿脑袋去撞黑龙，把黑龙给撞醒了。

小小一条白龙游到他脑袋边，给他看头上的角："脑袋痒。"

黑龙没反应，白绫仰头一看发现黑龙的眼睛是黑色的，带着恶意的纯黑色，不是属于陆林生的剔透红色，顿时心里一惊。来了，是魔龙！

她砰地撞上了魔龙的脑袋，正准备再来一下，却发现魔龙没有攻击，而是微微蜷缩起来，眼睛开始慢慢变成红色。

"陆林生？"

陆林生没看她，眼睛看着海面，白绫一瞧，发现了眼熟的两个龙角。刚才那一撞，把她要换的龙角给撞掉了。陆林生默默把她断了的龙角捞起来，放在了她面前，重点看了看她的秃龙脑袋。

白绫这才感觉到脑袋疼，但她摸了摸，不是很在意，拿着两个龙角问陆林生："你要不要吃这个？都掉下来了，干脆给你吃了算咯。"

她就真的给塞进了陆林生嘴里。黑龙咔嚓两口吃掉了她掉下来的角，安逸地趴在那儿。

"味道咋样？"白绫好奇地问。

"嗯……是脆的。"陆林生说。

白绫觉得他好像在形容小饼干，于是说："我也好想吃小饼干。"

她的角现在是不痒了，但是疼，忍不住伸爪去摸，陆林生低下头，舔了舔她的龙脑袋。

白绫："……真这样好吃？你还要舔盘子。"

陆林生反应了一会儿，被她逗笑了："不是，我看到一点魔龙的记忆，幼龙角断了，让成年龙族这样舔舔会好受很多。"

理由正当。"好吧，那你舔吧。"得了她的准许，陆林生就认真给她舔起了脑袋。

白绫觉得陆林生好像在舔筷子似的，自己想着想着嘻嘻哈哈地笑起来，把身子伸直绷紧，摆成筷子状："你看，你像不像在舔筷子？"

陆林生吃妖魔从不用筷子，但这不妨碍他和白绫一起笑。

老贝壳：我不应该在海面，我应该在海底。

安静地看了会儿月亮，白绫靠在陆林生的脑袋边，抓了抓他的龙须："刚才你反应好快，我撞了一下子，你就醒咯，我还以为刚才要和魔龙大战三百回合！"

陆林生："不用，你撞两下我肯定就醒了，最多三下。"再多撞几下，她估计脑袋都要撞出血，想着就心疼，他怎么也要挣扎醒过来才行。

白绫："也不能多撞，撞两下还不醒，我就跑咯。"不然多撞几下，又把陆林生撞傻了怎么办，他这一下聪明一下傻的。

陆林生安慰她："现在你就在旁边，我能更好地控制这个身体了。"他和魔龙就是此消彼长的状态，魔龙的暴戾和杀意被他压制得日益溃散，依附于这个杀意而存在的魔龙意识，也跟着虚弱。再过上一段时间，他就能完全反噬掉魔龙的身体。

他现在是龙形，其实仍旧处于被吞噬的情况，等到他能变成原形，就表示他完全反噬魔龙了。不过他现在觉得，龙形的感觉似乎也不错，可以和白绫一起待在水里。

白绫睡不着，摸出来一堆贝壳，都是吃火锅剩下的："陆林生，我给你打个水漂看。我好厉害的，能打出去六个！"

小白龙给大黑龙表演了一下怎么用贝壳在海面上打水漂，她用龙形在海面上走，黑龙也学着她那样走，两条龙歪歪扭扭地打水漂，场面一度十分难看。老贝壳看不下去，贝壳一闭，自闭了。

仍是半夜时分，一轮巨大的明月浮在海面上，被白绫扔出去的贝壳几乎飞进明月的倒影里，此时此刻，白绫想到一句诗——"海上生明月，天涯共此时。"

她安静下来，蹭了蹭旁边的陆林生。

相比他们的谈情说爱，已经被定义为关卡怪物的玄苍上神状态之糟糕，用焦头烂额都不足以形容。好不容易看到众多小世界崩溃的速度减缓，他收拾好心情重新回归这个小世界里玄苍上神的身体，准备加快速度，结果呢？一片大好的局势被毁得干干净净，罪魁祸首就是他自己……的表人格，也就是他自己。

这个认知何其憋屈，他想大骂愚蠢，又忍住了。

骂别人可以，骂自己不行，哪怕做了蠢事，那也只是因为别人犯的错。

"传幽水仙人过来。"玄苍上神冷冰冰地吩咐。

幽水仙人这些日子因为弄死了肉中刺、眼中钉白绫，心情大好，可惜这个好心情在见到玄苍上神后，就完了。

"把白绫找回来。"玄苍上神劈头盖脸地扔给她这么一句话。

幽水仙人笑容一滞，以为自己听错了，但玄苍上神明确的指示告诉她，没错，就是这么无理取闹的要求。

"但是，上神，是您吩咐把白绫……"

玄苍上神打断她："现在本尊让你们去找她。"

幽水仙人掐着自己袖中的手指，勉强露出个惶恐的笑容："说不定龙女现在已经死了，毕竟魔龙对她虎视眈眈，失去了幽浮山的庇护后……"

玄苍上神："她还没死，就算死了，也得给本尊找出她的尸体。"系统还没有出现异常警告，那白绫现在应该还活着。

就像每一个拥有霸道任性上司的下属一样，哪怕是心中仰慕玄苍上神已久的幽水仙人，此刻也忍不住在心中大骂起来。上神他这喜怒无常、朝令夕改的，到底是不是得了什么病？难道神活得太久了都会疯？

"去吧，十日内本尊要看到白绫出现在面前。"玄苍上神扔下这么一句话后，拂袖将幽水仙人送出了神殿。

幽水仙人对着明月咬牙切齿，扯了扯自己来之前特地扯得恰到好处的衣领，小声骂道："疯了，真是疯了！"

26

好不容易正常了几天的玄苍上神，又开始沉迷白龙女，还放下话令弟子们都去寻找白龙女踪迹，不仅是幽水仙人腹诽，许多弟子同样觉得上神可能是再度神志失常。然而迫于玄苍上神威势，弟子们并不敢将不满表露出来，面上都是一片赤诚忠心，暗地里叫苦连天。

弟子们得到了白绫很有可能是在魔龙附近失踪的这个消息，几乎全都心生绝望，这不是叫蚂蚁去搞大象？

害怕被魔龙吃，又害怕被玄苍上神怪罪，两难的幽浮山仙人及弟子们，只能徘徊在东海，小心翼翼搜索白绫的尸体——是的，他们都觉得白绫肯定已经死了，能找到尸体就是撞了大运。万一连尸体都被魔龙吃了，他们难道还敢去问魔龙不成？

抱着这种心思的几位仙人在东海见到了用三叉戟烤章鱼的白绫。

仙人们："……"

大海之中烤章鱼这操作太骚了，几位仙人互相对视，都没能在第一时间出声询问，最终还是和白绫打过交道的汶水仙君上前道："龙女，许久未见了，我们奉上神之命来接你回幽浮山，先前多有冒犯，还望龙女能不计前嫌。"

婷婷袅袅的若水仙人则道："见龙女安好，我们也能放心，算是对上神有一个交代了。"

最后一位冷面仙君说："龙女不要再浪费时间，快跟我们走，据说魔龙就在附近，我们须得尽快避开他。"

白绫啃了一口章鱼腿，指了指他们身后。

三位仙人同时反应过来，眼中都流露出惊恐之色，不过三人的反应各有不同：一位是反手去攻击身后不知昂首等待了多久的魔龙；一位直朝着白绫而来，想先抓住她再说；最后一位则是准备先行离去报信。

攻击魔龙的那位被陆林生一口吞了，他一个摆尾又冲着白绫而来，将刚到她面前的仙人也一口吞了，不等白绫说话，他仰天长啸一声，飞起将那最后一个试图逃跑的仙人也给吞了，一个都没放过。和天生就赢在起跑线的龙族比起来，哪怕是修成了小仙的人族，也存在着巨大的等级差距。

魔龙陆林生飞了回来，落在白绫身边，白绫掰着他的嘴巴看了眼，说道："快吐出来我看看。"

他就噗噗噗把之前吞进嘴里的三个仙人吐了出来。三人摔在水里，都没了意识，白绫就拿出在龙宫宝库找到的绳子，将他们三个绑了手脚，倒吊起来，就挂在两株巨大龙血杉之间拉起的绳子上，像是晾晒咸鱼那样晾着。

这三人运气非常好，没死都是因为撞上了好时候。陆林生现在还在吞噬状态，就相当于一个人吃了一整头烤全羊，撑得快要吐出来，正在努力消化，这个时候已经吃不下其他东西。要是现在陆林生吞噬了，完能变成原形，把他们三个吞下去的时候就直接消化了，哪还能像现在这样囫囵个儿地吐出来。

"刚才他们说那个玄苍老龟孙又想搞事情。"白绫忧心忡忡地对陆林生说，"我们打不赢哪个办哦？"

"能打赢的，只要我消化了魔龙。"陆林生说。

白绫揪了一片烤章鱼，嚼了嚼说："那这样子，我们就先拖时间，肯定还会有人来，全都抓起来，不许他们回去报信。"

"好，抓起来。"陆林生说，转向那三个仙人的时候，眼里都是冷冰冰的食欲，那是种看冰箱里储存的小菜的眼神。

白绫注意到了，薅了薅他的龙须和下巴，把脸贴上去安慰："我们不乱吃东西好不好？要是把这些人都吃了，我感觉不大好，以后等我们打死了玄苍龟孙，我就带你到处去找好吃的，现在不是有好多妖怪出现没人管吗？我带你去吃那些搞坏事的妖行不行？"

陆林生温驯地看着她，无害至极。

白绫很认真："你看，你要是吃了很多这种'正道人士'，最后肯定会有一大群人要来搞你，你就会变成下一个魔龙，被人搞死，到时候我哪个办？我现在又不厉害，是不是？"

陆林生"嗯"了一声，点点头："我不吃他们，你说能吃，我再吃。"表现得就好像妈妈说菜太贵买不起，于是主动说要吃便宜货的乖孩子。

白绫虽然知道他会答应，但听到答案还是感动地摸了摸他的鼻子。她说会对他负责，就是要让他更安稳长久地活下去，因此得教他变得更符合这个世界的主流价值观才行，以及让他们两个的相处更加和谐，毕竟跨种族恋爱嘛，他们两个要过日子，都得做出一些改变。

和别人过日子不愿改变的，最后要么离婚了，要么把对方搞死了，就像她上辈子的爸妈那样。

就像白绫猜测的，玄苍派出来的人太多，又有不少幽浮山来的人找到了这里，结果当然是一样的，一个都没能跑掉，全都被像晾咸鱼一样晾起来，头朝下在龙血杉那里挂了好几排。因为都是修仙之人，不用管他们吃喝，他们只能被禁锢了力量倒吊着，被迫看白绫天天吃火锅，一股鲜辣香味直往鼻子里冲。

"师叔，她在吃什么？感觉很好吃啊。"

"闭嘴，给我有点儿骨气，不要说话。"

"师伯，上神会不会来救我们？希望他现在就来，我有点儿怕……"

"我们幽浮山弟子，就算死也要有骨气，而且魔龙现在又没有要杀我们的意思，你怕什么？"

"不是啊，师伯，你往下面水底下看，那个海兽嘴里的牙很尖，它要是跳起来应该能一口咬断我们的脖子。"

"……"

在他们这群倒吊咸鱼下方的海里，一只长相丑陋的海兽不知何时悄悄潜伏在那儿，正对着他们亮出尖牙，显然不是吃素的。

海兽猛然跳了起来，一群被控制住逃脱不了、只能成为饵食的修仙人士，顿时形象全无地晃荡挣扎，把两株龙血杉摇晃得沙沙作响。

还有几人要大叫，却在这时候看见魔龙游了过来，赶紧闭嘴，魔龙可比海兽可怕多了。可怕的魔龙并没有对他们做什么，他咬死了那只胆大包天、吃到他家门口来的海兽，吐出两截海兽身体，在海水里洗了洗嘴巴，才对那些看呆的幽浮山弟子说："你们不要吵，也不要乱摇，树都要被你们摇断了。"

语气听上去还挺温和，没什么脾气。

这真是魔龙？幽浮山众人看着黑龙游回去继续盘着看白绫吃火

锅，都默然无语。

玄苍上神在三天后还没见到白绫踪迹，等得不耐烦了，终于扔下自己的尊位架子，亲自去找。

他找到白绫时，白绫正在海中海里休息，陆林生因为预感自己可能会变成魔龙，先躲了出去。这段时间他总是如此，不过一般很快就会回来，玄苍上神就恰好在这个间隙找到了白绫。

玄苍上神没有任何废话，一照面就张开手直接擒住白绫。白绫反应也很快，抄起身边用来烤章鱼还没收起来的三叉戟，顺着玄苍上神的动作就刺了上去。玄苍上神不以为然，伸手夹住三叉戟……摸了一手的油和辣椒粉，这可把他恶心坏了，手一抖甩下三叉戟后退。

白绫已经飞速逃离他的攻击范围。

玄苍上神给她气笑了："很好，但你以为你逃得掉？不过是一条幼龙罢了，小聪明在绝对的力量面前，什么都不是。"

他眨眼间出现在白绫身前，周身海水倒转，困住了白绫。人形的白绫也试图控制海水，然而依旧比不过玄苍上神，最后被他掐住了脖子。

她嘴唇翕动骂了句龟孙子，忽然就看到玄苍上神身前出现了一块面板，上面一排鲜红的字体——

　　警告！警告！您对本世界女主角恶意过高！如果杀了她，会导致世界错乱，请谨慎选择！

白绫顿时愕然地望着玄苍上神，什么意思？这龟孙有个、有个系统？这个玩意儿是系统吧，咋个突然玄幻变科幻？但她脑子一转，已经差不多想明白了玄苍上神为什么总和自己过不去，他也不是这个世界的人！

玄苍上神对于出现在眼前的系统面板不管不顾，冷笑一声将手按在白绫的脑袋上。

他已经想明白，自己不能再被牵着鼻子走了，经历无数小世界崩溃，他觉得女主角的改变让他无法再继续拥有这些世界气运，关键就在这些女主角身上。他要试着把占据原女主角身体的东西杀死，让原本的女主角回来，退一步说，即使做不到，他也要搞清楚这个女主角是什么来历，或许能从中窥视到幕后黑手的信息。

情况已经危急到他没法再悠然试探，只能冒险行事。

他想将白绫的魂魄抽出来，这种能直接作用于魂魄的力量，在这个拥有神魔的世界是允许的，如果是在其他世界，他可能就无法使用，错过了这次，不知道下次再遇到这样的机会还要等多久。

因此，绝不能失败！

玄苍上神运起灵力，要将白绫魂魄抽取，抽取……没能抽取出来。

玄苍上神："……"

他脸色一黑，心一狠，又试着去攻击白绫天府，想直接将她魂魄打散，到时候就算他疼晕了，在那之前他也要看看这个新女主角的魂魄有何不同。

打……没能打散。

玄苍上神脸色越来越恐怖。他终于发现了一件事，所有作用于魂魄的攻击全都没有用，结合上个世界的经验，他可以杀死这些女主角的身体，却无法直接伤害她们的魂魄，更不用提窥伺来历。

发现这个糟心的真相后，玄苍上神怒不可遏，一度想要直接打碎白绫的脑袋，可他又想起自己为数不多的气运世界，身为里人格的他打死女主角，后果可比那些表人格无知之下杀死女主角严重多了。这样的约束感，在他成为"神"后，已经很久没遇到过。

玄苍上神脸色阴晴不定时，白绫脑子里也是混乱的，玄苍之前的动作让她感觉脑袋里混沌一片，只有一个清晰的声音在回响，就像系统提示——

请您放心，正在建立防火墙，竭诚保护您的安全。

玄苍上神终于放开了白绫的脖子，下一秒，海水中冲出一条魔龙，张口狠狠咬住了玄苍上神。

27

从海中飞出的魔龙一只眼睛是红色，一只眼睛是黑色。

此时对陆林生来说，是个最糟糕的时机，因为他对魔龙的吞噬已经快到最紧要的关头，魔龙已经至末路，最后剩余的意识垂死挣扎，给陆林生带来的冲击是强烈的，让他无法像之前那样很快压制。玄苍上神偏偏在这种时候找了过来，察觉到白绫的危险，陆林生不得不出来，可他的状态着实算不上好。

对于玄苍上神来说，魔龙同样不是什么省油的灯，否则他上一次就一劳永逸，直接杀死魔龙了。

甫一交手，玄苍上神就感觉不对，相比上回，本该受伤严重的魔龙伤势几乎全好了，而且攻势比之上回更加疯狂，宁愿挨上他一下也要让他受伤的架势，简直像有着杀父之仇、夺妻之恨。

玄苍上神正是恼怒的时候，下手也毫不留情，两条龙在天空中疯狂厮杀，东海海面上原本晴朗的天空迅速铺开了百里阴云，笼罩了一大片海域，海域之中电闪雷鸣。

龙族大多能控制水，玄苍上神与魔龙又都是龙族中的佼佼者，于是海中风旋暴涌，海水凝结成无数利器，闪烁着各种寒光旋绕在两条龙周身，魔龙身边的水刃都沾染着魔龙的力量，显出一种不祥的灰黑，而玄苍上神一侧，则是代表着冰霜的雪白，远远看去，黑白之间，将正邪也清楚划分。

这一场战斗比之前在幽浮山的战斗更加激烈，一上来，魔龙就显露出搏命之态，玄苍也不得不全力应对，完全不似之前那场要顾及幽浮山，所以只是龙身相搏的战斗。

他们现在在大海之中，毫无顾忌地大肆吸引周围的灵气，甚至引发了天地异象，声势之浩大，场面之可怕，让白绫和一众被抓的幽浮山弟子都感到震撼。

"不妙啊。"老贝壳忧心忡忡地看着天上，"再这样下去，他们两人散发的力量就要搅得东海大乱了，到时候天地很有可能会降下神雷惩罚。"龙族不怕普通的雷，神雷却不一样。

白绫脸色惨白，还没从之前那一阵神魂动荡里回过神来，这种场面的战斗是她一条幼龙无法参与的，只能在下面看着，听到老贝壳这话，她追问："神雷？"

"对，这是世界对于'神的力量'的一种压制，据说上古时期诸神陨落，就是由此而来。"老贝壳语气慎重，带着对天地的敬畏。

白绫还没意识到最坑爹的地方在哪儿："要是真一个九霄神雷砸下来，总不能只砸陆林生一个吧！肯定是他们两个一起被砸！"

老贝壳："不，很有可能只砸陆林生。"

白绫："为什么？！"

老贝壳："因为他是魔龙，会先引起注意，他的气运比不过玄苍上神。"

白绫："……"

讲道理，所谓天地法则、天地意识之类的，当然也是先砸"魔"字开头的东西。白绫好气，但无言以对。

就在这当口，一声落雷让白绫瞳孔紧缩。有一道乌黑雷光从阴云之上劈了下来，是朝着魔龙陆林生去的。只这一下，魔龙那寻常仙器都无法刺穿的身体就焦黑了一片，而玄苍上神趁此机会重重一击，撕扯下了他身上一大块肉，漆黑的鳞片随之纷纷落下。

"碍我的事，今日我就让你在此处身死魂消。"玄苍上神怒道。

魔龙陆林生痛极，龙身一侧鲜血淋漓，饶是如此，他也没有放弃与玄苍上神的斗法，只是他灵力大盛之时，天外又有雷声隐隐，欲落不落地在头顶酝酿，显然又是朝着他去的。

白绫将这一切看得清清楚楚，突然一咬牙化作龙形，朝着魔龙那边飞去。又是一道天雷落下，电光闪烁，将阴沉的海与天照得一片大亮。白绫这一条小小白龙硬生生地拦在魔龙陆林生之前，她心脏狂跳，睁大着眼睛盯着往自己这边落下的雷，眼睛都被电光刺得流下眼泪，但她不闪不避。

只听这一声雷轰然炸响，而直面落雷的白绫和她身后的陆林生都没被这雷沾上半点，这道雷奇异地落在了相距不远的玄苍上神身上。

底下的幽浮山众人逃脱不得，被迫看着这场战斗，亲眼看着那天雷已经要砸到白绫脑袋上了，又突然一个转弯落在玄苍上神脑袋上，都感到茫然不已。这是怎么回事？

身处战场的玄苍上神也是愕然，他方才还觉得这天道之雷大快人心，可落到自己身上了，那痛真切，就让他感觉不怎么好了。

别人不知道这天雷为什么不砸白绫，他却能猜到，无非是因为白绫是此间世界的气运之结。原本，属于她的气运是与他共享的，所以他在这世界里呼风唤雨，事事顺遂，可白绫开始和他作对，他就处处不顺，真是该死！

白绫被这可怕的雷吓得不轻，她之前在玄苍那里看到"本世界女主角"的字样，这应该是在说她，还有脑子里那道做梦一般的声音，她因此有了个大胆的猜想，现在看来，她猜对了。

"陆林生，你把我顶在脑袋上，雷不会砸你！"白绫赶紧对陆林生喊。

陆林生："你待这么高不是会头晕吗？还是算了。"

白绫崩溃大喊："……你为什么要提醒我？本来我急得都忘记这件事了！"

陆林生："是我错了。"

不说还好，一说白绫就感觉自己晕起来，但要让她现在脱离战场，她也不会干，于是变成了人形，坐在了魔龙脑袋上，一把抓住他的龙角："不要多说，我今天就是吐死也要先去搞死那龟孙！他之前还想搞死我！"

魔龙双眼一片血红，果真听话地再次冲着玄苍去了，玄苍上神被他们惹怒，愤然迎上，剧烈的碰撞使得阴云云层都从中间断裂成两截。而一道雷再次落下，白绫手疾眼快拉着陆林生的龙角往后一掰，让他避过这雷，玄苍上神就没有这么好的运气，再次被击中了脑袋。

白绫自己也头晕，还不忘人身攻击，骂道："活该，让你龙角长那样大，引雷好方便哦！"她抱着陆林生的角骂人，陆林生听着笑起来，玄苍上神要被他们气死了。

玄苍上神和魔龙的能力相差不大，虽然他们看上去暂时占据上风，但陆林生的情况不稳定，情势依旧危急。白绫把自己当防护罩替陆林生挡雷，坐在他脑袋上，有机会下黑手就拿出屠龙宝刀戳玄苍的眼睛，没有机会就人身攻击，自己不好受也绝不让玄苍上神好受。只是她表面看上去稳得住，其实心里慌得很。

老贝壳这个胆小的老头子在这时候意外靠得住，眼看僵持许久，白绫快撑不住了，他急急说道："小主人，或许我们可以重新开启封印大阵试试。"

知道白绫这会儿正难受，他不等发问就解释道："是当初困住魔龙的大阵，这个阵是当初无数龙族用骨血铸就，为的是永远困住魔龙，但不知为什么，作为阵眼的龙神剑突然碎裂，导致魔龙逃出，只要我们能重新开启大阵，找到能代替阵眼的东西，就能将玄苍困进阵中。"

"阵眼？没有龙神剑……"

"不用，当初用龙神剑是因为魔龙乃龙神，血脉压过其他龙族，只能用龙神剑做阵眼，但是玄苍不用，小主人你的屠龙宝刀……不对，镇胧宝刀就可以试一试！"老贝壳飞快地说，"阵就在下面的海中海里！"

那些大片的龙血杉之所以能长得这么茂盛，就是因为这个阵里实在死了太多龙族。

老贝壳也没想到，当初用来困住魔龙的阵，现在会用来困另一条龙。

白绫也决心一试，趴在陆林生耳边说了几句，陆林生听不见白绫和老贝壳的传音，但他听见白绫让他飞下去，就没有犹豫，转头朝着海中海中心去。

玄苍自然跟上，就在两条龙快坠入海中海时，白绫依老贝壳所言，变作白龙，吐出龙珠和一口心血，推着龙珠冲进海中海。原本清澈见底的海中海在瞬间变成了一个黝黑的洞，洞中传来无数龙吟。

白绫、陆林生和玄苍，先后落入洞中。一进入洞中，玄苍和陆林生都是一滞，这里对于龙族有着天生的束缚，让他们的力量无法施展，只能缓缓下坠。只有白绫，因为她有白龙族血脉和开启这个大阵的权利，还能在这里使用龙族的力量。

玄苍上神察觉不妙，扭头就想冲出这地方，但陆林生以伤换伤，将他拦住，最后两条龙一同落到底部的黑玉盘上，连动弹都困难。就像玄苍之前用来关白绫和陆林生的那个鼎一样，这里也是一片黑暗，唯独最上方有一片亮光，距离他们十分遥远。

"陆林生，你快上去！"白绫拿出镇胧宝刀，对着陆林生大喊。

她要用这刀，扎在玄苍上神的龙身上，才能将他镇在这里。一旦成功，入口封闭，她作为封印之人能出去，但陆林生就没法出去了，因为这里的阵法针对所有的龙族。

这下子，不是陆林生要将玄苍留在这里，而是玄苍要将陆林生留下："白绫，你试试看啊，你想将我镇压在这里，那就让他给我陪葬！"

白绫又气又急，抓着镇胧宝刀的手都颤抖起来。

陆林生却很镇定地说："白绫，动手，相信我。"

白绫一咬牙，使出全身的力量将镇胧宝刀插入玄苍的龙身，一刹那，万龙同吟，声震四海。上方的光亮慢慢封闭，白绫试图去拉陆林生，可他的魔龙身躯也被阵法影响，无法再飞起来。见此情形，身躯被困的玄苍冷笑道："他出不去了。"

话刚说完，魔龙陆林生忽然飞了起来，那粗壮的龙身豁然变成一片飞沙，他在这一刻终于完成了吞噬，能变回原形——有着漆黑翅膀的纤细怪物。

严格来说，此时陆林生便不是龙了，这针对龙族的阵法对他再没有束缚。他张开一双比之前更加宽大的翅膀，一把抱住白绫，朝着头上的出口飞去，在出口闭合之前，他们飞出漆黑的困龙之阵，重新看见了明亮的海和天，而在他们身后，入口闭合，海中海恢复原样，只听见一声愤怒的龙吟余音回荡。

"陆林生，你回来了……"白绫擦擦嘴边的血，抱住了陆林生那颗没有脸的怪脑袋。

爱情令人盲目，她现在甚至觉得这个怪物样子的陆林生和书生样子的陆林生没什么区别。

"我们可以一起回去了。"

"系统！为什么我挣不开这封印？！"

因为此世界能直接作用于神魂，所以这个阵法禁锢了您的魂魄，暂时无法离开。

"我要直接退出，回到主空间！"

抱歉，暂时无法回到主空间。

"你可是我的系统，一损俱损，你最好尽快让我回到主空间！"

抱歉，暂时无法回到主空间。

被封在黑暗之地的黑龙发出愤怒的龙吟声，只是没有任何人听得见了。

白绫将陆林生带回了归一仙宗，师父、师兄们簇拥着她一阵训斥和关心，在白绫突然带着伤出现之前，他们甚至以为她仍然好好地待在谷内闭关。

"我没事，就是出去找了个人。"白绫将陆林生拉过来，"师父、师兄，我要和他做道侣，结成夫妻。"

师父、师兄："？！"

陆林生："？！"

白绫："陆林生你哪个回事，咋也是这个表情？！"

东海的封印毫无动静，幽浮山失去主人，陷入了混乱，白绫在归一仙宗住了两个月，带着陆林生离开，开始四处去给他找吃的。

那些从妖魔涧逃出来的作恶妖魔，还有这个世界滋生的各种妖物，都是陆林生的食物。他们走的地方多了，因为"降妖伏魔"的行径而渐渐地有了名气，许多地方还给他们建了双龙祠，一黑一白两条龙，用来祈求风调雨顺、平安无灾。

老贝壳跟在白绫身边，他看着陆林生一路走来越来越聪明，也吃了越来越多的恶妖，他觉得很担忧，忍不住和白绫说："他吃了这样多的恶妖魔，心性终究会被影响的。"

白绫却摇头："他本来就是恶，有没有被影响都没关系，只要他还在我身边，我就会约束他。"

老贝壳仍然担心，担心陆林生哪天不再愿意听自家小主人的话，会反噬她。

白绫听了，只是摸着自己的心口，想起自己曾感受过的陆林生的执念，语气笃定："他一日不死，这执念就一日不会变。"

她唯一需要担心的就是，有朝一日自己死了，陆林生会真正成为这个世界上最大的恶，没有任何人能再阻止他。所以她想好了，在那之前，她会让陆林生和自己一同死去——这也是她最初决定对他负责时想好的。

他愿意为她克制本性，所以他从生到死，她都愿意负责。

"陆林生，我们去凤凰族给你买一把新风琴好不好？"白绫朝树下的文弱书生喊道。

书生陆林生拈着一朵白花，抬头朝她露出笑容："好。"

故事四

姜雨潮：喜欢你很多年啦

01

他，手握兵权的昱王，一个霸道强势的男人。

她，无才无貌的相国千金，痴恋昱王却惨遭休弃，成为人人嘲笑的弃妃。

当21世纪的美艳女特工成为失宠弃妃：

"女人，你做这些事不就是想引起本王的注意吗？"

"男人，我会让你后悔对我所做的一切。"

——《霸道王爷的特工弃妃》

仙羽娱乐V：改编自原著《霸道王爷的特工弃妃》，大型古装宫廷伦理爱情剧，在今日正式开机！由我们的@奚少元饰演剧中男二号奚琢玉，让我们期待这一次"小溪哥哥"为我们重现剧中琢玉公子的翩翩风采！

一条微博发出去半小时，评论已经破了五万。

"这什么垃圾剧本？我家哥哥这个咖位，给他接这种三流十八线狗血烂俗言情剧，还是演男二号。公司是想钱想疯了，还是投资商女儿要下海演这个女主角？"姜雨潮关掉《霸道王爷的特工弃妃》小说页面，面无表情地在仙羽娱乐公司微博下发出这条评论。

鹰哥聚焦娱乐圈V：性感女星孙凌玲陷绯闻风波，称最欣赏奚少元这样的清爽成熟型男人，两人疑似早有恋情，附九图，郎情妾意，眉目传情。

"我们哥哥认真演戏，请你别来空口碰瓷，谢谢。"姜雨潮发完评论，盯着那几张剧照发出一声冷笑，腹诽道，什么人都来捆绑蹭热度。

马上就有孙凌玲的粉丝跳着脚地骂她，姜雨潮仍旧是表情冷冷，下嘴毫不留情。

姜雨潮，实力派男演员奚少元的粉丝，一个从未在吵架中输过的粉丝。

这本《霸道王爷的特工弃妃》，是古早言情穿越文，讲的是一个现代女特工穿到了某个架空古代王朝，成了昱王休弃的王妃。这个长得不好看又爱哭的王妃被诬陷和府中侍卫有染，昱王本就厌弃她，因此顺水推舟将她休弃，原女主角一个想不开上吊自杀，女特工就穿越到了她身上。从此之后女特工搅风搅雨，吸引了无数男人的注意，先是和男主昱王互相看不上眼，之后又黏黏糊糊谈起恋爱，中途还撩了个温柔多情的男二号奚琢玉——就是姜雨潮的偶像要饰演的角色。

看到特工女主角前脚撩得男二号想要娶她为妻，后脚嘴里喊着不要，身体却诚实地和霸道男主角滚到一起，姜雨潮深吸一口气，终于看不下去了。

她觉得自己仿佛是主动走进了硫化氢的世界，闻了满脑子的臭味。

这对男女互相祸害就算了，好好地搞什么男二号？男二号遇到这个女主角真是倒了血霉了。一想到自己偶像要演这个男二号，还要对女主求而不得，姜雨潮就恶心得受不住，厌恶地叉掉了这本才看了一小半的小说。

受不住了，接下去的明天再看。

她的"明天"没有到来。

这天晚上闭眼睡觉的姜雨潮，再睁开眼睛之后，就成了萧锦月。《霸道王爷的特工弃妃》的女主角萧锦月。

"天啊，王妃！您万万不能再想不开了！如果您真有个万一，我们都活不了了！"古色古香的屋子里，几个丫鬟哭哭啼啼，一派凄风苦雨。坐在床上的姜雨潮摸摸刺痛的脖子，表情很是吓人。

她对着铜镜照了照自己的脸和脖子，这铜镜没她想象中那么模糊，相反，被细致打磨过的光滑铜镜能将人照得无比清晰，纤毫毕现。这是一张和姜雨潮原本的脸有七分相似的脸，只是年轻了些，才十几岁的模样，又因为原身的性格，显得孱弱苦相，瞧着就是个小可怜。

脖子疼嗓子疼头疼，旁边一堆人哭哭哭，顺便给她补完了现在的剧情。

丫鬟哭道："王爷只是听信了那个侧妃的谗言，王妃您没有做那等不知廉耻之事，只要好好和王爷解释，再请相国大人来为您做主，王爷一定会收回成命的！"

她被诬陷和侍卫有染，王爷写了休书让她滚回家，她想不开上吊自尽被救下，剧情大概进展到这里了。姜雨潮想着，对一群人说："收拾东西，回相府。"

丫鬟们面面相觑，挂着泪珠弱弱地问："什……什么？不等王爷回来吗？"

"都被休了，不回相府去哪儿？剃了头做尼姑去吗？"姜雨潮木着脸努力把话说清楚。

丫鬟们没想到那个痴恋昱王的主子会这么干脆地认命，期期艾艾地看着她，没有动弹。姜雨潮满肚子的愤怒，这会儿都快疯了，沉着脸说："快去！东西都收拾起来。"

这回管用了，一伙丫鬟忙忙碌碌地收拾起东西，其间有丫鬟小心地问姜雨潮："王妃，咱们的东西都要带吗？"

姜雨潮坐在窗边思考，哑着嗓子回答："都带走，一根针都别落下。"众丫鬟这才发现，主子是真的转了性，现在这不言不语的样子看着怪可怕的。

等姜雨潮被簇拥着走出院子，准备出昱王府，三线女配角李侧妃上线，妖妖娆娆地走过来，昂着一头的金光闪闪："哟，王妃这就走了？走得这么急，莫不是心虚了？也是我们王爷念旧，王妃犯下如此丢人之事，也只是休弃王妃罢了，毕竟没有将此事宣扬出去……"

姜雨潮一个箭步上前，狠狠甩了李侧妃一巴掌，又迅速退回到丫鬟们的身后。

"你……你做什么？你敢打我？"李侧妃捂着脸被人从地上扶起来，尖声喊道。

姜雨潮冷笑："打你就打你了，难道你还敢打回来吗？贱婢。"

她姜雨潮吵架打架从来就没让过谁，在这种时候来她面前搞事那就是找打。她还挺希望李侧妃能还手，她们两个打一架，也好排遣她现在的满肚子愤懑。谁莫名其妙到了这么个陌生的世界都要疯。

"你疯了！你等着，等王爷回来！"李侧妃惊恐地尖叫着跑了，竟然没有回手。

姜雨潮："啧。"可惜。

"走，回相国府。"

姜雨潮是相国府三小姐，身份可以说非常之高，不然也没法嫁给这位手握兵权的昱王，只是她性格实在懦弱，在哪里都被人欺负，这一次带着休书回相国府，还有一堆不省心的姐姐妹妹等着组团嘲讽、搞事情。

带着大堆嫁妆浩浩荡荡地回相国府，马车行在街道上，引来了无数百姓围观。马车中的丫鬟们都是满面的羞惭，也不知道在羞惭什么，只有姜雨潮在思考着待会儿怎么认人，她虽然知道一部分剧情，但认不出来人。

回到相国府，早得到消息的小厮们打开门，让马车入内，又有婆子等在外面，准备引姜雨潮去见相府里的各位主子。

相国府这么大的院子，当然有仆人带路，那个婆子对姜雨潮态度客客气气，带着疏离，话也没多说，只说相国和夫人以及各位小姐、公子们都在等着了。

昱王要休王妃，原因自然也是要告诉娘家人的，还是那一套，说王妃萧锦月不甘寂寞，水性杨花，和王府内的侍卫不清不楚。萧相国听了这话，也不去管自家女儿到底是不是做了这事，他只知道王爷这么说了，那不是也得是，如今女儿坏了名声要回来，他自然不高兴。

萧夫人也不高兴，虽然看到前任夫人的女儿名声被毁很开心，但她自己的亲女儿还没嫁人呢，这要是传出去什么闲言碎语，她的女儿还怎么嫁给如意郎君？！

其余的兄弟姐妹，嫡出、庶出，各有心思，除了萧锦月的同胞哥哥面露担忧，其余人都是幸灾乐祸又不屑、鄙夷。

这一堆牛鬼蛇神，姜雨潮进了厅内就看了个一清二楚，其他人暂时对不上，但上头的萧相国和萧夫人是能对上的。

"你这不守妇道的不孝女！看看你自己做的好事！还不快跪下！"萧相国上来就是一个怒骂三连。

姜雨潮心想，果然都是死了亲妈就有后爹，这个"后爹"简直和姜雨潮的亲爹那副嘴脸一模一样。她也没闹幺蛾子，让身后的丫鬟把准备好的垫子铺上，自己往上一跪。

"锦月，你从前虽然懦弱些，但也听话，怎么会做出这种不知廉耻之事？"萧夫人痛心疾首，直接给她定了罪。

旁边的姐妹中就有人忍不住嘲讽道："三姐姐也是太寂寞了，听说昱王又不喜欢她……"说话这人大概是萧夫人的亲生女儿萧锦香，原著恶毒女配角之一，最爱做的事就是传女主角的各种黑料、谣言，这一切都是因为她也暗恋昱王，想做昱王妃很久了。

这群人没有听人辩解的意思，姜雨潮也没有解释说萧锦月没跟人私通，她对着那尖酸刻薄的少女一笑，说："妹妹说得对啊，还是妹妹能理解姐姐，姐姐确实是太寂寞了，我婚前怎么会想到，昱王竟然有隐疾，不能人道？我与昱王成亲一载，他每每与我做那事都艰难，似有天残，暗地里还时常折磨我们这些妻妾，莫说我，就是府内的侧妃侍妾们也十分难熬。"

姜雨潮睁着眼说瞎话，顿时镇住了厅内一堆人，这种私密之事哪能当着众人的面大剌剌地说出来？

"你胡说！你胡说！昱王那般威武，怎么会，他怎么会是……"

萧锦香涨红了脸尖叫，却说不出那些话。

姜雨潮："姐姐没有胡说，不然为何昱王府中这几年都没有人能生下孩子？这正是因为他身体有疾。"

萧锦香坐不住了，站起来就指着姜雨潮要骂，上首的萧相国看不下去，喝道："都闭嘴！"

02

萧相国毕竟是相国，想得就多了些，当初千方百计和昱王交好，他心里也有那么点儿不可言说的心思，毕竟昱王掌握着不少兵权，虽说生母出身低微了些，但也很有可能登上那九五之位。可要真的如女儿所说，那他就得再好好想想了，毕竟储君不能有此等隐疾。他先前恼怒大多是因为昱王厌弃女儿，怕萧家以后搭不上那滔天富贵，现在倒没有方才那么气了。

"你这事做得终究不对，昱王不计较，我却不能不罚你。"萧相国稍稍平心静气道，"你这半年就在家中好好待着，抄些《女戒》养养性子，不要出去丢人现眼了。"

萧夫人却不甘："如此也太过宽容了，寻常人家尚且不能容忍此事，我们相国府更要以身作则，做出些重罚，如果不给一个合适的处置，怕是要坏了我们萧家名声，后面几个女孩儿的婚事也会受影响，家主三思啊！"

姜雨潮又淡定地附和萧夫人的话："父亲，夫人说得对啊，我们萧家的名声重要，我知道父亲疼爱我，但我也疼爱底下几个妹妹，不能叫她们受我影响。我自请去城内的道观中修行，女儿已经知道错了，定会好好修身养性，再不给萧家丢脸。"

萧夫人：虽然是如了自己的意，但心里怎么就那么不爽呢？

她勉强笑道："是啊，锦月看样子是真的知道错了，既然她有心，家主还是答应了她吧。"

这事就这么定了下来，于是姜雨潮进了相国府没多久，又带着那群伺候的婢仆和大堆嫁妆改道去城内最大的一个道观。

丫鬟们又在马车上哭了起来。主子要去那清清冷冷的道观里过日子，以后可怎么办？难不成就一辈子留在那儿吗？这对一个年轻女人来说，可不就是天大的坏事了？

"你们想哭的话去后面那辆马车哭，太吵了。"姜雨潮一说，再没有丫鬟敢哭了。

她这才闭上眼默默舒了一口气。现在这个情况是最好的，她毕竟不是真的萧锦月，也不可能学她当个不咬人的小兔子被人欺负，还是离那些认识萧锦月的人远一点，住进道观，没人认识她，刚好。

也给她一个缓冲的时间。

当初为了给相国府长脸，萧锦月的嫁妆丰厚，昱王赵煌在原著里就是个霸道的大男子主义者，更不屑贪这点嫁妆，现在好了，姜雨潮手里握着丰厚嫁妆，这辈子是够用了，至少不用为钱发愁。

洛都中最大的道观在西城，名为明月观，和原主萧锦月这个名字还挺有缘。她带着大把的香火钱要来观中长住，又是这样一个身份，观内的道姑们当然欢迎之至，就算是世外之人，毕竟也是肉体凡胎，总脱不开银钱这种俗物。

于是在这明月观，姜雨潮拥有了一个独立的院子，院中有花草松风，景致很是不错。虽然道观内的屋子没有昱王府和相国府的雕梁画栋，但姜雨潮更习惯这样的简洁，令仆人们将家具摆设布置好，院内、院外稍稍一料理，就是个极好的住处。

她是躲在这道观中得了清闲，可整个洛都都因为她热闹起来。

昱王是何等俊美尊贵的男子，洛都不知有多少未婚小姐都想着入昱王府，如今出了这等大事，众人哪能不议论？虽说昱王没有直接把王妃萧锦月为何被休之事传出去，但世上没有不透风的墙，又有人在背后推波助澜，很快，关于昱王妃萧锦月与侍卫有染的消息就传遍了洛都。

如果只是这样便罢了，众人只会一味指责鄙视那萧锦月不守妇道，可偏偏不知又从哪里传出消息说，萧锦月之所以和侍卫有染，都是因为昱王身体有疾不能人道，传得有模有样。这下子可热闹了，不管是王妃偷人，还是王爷有隐疾，都是能让人感兴趣的八卦，短短时间内，连九重宫里的皇帝都得知了这消息。

倒是那昱王，厌烦听萧锦月哭哭啼啼，先前丢下了一封休书给萧锦月，又让两个小太监去相国府告知此事，然后就去了城外大营练兵，一直没回城，所以这事他反而是最晚知道的，还是皇帝忍不住把这个儿子传召进宫，隐晦地询问了这事，昱王才知道最近城中的风言风语。

皇帝："若是身体有疾，不可讳疾忌医，让太医好好医治，定能治好。"

被亲爹当面怀疑身体健康的昱王咬碎一口牙，沉着脸硬邦邦地回答："儿臣好得很，没有病。"

皇帝见他气成这样，心里怀疑他是恼羞成怒，并不太相信他真的没事，以为他嘴硬，便说："既然没事，那让太医为你诊诊脉，也为你自己求个安心。"

昱王当然看得出来皇帝不相信，可这能怎么办呢？他总不能当场证明给亲爹看自己能行吧。

这事就跟他说王妃偷人一样，没法证明。最恶心的地方在于，他不可能到处与人解释自己身体没问题。

昱王进了一趟宫，憋屈万分地沉着脸回到昱王府，他大步走进府内，直奔王妃的居所，准备质问她为什么会有这种传言流传出去。关于他能力的谣言和王妃那些传言是同时传出去的，要说和王妃没关系，他怎么都不信。

只是大步走进王妃原来的那个偏院，昱王发现这院子里连半个人都没了，屋内的床柜等物都被搬空了。

"王妃人呢？"昱王冷声问身后匆匆追来的管家。

管家擦着额上的汗："王妃……前王妃早几日就带着休书离开了。"

昱王气昏了头，才想起这事，不过他还以为那萧锦月会纠缠不清，死待在府上不愿走，没想到她竟然真就这样走了。

"去相国府！"昱王又一阵风似的出了王府，怒气冲冲去相国府兴师问罪，准备找人撒气。

结果——

"小女不在府中。"萧相国说。

昱王脸一沉："萧相国这是在敷衍本王？"

萧相国对他这态度也觉得心里不爽快，但面上仍是和善："昱王爷多想了，小女自觉无脸见人，此时正在道观内修身养性，此事阖府上下都知晓。不知昱王爷有何事要找小女？"

昱王哼了一声："本王是来问问她，为何污蔑本王？"

萧相国大吃一惊："昱王爷这是何意啊？小女从来性子内向又懦弱，怎么会平白污蔑他人？"看昱王爷这气急败坏的样子，听说还从宫内带了个太医回府，有病这事很有可能是真的了，萧相国想，这昱王看着高大挺拔，没想到外强中干，啧啧，真是人不可貌相。

昱王这会儿冷静了些，也想起萧锦月平日里的做派，软弱可欺，确实不像会传出这种谣言的人。他性格多疑，此时就怀疑起是自己那几个兄弟争宠夺权搞出来的事，越想越觉得是这样。

肯定是那几个兄弟利用萧锦月的事来污蔑他！该死的！

他起身离去，也不想再去看萧锦月那张总是哭个不停的脸了，直接回了昱王府。李侧妃等了他许久，这时候捂着脸来求见，这都过去好几天了，她那脸还有些红。

听她哭哭啼啼地诉说委屈，昱王根本不耐烦听完，他最讨厌女人哭闹，不过……他将怀疑的眼神投向李侧妃："你一向与那萧锦月不和，她与人私通之事，可是你传出去的？"

李侧妃猛然一僵，垂下的眼睛里有些恐惧，她确实在其中推波助澜，但后来事情不受控制，到处都传昱王不能人道，她就再不敢插手了，此时也是后悔万分。

"妾……妾没……啊——！"

昱王一脚将她踢得滚倒在地，沉声怒道："滚！"

"唉，你们听说没？咱们那位三哥，听说他可是不能人道呢。"穿着华贵紫衣的年轻男子坐在酒楼之中，摇着扇子笑说。

一个老好人模样的男子道："六弟，此事只是传言罢了，说不定只是误会。"

"误会什么！我看这事十有八九错不了。不然他那个王妃为什么会偷人？还不是他满足不了自己的女人才会让她们去偷野男人，再说了，你看他府上这么多年，也确实没人生出个一儿半女啊。"头戴金冠的男子饮了一杯酒，脸上尽是嘲笑。

若是平白有传言说昱王不能人道，那大多数人是不信的，可先头有昱王妃这事，传言就比较可信了。毕竟昱王那模样、那身段，是多少女子的梦中情人，昱王妃萧锦月容貌却只是寻常，还痴恋昱王，当初死活要嫁给他，闹出了不小的事，若非房事不和谐，何至于此？

因此坊中人大多是信了的。

老好人模样的四王爷也不说话了，端起茶杯喝茶。这几位王爷聚在一起，面上看起来一派和谐，私底下也是心思各异，这会儿就都在猜测对方在这事里究竟有没有出手。

此时坐在窗户边上一直没说话的少年忽然站起来，对着下面的街道摆手喊道："玉哥！"

其他三人也往窗外看，只见一人带着一队侍从骑马经过，听到声音勒停了马，仰头看来。

马上之人一身繁花锦袍，花里胡哨，若不是那张脸着实好看，压得下这身装扮，恐怕就会变成一个笑话了。放眼整个洛都，除了这位，也没人能把这身衣裳穿出这样的效果。

"玉哥，上来喝酒啊！"窗边的七皇子热情招呼。老好人四王爷也走过去，喊道："琢玉，上来与我们一道饮酒吧。"

马上之人摇头："今日到了一批新布，我赶着去制新衣呢，下次吧。"说罢便拱一拱手，骑马奔远了。

此人名为奚琢玉，乃长公主独子，皇帝怜惜这个外甥年幼丧母，父亲奚大将军又一直镇守边关，从小就将他放在宫中同众位皇子一起养大。对他，皇帝甚至比对自己的儿子们更加疼爱，前两年，几个年长的王爷封王，便连着一起，给他封了个玉陵王，比他父亲的品阶还高一级，在整个大魏也是只此一份的殊荣。

而这位年纪轻轻，又有"洛都第一美男"称号的玉陵王，有两个怪癖：一则喜爱新衣，花色越繁复，他越喜爱，审美似乎与众不同；二则喜好养狗，据说玉陵王府中养的狗比奴仆还多，更有几只凶狠的看门狗，寻常人都不敢踏进他那王府。

03

姜雨潮这些日子就在明月观里安生待着，正在认字、练字以及习惯这个世界的书籍排版。没有标点符号，又不像现代的通篇大白话，最初看真的艰难，不过这些都是必要的，不然她连嫁妆单子和各种地契、奴婢们的卖身契都看不懂，说不定以后跟人吵起架来都要落于下风，绝不能吃了这没文化的亏。

见她这个当主子的这么淡定，底下那些奴仆哭哭啼啼两天后，也就都缓过劲来了，开始小心翼翼地讨好她。这是个奴隶买卖合法的时代，拥有这些奴婢卖身契的主人就掌握着生杀大权，所以这些基本上属于萧锦月的仆人都一心想要她好，大多为她考虑，为她忧心，这就是一般而言的"忠仆"。

只是姜雨潮这人不好相处，在原来那个世界，亲人不亲，朋友没有，除了一个疯狂追的明星，对谁都淡淡的，到了这里也没有兴趣交朋友。她不喜欢这么多人围着自己转，只是终究也没打发这些奴婢离开，都养在这院子里，不喜欢就让她们到其他房间里待着，做点杂事，不闹事，她就一律不理会。

过上几日，有几个脑子活泛的奴婢就看明白她的喜好了，一改先前的瑟缩，主动过来伺候，姜雨潮也没赶人走，渐渐地也会吩咐她们一些事，偶尔也会和她们聊两句。

"今日出门给主子买糕点，到处听人议论那昱王一马鞭抽得杜尚书家的公子滚在地上，脸都丢光了。不过今日这事过去，恐怕也没几个人再敢公然谈论昱王的那些事儿了。"丫鬟兰桥是个胆大的，从前并不得萧锦月喜爱，如今则成了姜雨潮跟前第一人。她时常往外跑，采买些明月观里没有的东西，消息也灵通。

姜雨潮比着书上的字读，闻言扯了扯嘴角。昱王这些日子可吃尽了流言的苦头，偏又不能发作，现在逮到个多嘴多舌的鸡，可不就要杀鸡给猴看了？明面上是没人敢谈论这事，私底下就不一定了。

当初姜雨潮看小说原著，那个昱王一开始为了得到萧相国的支持，取得东山营领兵一职，娶了萧锦月，后来他位置坐稳了就想摆脱萧锦月，明知府中的女人们诬陷她，也故作不知，还用这种方式顺水推舟休弃萧锦月，也不管这事传出去后那个懦弱的萧锦月要怎么做人。

现在也让他尝尝流言伤人的滋味。这家伙想把人当屎盆子扔出去，她就要反扣他一脸，这辈子谁都别想搞她，谁搞她，她就搞谁。

"主子！主子！不好了！"桂影匆匆进来，口中快速说道，"府中四小姐和锦珠、锦珊两位小姐一起带着人过来了。"

兰桥立刻站起来："四小姐向来和主子不对付，这回来肯定没好事，主子，我们是不是要准备一下？"

姜雨潮说："给你自己准备一盘瓜子吧，然后把院门关上，告诉所有人，待会儿都别吭声。"

不一会儿，门外传来一个娇俏的女声："这门怎么关了，咱们那位三姐不是住在这儿吗？你们快去开门。"

有人大声敲门推门，可惜这门坚固得很，里面没抽门闩，门外那些人压根儿打不开。

"丫鬟们呢，怎么连个仆人都没有？听到声音也不来开门，像什么话！"娇俏女声恼怒道。

院内的姜雨潮充耳不闻，琢磨着书上那个有点熟悉的繁体字究竟是哪位。

"喂！里面有没有人哪！快开门！"

"三姐？萧锦月！开门！你怎么能把我们关在外面？！"

"是啊是啊，三姐姐在里面吧，我们姐妹来看你，怎么这样没有手足之情？莫不是不敢见人了吧？"

无论院外的人说什么喊什么，姜雨潮就是不作声，院子里安安静静的。院外的萧锦香好不容易得了这么个机会出门，就为了来好好嘲讽羞辱一番萧锦月，也出一口恶气，为此她还特地带了大伯家的两个妹妹一起来，就是为了看萧锦月丢人。谁知到了这儿连门都进不去，人没羞辱到，无功而返，倒把自己又给气着了。

门外人走了之后，姜雨潮还在看书，兰桥抱着一盘瓜子恨恨地小声道："主子，怎么不让她们进来？她们还以为咱们怕了她们呢。"

姜雨潮翻过一页书："明知道她们有备而来，还正面迎击，在这种我方不占优势的时候岂不是太傻了？跟人吵架不是吵赢了就代表胜利，说到底我们为什么要跟人吵架？还不是为了出气，目的只有一个，就是气死对方，所以说过程先不看，就看结局谁更生气。"

兰桥一听，想起刚才四小姐她们恼羞成怒地在院外叽叽喳喳，却死活进不来，临走前确实很生气，再看主子全程稳如泰山，兰桥顿觉自己这方胜了，瞬间心花怒放地嘻嘻笑起来。

姜雨潮看兰桥一眼，觉得这小姑娘是个莽攻冲动型选手。她也不多说什么，继续看书。

吵架法则之一，想立于不败之地，心态要稳。

这边萧锦香气呼呼地回到了相国府，为了今天能羞辱萧锦月，她特地穿上了华丽的新衣，戴上了新打的首饰，打扮得光鲜亮丽，这么隆重就是为了衬出萧锦月现在的凄惨，然而准备得这么好却没用武之地，她怎么能不气？

萧夫人见她气呼呼地回来了，问她："你怎么气成这样，不是让你去送个信？"

萧锦香这才想起来，自己这回去见萧锦月还有个送信的任务。下个月萧家老夫人办寿宴，在洛都的两房萧家人都要去给萧老夫人祝寿，他们这一房是二房，老夫人跟着大房住。萧锦月虽然被休弃，名声不好，但这种时候如果不去给亲奶奶祝寿，那也太不孝了，因此萧相国让萧夫人提前送信。

萧锦香自告奋勇接了这任务，事到临头却给气忘了："我忘了……但这不是我的错！那萧锦月根本没开门，也没见我们，大门紧闭，不知道在里面做些什么醒龊勾当！"

萧夫人眉头一皱，又松开，拍了拍女儿的手："算了，你跟她气什么？她现在还能跟你比不成？不过一个没了名声的弃妇，也就一辈子待在那破道观的命了。就算你非得和她过不去不可，等到老夫人寿宴那天，不是照样能羞辱她？你就是性子太急。"

萧锦香一听，又高兴起来，摩拳擦掌等着那天的到来。

很多狗血故事里总要有一个莫名其妙和女主角过不去，就是爱欺负她的姐姐或妹妹，基本上人设都像是复制粘贴的，无脑蛮横又恶毒，也不知道为什么还总喜欢和女主角喜欢同一个男人。

萧夫人派了个婆子去明月观给萧锦月传信，知会她下个月的萧老夫人寿宴。

桂影和兰桥两个人又开始担忧到时候萧锦月去了，会被人嘲笑欺负。姜雨潮本人却根本不虚，萧锦月在萧家其他人眼中是弱者，可在姜雨潮眼里，她们才是弱者，因为要脸的人永远搞不过不要脸的人，跟人吵架她什么时候虚过？如果都是李侧妃、萧锦香、萧夫人这样的货色，她一个人能打五百个，而且毫无难度。

不管是穿越还是吵架，都要讲究基本法，姜雨潮来到这个世界，先搞清楚了萧锦月家里的关系，然后就看相关法律和风土人情，了解这个世界。像她这种大户人家的出嫁女人其实日子不错，这个朝代对于女子的束缚没有那么大，至少寡妇能再嫁，还没发明浸猪笼这种活动。

她现在主要任务就是不要得罪死大家长萧相国，其他都没什么需要注意，像萧夫人那么讨厌以前的萧锦月都没法搞死她，这个小说世界也不兴暗杀、下毒那套，所以姜雨潮这个不虚，不是无脑的不虚，而是理智的不虚。

萧老夫人寿宴当日一大早，姜雨潮打扮完毕，乘车前去。她穿着低调却不失喜庆的衣服，一脸平静，完全不引人注目。

当然，早就等着她的萧锦香不会轻易放过她，见她落单，很快来到她身边，像只骄傲的芦花小母鸡那样对她抖了抖胸脯："哟，三姐可终于来了。"

加戏的来了。姜雨潮看了看前后左右，首先坐了下来，不给她再次开口的机会，轻声对她说："怎么了，小蹄子找我有事吗？"

萧锦香愕然："……你、你叫我什么？"

姜雨潮："怎么了？姐姐叫你傻孩子啊。"

萧锦香："不是，你明明、你明明叫我……你怎么敢？！"

姜雨潮喝道："姑娘家怎么能说这种粗俗词句？！"

萧锦香目瞪口呆："是你先说的！"

姜雨潮："分明是你污蔑姐姐，还有谁听到了吗？"

这里只有她们两个人，姜雨潮那句话说得又小声，还是笑着说的，落在远处人的眼中，就是萧锦月和善，萧锦香发脾气。萧锦香差点儿气疯，原本想好的那些辱骂讽刺全都忘了，被姜雨潮一句话给带偏。

一个脑内风暴高潮，临场发挥却失常的选手。姜雨潮从前常遇到这种，这种要欺负很简单，先下手打乱她的节奏，然后淡定地看她跳脚，她就会越来越气，等事后想起来这事她还能更气，靠脑补就能把自己气死。

萧锦香呼哧呼哧喘气，咬牙道："你有什么了不起？你都被昱王休了！"

姜雨潮朝她笑："太好了，终于不用再守活寡了。"

萧锦香尖叫："不许你这样说昱王，他是天下第一伟男子！你就是得不到他的爱所以污蔑他！"

姜雨潮：哦嚯，说到你爱的偶像，扎心了吗？

她也不和萧锦香吵，恰好身边的小几上摆了一盆盆景松，她顺手揪了一根松针放在萧锦香面前："妹妹，你看这松针。"

萧锦香被她说得一愣。松针？松针怎么了？

姜雨潮叹气摇头："怎么就这么细？比一根针也粗不了多少，有什么用呢？"说着带着微妙的笑，把那根松针吹落了。

04

萧锦香终于反应过来她在说什么荤话，脸和眼睛一起红了，差点儿没给气哭，抬手就要打她。姜雨潮早有准备，脑袋一歪避过了这一下，叫萧锦香把旁边那盆景松给打掉了，砰的一声摔在地上。

这会儿正有各家女眷来往，她们这角落虽然没人，但总有人经过，这个声响引来了众人诧异的注目。

姜雨潮一改方才的微笑，站起来严厉地道："这是什么日子？是老夫人的寿辰，这种时候你还在耍小性子、闹脾气，父亲和夫人知道了一定会责罚你的，不许再说那些胡话了！"

萧锦香双眼通红地瞪姜雨潮："是你说昱王……"

姜雨潮严厉地打断了她："我说了，不许你再谈起昱王，收起你的那些小心思，父亲也不会答应的，姐姐已经是这个名声，绝不许你再步姐姐后尘！你年纪也不小了，怎么就是学不会听话？"

姜雨潮的声音不小，又是在这种瞩目的时候，一些女眷听到些关键词，立刻就明白这姐妹两人在争吵什么了，原来是为了昱王，看样子还是那位四小姐对昱王有心思，真是好一场大戏。

被人当作好戏看的萧锦香捂着胸口直喘气，她有心再打萧锦月，可在那些隐晦目光的注视下没法动手，只能压着气，差点儿憋出个好歹来。

等萧锦香哭着跑去找她娘诉苦了，萧锦月换了个地方坐着喝茶。看，气死萧锦香就是这么简单，羞辱昱王，给她双倍的气。

吵架法则之二，攻击本人比不过攻击她在意的人。

到开席了，姜雨潮也再没见到萧锦香，这场寿宴虽然热闹，但和她这个小配角没什么关系，一群人都围在萧老夫人面前尽孝，她送了个不出挑的礼，就待在一边。萧老夫人子孙众多，也不怎么在意她这个丢人的孙女，正被大儿子那对双胞胎女儿逗得直笑。

那对双胞胎萧锦珠和萧锦珊，和萧锦香关系好，当然也不喜欢萧锦月。姜雨潮和她们一对视，就知道她们两个想搞事。果然，那萧锦珠见把老太太哄高兴了，立刻没事找事，装作天真无邪地说："哎呀，对了，二伯家的三姐姐也来了吧？上回我和锦珊特地去明月观探望她，却被三姐姐拒之门外呢。"

众人笑语一停，都看向姜雨潮，姜雨潮适时地"哎呀"一声惊呼，将茶水洒在了自己的裙摆之上，做出一脸虚弱之相："我这断断续续病了一月，如今竟连盏茶都端不稳。锦珠妹妹，姐姐如今这个名声，怎么敢连累家中的姐妹？我知你们都是好的，但以后还是莫要和姐姐走得太近了，终归对你们不好。要是再有个万一，给你们过了病气，姐姐更是心里不安。"

这一番话说得凄楚诚挚，先前对她有气的萧老夫人见她这么为姐妹们的名声着想，又听她在那什么都没有的道观里过苦日子，还病了，心里也有点不忍，语气就软了下来，说道："你还站在那儿做什么，还不快点下去换身干净衣裳！"

"是。"姜雨潮依言离开了，离开前将那双胞胎姐妹眼里的不甘看得一清二楚。她们大概是准备把她点出来挤对一番，想让老太太不喜她，让她在这么多人面前难堪，结果只说了一句话，什么事都没搞成，脸都憋青了。

姜雨潮心想，两个小瘪犊子，被人宠坏了，还没吃过瘪吧，来啊，你们来几次，姐姐送你们吃几次。

她出了两大家子人齐聚的花厅，在外面透气赏景，这个大宅子风景不错，花红柳绿，一派欣欣向荣之景。

裙角被泼湿了一点点，她没打算去换衣，在外面走一圈晾晾也就干了。吵架也要讲究开合之术，戳人痛处，避其锋芒。

她在小池旁边走了一会儿，又有个人从花厅里出来，来人是萧相国的长子萧云歧，也就是萧锦月一母同胞的哥哥，一个和妹妹萧锦月同款的受气包，虽然是萧相国嫡长子，待遇却完全比不上小几岁的弟弟，在整个萧府里，大概也就只有他一个人真正在意萧锦月了。只是他也是个不争不抢、良善可欺的，护不住妹妹。

"锦月，你方才说病了，可有好好找良医看过吗？"萧云歧担忧地看着妹妹。

姜雨潮擅长吵架，却不擅长应付别人的善意，特别是这善意并非给她，而是给萧锦月的。她只能简单一点头："好多了，不严重。"

萧云歧："你是不是在怪哥哥这些日子没去看你？你住在道观，哥哥不好去那里，也怕影响你。"他说着拿出来一个钱袋，"你一个人住在那清冷地方，花用可还够？哥哥这里有些银子、银票……"

他自己在府内也没什么月例银子，手上这些大概就是他能拿出来的所有了。姜雨潮没收："钱够用，这些哥哥留着花吧。"

她让自己脸上的笑容看上去软和一点，又加了句："哥哥不用担心我。"

她真是不习惯这种场面，浑身不得劲。

萧云歧端详着她，忽然说："我觉得，妹妹仿佛有些不一样了。"

姜雨潮听他这么说，眉毛都没动一下，只说："生死里走了一遭，人都会不一样的。"

萧云歧马上心疼起妹妹，他想起先前妹妹脖子上的瘀痕，再次自责起自己这个哥哥的无用。他不敢再提这事，怕惹妹妹伤心，便小心地提起了其他的事："锦月，你如今一个人住在那明月观里，想是无聊冷清，下回哥哥给你送只小狗去做伴可好？我听说不少内宅女子都爱养些小猫、小狗排遣寂寞，你看着这些小东西，或许也能开心点。"

姜雨潮没养过猫猫狗狗，本想拒绝，但萧云歧那担忧的模样又令她犹豫了一下，最后说："好，谢谢哥哥。"反正到时候随便交给哪个奴婢养着就行。

萧云歧见她答应，高兴起来，语气也有点飞扬："好，哥哥一定给你找只最听话乖巧的狗儿。你知晓玉陵王吧，哥哥前些日子偶然与他结识，他那里有不少狗，听说都很聪慧，不知多少人想要呢，哥哥给你求一只来。"他想着，送狗也要给妹妹送最好的。

姜雨潮轻轻地一点头。

她从寿宴回去，第二天就有个中年妇人抱着篮子去明月观敲她的院门。

"萧家三姑娘可是在此处？这只奶狗是萧大公子定下送到此处的。"面相和善的妇人抱着竹篮子去见姜雨潮，先给她行了个礼，然后把竹篮放下，掀开盖在上面的布，掏出来只肥嘟嘟的黄色小奶狗。小奶狗四只爪子都是白色的，肚皮那块也是白色的，短短一截小尾巴尖，还有黑葡萄似的大眼睛。

瞧着是挺可爱的，只是姜雨潮没想到，这是只普通的土狗。她还以为萧云歧会给她弄来什么奇怪品种的名狗呢，不过这样也好，土狗好养活。

小奶狗看上去刚出生没多久，才跌跌撞撞地会走，被妇人从手里放下后，就扭着小胖身子朝着姜雨潮那儿去了，嗅着她的裙角和鞋子，小尾巴在身后一摆一摆，不过一会儿就仰着脑袋朝她奶气十足地汪汪了两声。

姜雨潮没动弹，她习惯针尖对麦芒，不习惯任何善意和亲近，哪怕是只小狗的亲近，她也不是很能接受，但那小狗不知怎的就是很喜欢她，绕着她的脚跑来跑去，肉乎乎的小尾巴甩得飞起。

见这小狗的模样，那送狗妇人脸上笑意更多了，问："不知道小姐这里可有会养狗的？若是不知道，小妇人就多事教几句。"

姜雨潮指了两个平日里老实的奴婢出来："以后你们两个照顾它。"

那两人一脸喜色，忙应了"是"，去听那妇人说些养狗的注意事项。

妇人离开明月观，到街口坐上马车，一路回到了玉陵王府。她走进玉陵王府大门，门房老头睡得打鼾，完全没发现她，但门口躺着的几条黑狗立即就警觉地抬起了头，见是她，才重新躺了回去。妇人习以为常，一路走进府内。这玉陵王府不像别家附庸风雅，没有建造时下流行的假山荷塘曲池回廊，府内房屋建筑都在一层高台上，大气简洁，穿过重重院落，后面有着十分宽阔的草地、湖泊，甚至院中还圈了一片林子。

玉陵王奚琢玉正撸着袖子拿着一把刷子给一只大狗刷毛，萧云歧坐在旁边看着，时不时地看向门口处，像等待着什么。

那妇人一出现，萧云歧就站了起来，见她手中没了那个竹篮子，他才笑起来："送去了？"

妇人笑道："是啊，小家伙很喜欢萧三姑娘呢。"

萧云歧："我就说，我妹妹招人喜欢，那小狗肯定也喜欢她的。"

给狗刷毛的奚琢玉笑着摇头："那你刚才还担心？"

萧云歧和奚琢玉说起想替妹妹求一只狗养，结果这位主却说带着狗去看看，如果狗喜欢就答应，如果狗不喜欢就抱回来，萧云歧还是头一回见这样的。

"说好了，以后要是你妹妹不想养那只狗了，不能扔，得给我送回来。"奚琢玉说。

萧云歧："……"

奚琢玉丢下刷子，拍了拍身旁的大狗，好像对人说话一般："你听到了，你的女儿找了个好人家，她自己愿意的，以后有机会带你去见她。"

大狗"嗷呜"了一声。

05

自从那只小土狗来了，姜雨潮这个院子确实热闹了不少。先前那些因为主子性格突变而惴惴不安的奴婢，现在都一个个笑得像花儿一样，每天乐呵呵地逗着小狗玩，也可能是发现主子现在虽然没以前那么温柔但也不爱苛责奴婢，所以终于放下了心。

总之这院子每天都能听见小姑娘们清脆的笑声，还有小奶狗的汪汪叫，就连明月观里的道姑们偶尔过来送点东西，都喜欢逗一逗那只撒欢的小狗。

姜雨潮觉得有点儿吵，但懒得出声管她们，都是十几岁、二十出头的小姑娘，甚至还有个十二岁的，屁大点的年纪。

作为小土狗的真正主人，姜雨潮反而很少逗狗玩，可那小狗确实聪明，仿佛能认主一般，每天大部分时间都爱跟着姜雨潮转。姜雨潮看书，它就在脚边绕来绕去，自得其乐。几个小丫鬟眼巴巴地看着，觉得小狗太可怜了，忍不住小声对姜雨潮说："主子，您看小宝贝这么喜欢您，您也理理它呀！"

姜雨潮：小宝贝？什么恶心的称呼？

她浑然忘记自己从前追着偶像奚少元喊宝贝的时候了。不仅是宝贝，哥哥、弟弟、老公、爸爸……她什么称呼没喊过？

"主子，小狗狗来了这么多天了，您还没给它起名字呢。"兰桥大着胆子说。

起名字什么的也太麻烦了。姜雨潮瞧了眼桌上桂影刚端来的一盘桂花糕，很是随便地说："那就叫桂花糕。"

兰桥立即嫉妒地看着桂影："小宝贝怎么就跟你姓了！早知道我就给主子端一盘兰花片。"

桂影掩唇失笑，瞋了她一眼。

小土狗桂花糕还不知道自己有名字了，抬起壮壮的前肢趴在姜雨潮的绣花鞋面上，蹬着小腿。姜雨潮觉得自己放个脚都能踩到它，挥了挥手里的书："去去，你们把桂花糕带出去玩。"

没有网络的世界是枯燥的，但这样过了两个月倒也还好，姜雨潮不仅吵架厉害，适应能力也强，已经习惯这个世界的饮食和作息。她唯一不能习惯的，就是这里没有奚少元。

她晚上做梦，梦见自己还在现代，刷着微博，忽然看见自己的偶像发了条微博，宣布要结婚退隐，发出来的那张照片里女方的脸一片空白，怎么都看不清楚。

这真是最大的噩梦。

姜雨潮一身冷汗地睁开眼，还有些惊魂未定，忽然听到床边传来汪汪两声叫。她掀开床帐，看见桂花糕趴在自己的鞋子上。小土狗的眼睛黑黑的，嘴巴微微往上翘，像是在笑一样，看上去又憨又可爱，叫声也嫩嫩的。

姜雨潮伸手到桂花糕面前："你怎么偷溜进来的？"

小狗甩着尾巴跟她的手指玩耍，还伸出舌头傻乎乎地舔她的手指。

"主子，你可醒了？"门外传来兰桥的声音，姜雨潮瞬间把逗狗的手缩回了床帐里，应了一声。

兰桥端着热水进来，一眼瞧见小狗在脚踏上嗒嗒地跑："哈哈，桂花糕怎么偷跑进来了？它一醒就来看主子了呢。"

姜雨潮洗漱后用了早点，然后又开始依例端着本书看。正统书籍看了，风土人情市井闲书也要看。她们这院子有一道门可以直通道观外，只需要穿过一条夹道，基本上就是在这里自己过自己的日子。观内的道姑们偶尔过来，这一日又有个道姑提着篮子来了。

她们会定时给信众和清修居士们送些自己制的香线，还有些据说做法事开过光的小东西。

"今次来是给萧居士送点菜，都是观内的人自己在后山种的。"道姑寒暄了两句，提起正事，"这几日道观内有好几场法事，届时可能会来一些外客，萧居士要是不爱这热闹就把前面那小门关着，也免得被人打扰冲撞了，左右也就这几日。"

"我知晓了，多谢真人告知。"姜雨潮让人送走了道姑，又嘱咐兰桥："之后几天观内要做法事，你们也别在观内乱跑了。"

明月观毕竟是洛都最大的一家道观，香火还是鼎盛的，面积也很大，观内古木森森，钟磬声声，几个闲着无聊的奴婢偶尔也会去前面拜一拜。

"但是主子，过两天的地官大帝圣诞法会，我们是可以去看的啊，因为有不少人来看，真人们才担心您会被冲撞呢。"兰桥掰着指头数，"等中元法会结束了，还有王母娘娘圣诞，城内不少夫人会来，真人们要做法为她们祈福，这种才是不许很多人旁观的。"

姜雨潮：什么什么法会？

她感觉到了文化差异，难得露出点儿感兴趣的态度，一个院子的奴婢都围过来给她解释。对于这个时代的女子来说，有趣的、能放松的日子不多，各种节日都记得清楚，姜雨潮长了好大见识，也有点想去见识见识这从未见过的法会。

"去啊去啊，反正也不远，咱们打开院门穿过一条夹道就能直接去了，现在住在这儿，也没人管主子，还不是主子您想怎么样就怎么样？反正都在观内，不会出事的。"兰桥怂恿道。

现在这些奴婢是尝到了在这里生活的好处了，别的不说，至少自由，不管是在相国府还是后来在王府，她们哪里能这样自由自在？

姜雨潮决定去看法会，然而这天却没去成，因为一大早相国府就来人，说让她回家去祭祖。中元节祭祖这习俗，姜雨潮是知道的，只是她上辈子也没这个经历，她亲爸就差没祭她了，哪敢让她去祭祖？兰桥、桂影她们则是忘记了这回事，因为去年在昱王府，她不用回萧家祭祖，现在就不同了，她都被休回来了，还算是萧家人，当然得回去。

回到相国府，众人都忙忙碌碌的，没什么人搭理自己，姜雨潮见到萧锦香，还以为她又要来送菜，谁知这回人家学乖了，不过来自取其辱了。

其实萧锦香也想抓紧时间和萧锦月吵架，然而萧夫人不许她过去，上回老夫人寿宴过去，各家女眷中就有风言风语说萧锦香心系昱王。这还了得？以后女儿怎么相人家？！萧夫人心里骂萧锦月，也怕了这好似发了疯的人，把萧锦香拘在身边，免得她再头脑发昏，平白搞坏了自己名声。

萧锦香不来，其他庶出的几个兄弟姐妹也不敢接近姜雨潮，只在一边远远地朝她指指点点，姜雨潮朝他们那边一笑，那几个就浑身不自在地走了，一副不屑和她为伍的模样。

今天祭祖，萧相国和长公子萧云歧都很忙，姜雨潮又被孤立，一时无聊至极。

"喂，丑八怪！你怎么又来我家了？"一个看上去七八岁的小男孩忽然跑过来站到她面前，嚣张跋扈地道，"她们都说你偷人，丢人丢得整个洛都都知道，我们萧家的脸面都没了，你怎么不去死呢？"

这个小男孩就是萧夫人的儿子，萧相国的小儿子萧云端，非常受宠，小小年纪被惯得混世魔王一般。先前在他外祖家做客，姜雨潮还是头一次见到他。在原著里，姜雨潮也见识过这小东西的蛮横，现在一照面，果然是个欠教育的，这小嘴叭叭的。

姜雨潮坐在椅子上，先伸手紧紧握住了熊孩子的两只手，然后对他露出了阴狠的狞笑："小东西，你知道我偷人是用来干什么的吗？我是偷回去吃的。你知道心是什么样的吗？就是鲜红流血的一块肉……"她伸出修长的手指，划着孩子的心口，语调飘浮，双眼定定地看着他的眼睛，"我最喜欢吃的还是小孩子。"

"云端，看你这小手多嫩，姐姐好喜欢你，你跟姐姐回去好不好啊？"姜雨潮拉着熊孩子的手，在他惊恐的注视下露出雪白的牙齿，作势要去咬他的手。

"啊——"在他张口准备哭的时候，姜雨潮一把往他嘴里塞了块糕点，阴恻恻又温柔地说："云端，现在我们来玩游戏，你跑我追，要是被我追到了，姐姐就吃掉你一只手。"

她一放手，熊孩子就吓得缩回手跑了，含着一嘴糕点哭不出声，脸上挂着眼泪鼻涕，跑出去撞到了他奶娘，在地上滚一圈，成了个土猴子。

等在一旁的兰桥咽了下口水："主子，您、您说什么呢？那些话，也太可怕了吧，小公子年纪还小呢，万一给吓出个好歹……"

姜雨潮喝了口茶润嗓子："小畜生小时候不好好教，长大了就会成为大畜生。难道因为他还小，我就要放过他？不可能的。"

兰桥缩了缩脖子，敬畏地看着睚眦必报的主子。

那萧云端还从未被人这样吓唬过，吓狠了，回去后抱着萧夫人直哭，问他什么却又不敢说，晚上还噩梦连连、哭闹不休，委实折腾了一段时日。

姜雨潮当然不关心这个，她这日又走了个过场就回到了明月观。

主仆三人走过夹道，远远听到主殿那边传来诵念的声音，兰桥仔细听了听说："主子，法事还没完呢，咱们去看看吗？"

姜雨潮摇头，刚走进院中，就见几个奴婢红着眼睛到处翻找，还小声喊着桂花糕。

"怎么回事？"

"主子，桂花糕丢了……下午那会儿还在的，一转眼就不见了，我们还以为它躲起来了，但是、但是现在整个院子都翻遍了也没找到它……"奴婢们呜呜哭起来，怕小狗真出什么意外，又怕被主子责罚。

姜雨潮一皱眉，却也没训人，只说："说不定是跑出去了，都出去找找吧。"

她们穿过一道拱门，进了明月观香客上香的地方，姜雨潮提了盏灯笼："都分开去找，它不会跑太远，估计就在这附近。"

众人应"是"，分开去寻。姜雨潮提着灯笼下台阶，忽然见到前方一处低矮台阶下有火光，她走上前去，隐约听到了狗叫，就抬高声音喊了句："桂花糕？"

"汪！"一声清脆的狗叫从那边传来，姜雨潮快步上前，看清楚那里还蹲着个人，正在往燃烧的火盆里丢彩纸札。他也听到她的声音了，抱着怀里的那只小土狗就站了起来，转头朝姜雨潮看去。

在火盆跳跃的火光中，姜雨潮看清楚了那人的脸，霎时一愣，忍不住失声喊道："少元老公？！"

抱着狗的男子也是一愣，待听清楚她喊的什么，他双眼微微睁大，脚下一崴，就从低矮台阶上踩空摔了下去。

"啊！"

"汪！"

06

姜雨潮把灯笼一扔，撩起裙摆，瞬间就从台阶上跳下去，飞快地跑到底下的树丛里，把那个摔下去的倒霉男人连人带狗一起扶了起来。

"嘶……"男子抽了一口冷气，瘸着腿坐在了一边台阶上。他的脚磕伤了，火辣辣地疼。

"你是……你是……"姜雨潮盯着他的脸和装扮，眼神灼热得快把人给烧穿了，声音还有点不敢置信的颤抖，"少元老……哥哥？"

"咯，我是奚琢玉。"洛都中鼎鼎大名的养狗大户玉陵王，此时尴尬万分地低着头，撸了一把怀里的小土狗，试图平复心情。

虽然他表面上还算从容，但实际上心里的呐喊并不比姜雨潮心里的呐喊声音小。

奚琢玉，上辈子叫奚少元，一个明星。年少时因为长得好看以及为了赚钱，稀里糊涂入了行，之后星途不说一帆风顺，也是平平稳稳，入行十年，成功跻身二线小生，微博粉丝三千多万，然后在进组拍一部名叫《霸道王爷的特工弃妃》的剧的第一天，睡下去再睁眼就成了奚琢玉。

他成为奚琢玉的时候，奚琢玉这身体还是个几岁的孩子，虽说最开始确实是不怎么习惯，但后来日子过着过着也就得了乐趣。作为皇帝最疼爱的外甥，第一品玉陵王，他拥有广阔得能跑马的大宅子，有能收税的封地，有无数田契、地契以及钱，还不用干活儿，最重要的是，在这里再也没人管他养狗，没有人时时刻刻盯着他的个人形象，不许他乱穿衣服了。

他可以自由地穿各种好看的花衣服，随心搭配，还可以养无数的狗，每天和它们混在一起，过得不知道有多自在，简直乐不思蜀，都差点儿忘记自己上辈子过的生活了。

直到听到那一声天崩地裂的"少元老公"，奚琢玉瞬间回想起了多年前那些被无数粉丝围绕着，一会儿要当人家爹，一会儿要当人家哥哥，一会儿要当人家弟弟，一会儿要当人家老公，甚至有时候还要当人家儿子的日子。

他竟然有些怀念。

奚琢玉搓着狗，想起了往昔峥嵘岁月，忽然听到一声抽泣，悚然一惊抬头看去，见到身旁的姑娘泪如雨下，哭得情真意切。

奚琢玉："啊——你和我一样是穿越来的，看样子是受苦了。"他心想，叫自己少元老公，应该是自己的粉丝，就是不知道是路人粉还是——

姜雨潮哭得不能自已，痛心至极，一只手抓着奚琢玉的手臂："真是苦了你了，你怎么、怎么也在这里呢？你过得好不好？你肯定受苦了，这是遭了多大的罪啊？这种地方，要什么没什么，你怎么能习惯呢？什么好吃的都没有，又没人照顾……"

奚琢玉："……"是铁粉啊！

奚琢玉："……我不是……"

姜雨潮："宝贝！心肝！老公！你受苦了！"

奚琢玉："……"还是女友粉啊！！

"你先冷静一下，我现在挺好的。"奚琢玉几乎是下意识地重新背起了自己扔掉好几年的偶像包袱。

姜雨潮："我不能冷静，崽崽都瘦了！"

奚琢玉："……"还是妈妈粉。

小土狗桂花糕在奚琢玉怀里不甘寂寞地汪汪叫了两声。有四处寻找的奴婢发现这里的动静，喊着"主子"凑了过来。姜雨潮瞬间擦了脸上的眼泪，淡定道："你们先在那边远远地候着，不要过来打扰。"

奴婢们隐约看见主子旁边坐了个男子，心里都是一片惊呼，她们的主子这是，真的要搞野男人了？！在道家清净地，也未免太刺激了吧！

这么一打岔，姜雨潮总算找回了自己的理智，但她太激动，手脚这会儿都是麻的，干脆坐在了奚琢玉旁边，两人把各自的身份交流了一番。

"你很多年前就过来了，所以你现在是玉陵王。"姜雨潮点头，"我是几个月前过来的，现在是萧锦月，相国府三小姐，前昱王妃，也就是这个故事里的女主角。"

奚琢玉愕然："女主角？你是女主角？"

姜雨潮："萧锦月确实是《霸道王爷的特工弃妃》里的女主角，你……不知道？"

奚琢玉还真不知道，事实上他来这里这么多年，一直在猜主角是哪两个，后来慢慢就忘记这事了，打定主意对其他王爷都敬而远之。

"咳，那个，我还没来得及看剧本，进组第一天说是剧本还没写完，先拍着，所以我只知道自己的角色是男二号奚琢玉，其他都不知道。"他说得有点尴尬，毕竟这听上去好像是他本职工作没做好，都要开拍了连原著都没看过，但他真的是看到这个名字就不想看原著，拖了一天又一天，后来经纪人说到时候直接看剧本就好了。

姜雨潮皱起了眉："这当然不是你的问题，这部剧是个人就看不下去，要不是他们逼你，你会演这种狗屁不通的东西吗？你就该上大银幕，大制作！还看他们的原著，他们有那么大脸吗？"

奚琢玉："啊……虽然我确实不想演这部剧，但是公司有自己的考虑……"啊，好耳熟的腔调。

姜雨潮痛心得都不知道该说什么好了，怜爱又疼惜地摸了一把奚琢玉的手："真的，这些年真的苦了你了，你已经那么努力了，谁都比不上你。"

奚琢玉被她摸得背后一毛，整个人都差点跳起来，但他乡遇故知，还是自己的铁杆粉，口口声声都在心疼自己，他也确实觉得高兴又欣慰，这会儿就忍耐了下来。

"我已经来到这里这么久了，什么都习惯了，现在真的过得挺好的，你也不用担心，我没吃什么苦。"奚琢玉找回了自己的正常状态，关心地问，"倒是你，才来没多久，是不是习惯这里？我先前听到那些流言，也没想到是你，还有这只狗，是萧云歧跟我要了送他妹妹的，我也没想到你就是他妹妹，要是早知道，我也能帮你一把。

"难得能在这个陌生的世界相遇，我们也算有缘分，你不用跟我客气。"

姜雨潮泪盈于睫，心想：我家哥哥怎么这么好呢？对人真诚，又这么暖，怎么就叫他遇到这种事？在这种乱七八糟世界，到处都是不安好心的人，谁知道他有没有受委屈！还有当初他刚来这里，人生地不熟，肯定也没他说得那么好。

"我没事，我也过得挺好的。"姜雨潮对自己的偶像露出慎重的神情，"我不需要帮助，你只要好好过日子，每天开开心心就好了，照顾好自己，你过得好了，我就安心。"

奚琢玉瞅着自己这个铁粉痴情的样子，憋了好久，终于憋不住了，有些迟疑地说："你……这么……这么喜欢我？""喜欢"两个字压得很低。

姜雨潮毫不犹豫："当然，我喜欢你九年了，你的很多活动我都有去现场支持。"

——是狂热金刚石粉。奚琢玉默默地又替换了个属性。

"呃，谢谢你的喜欢，虽然我们在这个世界，但我也没有……其他意思，你明白吗？"奚琢玉说得很小心，语气也很抱歉。这个世界不比原来那个世界，对女子的束缚远比男子多，他们要是有什么不好的来往，难免对她伤害更大，奚琢玉觉得有些事还是先说清楚为好。

姜雨潮讶然："你说什么呢？我当然知道你不会啊，你怎么会做这种事呢！"

奚琢玉心里舒了口气，还好还好，我们都没那个心思。

两人信誓旦旦地一起立了个巨大的 flag。

知道铁粉姑娘并不惦记自己的肉体，奚琢玉态度自然了很多，偶像当了那么多年也不是白当的，两人坐在那儿说了好一会儿话，相处愉快。

"欸，主子？"一个护卫模样的男人迟疑着在不远处问道。

他是玉陵王府的护卫队长，平时跟着奚琢玉保护他的安危，顺便为主子搞搞排场。奚琢玉每年中元节都来这里替亡母做法事，还会在这里独自一人烧纸，虽然不知道他是烧给谁的，但他每到这个时候心情就格外低沉，也不喜欢他们这些侍从跟着，于是他们都习惯等在外面，时候到了，主子自然会出去。

只是今日时间过去了许久，都没见到主子出来，他忧心是出了什么事，这才匆匆进来查探，谁知却看见一男一女、一高一矮两个人影亲密地坐在一处，其中一个好像是自家主子。

不应该啊，洛都中谁不知道主子的怪癖？他只喜欢狗，不喜欢女人。护卫队长心中惊诧，试探着喊道："主子，可是出了什么事？"

奚琢玉和姜雨潮坐在那儿，一侧远处是等着姜雨潮的奴婢，另一侧远处则是候着奚琢玉的护卫，两人停住话头，心里这么一琢磨，怎么这么像是狗男女月下幽会呢？

恰在这时，明月观中的钟鼓声响了，先是连绵的鼓声，接着是清越的钟声。

天色越来越暗，姜雨潮先站了起来："时间不早了，你该回去了吧？路上小心啊，回去慢点，你刚才摔着了，现在还疼不疼？"

奚琢玉也站起来，腿上瞬间传来一阵钻心的疼，他差点儿叫出声，但忍住了。不行，粉丝面前，不能失态！他背着一吨重的偶像包袱，强撑着装出若无其事的样子："我没什么事，你才是，都这个时候了，你要小心。"

这个时候姜雨潮才真切感觉到，自己确实是和偶像来了个私人见面会，心里开心得不行。她虽然有些不舍，但追星嘛，就是酸甜苦辣混杂的，又不能永远和偶像在一起。

见姜雨潮走了，奚琢玉又坐下了，试着摸了摸腿，倒吸一口凉气。

"右武。"奚琢玉朝着那探头探脑的护卫队长招手，"过来扶我一下。"

右武队长吓了一跳："您怎么伤着了？可要紧？我这就带您回去传御医！"

"没事，回去休息一天就好了。"奚琢玉被扶着站起来，缓缓往外走。

右武队长忽然说："您怎么抱着只小狗，又是捡的？"

奚琢玉："……"糟了，狗忘记还了！

他一只手托着那不吭声的小奶狗："怎么回事，你刚才怎么不吭声？我都忘记你还在这里了。"

那边还有个忘记了狗的主子，她一改往日冷淡，脸上带着笑回到院子，丫鬟们表情复杂地跟在后面，等进了屋，兰桥才在其他几人的眼神下大着胆子上前小声问："主子，桂花糕还没找回来，我们不找了？"

姜雨潮这才反应过来，狗，狗还没拿回来！

07

奚琢玉没有考虑多久，把怀里还在瞠汪汪的小奶狗塞到了护卫队长右武的怀里："你抱着狗在这儿等着，待会儿说不定会有人来找，要是半个时辰后还没人来，你再带着狗回王府去。"

右武："……啊？"我可是您贴身护卫队长啊！让我在这儿抱狗等人？

眼看着副队长扶着王爷一瘸一拐地走远了，右武抱着一只狗，深吸了口气。这可是中元节的夜晚，就把他一个人丢在这儿？

"前、前面的大哥，你可见到一只小狗？"听到身后传来幽幽的女声，右武虎躯一震，手上一重，小狗顿时发出凶凶的嗷嗷叫。

"呀！真的是桂花糕！"幽幽的女声骤然活泼起来，右武见到两个缩着脑袋的女子满面惊喜地跑了过来，眼巴巴地看着自己手里的小狗。

就在姜雨潮回到院子被提醒桂花糕没找回来后，她毫不犹豫地指了那两个负责照顾狗的婢女："你们去我刚才待的地方看看桂花糕还在不在，要是不在那儿就回来。"

于是两个婢女就相携出门再次来寻狗。

两方人马默默进行了桂花糕的交接，右武和那两个婢女都有些欲言又止，最后还是其中一个婢女忍不住，悄声问："不知大哥是哪一府的？"

她们猜测着自家主子这是春心萌动了，看那脸上的笑，她们还是第一次见呢。虽说找情夫这事着实不光彩，但是主子的事她们当奴婢的哪管得了啊？现在还是先弄清楚对方是什么来头，心里也好有个底，日后说不定还要来往呢。

两个奴婢是这么想的，巧了，右武也是这么想的。

他也压低了声音回答："我乃玉陵王府府上护卫。"

玉陵王府！两个奴婢捂嘴压下惊呼，那可是玉陵王府！眼光奇高的洛都第一美男子玉陵王，据说因为长得太美，看不上任何女子，至今还未娶王妃，是个在无数闺阁少女心中和夫人圈中被称为传说的人物。那些不可一世、出身高贵的小姐，大多想当昱王妃，可又有几人敢肖想玉陵王？这样的人竟然和她们主子有私情！

两个奴婢此刻已经默认方才那就是月下幽会了，甚至怀疑起当初主子被昱王休弃就是因为昱王发现了主子和玉陵王的事，而主子之所以不住相国府，反倒要住到这清冷的明月观，那也有解释了，就是为了和玉陵王幽会啊！

破案了，一切都有了解释。服了服了，主子真牛！

右武不懂两个奴婢眼中的震惊和敬畏，他也想知道是何方神圣能和自家爱狗成痴的王爷月下私会，打听道："不知方才那位与我家主子一起的，可是你们府上小姐？你们又是哪个府里的？"

"我们是相国府里的，我们主子是相府三小姐。"

右武："哦，原来是相府的三小姐……嗯，相府三小姐？"那不就是前昱王妃？之前昱王和昱王妃的事传得沸沸扬扬，他还和兄弟们私底下聊起过这事，讨论过昱王到底行不行。

谁能想到，主子爱好竟然如此特殊，喜欢嫁过人的妇人。右武一脸复杂地回了王府，找到兄弟们，私下告诫："以后千万莫再谈论昱王和昱王妃的事了，尤其不能在主子面前提起，否则主子恐怕要生气。"

玉陵王府护卫们摸不着头脑："啊，为何不能？咱们王爷虽说是昱王的表弟，但和他也没什么交情。"

右武：嘁，咱们王爷和昱王没交情，但和昱王妃有私情啊，你们根本不懂。

他让几个兄弟围成一圈，低声与他们解释："咱们主子，和那位前昱王妃，天黑那会儿相会明月观，我亲眼见到他们单独坐在一处小声说话，我远远站着都听见主子笑了几次，他还送了人家一只狗。"

天哪！主子从来只往府里捡狗，少有往外送的，看来是真爱。众人互相对了个惊诧和热切的八卦目光。

见了偶像一面，姜雨潮心情连着好了好几天，院中伺候的奴婢都看出来了，那天撞见她和奚琢玉坐在一起说话的奴婢们此刻都对这状态了然于心，主子这是会了情郎，在开心呢，看那双眼都发光了，红光满面的。

养狗的两个奴婢，一人叫双燕，一人叫香佩，两人把玉陵王的事告诉了相熟的几个奴婢，然后整个院子贴身伺候姜雨潮的奴婢都知道了，有的信，有的却不信。

兰桥就不怎么相信，她总想着问一问，又怕惹恼了主子，于是一直在找机会旁敲侧击。

她将桂花糕抱到姜雨潮身边，笑着对她说："主子，桂花糕这么能吃，瞧着这两天又重了呢。不过这家伙爱乱跑，上次就差点跑丢，还好找回来了。"

姜雨潮抱起桂花糕，撸了一把圆乎乎、毛茸茸、肉嘟嘟的狗，这几天知道这是偶像养的狗后，她对桂花糕的态度好了不少，时常让人抱过来吸一吸。吸偶像的狗，四舍五入也就等于吸偶像了，聊以慰藉嘛。

兰桥："我听说玉陵王也很喜欢狗，府中养了许多呢。"她悄悄觑着主子的表情。

姜雨潮抱着桂花糕，忽然叹息了一声。

兰桥见她忽然神情惆怅，心里咯噔一下。不是吧，主子只是听了玉陵王的名字，反应就这么明显？这显而易见的惆怅，是不是就是书里说的"一日不见，如隔三秋"？

事实上姜雨潮也真的很愁，当初以为这个世界没了少元老公，她就难受，可现在知道少元老公也在，她还是难受。在原本的世界虽然也见不到，但能通过微博和各种图、各种视频云养崽，可现在呢？连张近照都没有，这日子还能过吗？

她看了看身边的兰桥，忽然说："你知道玉陵王？跟我说说他吧。"只能通过打听偶像的消息来度过这没有图吸的日子了。

兰桥怎么也没想到会发展成这样，她其实知道得也不多，基本就是大家都知道的那些："呃，玉陵王，他、他长得很好看……"

姜雨潮："什么叫好看？他那是神颜，当初女娲造人，其他人都是用泥随便甩的，他是精心雕琢的，跟一般人不同。"

兰桥："……"

姜雨潮："他不仅长得好看，也很有礼貌，会为他人着想，特别尊重人，是个让人觉得很舒服的人。他有不懂的事不会不懂装懂，能虚心请教，认真学习。他最喜欢狗，因为小时候没人陪伴，是家里一只大狗陪着他度过童年，后来狗死了，他伤心了很久，每年都记得狗狗的忌日，长大后他因为太忙不能再养狗。他声音好听，但是唱歌跑调，他会做菜，尤其擅长做西红柿炒蛋和蛋炒饭，不过他不喜欢吃蛋，因为小时候吃太多，他最喜欢吃土豆，和很多肉一起炖他都喜欢……"

兰桥："……"怎么回事？我在干什么？主子为什么知道得这么多？我不知道，我什么都不知道。

她只知道，主子和玉陵王有私情，这事实锤了。知道这么多细节和喜好，要说他们没亲密关系，谁信呢？

姜雨潮停下话头，又感叹了一句："不知道他现在怎么样了。"之前摔了一下，现在腿应该没事了吧？当时她光激动了，都没仔细关心一下。

兰桥心疼地看着一心牵挂情郎的主子，一咬牙："主子！你放心，我一定会保守秘密的！你要是想见他，我去给您送信！"

姜雨潮一愣，见面？可以，但没必要，谁家偶像和粉丝老见面的？粉丝要离偶像的生活远一点儿，这才是长远之道。

"见面就不必了，我想给他送点礼物。"慰问偶像的腿，顺便感谢偶像送她狗，还有粉丝例行上供。以前能直接寄礼物到公司，她就时常寄些小礼物和卡片，虽然不知道能不能到他手上，但总归是心意。

兰桥拍着胸脯："主子放心交给我，我一定小心行事，不被人发现！"她感觉自己就像那背负着秘密恋情的红娘，还有点激动呢。

姜雨潮赞许地点头："很好。"毕竟时代不同了，送个东西也没以前那么合法方便，虽说朋友间也能送礼物，但还是小心点好。

"那主子你要送什么呢？"兰桥兴致勃勃地问。

"送布匹。"姜雨潮说。

送礼，就要投其所好。

这事说起来还挺好笑，她喜欢奚少元很久了，算是最早的粉，他当年还没怎么出名的时候，穿衣品位实在一言难尽，特喜欢穿那些花纹衣裳，大红大紫大绿的，非常辣眼睛，一笑起来就像地主家的傻儿子。后来他小有名气，有了专属的团队，就开始穿那些极简风的衣服，走清爽路线，但他有一个早期访谈，说过自己喜欢那些花花的衣服。

后来他名气大了，有好几次粉丝路透和录制粉丝福利视频，姜雨潮都细心地发现，自己少元老公简约风的外套里面有花衬衫，虽然只露了个领子，藏在外套下面，但还是被她发现了。甚至有一回参加节目，他动作大了点，带出了一点点内裤边边，也是花的。

天哪，这个小爱好也太可爱了。

想给他买好多好看的花衣服，让他开开心心地穿个够。

"带上钱，我们去布庄看布。"姜雨潮难得出门，带着几个婢女去布庄，除了兰桥，其他人都以为她是要给自己做衣服。

等到了布庄，姜雨潮发现这布庄里各种花纹的布匹异常多。

"夫人您看看，这种江南来的云锦织花，是玉陵王最喜欢的布，不知多少小姐夫人都爱用这种呢！"布庄伙计热情地介绍。

偶像不管在哪里，都能带动风潮。姜雨潮与有荣焉，一摆手："不用介绍，我自己看。"

开玩笑，这里还有人比她更清楚偶像喜欢哪种类型的花纹和颜色吗？

枫叶红带金瓜黄团花纹、藤萝紫锦葵红牡丹粉红三花纹、槿紫加大团金盏黄图案、品蓝错银花，这几样他绝对喜欢。虽然不能穿这样的衣服，但他从前的头像和微博配图，偶尔发的家里窗帘地毯的图，还有搭配的围巾，曾经夸过的某些产品外包装，只要注意就会发现，他的喜好其实总结起来有几个经典配色。

带着选好的布匹离开的时候，姜雨潮还听到另外几个在买布的姑娘小声说着"玉陵王应该喜欢这种吧""我也想穿他喜欢的衣裳，说不定下次遇上了就能多看我一眼呢"。

姜雨潮瞄到她们手中的布，笑了。抱歉，阿崽他，最不喜欢这种屎绿色。

将马车停在玉陵王府附近，兰桥有些紧张："主子，我这就把您的礼物送过去？"

姜雨潮看着那高耸的大门，又有点犹豫，这样似乎也不太好。

"算了，先回去。"她说。

兰桥莫名有些失望："啊？您选了好久的，不送了吗？"

姜雨潮微微一笑："不，让你去不太好，还是托……哥哥去送比较名正言顺。"

08

萧云歧收到妹妹的信，很是高兴地去了明月观见她。恰好快到太阴星君圣诞，明月观这两日都很热闹，人来人往的，萧云歧去了那片清修居士居住的小院，进了萧锦月的院子，也没引起别人一点注意。

"锦月，我这次来，是请示过父亲的，你放心。"萧云歧和妹妹一起坐在廊下，笑着说，"过两日是中秋了，我与父亲提过，他答应让你回家过中秋，再在家里住两日。待你回去，定要好好侍奉父亲母亲，说不定他们一心软，就接你回家，不要你一个人住在这里了。"

他这人性格温文无害，还有点愚孝，绝不做让父亲不高兴的事，在原著里就是，哪怕心疼妹妹，想保护她，也不敢违背父亲的意思。不过姜雨潮不管他是个什么样的人，她今天把这位哥哥叫来，就是为了请他帮忙送礼。

毕竟和他不熟，多说多错，姜雨潮随便应了两声，直接招手让兰桥几人把自己打包好的布料拿了出来，对萧云歧说："哥哥，这些回礼是送给玉陵王的，多谢他的狗，我很喜欢这只小狗，自它来了这里后，这院子里都热闹多了。"

萧云歧一听，当然很高兴，这毕竟是自己为妹妹求来的，妹妹喜欢就好。他乐呵呵地点点头："锦月你有心了，不过哥哥已经感谢过王爷了，你不用准备这么多礼的。"

姜雨潮抱着桂花糕，加重了语调："哥哥，这是我一番心意，请你务必为我转达感谢。"

萧云歧一愣，觉得好像有哪里不对，但他还是没多想，见到妹妹又让人拎过来一个盒子。

"这是奴婢们自己摘了观内桂花做的糕点，这一盒给哥哥尝尝。"

萧云歧被妹妹哄得只会傻笑，直欣慰妹妹懂事多了，最后他拍着胸脯保证一定会将礼物送到玉陵王手里，乐呵呵地走了。

这份笑一直持续到将礼物送到奚琢玉手中，亲眼看着他打开盒子，露出十几匹各种颜色的花布以及一张笺纸。

笺纸上面好像有字？是妹妹写的？萧云歧一愣，就见奚琢玉非常自然地拿起笺纸看了眼，然后塞进了袖子里。

萧云歧：等一下，那好像是我妹妹写的？她一个女子，怎么能随便给人传书？你还收得这么自然？

奚琢玉当然收得自然，因为上面写的是久违的简体字，他简略一看，看到句"祝你身体健康，天天开心"。他多少年没见过这种粉丝礼物了。

虽然这个礼物……奚琢玉翻着那些花布，露出一点微妙的，仿佛是牙疼的表情。

从前的世界里，他的个人形象团队为了营造他的品位和形象，给他选的衣服都是简洁款，很多粉丝嗷嗷喊着的都是穿衣服好好看，吹得各种高大上，但实际上他爱好的是各种花色的衣服。那位自称姜雨潮的铁粉姑娘来到这个世界，发现他这个偶像竟然崩人设了，也不知道有没有难过，真是难为她还能继续爱下去，而且她的品位竟然如此出众，选的全都是合他心意的花样。

这粉丝也未免太厉害了。

"都收起来吧。"奚琢玉有感于粉丝的热情，对管事吩咐道，"这些料子拿下去赶制几身新衣，刚好中秋宫宴、重阳宴会都要穿。"

"哦，对了，还有，把库里上次皇后殿下赏赐的十几匹珍珠锦和紫霞纱装好拿过来。"奚琢玉对怔愣发呆的萧云歧说，"待会儿你把回礼送给你妹妹。"

这珍珠锦和紫霞纱都是适合女子的布，可惜他王府内又没有人能用，放着也是积灰，现在刚好能用上。

萧云歧：什么情况，你为什么要为我妹妹的回礼送回礼？

"这……这不合适吧？太珍贵了。"萧云歧犹豫，他真的觉得这两人不对劲了。

奚琢玉："有什么不合适的？我一个王爷，难道还能白收姑娘家的布不成？当然要送回礼。"毕竟，他也就只有这一个从现代跟过来的粉丝了，还这么铁，得珍惜啊。

萧云歧带着一堆布过来，又带着一堆布走，路上他还在纠结这事，迎面遇到玉陵王贴身护卫队，那队长右武对他的态度前所未有地热情。

"哎哟，萧公子，你就带了两个小厮，这么多东西拿不下吧？我叫两个兄弟帮你送回相国府去。"

萧云歧摇摇头："不必了，这些布是要送到我妹妹那里去的。"他说完觉得不对，又添了句解释，"是王爷的回礼。"

右武笑容里有几分微妙："嘻，别说了，我知道，我和两个兄弟帮你们送过去，明月观嘛，我们熟。"他给了萧云歧一个意味深长的眼神，"我们上次陪王爷一起去过的。"

萧云歧：去过的？陪王爷？

他终于发现，自己的妹妹好像和玉陵王之间有猫腻！

他心里震惊得很，被自己的猜测吓得不轻，带着这些回礼转回明月观，找到妹妹。

"妹妹！你如实告诉我，你与玉陵王之间可有、可有私情？"萧云歧问。

姜雨潮正感动于少元哥哥的贴心，竟然还给粉丝送回礼，听到萧云歧这一问，她愕然，不假思索地回答："怎么会，我怎么配和他在一起？！"偶像是高不可攀的，他就该独自闪耀，和粉丝在一起什么的，不存在的。

萧云歧看着妹妹，眼眶突然红了。他竟不知道妹妹对玉陵王爱得这样深，又爱得如此卑微。他本是想劝妹妹断了这私情，见妹妹如此却不忍心了。

"锦月，你……不需如此妄自菲薄，他人不了解你才会跟风中伤，哥哥相信你是个好姑娘。"

姜雨潮莫名其妙，又摸着那些洁白轻盈的布和紫色的纱，心想，少元哥哥现在只有我一个人了，一定要好好对他。

萧云歧回去后，好一阵忧愁，终究还是心疼妹妹，没有再提起此事，也没有阻止这种"不应有"的来往。

这两日中秋佳节，姜雨潮又得回相府去一家团聚。这个世界的日子其实很无趣，没什么消遣活动，于是每到节日就异常热闹。

姜雨潮回了相府几次，所有敢于和她正面相对的人全都萎了，这一次没有一个敢来找她的麻烦，特别是向来在相府里作威作福的小公子萧云端，从上了席面见到朝自己微笑的姜雨潮开始，就忍不住打起嗝来，怎么都停不下来，最后眼泪汪汪地被奶娘抱了下去。

萧夫人已经弄明白了究竟是怎么回事，对于姜雨潮这个吓唬自己儿子、欺负自己女儿的仇家，她是怀恨在心，打定主意不想让对方过好日子了。她见不得姜雨潮那逍遥快活的猖狂样，这次特地带了个外援。

"这是我娘家侄子徐天楚，长得一表人才，已经考上了秀才，人品相貌俱佳，锦月你觉得如何？"萧夫人笑吟吟地说。

姜雨潮看了眼那个油头粉面的陌生男人，心道，好一个油腻男，眼睛涂了油一样地滑来滑去，还不显眼地往人家胸上看。她笑道："女儿觉得徐家表哥不错，和锦香妹妹很是相配。"

萧夫人表情一僵："胡说什么，你锦香妹妹还未看好人家！"

姜雨潮："啊，那是女儿误会了，方才见到锦香妹妹和徐家表哥有说有笑的，相处十分亲密，夫人又在这团圆日子将人带过来介绍，女儿还以为是给锦香妹妹订下了呢。"

不等萧夫人说话，萧锦香就叫道："你胡说，我怎么会和他有说有笑！"她看了眼那徐天楚，表情十分嫌弃。

萧夫人尴尬万分："你这孩子就喜欢开玩笑，今儿个都是自家人在，母亲就不藏着掖着了，我和你父亲商量过，你如今这样一直待在观中也不是事，不如早早找个好夫婿嫁了，下半辈子也有指望。你徐表哥虽然比不得那些富贵王侯，但家中也是有些积蓄的，说不得日后你嫁过去还有大造化呢。"

说得好像她已经要嫁过去了，再看萧相国，一副淡定从容的样子，低头喝茶，显然萧夫人早就和他说过。

"女儿蒲柳之姿，又是嫁过人的，怕是不合徐表哥的心。"姜雨潮刚说完，那徐天楚就嘿嘿笑道："不嫌弃不嫌弃，表哥自然不嫌弃。"

姜雨潮似笑非笑看了人一眼，站起来道："女儿忽觉头疼，怕是在这外面坐着吃酒受了风，这就先告辞下去休息。"

她径直走了，也不管席上其他人怎么看。萧云歧坐立不安，过了一会儿借着更衣的机会也追了出来，他寻到妹妹，表情很是忧虑："锦月，哥哥不知道父亲会做出这样的决定。你也别怪父亲，他近些日子在朝中不好过，那昱王如今不知是否还在记恨你的事，在朝中对父亲很不友好，父亲受了不少攻讦。"

哦，明白了，原来是想把她嫁出去避祸。

萧云歧说："那个徐天楚家不在洛京，在交东，你如果要嫁，就要随他去交东老家，一旦离了洛都，昱王就不会再咬着这事不放。"

姜雨潮一直没说话，随意拨弄着廊下摆放的一盆菊花。

"哥哥不想你嫁，那徐天楚不像个好的，你若嫁他，定然要受委屈的，到时候天高地远，你受苦了，哥哥也不知道。"萧云歧满面的忧虑，比姜雨潮担忧多了，不知道的还以为是他要嫁人呢。

姜雨潮这才看向他，淡淡道："没事，这事我自有办法，哥哥也不用担心。"

姜雨潮没和他待多久，径直往客院方向去了，她等在去客院的路上，没过一会儿果然等来了徐天楚。那徐天楚一见到她，眼中冒起一团精光，还带淫光，快步走过来亲热地喊道："锦月表妹！"

他被姑姑叫到洛都，为的就是娶这个萧锦月，姑姑都说了，只要能把她娶了，她那一大堆嫁妆就是他们徐家的，而且这可是前昱王妃。昱王睡过的女人，他也想尝尝滋味。

姜雨潮带着警惕的兰桥走到徐天楚身边，轻声对他说："我奉劝你一句，识相的就赶紧离开洛京，否则性命不保。

"你那姑姑与你说得好听，只是她不知晓我与昱王之间有隐秘，我实话告诉你，昱王哪怕休了我，也不会放我嫁与他人。一旦你想要娶我的消息传出去，你将有性命之忧，我已经在这里提醒你了，到时候可别怪我没劝告。"

徐天楚一惊，等他反应过来扭头去看，姜雨潮已经翩然离开了。他擦了擦额上冷汗，心道，难道真有内幕？不不，一定是骗人的。他安慰自己，可是想起刚才萧锦月笃定的话，也不像作假，心里自然而然生出几分疑虑。

兰桥也被主子的话吓到了，离开后悄声问她："主子，您说真的？昱王他……"

姜雨潮面不改色："当然是假的。"

她摸了摸身上的紫色纱裙，心情又变好了些："兰桥，我记得你上次说过，东城码头那边有雇用壮士的，你回去后让我那铺子里的管事悄悄去找几个壮士，拿够钱，盯着那徐天楚，只要他一出门，就给他用麻袋套着脑袋打一顿。"

兰桥："……啊？"

姜雨潮："打的时候让人在他耳边说'敢和王爷抢人，活得不耐烦了'，记得，要凶。"

"……啊！"兰桥忽然笑起来，"我明白了，我一定办好这事！"

兰桥第一次被委以如此重任，一心都是如何将任务做得又快又好、圆圆满满。她还借着买头花的由头出门去东码头打听了一下消息，只是那些壮士她瞧着都不太灵活，怕他们做不好主子吩咐的事，于是有些犹豫苦恼。

事情就是这么巧合，她恰好遇上了右武等一群兄弟出来喝酒，而自从桂花糕事件后，两方人马对对方都有了了解，右武上次带人帮忙送布料去明月观，就认识了兰桥，这会儿见她愁容满面，便主动上前询问。

知晓事情始末后，右武瞪着眼，心道，这还了得？！哪儿来的狗屁穷酸，也敢跟他们王爷抢人？

"兰桥姑娘你放心，这事就交给我们兄弟了，保准给你们主子做好！"

右武说完这句话的第二天，徐天楚就出门了，去拜访从前的同窗。

被人拖进暗巷里，钵大的拳头下雨一样砸下来，全捶在身上，还有人往他下身踢，徐天楚蒙了片刻就惨号起来。浑身疼痛中，他听到有人阴沉沉地说："敢和我们家王爷抢人，找死！"

徐天楚：是、是昱王！那个萧锦月说的是真的！

09

徐天楚来洛都除了想找个有钱的妻子，还想给自己活动活动，选个小官什么的。他考了几年都没能考上，只能走推荐的路子，本想着娶了萧锦月，当了相国的亲女婿，那还不是权财两得？谁知道会因此得罪一个王爷。

徐天楚吓得不轻，回到相国府，一天都不敢多住，不顾身上的疼痛，收拾东西就要回交东老家去。萧夫人得知了消息，带着人来拦。

"你这是做什么，不是都说好了吗？如今好端端的，怎么这就要走？"

因为拳头都打在身上了，脸上没打，徐天楚痛得要命，不撩起衣服却看不见伤，所以萧夫人不明所以，只觉得这个侄子实在不堪大用。要不是她娘家就只有一个庶弟，又只生了这一个儿子，她才懒得抬举。

徐天楚一身伤痛，这会儿对萧夫人也有了怨气，觉得是她害自己遭罪，闻言就嚷嚷："还不走，我在这儿等死吗？！我这身上到处是伤！"

萧夫人莫名其妙，喝道："什么伤？你把事情给我说清楚，难道是有人打你？岂有此理，洛都天子脚下，谁敢做这种恶事，还有没有王法了？！"

徐天楚：打我的就是王法他儿子。

萧夫人："是不是萧锦月那小贱人做的？你说出来，相爷定会给你一个公道！"

徐天楚目露恐惧："不是她，你别乱说了，我什么都不知道，别问我！我真的要走了！"他哪还敢说这些？说不定那昱王知道了，又派人来打他，或者干脆把他杀了，他这么一个小人物怎么和那些皇亲国戚斗？

这事说起来真是太糟心，徐天楚虽然没有和萧夫人说清楚，但是去和友人告别的时候，实在忍不住内心的憋屈，和几个朋友抱怨了几句。

于是等他离开洛都后，暗地里又开始有传言说昱王对前昱王妃藕断丝连，私下里阻挠人家再嫁，还放出话来说谁敢娶萧锦月就是在和他抢人。

萧夫人一听这传言，对于侄子的匆匆离去才自觉找到了原因，原来他说自己被打了，是昱王做的。可是昱王不是厌弃萧锦月，怎么又会做这种事？

萧相国也是百思不得其解，只觉得昱王这人心思实在不可捉摸。他左思右想之下，怎么都不能放心，特地将萧锦月叫回相国府，亲自询问。

"女儿，你和昱王究竟是怎么回事，他对你……"

姜雨潮："女儿也不知晓究竟是怎么回事，但传言如此，空穴来风，势必有因，不如待到过两日的重阳宫宴，父亲带我入宫去，若能见到昱王，女儿定找机会询问一番。"

这事也不能总悬着，萧相国想了想，点头答应了："既然如此，你先回去好好准备。入宫后你万万低调，对待昱王更要谨慎，不可惹怒他。"

"是。"姜雨潮应了，出了相国府，脸上顿时露出笑容。

她提出要去重阳宫宴，当然不是为了去问昱王什么，这事没有比她更清楚内里原因的了，她这回去宫宴，是去给偶像少元哥哥加油的。自从知道偶像重阳节要参加宫宴，她就想去，能远远看一眼就好了。可惜不比现代偶像搞活动能买票去支持、观看，这个时代想人宫，这个"票"真的很难搞，好在这回恰好遇上机会。

姜雨潮是把这次的重阳宫宴当作支持偶像的活动，大部分人则是冲着未婚的王爷们去的，一般宫中大搞这种宴会，皇后娘娘难免就要抓紧机会搞个相亲，给上层高官显贵家子女以及皇家子弟解决一下人生大事。于是这种时候，各大布庄布坊和首饰银楼就热闹了，门前停着无数宝马香车，进出都是大家小姐夫人。

姜雨潮从收到奚琢玉送的那些布料之后，就让人将那些布料制成了好几套衣裳，每日穿着，这回重阳宫宴，她自然也要穿。萧锦香同样要去，萧相国府上要去的也就她们这两个女孩，萧锦香穿得花枝招展，身上是洛都时下流行的百花衣，看得人眼晕。

"母亲，她怎么也要去！父亲怎么会让她一起去丢人？到时候相熟的姐妹看见我和她走在一起，都要笑话我的！"萧锦香小声地和萧夫人发脾气，又被萧夫人喝住，委委屈屈地坐在一旁，用能杀死人的目光盯着姜雨潮。

姜雨潮不理她，这态度把萧锦香气了个仰倒，一路上都板着张脸。萧夫人训斥她："你给我露出个笑来，今日来了这么多人，说不准日后哪个就是你的夫婿，还不给人留个好印象，看你能选到什么好的！"

萧锦香嘟囔："男宾女客又不在一起，隔着湖呢，对面还能看见我笑不笑？"

姜雨潮差点儿笑出来，她们这是去相亲？

不过，萧锦香说得没错，她们被引到御园的御池边，姜雨潮就见到两座遥遥相望的临湖宫殿，对着湖的那一面都是大敞着的，左边是男宾，右边是女客，宫殿内还有戏台，底下还有临湖的台子，摆放着各色菊花。这个距离的话，确实看不清人脸，声音也隐隐约约的，差不多只能看清对面人大概穿什么衣服。

姜雨潮淡定地跟着萧夫人去拜见皇后殿下以及几位皇妃、宗亲、命妇、长辈，走了一圈，她隐约听到窃窃私语，说什么萧锦月、昱王之类。对落在自己身上的目光不以为意，姜雨潮又转到了那些年轻女子堆里，安心坐在一边。

今日来参加宴会的年轻女子大多穿得和萧锦香一样花里胡哨，就算是瞧着性子沉静冷淡的，那衣服上也有些花色点缀，像姜雨潮这样珍珠锦白裙加紫纱的素净装扮，在一群花儿一样的少女中，就变得极显眼。

没安静一会儿，姜雨潮听到有人用不大不小的声音说："今儿个这宴，也不是谁都能来的吧，有的人就没有自知之明吗？都被人厌弃了，还死皮赖脸地过来，怕不是要纠缠不休。"

姜雨潮：哈，是说我的。

她看一眼那愤愤的女子，对方和萧锦香坐在一起。OK，是昱王的粉丝。昱王长得俊美，身材健壮挺拔，极有男子汉气概，在洛都中也有不少少女倾心，在这里的就不止一两个心系昱王。当初萧锦月仗着家世嫁给昱王为妃，不知暗地里被扎了多少小人。

如今她们也算是出了口恶气，难得见到萧锦月，立刻就聚在一起对她进行了嘲讽。其他人也没管，在一旁看笑话。

姜雨潮本来想回几句，可是远远见到对面的宫殿里聚着不少人，其中一个穿着繁复花纹长袍的男子鹤立鸡群，站在台边仿佛在看向这边，她立刻就把掐架的事儿丢到了一边，心潮澎湃地望着那个人影。掐架没有偶像重要，没有！

男宾那边的男子和女子这边恰好相反，除了一道亮眼的花衣身影，其余人皆穿着素淡。玉陵王奚琢玉就是人群中最靓的崽，他引人注目之处不仅在于他的脸和衣服，还在于他脚边躺着的那只大狗，一身光滑的黑色皮毛，腹下和耳朵尖的毛是黄色的。

在宫宴上公然带狗，除了他也没第二个人，可其他人都是见怪不怪。这玉陵王爱狗成痴，皇帝又疼爱他，许他带狗入宫，这也不是他带进宫的唯一一只狗，他还按心情随意换着不同的狗带出门呢。

"玉哥在看谁？"七皇子好奇地问。

奚琢玉收回目光："没看谁，那边似乎挺热闹。"

七皇子笑嘻嘻地看向对面临湖宫殿里的女子们："哎呀，她们怎么都穿着花衣？看来还是玉哥你最受欢迎了。"

奚琢玉摇头，是不是为他穿的花衣他不知道，他只知道那个坐在湖边上，穿白裙紫纱的女子好像是自己的铁粉，那布料还是他送的。可见是不是穿了花衣不是评判粉丝的标准。

那边姜雨潮也认出来，对面偶像身上的料子是自己送过去的，顿时心情一阵大好，连那些摆明了要掐架的人都懒得理。心情好，就放她们一条生路吧。

"呀，那是不是玉陵王？他是不是在看我们这边？"

"玉陵王定然是在看淳喜郡主，今日咱们这里只有淳喜郡主穿的衣裳最光鲜夺目。"

"我听说，皇后娘娘有意要将淳喜郡主给玉陵王做王妃，可是真的？"

姜雨潮笑容消失，缓缓转过头去，看向人群中一个面带傲色的女子。

那女子穿一身红蓝紫团花长裙，还有大片的金色细碎花纹点缀，确实很醒目，醒目到别人一时间只能看清楚她的裙子而看不清楚她的脸。

姜雨潮仔细打量她，然后嗤了一声。就这长相还想嫁偶像？真是癞蛤蟆吞月亮——痴心妄想。

那淳喜郡主得意扬扬："娘娘说了，很快就会和琢玉哥哥说此事，琢玉哥哥从小对我就不一样，我们小时候在宫中见过的，他还帮我照顾小狗，他这么多年都没娶，我看就是在等我，琢玉哥哥合该就是我的。"

非常自大。

姜雨潮冷笑一声。癞蛤蟆咕咕嗒，也不怕风大闪了舌头，这是吃了多少蒜，才有这么大口气？笑死人了。

淳喜郡主耳尖地听到冷笑，当即眉头一竖："谁在笑？"

姜雨潮从容道："郡主，是我在笑，方才我看见亭外有一只白鹤，因而发笑。"

淳喜郡主："原来是你，这有什么好笑的？我听说你被昱王抛弃后就住进了道观，现在还笑得出来，难道是脑子念经念坏了？"

姜雨潮："白鹤当然是不好笑的，但方才那白鹤旁边还有只蛤蟆，那蛤蟆想吃白鹤却够不着，气得呱呱叫，这不是很好笑？"

淳喜郡主愣了愣，随即大怒道："你是在说我？"

姜雨潮："怎么会？那蛤蟆舌头那么长，郡主怎么能和蛤蟆比？"

淳喜郡主蛮横道："你就是在说我！"

姜雨潮理了理袖子："我真不是在说郡主，郡主为什么非得代入那癞蛤蟆不可？"

有一些少女忍不住笑了出来，又连忙憋住，惹得淳喜郡主更加生气，霍地站起来："你是什么东西，也敢讽刺我？！"

就在她们这处热闹起来的时候，对面那群男宾也出了事。最开始是还未封王的六皇子赵封和人说起最近洛都的一些风流八卦，他年纪不大，最爱这些风月传闻，不知怎的，就谈起了昱王之事。

"听说那昱王和前昱王妃还藕断丝连呢，逼得人家不能再嫁。"

"三哥一向霸道，他那性子，不肯让别人沾染自己喜欢的东西，现在看来，他之前休弃萧锦月莫不是装腔作势呢？其实心里还对人家念念不忘。"六皇子赵封笑嘻嘻道。

这本是句随口的玩笑话，哪想到这么巧，昱王刚好走进来听到了，一下子沉下脸便道："六弟还是不要胡言为好，一些市井流言而已，你难道真的相信？"

他哼了声，满脸厌弃嫌恶："那萧锦月容貌寻常，连伺候本王的丫鬟的姿色都比不上，性格软弱无趣，惹人厌烦，食之无味，又是个人尽可夫的贱妇，谁能看得上这种女人……"

若是寻常，也没人会为了一个小小女人跟昱王闹不愉快，连六皇子见他怒了，也准备赔着笑一起骂两句，好让他消气，谁知这会儿坐在一边，向来万事不管的玉陵王突然开口，语气沉沉："昱王何必如此诋毁一个无辜女子？萧三姑娘待人温和有礼，我看她却不是你口中的贱妇，昱王还是慎言为好。"

场面一下子陷入诡异的寂静之中。

10

玉陵王奚琢玉，在皇室的众多成员中有些特殊。他的父亲奚大将军常年驻守苦寒边疆，手中掌握着几十万的十六州军队，他本人又非常受皇帝舅舅的疼爱，因为不是皇子，不需要争夺皇位，身份安全，在洛都不知多少人想与他交好，可他对谁都是淡淡的，十分客气，仿佛总是隔着什么。

从他小时候大病过一场后，人就有些孤僻，虽然朋友也有一些，但都不能交心，几乎所有人对他的印象都是一张漂亮得无与伦比的脸，以及爱狗的怪癖，还有脾气不错，对谁都挺和善，这份和善也可以解释为客气。像这样显露出怒气维护一个人，真是从未有过。

是的，所有人都看得出来，这位和气、会做人的玉陵王，确实生气了。意识到这一点，在场众人受到了惊吓，连昱王也很惊讶。

不过他很快就脸色难看起来，玉陵王这是什么意思？偏偏要在大庭广众之下反驳他，去维护萧锦月那个女人，是玉陵王和哪个兄弟暗地里结盟要对付他，还是父皇那边有什么问题？

因为生母只是个宫婢，昱王在几个皇子中出身最低，凭借着多年努力走到如今这个地步，心中自有骄傲，他尤其看重自尊，像这种在众人面前被驳斥的事，他是无论如何也忍不下去，因此在其他人惊疑的注视下，他已经冷静下来，朝着奚琢玉冷笑："玉陵王又是为何要维护萧锦月？难不成我那王妃有如此通天手段，连玉陵王都能收服？"

他的恶意明显，奚琢玉还没动作，趴在奚琢玉脚边那只温驯的大狗已经突然站了起来，朝着昱王发出凶狠的威胁声。这只大狗，在座众人都是见过的，印象中是只特别温和的大狗，不胡乱吼叫，瞧着虽然体形大了些，但也不危险。于是私底下就有很多人笑话玉陵王，说他当主人的没脾气，养的狗也不会叫。

可是此刻，看着大狗目露凶光的模样，众人这才咽了口水，想起一句老话——咬人的狗不叫。他们现在毫不怀疑，只要玉陵王一声令下，这只体形巨大的狗就会扑上去咬断昱王的喉咙。

奚琢玉摸了摸大狗，将它安抚下来，对目露警惕的昱王说："我与萧三姑娘的兄长认识，也见过萧三姑娘。容貌并非评判一个女子的标准，流言也不该成为伤害无辜女子的利器，终究曾是夫妻，昱王何必如此刻薄？"

他虽然坐着，气势却完全不输站在那儿身材高大的昱王。昱王此刻已经脸黑如锅底了，玉陵王这些话一出口，在座其余人也忍不住窃窃私语起来，听着那些"昱王确实有些过了""听说那萧三姑娘从前名声挺好的"，昱王简直眼睛都气红了。

他厌烦萧锦月，不过就是个他不要的破鞋，说上几句，用得着这些人来评判？还有这玉陵王，往日装得淡泊和气，一副道貌岸然的样子，今日这么为萧锦月着想，说不定就是和那贱女人勾搭上了。这么一想，昱王突然觉得自己脑袋上仿佛有绿光。

他气笑了："想不到玉陵王这么在乎萧锦月，但萧锦月是我的妻子，我如何说她都是天经地义，我说她是什么样的人，她就是什么样的人，外人还是少来质疑为妙，莫等到头来看走了眼也丢了脸。"

奚琢玉摸着狗脑袋，淡淡一笑："妻子？萧三姑娘现在可已经不是你的妻子了，昱王。"

皇帝和皇后此时在一起说话，正说起奚琢玉，皇后道："琢玉都这么大了还没选王妃，实在是有些不像话，陛下也不能总是一味听之任之，绵延后嗣乃是应尽之责，他总不能和那些狗过一辈子吧？"

皇帝也头疼："皇后你说得有道理啊，只是琢玉这孩子对这方面不热衷，我与他谈过多次了，他都是说过几年再谈。"

皇后："不论怎么样，咱们作为他的长辈，总该为他决定终身大事。"

"嗯。"皇帝问，"你心里可是有人选了？"

皇后笑道:"淳喜郡主如何?这孩子娇俏可爱,虽说性子蛮横了些,但琢玉性子温文,两人也算互补,而且淳喜这孩子也不怕琢玉府里那些狗,这不是正好?"

皇帝沉吟片刻,刚想说可以,就听见外头吵吵闹闹,仿佛有女子尖厉刺耳的喊叫。

"外面发生了什么?怎么如此喧哗?"

皇后身边的宫女神色惊惶,进来拜倒:"陛下,殿下,是淳喜郡主和萧相国家的三小姐吵闹了起来,淳喜郡主说萧三小姐对她不敬,要拉她过来请皇后娘娘处置萧三小姐。"

皇帝、皇后闻言都是眉头一皱,皇后道:"萧三小姐,就是昱王先前的王妃?她怎么会和淳喜吵了起来?"

宫女低垂着头:"好像是因为玉陵王的事。"

"真是不像话!"皇后怒道。两个女子为了一个男子争吵,还闹到她面前来了。

偏这时候又有个宦人跑过来禀告皇帝:"陛下,东楼那边玉陵王和昱王吵起来了。"

皇帝:"……昱王和谁?"

宦人:"和玉陵王。"

发现自己没听错,皇帝惊了:"琢玉还会跟人生气吵架?他从几岁后就再没跟人吵过架了吧,昱王做了什么,怎么能招得琢玉这般好性子的人都跟他闹起不愉快了?"

宦人答道:"是昱王殿下与人说话,言辞中辱及萧相国家的三小姐,玉陵王殿下便出口制止,两人这才闹了矛盾。"

皇帝:"……"

同样听到这些的皇后:"……"

前脚才发生萧锦月因为玉陵王和淳喜郡主争吵的事,后脚玉陵王也为了维护萧锦月和昱王吵架,这两人是怎么回事?

"啊!"皇后突然想到了什么似的,露出了恍悟的神色。

142

皇帝见她表情不对，问道："怎么，你想到什么了？"

皇后挥手让他们下去，自己则迟疑着对皇帝说："先前萧三姑娘过来拜见，我见她身上的衣料眼熟，一时却没想起来出处，现在才忽然想起，那是珍珠锦和紫霞纱，今年上贡的两种料子。当初除了我这里留下了些，剩下的你让我送去给琢玉了，说也让他偶尔穿点素净的衣裳。"

皇后这么一说，皇帝也诡异地沉默了。赏给玉陵王的布料现在做成衣裙穿在了萧锦月的身上，往常从不和人闹矛盾的玉陵王还为了这个女子和人争吵，这是为什么？他都不用想就明白这是为什么。

"唉，这孩子，怎么就看上了这个？"皇帝叹气。

皇后也没想到："这两人看起来像是有情谊的，可偏偏昱王……莫非琢玉之所以不说，就是因为昱王？"

先前萧锦月和昱王那些事闹得沸沸扬扬，帝后二人自然知道，现如今也不知该如何是好，最后皇帝只能说："既然如此，琢玉的婚事还是先等等。"

皇后还是不愿放弃，干脆拍板道："召玉陵王过来，我们亲自问问他，说不定是误会呢。"

宦人去请玉陵王，淳喜郡主拽着姜雨潮也被人引到了皇帝、皇后面前。

"陛下，殿下，你们要给我做主啊！"淳喜郡主进来就委屈地喊上了。

她原以为对自己向来和善的皇后会站在她这边，却没想到皇后这次训斥起她来："像什么话！淳喜，你的礼仪都丢到哪里去了？因为些许小事就闹起来，吵嚷撒泼，你母亲就是这样教你的？"

淳喜郡主一愣，觉得不对，也有些害怕起来，支支吾吾不知道说些什么。姜雨潮也是一愣，她倒没觉得害怕，反正也不会因为这点小事就杀人，她都想好了怎么当白莲花衬托一下这位郡主的蛮不讲理了，谁知道皇后的态度这么奇怪。

"锦月，过来。"皇后又笑着对姜雨潮招手，"淳喜年纪还小，不懂事，你也别和她计较。"

淳喜郡主："……"

一直到她们被皇后派人送回了之前的临水宫殿，淳喜郡主还没回过神来。为什么自己会被骂，为什么萧锦月反而得到了皇后和善的对待？

姜雨潮和淳喜郡主前脚离开，后脚宦人就带着奚琢玉来了。

奚琢玉还以为帝后二人召自己单独过来是因为和昱王的争吵，没想皇后和他寒暄几句后，突然问："琢玉，你年纪也不小了，是该考虑成家之事，我有心为你说淳喜郡主，你觉得如何？"

奚琢玉愣了片刻才想起来这是谁，他回想起很小的时候见到那个小女孩的情景，微微蹙眉，摇了摇头。

皇后问："为何不行，你可是心中有了其他人？"

奚琢玉如实回答："不，只是我不喜欢淳喜郡主。"

皇帝忍不住插话："你为何不喜欢淳喜？"

奚琢玉："她幼时养了一只狗，却不好好对待，时常打骂虐待，我那时屡次阻止都没用，这样的女子我不喜欢。"

皇帝："……"骗谁呢你！因为小时候的一只狗记到现在，还要拒绝一个长得可爱的郡主？明显就是心里有那个萧锦月但是不好说，所以随便找个理由敷衍。

"算了算了，你下去吧。"皇帝把人赶走了，然后他跟皇后说，"这孩子果然是心系那个萧锦月。"

这回皇后也不得不相信："那如今可怎么办？那萧锦月毕竟从前是昱王的王妃，如今我们也不好给琢玉赐婚哪。"

皇帝："算了，不管他们了，先看着吧，等琢玉那小子自己来求了再说。"

前头的萧相国终于知晓了这场发生在两个王爷间的争吵，对于昱王那毫不掩饰的憎恶，他心底也是气，当初羽翼不丰求他办事的时候答应娶他的女儿，如今厉害了，就想着鸟尽弓藏，什么东西，真当他萧平沙是只知道和稀泥的面人了！

至于玉陵王，他突然站出来保自己的女儿，又是什么原因？真的只是因为与自己儿子相熟？可他往日里也没对其他朋友如此看重过，连带着家人都要照顾的。

姜雨潮和淳喜郡主回到临水宫殿里，那里已经唱起了戏，只是大多数人心思不在看戏上，而是在低声谈论着些什么。

姜雨潮开始压根儿没关注她们的话题，但淳喜郡主身边围满了人，听人说了事情经过，淳喜立时蹦起来难以置信地喊道："怎么会，琢玉哥哥怎么会维护那个弃妇？！"

嗯，和少元老公有关？姜雨潮立即去弄明白发生了什么。

她的偶像刚才为了维护她的名声，和昱王那个直男癌吵架。天哪，这是什么神仙偶像！我哥哥世界第一好！

一直心静如水的姜雨潮瞬间陷入欢乐的海洋，心中充满了感动和欣慰。她有点坐不住了，溜到外面去吹风冷静一下。

今日这一场重阳宴会一开始就闹出不愉快的事，奚琢玉不喜欢吃蟹，从皇帝皇后那儿出来，干脆也不去之前那殿里和人一起坐着了，就带着自己那只大狗一起在附近的御园里散步，走到一排木芙蓉花旁，俯身拾起了一朵刚掉落的粉色木芙蓉。

11

奚琢玉捡花只是随手，但在旁人看来，特别是在姜雨潮这种粉丝滤镜五百米厚的粉丝眼中，这一幅画面怎一个"美"字了得！美人执花而笑，背景是开得如火如荼的木芙蓉，简直人比花娇！

察觉到火辣辣的眼神，奚琢玉警惕地一扭头，就瞧见不远处那个捂着嘴，满眼激动写满了无声"啊啊啊啊啊"呐喊的铁粉姜雨潮。

奚琢玉："……"多么熟悉的目光，曾经每次见到那些粉丝，往她们那边看一眼，得到的全都是这样发光、发亮的眼神，还要伴着各种尖叫呐喊。姜姑娘真是已经在尽力压制自己了，都没喊出来。

"好巧。"奚琢玉打了个招呼。

姜雨潮先往四周看了看，发现没有人，这才靠近，真心实意夸了句："哥哥你越来越好看了，简直人美心善！"

奚琢玉多年没听过这么直白的夸赞，竟然一时间还有些不习惯，但这种不习惯只是片刻，只要代入偶像的身份，瞬间就入戏，甚至还想给人签个名。

"啊，你要签名吗？"奚琢玉不受控制地说完，心里就后悔了。签什么签，这里有签名笔吗？有签字本吗？

但姜雨潮已经点头了："好好！当然要！"

她说完表情忽然难看了一下，非常痛心，奚琢玉以为她是想起来这里没有工具，不能签名，谁知道她恨恨地说："以前我有很多你的签名的，我收集了很多年，一共有四十九张，现在全都没了！"

四十九张……再来五张就能凑副牌了，这铁粉铁成这样，奚琢玉不由得肃然起敬。

对方这么执着于收集签名卡的话，那他刚才想把这事圆过去的想法就不好意思说了，不管怎么样，姑且还是先给她签个名。只是，他还有点不明白，他现在人都在这里站着，粉丝怎么执着于那些签名卡？与其在这里心痛，不如抓紧时间跟他套套近乎多聊几句，说不定几十张签名卡很快就能到手了呢。

奚琢玉心里想着追星流程不太对，很为她着急。

他在这儿不动声色地模拟着正确的攻略流程，那边迷妹姜雨潮终于也发觉现在缺少了签名工具，很是遗憾地提了出来。

奚琢玉是个很宠粉的偶像，如今阔别多年再遇当年的粉，很有点老友相见的感慨和欣慰，见她这样遗憾，他说："这样吧，等我回去了，给你签好了送去怎么样？毛笔字的签名，你还是头一个呢。"

姜雨潮一秒复活，脸都激动得红了，她犹豫了一下，好像想说什么，又不太好意思。

奚琢玉笑着："怎么了，想让我多签几张，给你凑一副牌吗？"他当然是在开玩笑。

姜雨潮摇头："不，签那么多字太累了，我要一张签名就行，就是……我想要一张o签，可以吗？"

奚琢玉大方地点头："可以啊，写你的名字？你想要写上什么名字？"

姜雨潮犹豫了一下，难得的"to签"，当然不可能写萧锦月的名字，但写姜雨潮这个名字她又有点微妙的不好意思，于是考虑过后说："写我的圈名吧，叫'生姜老酒'。"

奚琢玉："好的，'生姜老酒'是吧，我记住了。"不知道为什么，总觉得这个名字好像有种微妙的耳熟，但一时又想不起来。

他们在说话，奚琢玉旁边那只大狗在姜雨潮身边绕了一圈，因为它的态度温驯，姜雨潮之前没在意它，这会儿，它在姜雨潮身上嗅了一圈，尾巴小幅地摇摆起来，还蹭了蹭姜雨潮的腿。

两人都低头看它，对于偶像的狗，姜雨潮爱屋及乌，伸手摸了摸大狗的脑袋，大狗也非常给面子地在她手中蹭了蹭。

"这大狗好乖啊，还很亲人。"姜雨潮摸着狗耳朵说。

奚琢玉笑笑，也摸了摸大狗的背部："它叫黑金，平时不太亲人的，对你这么亲近可能是因为你身上有那只小狗的气味。给你养的那只小狗，是黑金的孩子。"

姜雨潮愣了一下，也笑起来："原来它是桂花糕的妈妈。"

桂花糕非常黏人，哪怕是姜雨潮这种习惯对别人的亲近敬而远之的人，对桂花糕也多了几分发自真心的喜爱，现在看着大狗黑金就更觉得喜爱了。

"我听说你养了很多狗，你这么喜欢狗，以前工作忙养不了，现在肯定很开心，我还觉得挺欣慰的。"姜雨潮感叹。

奚琢玉："你知道我以前喜欢狗？好像很多粉丝都不清楚这个。"

姜雨潮："我是老粉啊，你刚出道就关注你，我还记得你从前说过养了只狗叫花花。"

奚琢玉很久没听过花花这个名字了。那是他养的第一只狗，对他来说意义不同，所以哪怕现在，他有了这么多小可爱，还是记得花花的模样。花花只是只普通的土狗，但它聪明又忠诚，小时候就代替了父母一直陪伴着他，大概也是因为花花的影响，他现在也不喜欢养那些品种名贵的狗，府上那么多狗大多是捡来的，差不多都是土狗。

姜雨潮没听到偶像说话，抬头一看，发现他眼角微红，仿佛很感叹，笑着对她说："我以为世界上只有我一个人记得花花了，没想到你也知道它，谢谢。"

他说得好像叹息，听得姜雨潮心里一酸，妈呀，阿崽受苦了！看这可怜兮兮的样子！来，阿妈抱抱你！

奚琢玉："……你是不是在心里叫我崽？"

姜雨潮："……"

奚琢玉："其实我一直不知道，很多粉丝叫我崽是什么心理，我比你们之中很多人年纪都要大。"

姜雨潮："……一切都是因为爱。"

"你看，如果那些叫你老公的粉只把你当老公，看到你和其他明星传绯闻，肯定会在你的微博下哭；如果那些喊你崽的粉只把你当崽，那看你那些魅力四射的照片、视频的时候，怎么好意思……怎么好意思心动呢。总之就是你有很多个面，粉丝也有很多个面，有时候想嫁你，有时候想怜爱你，有时候想崇拜你，有时候想被你照顾……粉丝文化，深不可测。"

奚琢玉："……辛苦你们了。"这么忙。

姜雨潮："哪里哪里，喜欢你是应该的，一点都不辛苦。"

"我上次说过，我喜欢你很多年啦，我才应该对你说一句谢谢，你不知道那些年你给了我多少继续走下去的力量。"

人活在世上，如果没办法被人爱，那就要选择去爱一个人，否则灭顶的孤单会让人失去生命的意义。人想要得到温暖，总得去燃烧点什么，或是别人，或是自己。有时候付出和得到并不是那么好定义的，从前她疯狂追星，有人觉得她付出那么多时间和精力去追求虚无缥缈的东西，却毫无回报，但在姜雨潮自己看来不是这样的。

她得到了很多充实感和碎片一样的喜悦，喜欢上一个人之后，想要得到喜悦就变成了很简单的一件事，哪怕只是看他发的微博，看他的各种动态和作品，心里都会自然而然地高兴起来。这对于很长一段时间都陷在痛苦里的她来说，是无比珍贵的。

奚琢玉听过很多粉丝说喜欢，已经习惯了，可是见到这样诚恳而执着的粉丝，他还是觉得心中被触动。在这样的世界里，能遇到一个有着相同秘密和记忆的人，是他的幸运。

两人相视而笑，气氛融洽之际，一个凉飕飕的声音插了进来。

"玉陵王方才在众人面前说得好一派正气凛然，原来私底下早已和萧锦月这贱妇勾搭成奸了。"

昱王在殿中听了一阵窃窃私语，心中憋闷就起身走了出来，无意中走到附近，见到这边两个人。他走过来的时候，恰好只听到姜雨潮的最后一句话。

她说喜欢玉陵王很多年了，那不就是说嫁给他的时候心里还是喜欢玉陵王的？昱王整个人都不好了，感觉绿云罩顶。

奚琢玉、姜雨潮："……"这人什么时候来的？

奚琢玉："昱王误会了，我与萧三姑娘确实没有什么私情，只是说了几句话而已。"

昱王冷笑："只是说几句话？我看你们含情脉脉地对视，就快抱在一起了。"

姜雨潮一下子拦在奚琢玉面前，给了他一个眼神。

那是一个"吵架交给我"的眼神。

奚琢玉：嗯？我为什么能看懂这个眼神代表的意思？

姜雨潮对着昱王就瞬间退出迷妹状态："昱王殿下，所谓淫者见淫，我觉得这可能是你自己的眼睛有问题。光天化日，朗朗乾坤，玉陵王这样的疏朗君子，可做不出什么丑事。"

昱王见她还护着玉陵王，心下更气："你的意思是你在不知廉耻地纠缠玉陵王？"

奚琢玉忍不住："她没有……"

姜雨潮伸手拦他，满脸的"崽别怕，站到阿妈身后来"，对昱王说："别和这种人说话，会被带坏的，我来就行，我来。"

看着面前男女不知廉耻拉拉扯扯的动作，昱王额头暴出青筋："够了！萧锦月，你是忘了当初如何百般求着嫁给本王，又是如何祈求本王的垂怜了。"

姜雨潮瞧了这位绿帽人士一眼："是人总有眼瞎的时候，人皮裹草包，瞧着人模人样，谁知道底下都是草呢？你原谅我当初眼神不好。"

你骂我还让我原谅？昱王气疯了，抬手就要打，毕竟是个大男人，这一下要是打实了，姜雨潮估计得受大罪。好在奚琢玉反应及时，一把拉住姜雨潮，将她拉到自己怀里，抱着退了一步，口中喊道："黑金！"

大狗一跃而起，拦在了奚琢玉与姜雨潮面前，利齿闪着光，发出威胁的咆哮。

奚琢玉也沉下脸："昱王，对一个弱女子动手不妥吧。"

昱王被拦住，脸色阴晴不定地看着两人，最后冷笑着撂下话来："好，本王还从未被人这般愚弄过，你们等着。"一甩手走了。

姜雨潮脸色也难看，她下意识地抓住了奚琢玉的手。奚琢玉看她脸色，以为她是在担心昱王对萧家的报复，想开口安慰几句，就听到姜雨潮说："这厮还想报复你，就知道他不是个好东西，哥哥你要小心啊！千万别被这厮算计了！"完全是在担心他。

奚琢玉："我还好，你自己……"

姜雨潮浑不在意地摆手："没事，萧相国奸诈狡猾不好对付，他们两个谁搞得过谁还不一定呢，我就更不用担心了，原著我看了大半本，对昱王算是看清楚了，他那些手段要是搞得动我，我跟他姓。

150

呵，那个没见识的垃圾。"

奚琢玉现在才发现自己这位朋友好像有点彪。

他还是叮嘱了姜雨潮几句，这才和她分开，目送她回临湖宫殿。

姜雨潮坐在回府的马车上，感觉萧锦香全程都很安静，只偶尔用一种奇特的目光盯着她，但姜雨潮懒得理会，只当作看不见。

萧锦香之所以这样，是因为先前在宫中开宴的时候不见她，出去寻找，无意中撞见了姜雨潮和奚琢玉。那会儿刚巧昱王离开，奚琢玉放开了姜雨潮，在萧锦香眼中，这两人搂搂抱抱，分明是有私情。

萧锦月这女人长得也没多好看，怎么就这么厉害？先前好运气做了昱王妃，被休弃了之后竟然还搭上了玉陵王，她究竟是怎么做到的？

萧锦香嫉妒万分的同时，心中生出了一丝敬畏。

12

昱王从宫中怒气冲冲地回了王府，召来了自己手下的幕僚。

"去给我查，萧锦月和玉陵王，查他们究竟是什么时候……嗯……"昱王说到一半，忽觉天旋地转，眼前一黑，栽倒了过去。

"王爷！"四周一片惊呼。

浑身冒绿光的"神"站在自己的主空间里，面无表情地看着那些崩溃的世界和越来荒芜狭窄的主空间。随着所掌握世界的崩溃，这个主空间也快要坍塌了。

他上一次回到这个主空间，就失去了无数个小世界，而这一次，当他逃脱了上个世界的灵魂束缚再回到主空间，情况更是糟糕到令他无言。因为耽误了一段时间，所有小世界的偏移加快了速度，从前还有希望的小世界全都彻底脱离了控制。

还在他掌握中的，只剩下寥寥几个世界而已，并且这些世界，都已经开始了偏移，正在闪着鲜红的光。

系统仍然是尽职尽责地提醒着各个世界的进程和历史，相比这里的"神"，系统显得十分冷漠——它毕竟只是个没有感情的系统而已。

只是……

"神"将目光放在了系统上，冷冷地凝视它，对于它的各种偏移提示充耳不闻。

"你是我的系统，是我将你制造出来，有朝一日我的世界全部崩溃，你也会随之崩溃。"

是的。

系统发了一个微笑的符号。

看着那个微笑符号，"神"的表情更加冷漠难看了。他探究地看着系统良久，问它："所以，身为我制造的系统，你为什么要背叛你的主人？"

在经过这几个世界之后，他开始慢慢怀疑这一切的世界偏移和崩溃，背后肯定有什么他不知晓的力量在操纵，但是他也开始确定，其中必定还有"内鬼"的配合。这个世界是他当初用无数个世界的气运建造的，又分出一部分创建了系统，辅助自己管理，按理说应该是不可能出现问题的，当他开始怀疑问题出在内部的时候，第一个怀疑的当然就是"系统"。

可他太自负，自负的结果就是等到现在一切都晚了，他才确定这点。

尽管如此，他还是不明白，为什么系统会背叛自己。

在他的注视下，系统突然间解体，又在眨眼间重组，原本黑色的面板变成了一片绿色草原界面，在这块绿色面板重组完成后，背后甚至还放了几朵象征庆祝的烟花。

"神"："……"

恭喜你达成了"找出内鬼"成就!

全新的绿化系统为您服务!我们的目标是绿化一切,给大家一个干净文明和谐的幸福世界!

"神"的脸色和这自称绿化系统的面板一个颜色了。他感受了一下自己和系统的契约,发现竟然还在,可这个系统明显不是他从前做出的系统,那就只有一个解释,他的系统被入侵改造了。

"你是什么东西,想做什么?"

我是来帮助你寻找生命新的意义的。

"神"对这个说法嗤之以鼻,眼神危险地动了动手指。

你现在可以选择抹除契约直接消除我,但是你的世界只剩下几个,还都处于偏移中,如果失去了系统,就像失去了眼睛和耳朵,而你没有时间等待新的"眼睛和耳朵"成长起来。给你一个建议,接受我,或许你还能保住剩下的几个世界。

"你会帮我?""神"怀疑地眯起了眼睛,暂时忍下了抹除这个被污染的系统的打算。不管怎么样,它说得对,至少要等到这些世界暂时平静,没问题了,然后在下一个循环开始之前,制造出新的系统。

或许我会给你一些正确的建议,就看你敢不敢试了。

本该没有感情的系统,在被感染后变成了另一副样子,每次看到它呈现的话,"神"就感觉一阵恼火,觉得这系统仿佛在不怀好意地看好戏一般。

"好。"深思熟虑后,"神"仍然是选择了答应。

他倒要看看这东西到底想搞什么鬼。

他选择了一个感情还没开始偏移的世界，直接投入了进去。

"王爷醒了！太好了！"

"快去叫御医过来，王爷醒了。"

"天哪，王爷您吓死妾身了，怎么会突然昏倒呢？！"

经历了主人格觉醒的昱王，躺在床上提取了脑子里的记忆。

为什么对这个糟糕的局面一点都不觉得意外？每个世界都仿佛算计好了，迎面就给了他一脚。

身边吵吵嚷嚷，还有女人在哭。昱王坐起来，推开扑上来的李侧妃，喝道："滚！都给本王滚出去！"

屋内一静，所有伺候的人都赶紧退了出去，只留下一个不知道为什么一醒来就在发火的主子。

> 这几个世界都失败了，你有意识到自己的问题吗？

系统面板弹了出来。

昱王面色沉沉："所以，你觉得我的问题是什么？"

> 你的姿态太高。你总觉得这些世界是你的掌中之物，就算是女主角也不需要你认真对待。但是现在，你的危机近在咫尺，如果这几个世界你都留不下，那你的空间会溃散，你也会溃散。所以，建议你放下高姿态。

"我不觉得自己的态度有问题，我是神，和她们本就有着身份上的差距，如果她们臣服于我并且祈求我的爱，我才会赐予她们一些青睐。"

> 醒醒，你的国家已经灭亡了，你现在没有后宫了，你要

变成乞丐了。

　　是这样的，普通人使用钱，也觉得钱是自己的工具，钱怎么能跟人比，但实际上，人没有钱就是不行，就是会死，搞搞清楚，钱才是爸爸。

昱王："……"对这个比喻我竟无言以对。
他深吸一口气："所以，你觉得我要做什么？"

　　建议你学学上个世界的陆林生，当个舔狗，应有尽有。

昱王："我明白了，我会拿回休书，让萧锦月那女人再嫁给我。"

　　我觉得你没明白。

昱王："你等着看便是，你可没有资格指挥我做什么。"

　　行吧，我等着。

　　"母亲，我说的千真万确，萧锦月和玉陵王，他们两个一定有奸情！"萧锦香绞着手里的帕子说。

　　萧夫人面带疑虑，没有说话。她心里是不信的，玉陵王那是何等人物，她想过把女儿嫁给某个王爷，却从没想过能把女儿嫁给玉陵王，现在告诉她，那个她一直不屑的萧锦月得了玉陵王青睐，她怎么可能相信？萧锦月长得一般，顶多是清秀，性格又懦弱，哪怕现在多少有些改变了，那也没什么特别的，她凭什么能得到玉陵王垂爱？

　　可萧锦香说得信誓旦旦，不像作假。

　　"这样，让赵妈去萧锦月那里打探消息，她那里的奴婢都是些不中用的东西，收买一两个容易得很，让赵妈做得隐蔽点，看看她到底是不是真的和玉陵王有来往。"萧夫人一锤定音，派了个心腹婆子去打探消息。

这赵婆子打着送月银的名头去了明月观，收买了个廊下洒扫的小丫鬟，跟她打听消息。小丫鬟对院里的事知道得不太清楚，听她问主子有没有和玉陵王府的人有来往，小丫鬟想了半天，老实地点了点头："有的。"

她好像听院里的姐姐们悄悄说起过玉陵王，主子喜欢的小狗桂花糕就是玉陵王府的，这当然算是有来往。

赵婆子一惊，这事还是真的？她看着懵懂的小丫鬟，仍不太相信，想着明日再来另找个人探探，谁知道这才刚走出门没多久，就瞧见个打扮整齐的妇人端着个锦盒过来了，进了萧锦月的院里，没一会儿出来，手里的锦盒就没了。

这是哪家的来送东西？赵婆子敏锐地察觉到了问题，悄悄让马车跟着那送东西的妇人，见她拐过半条街后上了辆马车，赵婆子一路跟到了玉陵王府，眼睁睁瞧着人进了府里。

赵婆子：是真的！千真万确没跑了。

她带着这个大消息兴奋地回去复命，把这事明明白白地给萧夫人说了一遍。

萧夫人满心忧愁，想着萧锦月和玉陵王这两人私相授受，看来确实是有私情，难怪萧锦月近来没有从前那唯唯诺诺的样子了，敢情是有了靠山，不怕了。想到自己先前还想着把人嫁给侄子那废物，萧夫人后知后觉地出了一头冷汗。这莫不是得罪了玉陵王？

"香儿，你以后离萧锦月远一点，可别再找她麻烦，如今她攀上了玉陵王，往后还不知道有什么造化。"萧夫人叮嘱萧锦香，萧锦香虽然不情愿，也勉强答应了下来。

这萧夫人左思右想，又把这事告诉了萧相国，只说自己让人去明月观送东西，恰巧发现了萧锦月和玉陵王有亲密的来往。

萧相国想起了之前重阳宫宴玉陵王维护萧锦月，和昱王针锋相对的事，顿时恍然大悟。

原来如此！没想到这个女儿看着没用，却是个有出息的！

关于萧锦月和玉陵王的私情，几乎该知道的人都知道了，不该知道的也知道了，但姜雨潮作为当事人还不知道，她收到了偶像送来的签名，洗手焚香后打开了放着签名的盒子，取出了那张宝贵的"to签"欣赏。

啊啊啊我疯了！这是什么神仙签名！看看这飘逸又端庄的字体，看看这矜持又真挚的嘱咐，看看这充满了爱的签名卡，为什么偶像这么好？我爱他一辈子！

竟然还签了三张！这是什么珍宝偶像！

奚琢玉无意识地在纸上写字，书童看着，笑问："主子，您怎么写了好几个'生姜老酒'，这酒我还没听过呢，主子是想喝吗？听上去就一股辣味。"

奚琢玉回神一看，发现自己真的写了好几个"生姜老酒"，可能是刚才给姜雨潮签名的时候老觉得这名字莫名耳熟又想不起来，所以无意识地就一直想着。

他笑笑，放下笔起身走出门去。

外面天气好，秋高气爽。他府里许多狗，别的王府里那么多下人都是伺候主子的，他这府里下人也多，却都是养狗的。后面有大片大片能让狗狗们奔跑的草地，这会儿那里有许多狗，有些在跑来跑去，有些则趴在那儿晒太阳。

奚琢玉让人做过些狗飞盘，他一走到草地上，就围上来好几只大狗，还有聪明的几只主动叼来了飞盘要和他玩，奚琢玉撩起袖子拿着一摞飞盘，甩开膀子扔了出去，只见狗子一只接一只地蹿了出去。

因为每天要陪着一大堆狗子玩，这辈子身材都比上辈子要好了，看看这手臂多有力。

奚琢玉又幸福地消磨了一下午的时间。只是休息的间隙，关于那个"生姜老酒"的熟悉感是从哪儿来的问题，时不时会冒出来困扰他一下。

晚上入睡时，迷迷糊糊中，奚琢玉突然睁开眼睛，一下子从床上坐了起来。

"我想起来了！生姜老酒！"他捶了一下被子喊道。

13

众所周知，娱乐圈是个大圈子，而这个大圈子里面又有无数个小圈子，分别是各个明星的粉丝群体。在一个明星的粉丝团体里面，成员也是很复杂的。奚少元从一个小明星成为二线顶尖，也称得上是流量大户，粉丝那么多，他当然记不过来，不过也有那么几个粉丝，因为太过突出，哪怕是他这个备受粉丝们宠爱的大宝贝正主，也听过些传闻事迹。

比如"生姜老酒"。

这个粉丝不是大粉、粉头，也不是圈中有名望的太太，但她很特殊。如果说粉丝群体是个抱团才能生存的排外生态圈，那这位"生姜老酒"就是奚少元粉丝中的"孤狼"。这个孤狼是取的表面意思——又孤又凶。

她不和人抱团，哪怕是圈内同样喜爱奚少元的粉丝，必要时她也是照骂不误。一般粉丝，会担心经纪人对偶像不够照顾，而"生姜老酒"则更上一层楼。

遇到私底下关系不好但是表面需要塑料兄弟情或者塑料情侣情的其他明星，和他们合作，难免不愉快，这个时候"生姜老酒"会出现嘲讽一波；早些年公司为了赚钱接些低端代言，广告投放了多久，"生姜老酒"就骂了公司多久。

徐姐之前注意到这个"生姜老酒"，就偶尔在心情烦躁的时候翻翻她的评论，还笑哈哈地和其他助理分享，结果一转头看到她在骂自己，徐姐真是无语凝噎，奚少元也哭笑不得。

还有不是塑料兄弟情，是真实朋友情的，偶尔也会被无差别扫射。基本上只要谁对他做出有害行为，包括但不限于名声、身体、利益等危害，都会被"生姜老酒"嘲讽，视程度进行冷言冷语、轻微讽刺、挖苦，等等。

不说奚少元，就是奚少元当初的经纪人徐姐和一群助理都对这个"生姜老酒"印象深刻。然而她之所以让奚少元记得这么清楚，还是因为她搞过大事。

圈内粉一多，少不了就有脑子不清楚或者爱搞事的，特别是年纪小又不懂事的粉丝，在明星转型需要提高国民支持度和路人好感的时候，非常容易败坏名声和好感。而"生姜老酒"就像拉怪一样，把跳得最高、爱惹事的那些全部拉到自己微博下关起门来吵，不知道气跑了多少个，那段时间奚少元的话题页里安生了不少。

所谓私生饭，就是明星粉丝里最可怕、最疯狂的一种，跟踪、偷窥、骚扰甚至伤害偶像，什么都做得出来。一般遇上这种私生饭，明星方面也没什么太好的办法，不管是明星还是粉丝，只能以谴责为主，呼吁大家理智。而"生姜老酒"不，她正面刚。

有一次奚少元遇上了私生饭跟拍，为了见他，对方愣是搞出了追车拦车的行为，把他的车子都撞坏了。

后来公司发了声明，粉丝跟着严厉谴责，这事大家都以为就这么过去了，但"生姜老酒"不依不饶。当初这事一度闹得沸沸扬扬，那几个私生饭最后不得不站出来道歉，后来很长时间奚少元都没遇到过私生饭的骚扰。

所以说，她是圈内出了名的孤狼。

奚少元看过很多粉丝，有时候一个粉丝说喜欢他，他虽然感谢，但心中没什么触动，因为这种喜欢虽然真，却不能久，很可能过段时间就忘记了。而那些黏着度很高的粉丝，大多在粉丝组织内，他们说着喜欢他，可大多爱的是那种和很多同好共同喜欢一个人的热闹，喜欢的是那种组织下的习惯。只要把他们都放在一个圈里，哪怕一开始只是普通喜欢，身边接触的都是这样的同好，也会很快被那种狂热所感染。

他们爱的是他这个人，还是以他为名的一个形象产业链？抑或是这个产业链中制造出的那份虚浮热闹和欢笑？总归大多爱的不是真的他，因为她们其实并不认识真的他，如果走出别人定好的"人设"，大概会有很多人脱粉，这就是常态。

明星是一个光鲜亮丽的职业，有那么多人喜爱，可是从这个"生姜老酒"身上，奚少元是第一次感受到那种执着到令人有些心惊的"喜欢"。

在知道姜雨潮就是"生姜老酒"之前，奚少元对她的定义就是粉丝中比较特别的一个，好像很凶，我行我素。

而现在，奚琢玉回想着亲眼见到的姜雨潮，觉得好像没有从前想象过的那么凶，还是个很温柔的女孩子。

心中怀着各种复杂情绪的奚琢玉，在大半夜回想起这些事，有些睡不着了，披着外套起身走了出去。伺候的仆人被惊动，赶忙跑出来询问可是有什么吩咐。

奚琢玉摇摇头："没事，你去睡。"他向来如此，仆人也习惯了，眼见着好像有心事的主子走下阶梯，守在门外的狗子跟上了他的脚步，蹭了蹭他的腿，陪着他一起往不远处的高阁走。

高阁很高，在那上面能居高临下看到洛都中许多建筑。万籁俱寂的时刻，一片黢黑，看不到灯光。来到这个世界已经好几年了，他早已习惯。奚琢玉又突然想到，姜雨潮好像还没来多久，她现在习惯了吗？一个小姑娘，人生地不熟的，什么都不清楚，心里会害怕吗？

好像不对……她以前就很凶，似乎不是会怕这些的人。

今夜恰好是护卫队队长右武巡夜，遇到了难得睡不着出来吹凉风的主子，右武上前问候了几句。

"主子，难得见你睡不着，是不是身体不舒服？"右武问。

奚琢玉："不，只是……在想一个人。"

右武顿时露出微妙的眼神："主子您是在想萧三小姐吧。"

奚琢玉："……"不是，他为什么知道？

大概因为夜晚是个很适合聊感情相关话题的时间，奚琢玉又是个很宽和的主子，右武忍不住和他唠起嗑："主子，您打算什么时候把萧三小姐娶回来？其实现在流言也差不多平息了，再说了，寡妇再嫁的事多得很，更何况是和离再嫁，您也不用有那么多顾虑的。昱王那小子，说什么不许任何人娶萧三小姐的大话，呸，咱们难道还怕他吗？！"

奚琢玉抬起手："等等，什么？我为什么要娶姜……萧锦月？"

右武大惊："不是吧？主子，难道您只是玩玩，根本没想过负责吗？"

奚琢玉头疼："我玩什么了？"

右武用一种"想不到人畜无害的主子竟然这么没有责任心，真让我好意外"的眼神盯着奚琢玉。奚琢玉抱着自己的狗子，在相处了多年的兄弟的注视下，感到一阵茫然。

右武："主子，您觉得萧三姑娘怎么样？"

奚琢玉："我觉得她人其实挺好的。"

右武："您觉得她是特殊的吗？"

奚琢玉："是挺特殊的……"毕竟这么多年他也只发现了这么一个同乡，而且渊源还挺深。

右武一拍掌："那不就得了！还等什么？赶紧把人娶回来啊，别等失去了才知道后悔！"

奚琢玉头更疼了："好了，不要再胡言乱语了，她虽然在我心里比较特殊，但我对她并没有男女之情，我也不会娶她的。"她大概对他也没有男女之情，只是崇高的粉丝偶像情。

右武一脸的复杂表情，炯炯有神的大眼里都是心痛——嘴硬什么呀这是！御赐的珍贵布匹成堆送，写了情诗还专门收在匣子里送过去，还送狗，还月下私会，都这样了还跟他说没意思，不是瞎扯淡吗？

主子这么嘴硬，怕是不能抱得媳妇归了。看来，还是要他们做忠仆的来帮忙。

第二天，右武就传了个消息去明月观，说自家主子玉陵王要参加这次的秋日围猎。他想着主子要去，萧三小姐也去，两人这不就又有机会见面了？感情嘛，都是处出来的，多处处就好了。到时候媳妇都抱在怀里了，看他还能不能嘴硬了！

秋日围猎是上至皇帝、下至百官一起参与的年度大型郊游活动。大家放下平时在朝中的政见，聚在一起打打猎、赏赏景，陪着皇帝放松一下，感受一下丰收与秋意。后宫当然也是要去的，既然皇帝的老婆们要去，官员们当然也得带上老婆孩子凑个热闹，这就有了所谓的"太太交际圈"。

姜雨潮一听偶像要去秋猎，立刻决定前去加油。偶像参加的活动，她怎么能不应援呢！就是不知道这回萧相国那一家愿不愿意带她去。

姜雨潮盘算着有没有什么方法能让他们答应，特地找了个日子回相府去请安，把这事和萧相国提了一嘴。

然后萧相国就一口答应了。

姜雨潮："……"这么轻易的吗？

她有点看不懂萧相国脸上的笑，就听他好像无意识地感叹了句："听说玉陵王这次也要去啊，他虽然容貌气质俱佳，但不擅长狩猎弓箭，此次怕是拿不到好名次。"

这话姜雨潮就不爱听了，谁说她偶像不好？谁说她偶像不行？！

"玉陵王真人不露相，他不是做不到，只是不想做而已。"姜雨潮努力压抑了一下，才没有当场胡吹一通彩虹屁。

萧相国眼睛一眯，对她的话一笑置之。

到了秋日围猎，众人浩浩荡荡地来到洛都城外二十里的西甲山下，围着一座被提前打扫过的行宫安营扎寨。行宫是帝后住处，其余的皇子、臣子都在附近的帐篷里住着。一番收拾过后，秋猎开始，皇帝坐在高台上，看着下方一群着猎装的皇子和大臣公子。

昱王面色凛冽，身形挺拔，在一群儿子之中十分显眼。皇帝看了他一会儿，道："今年怕还是昱王要夺得最后的彩头了。"

秋猎为期几日，最后一日还有比赛，要比谁能猎得更多、更珍稀的猎物，前两年都是昱王拔得头筹。

这时笑眯眯的萧相国看着坐在一边的玉陵王说："玉陵王怎么不下场试试？"

奚琢玉见皇帝和其他人都看向自己，刚准备和往年一般推托，就听到萧相国说："小女锦月十分仰慕玉陵王，先前还与我说过玉陵王若是愿意下场，必定是能大放光彩的。"

萧相国此言，自然是为了试探，他从萧夫人那里得知玉陵王和女儿萧锦月可能有私情，心中疑虑，便决定稍稍试探。这玉陵王不爱参与秋猎，今日看来也不准备下场，若是他真对锦月有心思，听他这么一说，肯定会有所表示。

奚琢玉："……"啊，这个陈年老粉有这么说过吗？真是一份好沉重的信任。

奚少元从很久前，就是个不忍心让粉丝失望的好偶像。

奚琢玉下意识地看了看不远处的女眷高台，正巧对上了姜雨潮放光的眼神。虽然听不到这边说话，但她那个眼神好像饱含了期待。

奚琢玉迟疑了一下，站了起来："那我这次便也下场作陪吧。"

皇帝："……去吧。"臭小子每次秋猎都说不想去林子里钻，结果现在听到人家姑娘一句话就改主意，臭小子！

14

奚少元现在的感觉就是参加一个歌会，看着其他的参赛选手都铆足了劲儿表现，想得到老板也就是皇帝的青眼，而他不太想参加，想在一旁偷懒，结果粉丝在下面期待他上场来一个。

也罢，来一个吧，当人偶像的，也不能太偷懒了，这种秀还是要给粉丝发一发福利的。

换好了猎装的玉陵王奚琢玉牵着马走了出来，一下子就成了一群猎装男子中最耀眼的那个，女眷看台更是发生了小骚动，不少女眷都抛弃了矜持，靠在栏杆上瞧着下面的奚琢玉。

实在是奚琢玉本来就颜值顶尖，气质不同寻常，再加上这套猎装太好看，穿上后，细腰长腿一览无余，帅得让人走不动道。这腰也太赞了吧，让人好想抱！还有这腿怎么会这么长？瞧瞧这靴子，踢人的时候那弧度肯定超好看。

姜雨潮差点儿忍不住放声尖叫，手都下意识地摸到头上的花想摘下来丢过去，但理智还没有完全离家出走，非常及时地阻止了她的行为。

这边骚动的女眷太多，姜雨潮的反应也不是最剧烈那个，所以没怎么引人注目，现在在场中最吸引人的就是玉陵王奚琢玉还有昱王两人。

"玉陵王怎么也来了？"

"是啊，这可难得。"

穿着猎装的那些大家公子也有些兴奋地讨论着，还有几个拿眼睛去瞧表情冷酷的昱王。昱王和玉陵王闹矛盾的事早传遍了，现在他们都觉得玉陵王下场，肯定是冲着昱王去的。

昱王自己也是这么觉得的。他坐在马上，看着那还站在马旁，伸手抚摩着马鬃的奚琢玉，居高临下道："玉陵王要打猎，什么都不带？你养的那些畜生这种时候难道还派不上用场吗？"

奚琢玉回头看了他一眼："昱王养的畜生也不比我的少。我记得去岁，昱王带的是猎鹰吧，就是那只？"他抬手指向了在天空盘旋的一个黑影。

昱王哼了一声，将两指捏在一起，吹响了鹰哨，天上那只盘旋的鹰顿时高鸣一声，飞下来落在昱王戴着的皮草护腕上。

贵族们打猎，都爱带着各种猛兽凶禽，而昱王这只鹰最为雄健凶戾，还和他一起上过战场，甚至抓死过人。这猎鹰和主人一般，用那种尖锐敌意的目光盯着奚琢玉。

奚琢玉踩着马镫上了马，跨坐在马上也吹了声口哨，转眼间，好几只大狗从营地那边跑了过来，体形比一般的狗要大，看上去也十分聪明，奚琢玉弯腰亲昵地挨个儿摸了摸大狗的脑袋："走，我带你们去跑跑。"他虽然不参与秋猎，但私底下也常常带着大狗们进山里活动，这几只就特别喜欢这种活动。

昱王扯了扯嘴角，托着鹰道："玉陵王可看好了这些畜生，别在山中被什么猛兽给叼走了，毕竟进了猎场，也分不清哪些是你养的，要是弄错，杀了几只，玉陵王可莫心疼。"他不怀好意地瞧着那些大狗，话中之意是要弄死几只以泄愤。

奚琢玉却看也没看他，仍仔细地摸着狗脑袋："没什么好担心的，都比昱王的鸟大。"

说完他觉得有些不对，只好又加了句："我是说我的狗比昱王的鸟大。"

他不解释还好，一解释，昱王脸都黑了，冷哼一声，首先转头进了猎区。

"玉哥，没想到你还会损人啊，真是让我大开眼界。"六皇子骑着马晃过来，一脸惊叹。

奚琢玉：我不是，我没有……我真不是。

七皇子也凑了过来："玉哥，我听说你跟他在争萧相国家的三小姐是不是？"

奚琢玉一听这个，感觉更头疼，这都是什么？他明明不是，也没有。

奚琢玉："不是，你别胡说。"

七皇子大笑："害羞什么？我是支持你的！三哥那人不会怜香惜玉，玉哥你肯定更好。"

说不通了，奚琢玉也骑着马带着几只大狗进了猎区。

算了，清者自清吧，他想。

…………

"凭什么？！"淳喜郡主一脚踢翻了一个花瓶，又挥袖砸了个玉壶，尖叫道，"凭什么是那个萧锦月？她有什么地方比得过我？琢玉哥哥为什么选她不选我？"

"好了，你发什么脾气！就是你这脾气，从来不肯收敛，现在好了，闹成这样，皇后娘娘也不肯为你说亲了。"淳喜郡主的母亲喝道。

淳喜郡主还在尖叫，地上的碎瓷片被踢飞了出去："皇后娘娘说过让我嫁给琢玉哥哥的，现在又反悔，她怎么能这样！母亲，你再去和她说，你让父亲去和陛下说！"

"够了！你还嫌不够丢人！你给我安生点，被你父亲宠得不知天高地厚了，要是再敢闹出事，就关你禁闭！"

淳喜郡主自从得知自己会被说给玉陵王当王妃后就膨胀得不像话，到处得意扬扬地炫耀，重阳宫宴在宫中和萧锦月闹到皇后和皇帝面前，她有些害怕，可安生了两日又故态复萌。谁知道宫中突然传来消息，说她和玉陵王的事黄了。

这怎么能忍？淳喜郡主闹来闹去，闹得她母亲亲自去皇后那儿询问，终于得到了确切的原因，原来是玉陵王亲口说不喜欢她，而且他喜欢的是萧三小姐萧锦月。这下可不得了，淳喜郡主更是恨得发狂，在府中大肆发脾气，闹得鸡犬不宁。

好不容易消停了两日，来了秋猎围场，她的母亲千叮咛万嘱咐，告诫她不要惹事，然而她却没有那么听话，直接找上了萧锦月，准备出口气。

淳喜郡主娇惯坏了，脾气有些无法无天，做事又不顾后果，她直接让两个奴婢趁着萧锦月落单的时候把她堵着嘴绑到了自己的营帐里。

姜雨潮刚目送完猎装偶像意气风发地进了猎场，准备回营帐去休息，就被两个身强力壮的奴婢给押着送进了淳喜郡主的营帐，又被按着跪在了地上。

"萧锦月，知道你今天为什么会在这里吗？"淳喜郡主抬起脚尖踢了踢姜雨潮的膝盖，又蹲下来用尖尖的指甲在她脸上划了两道，"因为你跟我抢东西，我很不高兴。"

"你们都出去，守远点，别叫人听到声音过来了。"淳喜郡主拿着鞭子站起来，对那两个奴婢道。

两个奴婢应声退下，营帐内就剩下淳喜郡主和被绑着双手的姜雨潮。

啪——淳喜郡主二话不说在姜雨潮身上抽了一鞭："谁许你跟我抢琢玉哥哥的？你这种女人有什么资格高攀我琢玉哥哥？"

姜雨潮没能及时躲开，生生挨了一鞭。她刚被那两个奴婢按着跪下，膝盖重重磕在地上，一时还没缓过来。

淳喜郡主抽了她一鞭，又骂道："我今天就要打死你，还要用刀划花你的脸，然后扔进林子里让野兽吃了，到时候看你还拿什么来跟我争琢玉哥哥！"

姜雨潮缓过了那一阵，二话不说跳起来就给了她一脚，把淳喜郡主整个给踹倒在地。姜雨潮被那两个丫鬟绑住了手，脚却没绑住。这里的大家小姐都弱弱的，她们大概以为绑个手就够了，但姜雨潮不是萧锦月，她有着丰富的干架经验，这会儿进入状态了，打不过两个壮奴婢，难道还打不过一个淳喜郡主吗？手暂时不能动也没能阻碍她发挥，趁着淳喜郡主摔蒙了，她上前就不客气地朝淳喜郡主脑袋坐了上去，直接压住了对方的整张脸，包括嘴，免得喊出声把外面的壮奴婢吸引进来。

而且这个动作最绝的地方在于足够恶心人。姜雨潮不动如山，无论淳喜郡主双手怎么挣扎，都死死压着她的脸，让她不能呼吸。

等到人的挣扎慢慢微弱下来，姜雨潮才站起来，看着淳喜郡主在地上抽搐。姜雨潮迅速在旁边的案几上找到了一把刀，割开了手上的绳子，然后去脱淳喜郡主的鞋，扯下她的袜子塞进了她嘴里堵严实，用割下来的绳子绑上了她的嘴以及手脚。

片刻间，两人就调换了个角色，嚣张的淳喜郡主变成了任人宰割的那一个。她终于从那股窒息的眩晕里醒过神来，愤怒又恶心地呜呜喊，却叫不出声音。

姜雨潮喘了口粗气，动了动被抽了鞭子的肩背，拽住淳喜郡主的头发，低声在她耳边阴森森地说："你搞我？啊？很久没人敢搞我了。"

"你刚才是说要杀我吧？"她捡起了一旁的一块巴掌大的木板，

"你放心，我不杀人，杀人犯法，但我要和你玩一玩。"

淳喜郡主的嘴被塞得鼓起来，她在地上扭动挣扎，眼里都是怒火。

姜雨潮又拿起刀，对准了她的胸口。淳喜郡主这下子终于知道害怕了，眼睛里流露出恐惧之色。她之前轻轻巧巧说着要杀人的时候，肯定不知道当死亡的威胁降临在自己身上时，是这么可怕的一件事。她想说自己要是出事了，父亲和母亲肯定不会善罢甘休，却只能发出含糊的声音。

姜雨潮用刀划开了淳喜郡主的衣裙，把她一身绫罗绸缎划得破破烂烂，包括肚兜亵裤都划开了，露出了白皙的肌肤。

淳喜郡主瞪大了眼睛，脸都涨红了，不知道是因为愤怒还是因为羞意，她开始害怕地往后躲。

"你刚才不是很凶吗？"姜雨潮拿起木板，啪的一下抽在了淳喜郡主身上，在她的身上留下一片红痕。

淳喜郡主一副被凌辱的样子，哪怕面前是同为女子的姜雨潮，她也快羞愤而死了。姜雨潮在她的眼神中毫不手软，在她的脖子、大腿、胸口处掐出了无数红痕，又用木板打在她的嘴上，将她的嘴打得一片通红，再撕扯她的发髻。

"做了错事，就该受到教训，知道吗？"姜雨潮压低了声音在淳喜郡主耳边说，语气冷然而讥嘲。淳喜郡主浑身颤抖，看向姜雨潮的眼神中有着恨和愤怒，还有恐惧。

"你以为你身份高贵？"姜雨潮踩着她的脸，拿起了鞭子，"今天我就来教一教你，什么叫后悔莫及。"

淳喜郡主这人，姜雨潮听说过，和对方发生矛盾后，她更是特地打听过。只是她终究还带着法治社会的一点惯性思维，没想到这人会这么直接粗暴。好，既然事情发展成这样，老实挨打不是她的风格，那就不忍了。

今日这一场，她们梁子结大了，为了避免这个天真恶毒的郡主日后报复，姜雨潮只能在这里好好地和她算算账，最好让她日后看到自己就想起今日的折磨与痛苦，听到自己的名字就害怕，完全生不起报复的心思。就算日后被报复，她现在也够本了，她肯定会成为这位郡主一生的噩梦。

守在帐篷外不远处的奴婢时不时看向淳喜郡主的帐篷，眼看时间慢慢过去，里面还没人出来，有个奴婢犹犹豫豫，想要上前看看。如果人真的死了，恐怕得提前做好准备。淳喜郡主从前为了泄愤杀了奴婢，也是她们处理的，只是这次的人身份不比奴婢，虽然主子说了可以直接扔到林子里假装是被野兽吃了，可毕竟是亏心事，她们也有些提心吊胆。

"郡主？"奴婢站在帐篷外小心地问道，听到营帐内传来女人呜呜的声音。她心里松了口气，想着还好，人还没死。

眼前忽然黑影一闪，一个人从帐篷里被推了出来，朝她砸下。那人涕泗横流，头发散乱，衣服破碎，身上又满是红痕，腿软得跪倒在地。两个奴婢看得大惊，失声喊道："郡主？！"

与此同时，姜雨潮也从帐篷里蹿了出来，趁两个奴婢六神无主地扶着淳喜郡主之际，她跑了出去。

她一边跑一边大声喊道："不好了，淳喜郡主出事了！快来人！淳喜郡主出事了！"

喊完，她听到脚步声，趁乱往帐篷后一藏，又顺着另一个小帐篷离开。至于淳喜郡主那边会不会被撞见，又会发生什么，这她就不知道了。

15

姜雨潮很冷静地回到了自己的营帐内，她带来的奴婢兰桥已经急得不行，见她回来，连忙迎上来："主子，您去哪儿了？我到处都找不到您，担心死我了！"

兰桥见前面打猎的众位公子、皇子都离开了，却没在附近找到自家主子，担心她出什么事，想要报给萧夫人，又担心万一自家主子是去和玉陵王幽会，那被撞见可丢脸了，正在这儿不知道该怎么办呢。

姜雨潮没有和兰桥说话，直接翻找起自己带来的东西，找出了一把匕首，觉得太大了又丢了回去，换了把小的，到处比画，最后绑在了自己腿上。做完这些，她觉得不保险，又拆下了几根针藏在鞋底里。

"去把首饰盒给我抱出来。"姜雨潮吩咐。

兰桥知道她向来有主意，不敢多说，抱着首饰盒跑过来了。姜雨潮挑选了几支簪头尖锐的，试了试后满意地插在了自己头上。她不喜欢插簪子，但今天这一遭提醒了她，法治社会还有那么多渣滓，更不要说封建社会，这里奴隶都是合法的，杀人只是凭上位者心意的事，是不该太大意。

如果她有一把匕首，对上那两个壮奴婢的时候也不会那么轻易被制住，当然不是说她打得过那两个，但当时那样的情况，她只需要拖延片刻，引来注意，就不会发生后面的事。

"主子，您这是怎么了？"兰桥小心翼翼地问，感觉有些不对劲。

姜雨潮没什么表情："什么事都没有。"

衣服有些脏了，袖口还有几点血迹，她脱了衣服，找了件新的换上。兰桥看见她脱下衣服后，肩背上那一条有些红肿的鞭痕，倒抽了口冷气："主子！您的伤！您是不是遇到了什么事？！"

姜雨潮："我说了，什么事都没有，不要多问。"换好衣裳后，她带着兰桥往萧夫人的帐篷去。

路上有不少巡逻的士兵，兰桥有些畏惧地紧紧跟在姜雨潮身后："主子，他们匆匆地干什么呢？"

姜雨潮："不知道。"她目不斜视地进了萧夫人帐篷，说要请安，然后就待在了里面。

这时候那位淳喜郡主的惨样应该是被发现了，现在就看她有没有那个胆把这事捅出来。真要说出来了，恐怕待会儿就会有人来找她，如果她待在萧夫人这里，那无论怎么样，萧夫人也得跟着她一起去。到时候双方面对面，她又没杀那个郡主，是对方作恶在先，很大概率不会有什么事。

如果今天没事，那要么是淳喜郡主不敢说，要么是她家里人嫌丢人，不敢说。如此一来，她暂时没事，需要担心的就是以后会不会被报复。

为了避免被报复，她可能还需要想个什么办法。

淳喜郡主此时被带进了她母亲李夫人的帐篷内，她母亲看她这样子，目眦欲裂，问她："发生了什么，你是不是遇到了歹人？"

淳喜郡主不答，李夫人又逼问那两个被押进来的奴婢："你们说！不是让你们看着她吗！怎么会发生这种事？"

一个奴婢嗫嚅着，不知道该不该开口，散着头发的淳喜郡主突然尖叫："不许说！"

李夫人喝道："说，不然绑了你们下去直接打死！"

两个奴婢看看凶狠的郡主，又看看面带厉色的主母李夫人，还是忍不住说道："是郡主她……"

淳喜郡主突然一把抓起身旁的一个方壶，往那说话的奴婢脑袋上砸去："该死的奴才！我说了不许说！"

那奴婢惨叫一声，脑袋上迸出鲜血，软倒在地，很快就气息微弱。旁边那奴婢见同伴倒在地上哀叫，鲜血流了满地，怕得浑身颤抖，一个字也说不出来。

"好了，把她们都拉下去收拾了。"李夫人见状头疼不已，吩咐过后，又把淳喜郡主按着坐在一旁，看着她颈边各种红痕，还有身上的伤口："你告诉娘，到底是谁做的，如果身份相当，定要他娶你不可。"

向来高傲凶狠的淳喜郡主被问得面色扭曲，浑身发抖，捏着衣襟的手指发白："不要问了，你不要问了，不是什么人，我没有！"

不论李夫人怎么问，她始终闭口不答，李夫人气得狠狠给了她一巴掌，淳喜郡主恨恨地看着李夫人，还是紧闭着嘴，最后李夫人也没办法了，只能把知情的人都处理了，不能处理的也封了口。这事虽然没闹得尽人皆知，但私底下仍是有人说，淳喜郡主似乎是遇上了歹人，失了清白。

姜雨潮在萧夫人营帐坐了半日，都没等到有人来带她前去问话，天快黑时，猎场那边传来隆隆马蹄声，有许多人欢呼。她终于起身告辞，带着兰桥去了猎区。

果然是进猎区的男人们回来了，个个都带着战利品，只是有多有少而已。最显眼的是昱王，他战利品丰厚，堆在一起，引来了围观众人的啧啧赞叹。其余虽然也有出色的，但都被他夺去了风头。姜雨潮没有多看昱王一眼，她在场中找了一圈，没发现自己的偶像，目光就放在了林子出口处。

她不看昱王，昱王却注意着她，见她神情淡淡，昱王提着自己猎来的一只猎物走过来，将那血淋淋的东西扔在了她脚下。

"这玩意儿送你。"昱王说。

姜雨潮一惊，诧异地看着他，心想这狗男主角想干什么？先前还一副恨不得弄死她的表情，怎么还送上东西了？该不会这东西有毒，吃了就会死吧？

她提着裙子躲开那东西溅出来的血，语气很漠然："不必了，昱王留着自己吃吧。"

昱王："……你最好收下，这是本王第一次送一个女人东西。"

姜雨潮："昱王，您那封休书我可还收着呢，写得真好啊，'日后不得纠缠'这一句不知道您还记不记得？下次我让人抄一份送回去给您回忆一下？"

昱王忍了又忍，才没有口出恶言，只轻哼一声扭头走了。

看到这一幕的人神情各异，他们在想什么，姜雨潮不知道，但来自周围那些女眷嫉恨的目光她很清楚。

姜雨潮可管不了这些人，她的注意力全都在姗姗来迟的奚琢玉身上。奚琢玉带着好几只大狗，牵着六只鹿回来了。

别人的猎物都是杀死后带回来的，他可好，带回来了六只活鹿，都用绳子绑住了脖子和腿，连在一起和带俘虏似的带了回来。姜雨潮一看就扑哧笑出声，从遇到淳喜郡主那事后就绷着的脸终于和缓下来，心情也随之晴朗起来。

偶像的力量就是，能随时随地把她陷入低潮和烦躁的心捧上天。

奚琢玉在人群中见到姜雨潮，见她扶着栏杆探着身子，笑容满面，忍不住也回了个笑容。老粉心里的尖叫他已经听见了。

"没想到玉陵王如此厉害，这几头活鹿是怎么抓到的？难得身上也没什么伤。"一群人围了上去，奚琢玉听着各种问题，笑着眨了眨眼："这都是我身边这些大狗的功劳。"

其实这猎区里面的猎物不少都是提前几天放进去的，就为了能让他们这些贵族子弟抓，这几头鹿先前似乎还被养过一段时间，遇到它们的时候奚琢玉弓箭都没拿出来，那几只大狗就上去围住了几只鹿，所以严格来说，这几只温驯的鹿并不是他抓到的。

众人并不知道这些事，围着他吹捧，把旁边的昱王看得脸黑不已。

热闹过后，天色差不多黑了，大家各回各的营帐。姜雨潮在偶像这里汲取了力量，再度斗志昂扬，感觉自己能接着手撕三个淳喜郡主。

她回到自己的营帐，见到一个眼熟的男人等在不远处。那是右武，偶像的保镖队长，她知道。

"萧三姑娘可回来了。"右武提着个布袋子过来，从里面抓出一只长耳朵兔子，看着是只野兔，还活蹦乱跳的。

"我们爷让我送过来给您的，他今天运气不好，往林子里走了许久就遇上一群鹿，还是狗给抓住的，他亲手猎的只有这只兔子，说是瞧着还算完好，送给您了。"

姜雨潮：妈呀，神仙偶像又给我送东西，他怎么那么好？！我要死了！我要疯了！

她满怀感动地接过了那只兔子："劳烦你替我带句谢，我真的很高兴。"

右武乐呵呵地答应了，刚准备告辞，见姜雨潮身后的兰桥使劲给他使眼色，他就没走远，等在附近。果然没一会儿，兰桥悄悄过来了。两人这些日子来往比较多，比从前熟悉，兰桥一过来就直接说道："右武哥，出事了！我们主子今天不知道遇到了什么事，她换衣服的时候我瞧见她肩背上有一条长长的鞭痕，好像是被谁给打了，她不想惹事，我也没问出什么来。"

右武一听，好家伙，有人敢打主子的女人，那不就是打他主子吗？这事可严重。所以他转头就准备回去告诉奚琢玉。

奚琢玉去见皇帝还没回来，右武抖着腿等了许久，坐不住又去外头转了两圈打听消息，没问出个所以然来，只好转头回大帐。这会儿奚琢玉已经回来了，正坐在水盆边上擦脸洗手，见右武进来，头也没抬地问："兔子送去了吗？"

右武"哎呀"了一声："主子，你还管什么兔子啊！"

奚琢玉："怎么了？"

右武："萧三小姐今天给人打了，她身边那丫鬟偷偷给我说的，说是长长一条疤呢！"

奚琢玉皱起眉，放下擦手的布："有这事？我去看看。"

营地里有些乱哄哄的，周围一队队巡逻的人很多，但看见玉陵王，也没人敢拦他，让他一路顺畅地走到了姜雨潮的营帐附近。

"我不好贸然进去，还是在这儿等等，等人出来了再说。"奚琢玉终于想起这茬。

右武：大老爷们儿矜持个啥呀？急匆匆过来，结果还要傻乎乎地在外面等着。

好在没过一会儿，兰桥出来了，也瞧见了奚琢玉和右武，顿时激动地扭头朝里面说了句什么，姜雨潮马上就掀开门帘走了出来。

姜雨潮这个帐篷位置有些偏僻，两人在附近一个黑暗的角落里说话，远处是目不斜视站岗的几个护卫。

人在眼前，奚琢玉发觉自己不好直接问人家身上的伤，只好没话找话先开了个头："那兔子，你还喜欢吧？"

姜雨潮朝他笑："是只肥兔子，刚剥了皮炖上，还没煮熟呢，待会儿做好了我让人送一份给你！味道肯定不错。"

奚琢玉："你把它……煮了？"他是看着那兔子挺可爱的，想着女孩子都喜欢这种毛茸茸的小动物，所以让右武送过来，谁知道这么快已经成了一道盘中餐。

姜雨潮看他的反应，也觉得自己好像搞错了什么："莫非……那不是给我吃的？是给我养的？"

奚琢玉："不是，就是给你吃的。"他立刻体贴地掩埋真相。

姜雨潮："不，我明白了，是我没体会到你的意思。"她一铲子把偶像试图掩埋的真相给掘了出来。

奚琢玉咳嗽了一声："这个不是重点，我过来主要是想问问，你最近有没有什么困难需要我帮忙？"

姜雨潮想也不想："没什么困难。"

"你是不是受伤了？"奚琢玉还是直接问了出来，"如果你遇到什么困难我能帮上忙，我会帮你，如果是你的私事，不想让我知道，那我跟你道歉。"

姜雨潮："不不不，没什么不能让人知道的，就是……就是我今天被淳喜郡主带过去，我……嗯，跟她打了一架。"

奚琢玉知道淳喜郡主，对她的脾气和心性都印象深刻，什么都不用说，姜姑娘肯定是被她欺负了。他看着眼前故作轻松、勉强自己笑的姜姑娘，心中生出愧疚。淳喜郡主对他的心思，他从皇后那里知道了，现在淳喜郡主找姜姑娘的麻烦，肯定是因为他，这太糟糕了。

"还是我连累了你，放心，这事我会处理，她不能再伤害到你了。"

是真的轻松，不是故作轻松，笑容很真实，完全不勉强的姜雨潮："不是，哥哥你听我说，我没事的，你不要因为这事劳累……"

奚琢玉："不，我会负责的。"他说完板着脸快步告辞离开。

玉陵王生气了。

姜雨潮：我崽生气的时候好帅，我好爱！

"主子，玉陵王和你说了什么，他是不是要给你出气啊？"兰桥见她带着笑走回来，兴奋地问。

姜雨潮脸一拉："肯定是你告密了，对不对？下次不许。"

要说以前，兰桥还挺怕这个不爱搭理人的主子，可相处这么久她完全不怕了，只要是对主子好，哪怕做了什么错事，主子也不会责罚，最多就是拉着脸不理会人而已，所以她可不怕。

"好好，我不敢啦！"兰桥指指炖着的兔肉，"主子你闻闻，这个兔肉好香啊。"

姜雨潮："啊……兔肉。"所以说还要不要给偶像送一份？

在偶像眼中她竟然是个喜欢小动物的人设吗？有点羞愧啊。姜雨潮一边羞愧一边掀开盖子，戳了戳里面变成酱色的兔肉，调料放得好，味道好香，不愧是偶像抓的兔子，味道也比一般兔子好。

她们在帐篷里开完小灶，外面忽然响起了一声狗叫。

姜雨潮现在一听狗叫就条件反射地想起爱狗天使自家偶像，马上掀帘子出去。她看到了七只大狗在外面，对着自己吐舌头，偶像是不在的，只有狗，没有人。

领头那只狗姜雨潮还记得，叫黑金，是自家那只狗桂花糕的妈妈。黑金上前来嗅了嗅她，仰起脖子给她看。它的脖子上系着一根被封住的竹管，里面有信。

厉害了，偶像竟然还派狗来送短信！

姜雨潮拆开信看，然后又瞅瞅那些狗，有点无言以对。狗确实是偶像派来的，说用来保护她，因为派右武他们那些护卫过来对她有影响，又太扎眼了，所以让大狗们来。他大概觉得淳喜郡主和她结了梁子，不会那么容易放过她，所以派出这七员大将做守门神。

可关键是，派壮汉保护很引人注意，派这几只大狗，不是更引人注意吗？

就像姜雨潮想的那样，她这原本偏僻的营帐，在进驻了几只大狗之后，引来了许多关注。当天夜里因为天色太暗，还好，等到早上人来人往的，这几只狗连带着姜雨潮的营帐就成了焦点。

"那不是玉陵王的狗吗？怎么守在那个帐篷外面，那是谁的营帐？"

"莫非玉陵王在里面？"

"这里面住的人和玉陵王什么关系啊？"

不仅是路过的官员家属，那些看上去目不斜视地站岗的将士也忍不住把目光定在那些大狗身上。除了黑金在帐篷里躺在姜雨潮脚边，其余的大狗就躺在外面，眼神警惕地看着四周。

连萧相国也被这几只狗吸引了过来，进了帐篷跟姜雨潮说话。他说话就说话吧，眼睛还瞄着帐篷内那些能藏人的地方。

姜雨潮："……"怎么着，您还以为我偶像藏这里面呢？

萧相国带着一点微妙的遗憾走了，姜雨潮想去猎区看偶像，她一起身，黑金就跟着她，等她走出帐篷，其余的狗也跟着她，七只狗前前后后走在她身边，看上去气势惊人。连兰桥这个贴身奴婢都只能跟在狗后面。

虽然路上的人都盯着她看，但姜雨潮是什么心理素质，压根儿没带怕的。

猎区旁边的空地已经有不少人聚集了，有的在一旁比射箭，有的牵着马指着林子的方向说着什么。姜雨潮走近，听到有人在说他们发现了熊的踪迹，正准备进林子里去猎熊。

今日玉陵王没下场，一身光鲜地坐在皇帝身边喝茶聊天，场上昱王独领风骚。虽然脸长得不错，是男主角标配，但姜雨潮想到自己看的原著，就觉得这家伙要害偶像，对他有着十万分的警惕。

昱王打马走到姜雨潮附近，看到她身边那些狗，眼中现出厌恶之色，他抬了抬下巴，大声道："女人，如果我今日为你猎一只熊回来，你便回来继续做我的王妃。"

听到他说话的人都惊呆了。而姜雨潮淡定地朝他大声喊："当然不行啊，做梦去吧你。"

众人："……"

遮阳台子上的奚琢玉：扑哧。

见皇帝一言难尽地看着自己，奚琢玉喝了口茶，来掩饰脸上的笑意。

皇帝："不像话！"也不知道是在说谁。

昱王发现自己如此低声下气，还是被人拒绝了，气得不行，面色一冷："你说什么？！"

姜雨潮就毫不犹豫地再拒绝了一次。

昱王大怒："你是为了玉陵王而拒绝我的？"

姜雨潮：嘿，这戏精突然给自己加什么戏呢？瞎带我哥哥出场干吗？不约，我们不约，抱走哥哥，不跟这种人捆绑。

昱王走近姜雨潮，压低声音，做邪魅狂狷状问她："我有什么地方比不了他，嗯？"

姜雨潮："首先是脸，他的美貌神颜举世无双，这个大家有目共睹，毫无异议，对吧？然后是他的性格，为人宽厚，心性善良，能为他人着想，他还爱护小动物，喜欢狗……浑身都是优点，数都数不来。告诉我，你哪儿来的自信跟他比？嗯？"她说着摆了个和昱王同款的邪魅狂狷表情。

昱王头一次觉得这个邪魅一笑非常令人恶心，甚至有点儿想吐。他扭头走开，查询了一下感情偏移度，确实没有偏移。既然没偏移，那萧锦月这个马屁精状态又是怎么回事？

"系统，你是不是又在搞我？这偏移度其实已经百分之百了对不对？萧锦月这女人是不是已经和奚琢玉搞到一起去了？"

没有哦，他们还是纯洁的男女之情。

"呵，什么纯洁的男女之情，我不信。"男女之间哪有什么纯洁感情，肯定是这破烂系统又骗他！

绿化系统：好冤呢。

好吧，你不信就算咯。

绿化系统如是说。

昱王：……

昱王当然不会就这么算了，他这一日果然猎回了一头熊，大大出了一场风头，然后带着熊肉去找姜雨潮。

"怎么样，你该回心转意了吧？"

姜雨潮怀疑他可能脑子有问题，听不懂人话："我说过，不。"

然而霸道系的一大特点就是自我，从不听别人讲自己不愿意听的话。

"不？"昱王冷笑，"本王容不得你三番两次地拒绝，跟我走。"

他抬手一下子把姜雨潮揽起来，整个人扛在肩上就要往自己的营帐走。可他还没走出去两步，突然闷哼一声，把肩上的姜雨潮摔了下来。姜雨潮手里拿了把沾血的匕首，她刚才用这把绑在腿上的匕首扎了犯罪嫌疑人的屁股。

反应过来的大狗们露出凶相，迅速挡在了姜雨潮身前。咆哮和怒吼声惊天动地，引来了一群驻守士兵。士兵们紧张地跑过来，就看见昱王屁股上红了一片。

这事很快沦为了笑柄，都传是昱王想强迫人家，结果强迫不成反受了伤。

"这是何必呢！既然要这样纠缠，当初为什么休弃人家？"皇后很是不理解。

皇帝脸色也不好看，自己儿子闹的这叫什么事，把他当老子的脸都丢尽了！他原本不想管，可眼看这事闹得风风雨雨，昱王这边纠缠不休，淳喜郡主那边又状况百出，他不出面管管都不行了。

"也罢，这事还得处理了，否则一直让他们这样闹下去像什么话！"

皇帝让人找来了昱王、玉陵王还有姜雨潮三人，连带着萧相国也被叫过来了，毕竟是人家女儿的事，一起听听才好。

"我问你们三人，究竟是什么打算？"皇帝威严肃穆，开门见山。

奚琢玉和姜雨潮：什么打算？

这两人都不知道皇帝叫他们过来是干什么的，奚琢玉以为皇帝叫自己是为了他先前所说惩戒淳喜郡主一事，姜雨潮以为皇帝叫自己是为了自己先前用匕首扎昱王屁股的事。

只有昱王明白状况，直接说道："这是我与玉陵王之事，我愿与他比一场，若谁赢了就娶萧锦月。"

奚琢玉：什么，为什么要娶她？

姜雨潮：什么，谁娶谁？我偶像谁都不娶，你搞搞清楚！

奚琢玉："等一下，这事不妥。"

昱王："你怕了？"

哪怕是奚琢玉也想骂脏话了，怕你个头啊？先不说为什么突然就说到要娶妻的事，随便把人当赌注，有想过别人怎么想吗？

昱王："如果你不敢，日后就不要介入我与萧锦月之间，她本就是我的王妃，回到我身边是理所当然的。"

姜雨潮："昱王殿下，我这辈子不可能再进昱王府。"如果不是皇帝、皇后和萧相国还盯着，她能把这人气得在地上乱爬。什么东西，当人是球吗？！不想要了丢掉，想要了再捡回去？

皇帝头疼，挥挥手："好了，萧家姑娘都这么说了，玉陵王你愿不愿意娶她？"

昱王上前一步："陛下！"

皇帝呵斥他："行了，纠缠一个对你无意的女人，丢人，给朕闭嘴。"

奚琢玉看看同样蹙眉的姜雨潮，深吸一口气："可否让我和萧三姑娘单独说几句话？"

两人走到外面，奚琢玉说："事到如今，我只好先娶你……"

他还没说完，姜雨潮哭了起来："不，我不能，我怎么能做这种事？偶像要结婚了，我不答应！"

奚琢玉：你清醒一点朋友，我要娶的不是你吗？

姜雨潮："我不能和你在一起，仙凡有别，神仙和凡人在一起是没有好下场的。"

奚琢玉也不知道为什么自己这个时候竟然还笑出来了："时间不多，你先别逗我笑，冷静一下听我说。"

姜雨潮："再给我十秒钟时间冷静。"

奚琢玉："好，那我开始算了，十、九……一。好了，结束，我开始说了。

"我是个独身主义者，上辈子就没想过结婚，这辈子也是，两辈子情况都比较特殊，我也没遇上喜欢的人，所以我本来也是不打算娶妻的。只是陛下太关心我，我可能迟早也要娶妻，你这个情况其实和我很像，你应该也不想嫁给昱王，如果我娶你，我们的问题都能解决。"

奚琢玉有理有据地分析："如果你不嫁给我，首先昱王就不会善罢甘休，还有淳喜郡主，可能也会再找你的麻烦。这个世界对你没有那么友善，以后你可能会被萧家嫁出去，我觉得你应该也不喜欢这样。"

姜雨潮表情肃然地点头："你说得很有道理。但是我想到要嫁给你，就觉得要窒息了，还有种罪恶感。"

奚琢玉笑了一下："你可以这么想，名义上是嫁给我，但实际上你就是进玉陵王府来给我做助理，我还给你发工资。在我的王府里，你会很自由，我也多了个有相同话题的朋友。我只是想给你一点帮助和照顾。"

姜雨潮明白他的意思："哥哥真好！但是我很厉害的！"

奚琢玉："我知道'生姜老酒'很厉害，但是再厉害的人也会有需要帮助的时候。"

姜雨潮被神仙哥哥戳得心窝子都热了，感动地说："我要嫁给哥哥！我要给哥哥生孩子！"

奚琢玉笑着摆摆手："哎，后面那个就不用了。"

17

姜雨潮回到了萧相国府备嫁。

萧府内众人一改往日的冷淡和嫌弃，一个个热络得仿佛是她亲生母亲，嘘寒问暖，温和友善，连萧锦香都不和她对着干了，竟然还喊了她一声"姐姐"。

姜雨潮很奇怪："你叫我姐姐？是脑子坏了吗？"

萧锦香羞愤地一跺脚，转身跑了。

除了萧家人，还有各种帖子一封封送过来，说邀请她去参加各种聚会，还有几个号称从前是她闺中密友的姐妹组团来萧府看她，一个个嘴里酸的，醋味传出几里地去了，要不然就是好奇地询问她究竟有什么秘密招数，能接连拿下昱王和玉陵王这样的男子。表面看上去是姐妹情深，仔细闻一下都是塑料味——洒了白莲花香和绿茶香的塑料。

仿佛一夜之间，她就置身于花团锦簇之间，耳边听到的都是吹捧和讨好，再也没有之前几个月的疏离和轻视。

哪怕是姜雨潮这个独行侠钢铁直女，也被这巨大的反差惹出了几分感叹。在这个时代，女人就是男人的附属品，她的价值全都取决于她丈夫的价值和地位，所以先前她被昱王抛弃，人们觉得她无依无靠，谁都不把她放在眼里，现在她要嫁给玉陵王，那些人又全都围了上来，与其说是想讨好她，不如说是想讨好玉陵王。

身处于花团锦簇中，姜雨潮却不觉得享受、开心，只是觉得很孤独。偶像也是这样的感觉吗？姜雨潮忽然想，是不是因为这样，偶像才会养那么多狗，才会对她这个来自同一个世界的"粉丝"这么爱护照顾。

姜雨潮：不能想了，心疼！

她带着奴婢出了一趟门。当天，玉陵王府里，奚琢玉就收到了一大堆布匹，花色和上次一样非常符合他的审美，另有卡片一张，是粉丝来信，告诉他要好好照顾自己，对自己好一点什么的。

奚琢玉：好好的这又是怎么了？

右武瞧着那一大堆昂贵的布料，啧啧感叹："都是老贵的布了，咱们王妃可真舍得花呀，这还没嫁过来呢就大堆大堆地往这里搬。"

负责府上内务的总管冯太监是老人了，当初玉陵王出宫建府就一起跟过来，待在这儿养老的，他和右武一起看着王爷收到的礼物，点头赞同："确实是个大方的王妃，知道疼人。"

右武跟他悄声说："咱们王爷，头几天还嘴硬说不会娶人家，结果转头就要娶了。"

冯太监："哈哈哈，咱们王爷面皮薄，不好意思吧，王妃主动比较好。"

奚琢玉："……"我可听到了。

"你们没事做？竟然在这里看主子笑话。"奚琢玉放下粉丝来信，对着两人道。

冯太监咳嗽一声："老奴很忙的，这就去准备三个月后的喜宴了。"他说罢要走，又被奚琢玉叫住："等一下，先别忙，把我库里那些攒着没动过的首饰物件清点一下，只要女子用得上的都拿出来吧，以后就有人用了。"省得放在那儿落了灰。

"还有，先挑选几样珍贵的，送到萧相国府上去。"奚琢玉拍了拍那些布，"当作这些布的回礼。"

作为一个备受宠爱的王爷，他腰缠万贯，地产无数，库里的宝物他自己都不清楚有多少，肯定比一个相府小姐的多无数倍，怎么也不能让人家吃亏了。

姜雨潮这边刚送完礼物，隔天就收到了十几箱各种绫罗绸缎、金银珠宝首饰，用马车拉过来的。还有一封奚琢玉写的信，他说这些是预付的工资，还像模像样地给她手写了一份四张纸的劳动合同，算是聘用她当助理。也不知道他是认真的还是难得想开玩笑，在后面还按了个手印。

这是一份在现在完全没有法律效力的合同，但姜雨潮拿着，还是觉得安心又感动。偶像这是给她一个保证，他就是这样细心又贴心的人。

姜雨潮一感动，拿着"工资"又去给偶像买东西了，除了布匹，还买了其他的，譬如各种海外传来但现在的人还不了解的植物，她让人拿盆种了送到玉陵王府。

奚琢玉看着那些后世常见，但现在的人只能看个稀奇的眼熟植物，不由得莞尔。

"这个摘几个下来，中午拌白糖吃。"奚琢玉吩咐。

玉陵王府众人看着那色彩鲜亮的果子，怀疑道："这东西能吃？可别有毒吧。"

奚琢玉："能吃，放心吧。"

姜雨潮收到偶像一条短信——大狗送来的。来送信的大狗黑金舔着汪汪叫的桂花糕，姜雨潮看着信直笑。偶像的短信上说：西红柿略酸，拌白糖可口，甚美。

这位大方的老板说她马屁拍得好，心情愉悦，给她加了工资，又送来了好几箱宝贝。姜雨潮明白，老板可能是想让她把这些放进嫁妆里充场面，免得到时候别人笑话她。

两人虽然自认清清白白，但在周围见证了他们"深情"的人看来，他们两个这完全是锁了，礼物送来送去的，这还没成亲呢，就这样念着对方了。

洛都第一美男玉陵王终于要成亲，娶的还是前昱王妃，这事又引起了一拨热烈的八卦讨论，如果这个时代有网络，那绝对能连上七天头条。就算是完全不想听到这些事的昱王，也被迫听了满脑子的情深似海爱情传说。

"都打得这么火热了，你还跟我说感情没偏移？你是不是在耍我？"到今天也是不相信绿化系统的昱王说道。

绿化系统忠实地给出最准确的数据——

没有偏移哦。

这个数据，采集的是女主角的感情，只要女主角没有对别人产生爱情，这数值就不会偏移。

昱王本来就是个多疑的人，绿化系统在他这里没有可信度，此刻他更是完全不相信它了，觉得这玩意儿肯定不怀好意在耍他。于是，他不想再听绿化系统那些所谓的套路了。

"不能再等了，我不可能眼看着他们就这么顺顺当当在一起。"

请问你又想搞什么？不论搞什么，友情提示，不要作死。

本来什么事都没有，每次他想搞事情，就会出事情，连它一个系统都看不下去了。

昱王拒绝了它的友情提示，并且给了它一个感情破裂的冷笑。

他决定在玉陵王和姜雨潮成亲前，把姜雨潮劫出来。首先要趁着她外出的时候，找一个偏僻的地方制造事故，让萧锦月"意外死亡"，留一具面目全非的假尸体，然后他可以把真的萧锦月藏在别庄里，不让她见到任何人。

昱王想得虽好，但是姜雨潮不配合。别说去偏僻地方，她最近都不出门了。

等了一个月，昱王又不耐烦了，他想了个计策，既然萧锦月不愿出门，他就设计引她出门。

这一日，萧锦月的舅妈来了府中，她是萧锦月亲生母亲娘家那边的嫂子，很久没联系过了，这回上门来特意去见了姜雨潮，说邀请她一道出门去城外拜佛。

"你这前头婚事不顺意，去庙里拜拜，也好求个姻缘顺遂，听说那庙里的菩萨还管生子，很是灵验，很多妇人去拜过后都生了儿子，你嫁了玉陵王，再给他生个儿子，日后就高枕无忧了。"舅妈口口声声为她好，热情得有点反常。

姜雨潮："……请回吧，别再来了。"生个屁的儿子！我偶像是那种人吗？他不是！

无论舅妈怎么劝，姜雨潮就是不为所动，最后被说烦了，她直接唤来了大狗黑金。最近大狗经常两边跑，除了偶尔担任送信员一职，它还有个任务，就是赶客。遇上那些看不懂眼色的客人，实在很烦，姜雨潮就能出动大狗，把人吓跑，一吓一个准。这功能还是在她提了句客人太多很烦的时候，偶像告诉她的。

舅妈被吓跑了，姜雨潮摸着大狗的后背，心想偶像养那么多狗在府上，想必也是深受骚扰。听说他的王府有好几条恶犬守门，一般人没事都不敢上门，那效果可太好了。姜雨潮非常想快点去"新公司"入职，也享受一把清净日子。

舅妈落荒而逃没过两日，姜雨潮收到了一封信，是个陌生丫头送来的。偶像的笔迹，遣词造句非常之肉麻，开头还有首情诗，写的是相思之苦，完了后头说明日在城外某某亭相见，约她一起去赏深秋红叶。

姜雨潮："……"

这是哪个浑蛋造的假？她的偶像不可能这么黏黏糊糊地说话，肉麻的情诗也不是他的风格，最重要的是偶像最近每次给她写短信，都是在最后签了名的，签的是"少元"两个字，他上辈子的签名，也就是姜雨潮最熟悉的那种，但这封假信里没有。

造假造得这么粗糙，还想骗到人？

相国府一直没动静，目标萧锦月根本没出门。安排的人空等了一日，回来报告此事，昱王找来写信的那幕僚："肯定是你写的信有问题。"

幕僚惶恐，表示自己模仿字迹一绝，绝对看不出破绽，而且信是按照热恋中的男子口吻写的，饱含了感情，绝对动人。

昱王："继续写。"

姜雨潮再次收到了以偶像身份送来的信，比之前的更肉麻了。

姜雨潮：还没完没了了？

她把两封信给偶像送了过去，表示自己连续收到两封这样的信，绝对有问题。

奚琢玉收到信，一改之前的轻松愉悦，皱起眉把那两封信仔细看了看。他猜不准是哪一个人想对她不利，但住在相府里还能收到这种骚扰信，说明相府太不安全了，这个安保条件不行。

他想了一阵，决定把婚礼提前，早点让人住进王府，肯定比住外面安全。

因为王爷的婚礼非常麻烦，琐事非常多，日子也是挑好的，所以要改日子，还得入宫去请示皇帝皇后。奚琢玉去了，被皇后笑话了一番。

"萧家姑娘就这么好？让咱们玉陵王心心念念的，就连这最后一个月都等不了了？"

为了自己手下员工的生命安全，奚琢玉硬着头皮认下了这个痴情男子人设。

"嗯，一日都等不了了。"他拿出了当年演戏的演技，把自己安排得明明白白。

18

在奚琢玉的倾情演绎下，婚礼提前了大半个月，还有不到七日，姜雨潮就要搬进玉陵王府了。准备婚礼各种事宜的官员和两府的下人忙得不可开交，昱王府里众人也是一片焦头烂额——因为他们的主子昱王随着前妻婚礼接近，整个人越发阴沉了，动不动便发怒。

"实在是没有办法了，这几日相国府防守严密，特别是萧三小姐所在的院落，除了有不少护卫守着，还有好几条玉陵王送去的大狗，陌生人根本靠近不了，我们的人没法行动。"

昱王一挥手："……罢了，下去吧。"

既然对方有防备，那他近日便不动手了。日子还长，只要感情是真的没有偏移，他就还有机会，就算嫁给了玉陵王又如何？他自然能把人抢回来。这么想着，昱王总算觉得舒心了些。

没了昱王在背后搅风搅雨，奚琢玉和姜雨潮的婚礼顺利举行。已经是冬日，这段时间的天气都不怎么好，总显得有些阴沉。延绵的红色队伍以及一路飘扬的器乐声驱散了些寒冬的冷意，姜雨潮穿着漂亮但不怎么保暖的新娘装，坐上华丽还漏风的轿子。

听到外面锣鼓喧天，姜雨潮一直在怀疑人生。

我要嫁给偶像了？虽然是假的，但别人看上去是真的。所以我搞到真的了？

一种不像是喜悦，但特别紧张的微妙心情笼罩着她，直到隔着帘子听到偶像的笑声，他说："来吧。"姜雨潮一下子就觉得好像打了鸡血，雄赳赳气昂昂地顶着十几斤重的各种金银珠宝首饰走了出去。

偶像叫我去战斗！有什么好紧张的！

从今天开始她就是偶像的人了，有编制的，偶像成了她的直属老板，在这样能每天见到偶像的优渥工作环境下，新的生活伴随着全新的工作面貌，今后也要继续为了偶像而奋斗，哪怕换了个世界，爱他不息！

奚琢玉："……"虽然不知道发生了什么，但她浑身上下好像都溢出了斗志。

这么高涨的工作热情，还……挺有趣的。

"人逢喜事精神爽，看看玉陵王笑容满面的模样，风姿更胜往昔了，真是令人自惭形秽啊！"

玉陵王府从建造开始，就少有人能进来，奚琢玉这个主人不喜欢饮宴玩乐，自然也不会邀请许多人来做客，因此这还是府内第一次摆这么热闹的酒席宴会，不少头一次进府来做客的人都惊呆了。

这是怎样的一个府邸啊，所有的建筑都大气简洁，草原、树林、湖泊宽阔，充满了一种"不差地皮"的壕气。别人的府邸搞假山池塘，做小桥流水，玉陵王府可好，装饰的景致少之又少，在众多洛都府邸中别具一格。

"玉陵王真是……大气。"

"对对对，大气，真大气！"

大气的玉陵王喝酒上头，没扛到去掀新娘盖头就倒了，被人抬着进了寝殿。照顾他的周嬷嬷准备了醒酒汤喂给他，好歹把他归零的清醒值给拉到了低危线以上。周嬷嬷带着众人功成身退，奚琢玉晃晃悠悠地爬起来，漱了口，去给新入职员工做入职谈话。

"辛苦你了。"奚琢玉来到新娘身边，拉开了红盖头，微笑道。

姜雨潮："……不是，哥哥，我在这边。"那个红盖头是她觉得憋得慌所以摘下来盖在了旁边的小灯笼上。而且，让偶像给自己掀红盖头，这像话吗？这种小事自己做就行了。

奚琢玉眼神空茫，好一会儿才对焦，发现眼前那红彤彤一片的是红灯笼。他"哦"了一声，转头终于找到了旁边坐着的人。

"不好意思，喝得多了点，我不太能喝。"他不太好意思地笑了笑。

姜雨潮："我知道我知道，哥哥你别乱跑了，真的，你要摔跤了，来来来，往这边坐下，你扶着这桌子。"

她的偶像，酒量奇差，曾在访谈节目中表示自己最佳成绩就是一次性喝了三瓶啤酒。

新出炉的夫妻两个对着坐在一起，奚琢玉觉得自己应该安慰一下她，让她别紧张，可舌头打结，半天才说出一句话："你以后，就好好在这儿干，工资、福利我们公司都有，还有狗。对，狗，很多狗，你喜欢狗吧？他们都喜欢猫，不喜欢狗，你说这是为什么？我觉得这样不太好，要公平一点，猫有的，狗也有，是不是？"

姜雨潮怜爱地看着发傻的大舌头偶像，看哥哥这个智商下降的样子，多么可爱。

"是是是，我们都爱狗。"她顺着偶像的话说，哪怕现在偶像说世界上有外星人，她也会点头称是。

奚琢玉觉得有点不对，晃了晃脑袋，忘记刚才自己说了些什么，重新开始说："工资、工资是我给你开，这个王妃算是、算是国家公务员，每年都发、发补助的。"

姜雨潮："嗯嗯嗯！"

奚琢玉："员工宿舍，我给你、给你批个大院子好吧？还有……还有什么？"

姜雨潮："都好，没什么了，哥哥要不你先洗洗睡了，都累成这样了就别想着工作了，有什么工作明天再做就好了。"

奚琢玉："嗯，行，你有什么不懂的，问一下前辈就可以。"

他说了一通话，好像清醒了不少，站起来往外走，喊道："老白，开车送我回去。"

姜雨潮：什么，开车？不是，看着清醒了些，其实完全醉了啊。

她站起来想把偶像拉回来，一只陌生的大狗这时候跑进了殿内，而偶像摸着大狗脑袋，对它说："老白，你今天开的车有点小啊，坐不了。"

大狗："汪！"

奚琢玉："啊，能坐啊？那行，我挤一挤。"他说着就准备往上面趴。

趴到一半，被姜雨潮拦腰抱住了。新王妃美色在手，坐怀不乱，镇定地朝外喊道："来人。"

故意避出去给夫妻俩腾空间的下人麻溜进来了。姜雨潮指挥着人帮忙把醉得不轻的偶像架回了床上，接下来的事就不需要她动手了，自然有熟悉的下人们按照规矩给这位眼神茫然的醉酒男子清洗干净，卷进被窝里。姜雨潮端着杯热茶，全程监工，等到偶像安生地躺在床上，又缓缓闭上了眼睛，她才放下杯子，伸了个懒腰去洗脸。

当天夜里，外面的酒宴声喧嚣，还放了烟花鞭炮，房间中的喜烛一直燃着。

姜雨潮睡在另一侧的一张榻上，望着不远处偶像在烛光下有些模糊的熟睡面容，整个人陷入恍惚。

就像梦一样，她想。

然后她卷着暖和的毛绒被子，真的做了一个梦。她梦见自己很喜欢天上的一颗星星，有一天，星星突然掉下来砸到她面前，长了一张和偶像一样的脸，对她说："你好呀，听说你很喜欢我，我就到你身边来啦！"姜雨潮差点被他急死，好好在天上挂着怎么会突然掉下来呢？那么高摔都要摔死了，不摔死也很疼啊。

"你快点挂回去啊！"她推着偶像星星往天上跑，结果偶像说："没有羽衣，我回不去天上了，羽衣，就是洗澡的时候被人偷了的那件羽衣。"姜雨潮又紧张兮兮地到处去找他的羽衣，可是找来找去都没找到，最后偶像只能和她一起生活，还跟她生了一对双胞胎。

姜雨潮活活被这个梦给吓醒了，出了一头的冷汗。

她怎么觉得这个故事似曾相识？姜雨潮擦了擦脑门上的汗，下意识地瞧了眼那边床上的偶像，人还没醒，睡颜非常安逸平静。

这个时候天还没怎么亮，感觉比入睡之前要冷一些，姜雨潮支起身子听外面的动静，好像有早起的奴仆在外面走动，还有人小声说话："雪越下越大了。""是啊，等天亮了不知道能不能停。"

下雪了吗？

姜雨潮起身走到窗户边，推开了一条小缝往外看。真的，昨晚不知道什么时候下了雪，外面已经是银白一片了，天空中现在还在不断飘雪，几片雪花从窗户缝里飘进来，落在她的手上。

她赶紧把窗户关上。

一转头，姜雨潮对上了一双好看的眼睛。床上的偶像不知道什么时候醒了。他散着长长的头发，拥着被子坐起来，往她昨晚睡的榻上看了看，懊恼地按了按额头："你昨晚在那儿睡的？本来我想让你睡床的。"

"就不该喝酒。"他小声骂了句什么。

奚琢玉："咳，柜子里还让人放了两床厚被子，本来也是要拿出来盖的，昨晚我那个状况，也忘记跟你说了。"他的神情有点尴尬，看来是个喝醉酒后记得自己做过什么的人。

姜雨潮有点冷，缩回了榻上，也披着被子和偶像隔着一段距离说话，她说："外面下雪了，好大的雪，我都好几年没见过这么大的雪了。"

奚琢玉笑了："是啊，你以后要习惯了，这里每年都有很大的雪，最厚的时候能没过小腿。"

姜雨潮想，怎么就没相机呢？拍下来此刻的偶像，能拿来回忆一辈子了。以前剧里偶像的古装扮相都很好看，现在更好看。其实现在的偶像和她以前熟悉的那个偶像有些不一样，可能是时间差的原因吧，现在的偶像多了些沉稳，有种沉淀的感觉。

奚琢玉下了床，从柜子里拿出一床被子，放到了姜雨潮的榻上："天还早，你可以多睡一会儿，你昨晚肯定没睡好，有黑眼圈。"

姜雨潮揉了揉眼睛："到这个世界好几个月了，现在习惯每天晚上九点前入睡，偶尔有一天晚睡，黑眼圈就出来了。哥哥你刚来的时候怎么睡得着的？"

奚琢玉抱着被子和她唠嗑："嗯，我过来的时候还是个小孩子，小孩子都很能睡，这方面倒是没什么困难。"

姜雨潮关心起来："那你有什么困难？"

奚琢玉："现在困难都解决了，但当时对我来说最可怕的是……"

姜雨潮："是……"是没有网络还是没有好吃的？

奚琢玉："上厕所。"他一脸无奈的表情。

"我这些年在府里折腾出了不少东西，有新式马桶，有抽水淋浴间，这些你昨天还没见过，待会儿带你去看看。哦对，今天还得带你去认认府里的狗，我养了很多，有几只对陌生人可能比较凶，我先给你们互相介绍一下，以后你单独遇到它们就不用怕被咬了。"

姜雨潮："介绍同事吗这是？"

"哈哈哈哈哈！对，你可以把它们当同事。"奚琢玉说着，露出了神秘的笑容，"府里很大，你要是迷路了，可以试着让这些'同事'给你带路，说不定会发生有趣的事。"

19

姜雨潮想过，等到了偶像的地盘，日子肯定会比之前好过，但她没想到会好过这么多！天堂也就是这样了。

不用和在相府时那样，隔两天就去和萧夫人相看两厌对坐无言，偶尔还要和萧相国来一段父慈女孝。玉陵王府里没有长辈，也没有那种天天盯着女主人练规矩的嬷嬷、下人，生活逍遥得很。

王府很大，她也不用像之前在明月观里时一样，总是待在一个小院子里。这个王府大到能跑马，偶像领着她转悠了三天，她才大致摸清楚地方，就是说如果她在某个角落里迷路了，偶像要找她，骑马去找是绝对没有夸张的。

按照这个时代王府的习惯，男女主人各有各的院子，所以除了新婚，两人都不住在一起，而是住在前后院，中间有一个造了景致的小中庭，隔得不远，走路两三分钟就到了，中间还有殿堂和回廊连接着。府内就两个主子，所以两人睡觉不在一起，但吃饭在一起，偶尔还一起遛遛狗、说说话。

这关系，叫玉陵王府内众人看不明白了。他们当初瞧见主子娶了王妃，那叫一个高兴，觉得过上一年府里就要有小主子出生了，谁知道这两人可好，王爷压根儿不去王妃那里睡，还和以前一样自己一个房间躺着，可两人看上去又不像感情破裂，有说有笑，挺美的。

老总管觉着，这夫妻两个莫非脸皮太嫩不好意思？于是含蓄地去询问自家主子，是否有什么难言之隐。

奚琢玉淡定从容地抱着自己的狗："不，没有。"

这边行不通，他又托管内务的嬷嬷悄悄去问王妃，结果王妃也是一派淡定，说："没事，好得很。"

身为王妃，会备上东西送回门礼，人却是不会回去的，姜雨潮当然更不会想回去，她进了玉陵王府几天，连相府门往哪儿开都忘了，但萧相国府里还有人念着她。

萧锦月的哥哥萧云歧，在婚礼半个月后，来了玉陵王府。他本来就算是奚琢玉的朋友之一，现在又成了大舅子，受到的接待自然非同一般，奚琢玉还和姜雨潮陪着他一起吃饭。

萧云歧很担心妹妹再嫁会有不顺心的事，这回来亲眼看过，见人面色红润，心中就稍稍放心了些。只是接下来他瞧着两人，似乎没有新婚夫妻那种柔情蜜意的亲密感，要说关系瞧上去是不错，偶尔会互相说笑。关键就在这里，他们两个都太坦荡自然，这像是有情人之间的相处方式吗？

正在心里暗暗担心着，席上姜雨潮说起桌面上一道新菜："这菜我从前还未吃过呢，味道很爽口，冬日也种得出来，府里也有个角落建了棚子种冬菜，哥哥带我去看过。"

萧云歧：什么，我什么时候带妹妹去看过？我自己都不知道啊。

他满头雾水，那边奚琢玉就很自然地点头说："其实府里还有一块地方搭了棚子，在种一些其他的东西，侍弄的人都是从皇庄拨过来的，下次带你去看看。"

姜雨潮奇道："什么？哥哥不是已经带我走完了府里各处吗？怎么还有我不知道的地方？"

奚琢玉笑道："带你看了大致而已，还有很多小惊喜要慢慢发现。"

听着两人一来一往，萧云歧终于懂了，妹妹话里的"哥哥"是喊的玉陵王殿下。不是，为什么她的妹妹要喊别人哥哥啊？当他这个亲哥哥不存在吗？

"锦月，你为什么要喊玉陵王'哥哥'？"萧云歧实在忍不住发出疑问。

姜雨潮和奚琢玉的动作同时一顿，霎时反应过来，糟糕！忘了人家亲哥哥在这里听着呢！他们两个一个是喊哥哥太顺口，一个是对生姜印象太深刻，导致总是忘记她现在是萧锦月，两人相视无言。

萧云歧却在沉默中突然欣慰地笑了："也好，看来我不用担心了。"这个称呼大概是他们夫妻之间的亲昵情趣，他之前还担心两人感情有问题，现在看来是多虑了。

姜雨潮：不管这个亲哥哥在想什么，肯定不是他想的那样，但是管他的呢！

奚琢玉：不知道说什么的时候微笑就行了。

送走了心满意足的友善阵营的萧哥哥，隔天又迎来了中立和邪恶阵营的几位王爷，包括昱王在内。

他们几个王爷光明正大地来了玉陵王府，说要兄弟一起聚聚，还带来了礼物——好几个美人。

"听说王妃嫁入府也没带几个陪嫁的陪妾，这不，兄弟几个来给琢玉你送几个美妾。"皓王一副老好人的面孔，十分友善。

尹王长相尖酸，说起话来也好像带着几分讽刺："琢玉这位王妃可真是个嫉妒心强的，还从未听说过哪个王妃嫁进府，自己不带陪妾，也不知道给主子爷安排几个美妾陪侍的，这像什么话？"

玉陵王说："是我不想要而已。"

最年轻的七皇子促狭道："真是玉哥不想要？还是说玉哥怕新王妃嫂嫂不高兴，故意这么说的？"

六皇子看热闹不嫌事大，主动挑事："这位王妃嫂嫂厉不厉害，问问三哥不就知道了？毕竟她以前也当过三哥的王妃。三哥，以前她也拦着不让你娶姬妾？"

昱王哼笑一声，摆了摆手，也叫上来几个美妾："我也准备了几个美妾，这里的每一位美人，都比……会伺候人。"

这时代，身份地位高的男人拥有许多姬妾是合法的，和正妻不同，姬妾属于私有财产，和一个花瓶、一幅画没什么区别，只是奚琢玉从前不想要，皇帝也不逼他，可现在娶了王妃，大家就默认他也愿意收姬妾了，不管是像皓王这样想拉近距离的，还是像昱王这样想搞事的，都不约而同地送起了美人。

那一排六个美人，站在那儿就是一阵香风，特别是昱王送来的四个，个个眼波撩人。

奚琢玉最不擅长处理这些，他叹了口气，没有办法，叫来伺候的人，吩咐："去把王妃请来。"名为王妃，实为助理，就是要帮老板处理这些问题的。想起"生姜老酒"的战斗力，奚琢玉一点都不虚。

其他几个王爷听到他这么说，都有点愣，六皇子尴尬地摸摸脑袋："玉哥，咱们兄弟几个说话，你把王妃嫂嫂叫过来干什么？她要看到这几个美人，还能乐意？"

"对啊，琢玉，这几个美人是我们的一番心意，还不趁着王妃不知道，赶紧受用了，等人知道了，还能留住吗？"皓王一副过来人的模样指点着。

奚琢玉刚想开口，听到身后的脚步声，又闭上了。嗯，人来了，不用他自己上。

姜雨潮之所以来得这么快，就是因为她早等在外面。那几个王爷不说，光是一个昱王，她就觉得来这里肯定没有好事，说不定是想害偶像，她怎么能把偶像一个人放在那么险恶的环境下？不可能的。

此刻她端庄且快速地走了进来，和偶像对了个眼神。

奚琢玉：辛苦了。

姜雨潮：不怕，崽，我来了，没人能欺负你、勉强你。

她朝着众位王爷、皇子微微一笑，接着说："几个美人谁带来的谁带回去吧，下次没有比我家王爷更好看的美人，就别带来了。"

众王爷：这么直接的吗？

七皇子有点结巴："王、王妃嫂嫂，这哪有比玉哥好看的美人哪？"

姜雨潮："长得都比不过我家王爷，送过来不是占我家王爷便宜吗？岂有此理！"

"话不是这么说，哪个男人不爱美妾的？"尹王轻哼，"你一来就说这种话，看来也是个妒妇，萧家好家教，难怪……呵。"他看了眼昱王，未尽之言，不言而喻。

姜雨潮轻轻拍了拍掌："精彩，在庙里骂秃驴，尹王殿下好教养，我自愧不如。不过这美妾，一般男人爱就罢了，我们王爷是一般男人吗？他当然不是，自然也看不上一般的美人。"

尹王："呵，照你这么说，你能被他看上，也不是一般美人了？"

姜雨潮："当然，一般美人能当两任王妃吗？"

尹王被她一堵，气道："一个女人如此强硬，这里有你说话的地方吗？"

姜雨潮笑着转向七皇子，和蔼地问他："七皇子，你方才叫我什么？"

七皇子缩了缩，觉得这个嫂嫂有点可怕，讪讪回答："王妃嫂嫂……"

姜雨潮："那这里是什么地方？"

七皇子："玉陵王府。"

姜雨潮："好的，这是玉陵王府，我是王妃，事情清晰明了，我当然可以说话。不过，我会记住下次去尹王府时不多话的，也不会把自己当尹王府的主子，尹王殿下请放心。"

尹王被她一阵挤对，杯子一放，直接黑着脸起身走了。

见他气冲冲地走了，奚琢玉还盯着手里的杯子观察花纹，也没有拦人的意思。他这位置不太需要巴结其他皇子，离得远了才好。他有时候也很烦除七皇子外的几个王爷、皇子，只是性格使然，做不出什么赶客的事，也说不出不好听的话来。

别说，听她挤对人，还挺爽的。

尹王一走，皓王叹了口气，老实人的面相瞧着很无害，他对姜雨潮道："大家都是一家人，老五他说话不好听，何必和他计较呢？"

姜雨潮："哈哈哈，皓王殿下说笑了，我哪里有和他计较？毕竟他又没给我家王爷送美人，我只是随便聊几句而已，我这人就是直肠子，说话直接，容易得罪人。皓王送的两个美人，我做主替王爷拒了，也没见皓王你生气，尹王这气性也太大了，和他相处起来，皓王也不容易吧？"

皓王不知道怎的就扯到兄弟相处上来了："呃，还好，老五他只是有点儿刻薄。"

姜雨潮："皓王都说尹王刻薄了，那肯定就是他不好，连皓王这样好的脾气都忍不了他。下回见面定要把皓王的话与他说说，也好让他收敛收敛脾气。"

皓王忙道："我也没说他不好，他就是年纪还小。"

姜雨潮转头就给七皇子拿了块糕，夸他："七皇子真是懂事，七皇子比尹王殿下小几岁？"

七皇子没心没肺地吃糕："小七岁。"

姜雨潮："哇，还是个孩子呢。小孩子都知道不好随便在别人家里闹脾气。"

再说下去估计要被传和尹王不合了，皓王带着两个美妾也匆匆告辞离开。

就剩下昱王和六皇子、七皇子两位皇子。

20

六皇子和七皇子年纪还小，都还没娶王妃，倒是没带什么美妾上门，纯粹是和哥哥们一起来凑热闹的，而昱王，那就是满肚子的鬼了，一个人竟然带了四个美妾过来。

姜雨潮很怀疑这货是派了女刺客想要谋杀偶像。她瞧了瞧那四个美妾，觉得她们穿的衣服很有特色，按照春、夏、秋、冬排列，这让她想起原著里看过的，昱王宠爱的四个侍妾，前期戏份还不少呢，昱王总是带着这几个出行摆场面。

于是她对昱王说："昱王殿下，这四位你带来的姐妹，好像有点眼熟？"

果然，昱王笑得意味深长："你当然眼熟，她们是我的侍妾，桃风、碧纱、桂枝和慕雪，你们当初在王府不是相处得挺好的？"他说完，那几个美妾瞧着姜雨潮，都抿唇轻笑起来。

原本的那个弱兮兮的萧锦月在昱王府，被侧妃欺负，还被宠妾欺负，欺负她的人就包括这几个。姜雨潮微微一笑："昱王把自己的侍妾送过来伺候玉陵王，怕是不妥吧。"

昱王："有什么不妥的？"他拿起酒壶倒了杯酒，"前朝有李相给昭帝送妾，有宋大家和郎尚书感情深厚共用一妾，我与玉陵王关系亲厚，为何不能送他自己的姬妾？而且，他看样子不就是喜欢我用过的？"

昱王此话一出，旁边看戏的六皇子、七皇子两位皇子悄悄对视了一眼。三哥今天看来是不准备让玉哥夫妻俩好过了，这种话都说得出来，哪怕是玉哥这样的好脾气，恐怕也要生气。

姜雨潮半点儿没有被羞辱到的羞愤，反而笑容微妙："倒不是不可以，只是昱王把自己的姬妾送过来，知道的会说昱王你与我家王爷手足情深，不知道的还以为昱王是自己用不上，没法用，才把姬妾都送人呢。"

她轻飘飘一句话，让在场众人都想起当初那个昱王不行的谣言，六皇子、七皇子两位皇子又忍不住用异样的眼神看昱王。哇，三哥的脸黑了。

姜雨潮："昱王真是大方，王妃能让给别人，姬妾也能送给别人，这不仅是兄弟情深，还是体贴昱王府里的姐妹们生活寂寞，想给大家找个好归宿呢。"

昱王重重放下酒杯，没来得及喝的酒水洒了一地："你说什么？！"

姜雨潮笑容满面："我在夸昱王是个好人哪。"

昱王："你以为本王听不出来你在暗指什么？！"

姜雨潮："哦？原来听得出来，这我就放心了。"

昱王也想起当初那些流言，眯起眼睛看姜雨潮："当初的流言，是你？"

姜雨潮："我这人不喜欢骗人，既然昱王问了，那我便直说，此事不是我泄露出去的，不过事实就是事实，知道的人多了，难免泄密，这可怪不到我头上。就算昱王以莫须有的罪名休了我萧锦月，萧锦月也万万不敢诽谤昱王殿下。"说得和真的一样。

六皇子、七皇子看向昱王的目光越发异样。原来是这样哦？

昱王："住口，你胡言乱语什么？！"

姜雨潮和昱王的愤怒恰好相反，语气随意，还带笑："别激动，我不提这事就是了。"

眼看昱王脸色非常难看，两个年轻皇子悄悄坐远了些，在一旁窃窃私语："哇，王妃嫂嫂好凶，一点都不怕三哥，不过她和三哥这么直接地说从前的事，也不怕玉哥听着生气吗？"

"我不生气。"奚琢玉不知道什么时候坐到了他们身边来，把战场留给那两位。员工和前上司的矛盾，很常见的。

昱王对姜雨潮无话可说，扭头见奚琢玉那事不关己的模样，略觉刺眼，朝他道："玉陵王真是好胸襟，不知道听着自己的王妃与别的男人说起过往，是何感觉啊？"

奚琢玉端着杯茶啜了口："哦，这个啊——不在乎曾经拥有，只在乎日后长久。"谢谢邀请。

昱王阴阳怪气："玉陵王当真不在乎？"

姜雨潮："我家王爷怎么会为了这等小事生气呢？他又不是昱王你。"

昱王脸色沉沉地望着他们："你如今是有靠山了，也敢如此挤对我。"

姜雨潮："对呀。"

再待下去他可能会忍不住打人，昱王黑着脸起身，走人。四个美妾不知所措，瞧了瞧昱王大步离开的背影，又瞧了瞧坐在一边如玉般的美人玉陵王，不知该何去何从。而姜雨潮没有给她们选择的机会，她说："再不跟上你们主子，我就要叫狗来了，府里养了很多大狗，特别爱吃肉，又不太喜欢陌生人。"

四个美妾吓得面无人色，小跑着跟上了昱王。

屋内就剩下两位吃瓜看戏的皇子。见姜雨潮望向他们，七皇子怕被误伤，连忙举手："嫂嫂饶命，我可没给玉哥带美人来。"

六皇子："我也没有，我自己都没几个美妾，可不会给玉哥送。"

姜雨潮笑着说："放心，我又不是不讲道理，两位皇子是客人，我怎么也不会那样对待你们。今日让你们看笑话了，来，招待不周，嫂嫂给你们倒杯茶赔个礼。"和气得仿佛刚才和人唇枪舌剑，接连气跑三个的人不是她。

两人摆手推辞："不用不用！"

爱好八卦的六皇子忍不住问："方才，玉嫂嫂和三哥说的那些，是真的？我保证不到处乱说，我就是好奇，三哥他真的……"

六皇子这个大嘴巴，什么秘密都保不住。姜雨潮说："没什么不好说的，就是真的，他处处和我过不去，还纠缠我，就是因为这事。"

六皇子、七皇子："哇——"

满足了好奇心的两位皇子不多时也告辞了。

奚琢玉给姜雨潮倒了杯茶："来，喝杯茶润润嗓子。"

姜雨潮："这种小阵仗用不着。"

奚琢玉难得也起了点好奇心："昱王，他不是那本小说里的男主角吗？真的有这种问题？"

姜雨潮："管他现在有没有问题，以后大家都会觉得他有问题了。"

奚琢玉："呃，你是骗小七他们的？你刚才不是说不喜欢骗人？"还说得非常诚恳，且理直气壮，他都差点信了。

姜雨潮此刻也是理直气壮："我确实不喜欢骗人，但我没说我不会骗人。哥哥，你以后要注意了，越是说自己不会骗人的人，越会骗人。"

奚琢玉摇头失笑："好吧，我记住了。"

昱王离开玉陵王府，召唤系统上线，第一百次问："感情线真的没有偏移？"

"明明已经情比金坚了，都无法动摇，你还跟我说没偏移？真当我傻的吗？"

绿化系统不是很想说话。

昱王发了一通脾气，又开始琢磨拆散两人的方法。

他获取这些小世界的气运主要通过女主角和"剧情"的运转，而他对这些世界的剧情都了解，是因为每个小世界的剧情都是在不断重复的，每隔一段时间就会重演剧情，以此来制造他所需要的气运。

闭目回想了一下原著故事情节，昱王想到了一个用得上的女配角。别部公主纳沙，按照原剧情，她会在半年后来洛都招婿，她看上的就是玉陵王。正是因为这个女人，原著里的女主角才放弃了玉陵王。现在这个女主角虽然嘴上功夫厉害，但毕竟比不过这个泼辣、能杀人的纳沙公主。

如果让纳沙公主提前过来，他再帮忙制造机会，一定能让奚琢玉和萧锦月这两人之间产生裂缝，还能让萧锦月狠狠受挫。看她能得意到几时！

绿化系统：好熟悉的言论。完全不想给提示，甚至还想自毁，炸他几朵烟花。

昱王暗地里搞事情去了，姜雨潮则熟悉了自己的职场生活，如鱼得水。她每日能看到偶像，但不是每时每刻都和他在一起，她没事的时候喜欢在府内到处走，一段时间运动下来，身体都结实了不少。

觉得她每日走得太累，奚琢玉给她选了匹马，王府里养的都是高大的骏马，不适合初学者，他特地买回来一匹温驯的小矮马。

"老板给你配的车。"奚琢玉一本正经地对姜雨潮说。

姜雨潮也一本正经地回答："啊，是宝马！工作待遇真好！"

两人一起笑起来，旁边的下人们莫名其妙，不知道这到底有什么好笑的。

收到偶像的礼物，姜雨潮当然要用上，请了教马术的师父，她学得飞快，没几天就能独自骑马小跑了。有了马代步，她也不只是在寝宫周围转悠了，会走到更远的地方。

这一日，她骑马跑得远了点，第一次遇到了迷路的状况。周围没有下人，奴婢们也没跟上来，只有她和一匹马。

哦，还有一只在晒太阳的狗。

姜雨潮突然想起当初偶像开玩笑似的说，万一以后迷路了可以问同事，也就是问这些狗狗。她走到那只狗旁边，盯着它看了一会儿。

她应该是在偶像的带领下和这只狗互相认识过的，但是很多狗狗都长得一样，她有点分不出来。

"嗯……老逗？"

狗瘫在太阳底下一动不动。

看来不是，姜雨潮瞧见它肚子底下的白毛，又试着问："雪糕？奶油？"

大狗撩起眼皮瞧了她一眼，鼻子里嗤了一声。姜雨潮不太确定它是否能听懂问题，但出于对偶像的信任，还是问："我迷路了，朋友，你能给我指个路回去吗？"

大狗爬起来了，大狗往前走了。

嗯，偶像没骗人，它们确实很聪明。她牵着马跟在大狗身后，走了一段时间："朋友，这路好像不太对啊，我之前没走过这里。"

大狗扭头喷了口气，还是往前走，姜雨潮只好跟上。

然后，她就在树林里的一片空地上，看到了一个站台——那种做成了小屋子的样式，敞开了一面，里面有木板凳可以坐的等车站台。只是这站台太简陋了些，偏偏又在细节处体现出了一种细致的认真，比如站牌上面贴着的手写公交车路线图，乍一看很像那么回事，仔细看，都是胡诌的。贴在一边的地图，似乎是王府路线图，从这个地点，有三条路能走回主宫殿群那边。

毫无疑问，这是偶像的手笔，这个很有可能是他自己做的。可是他为什么要在这片没什么人来的树林里，做这样一个没多大用处的站台？是为了回忆现代的生活吗？

细细看过这里的每一处，姜雨潮在木板凳上坐了下来。阳光明媚，她发现坐在这儿恰好能让大半个身子沐浴在太阳底下，暖洋洋的。那只带路的大狗没有走，就躺在她脚边不远处，和她一起晒太阳。

"这都该用午膳了，王妃还没回来，跟着的奴婢们也说没见到王妃。"老总管问，"主子，您瞧是不是让护卫们各到府内处去找找？"

奚琢玉："如果迷路了，应该是在那里，我去看看就行。"

他自己骑着马往那地方去，在树林边上看到那匹矮马正低头吃草，就知道人肯定在里面，果然，他顺着小路走进去，瞧见了坐在那儿发呆的姜雨潮。

21

姜雨潮听到脚步声，瞧见了偶像。

奚琢玉朝她招手，笑道："王妃，回去吃午饭了。"

姜雨潮站起来："哥哥，这个是你做的？"

奚琢玉走过来看着那块站牌："是我几年前做的，别人都不知道。那时候府里西边在建一个仓库，我去拿了点木料，一个人偷偷摸摸做的这个，做得很粗糙。"

晒太阳的大狗在他脚边绕了一圈，挨着他的腿又躺了下去。奚琢玉摸了摸它，又抬手指站牌旁边那张地图："如果我没来接你，你还可以看这张地图，应该能找回去。如果你不记得路，这张图能揭下来，我下回会补上一张新的。"

姜雨潮快被这个认真的偶像可爱死了。

"这里除了哥哥，还有其他人经常迷路过来？"

奚琢玉干脆坐了下来，也不急着走了："我在这里做了这么个站台，没有告诉过别人，至于有没有被人发现，这我倒是不清楚。"

姜雨潮："那哥哥是因为想念现代的生活，才做的这个站台？"

奚琢玉见她又满脸爱怜地看着自己，觉得很是无奈。是这样的，粉丝总觉得他受苦了，其实他自己感觉不出来，只觉得在哪里日子都挺好的。他解释道："也不是怀念现代，最开始只是偶尔想找个地方一个人待着，这里好晒太阳，又僻静，就选了这里，后来有一天下雨，我在这里没地方躲，被淋湿了，就想可以搭个棚子躲雨，在做的过程中突发奇想，就建成了站台。"

姜雨潮点头："然后哥哥你觉得站台太空，又贴上了路线图和地图？"

奚琢玉笑："是不是觉得这个行为很无聊？"

姜雨潮："不，我快要被你可爱死了，天哪，世界上怎么会有这么可爱的人！今天也好爱哥哥！"

奚琢玉："咯。"每天被粉丝面对面表白狂吹，真是觉得自己脸皮也稍微厚了点。

姜雨潮："不过，这里是哥哥一个人的地盘，现在被我知道了，不是扰了哥哥的清净吗？"

奚琢玉笑着朝她眨眨眼："没关系，你和其他人不一样啊，我给了你通行证。"

姜雨潮被偶像无意识的撩给击中了心脏，但她很快就以优秀的铁粉素质给自己加了个"效果"，把跳动的心脏捶了回去。瞎动什么动，哥哥面前不许造次！

与此同时，绿化系统给了昱王一个系统提示：

叮——感情偏移百分之五。

昱王一惊："什么？"怎么突然偏移了？不对，不是早该偏移了吗？这系统是在骗人吧？

他的怀疑刚升起，系统又很快弹出提示——

叮——感情偏移归零，没有偏移。

昱王脸一黑："你在试图戏弄我？"

绿化系统：数据就是这样显示的，怪我咯？

昱王："呵，你以为我还会相信你？"

好吧，不信算了。绿化系统保持了沉默，不想再做一个尽职尽责的好系统了，它就应该做一个白痴系统，才配得上这个白痴主人。

春日来临，虽然没有寒冬里那样冷，但绵绵阴雨也令人觉得身上湿冷。殿内烧着的炭火还没有断，隔出了一个较为干燥的空间。这样的天气，姜雨潮不能出去走了，她就待在殿里拿着笔画东西。这炭笔的触感有些像是铅笔，是奚琢玉给她用的。

姜雨潮在画一节车厢，里面的布置，外面的模样，用什么材料，还有每一部分的拼接。自从看到了奚琢玉的那个站台，姜雨潮就一直想要做点什么，最后她决定做一节车厢放在旁边。毕竟下雨天坐在那个站台里还是会吹到风，如果是个能封闭的车厢就好了。

她以前是不会想要做这些的，觉得没有意义，浪费时间，但和偶像生活在一起，他是个非常"浪漫"的人，所以她也慢慢有些变化了。

兰桥点了盏新的灯过来："主子，您又在画这个呢，仔细天黑了伤眼睛。"

姜雨潮随意"嗯"了一声。

兰桥探头看了看，好奇道："主子，你这画的到底是什么啊？怪模怪样的，瞧着既不像屋子，又不像亭子。"

姜雨潮："是你不知道的东西。"

兰桥往殿门口瞧了眼，犹豫着小声问："主子，王爷今夜又不来啊？"

姜雨潮抬头瞧她："怎么，是老总管那边，还是嬷嬷那边托你来问的？"

"不是不是。"兰桥摇头，"我就是担心您啊，主子和王爷明明相处得那么好，晚上却总不睡在一起，哪有夫妻是这样的？"

姜雨潮：所以说不是夫妻。

但她和偶像之间的关系又没法告诉别人，其他人也不能理解她的心情。她能爱上任何别的男人，但是不能爱上偶像，因为那对偶像来说是很困扰的事。偶像需要的只是一个伙伴，而不是伴侣，所以她必须守着这条线，保持这种轻松且愉悦的相处方式——一段关系一旦发展成恋爱，就总是会多很多令人难以接受的准则，像是锁链一样严格。

在旁边一座宫殿里，奚琢玉放下书，他今日进宫一趟，有些累了，准备早些休息。

伺候的总管试探着问他："主子，今夜又不去王妃那儿？"

奚琢玉："嗯，不去。"大晚上的跑到人家那里去，他也不是流氓啊。

总管唉声叹气："王爷，你这样，王妃得难过了。"

奚琢玉听而不闻，把被子抖了抖："你下去休息吧。"

总管："主子，您是不是对王妃有什么不满？难道是介意她从前那些事？"

奚琢玉："没有，她挺好的，我挺……喜欢。"

总管不明白了："既然您也喜欢王妃，为何要这么疏远她？我见你白日里总去找她说话，还时常送礼物，夜里怎么倒不去了？"

奚琢玉叹气："你不懂。"他的王妃尽职尽责，完全把他当作偶像，如果他有什么其他想法，小姜姑娘肯定会不自在，所以这样就好了。

总管确实不懂，但见主子没有改变主意的意思，只好出去了。

奚琢玉躺在床上，想着总管刚才说的那些话，一时睡不着。他对姜雨潮的感觉很复杂，他在这个世界的孤独感一直没有消失，总觉得自己好似一个孤魂野鬼，发现姜雨潮后，这种孤独感渐渐被她带走。如果说喜欢，他确实是喜欢她的，如果不喜欢这位"粉丝"，那他绝不会如此关心帮助，甚至让对方成为自己的王妃。

可如果让他再进一步，和她谈男女之情，他心里又很清楚这样不行。他自己不知道该怎么谈，人家对他也没其他心思，早早就说过了的。这种事，不好多想。

笃笃笃——

"主子，您睡下了吗？"

听到外面传来侍从的声音，奚琢玉答道："什么事？进来说吧。"

小侍跑进来："主子，昨日红荔不是生了九只狗崽子吗？方才去看，却发现窝空了，我们几个到处找，在湖边那个芦苇荡的水沟里瞧见了那窝小狗。要是放在那儿不管，等今晚这雨下一晚，明日那水沟就要淹了，我们想给狗崽子们换个地方，红荔却不肯让我们接近，我们也不知道该怎么办了。"

红荔是往日里守大门的一只母狗，非常凶悍，也难怪这些专门养狗的侍从不敢轻举妄动。

奚琢玉穿着衣服起来，吩咐道："把灯笼打上，随我过去看看。"

他这边殿内的动静响起来，旁边姜雨潮就发觉了。她还没睡，就着灯光在画图纸，听到声音，推开窗看了看，在夜色里见到几盏孤灯从台阶上下去，往不远处的湖边去了。灯光中间那个人影，哪怕隔得远，她也看得出来那是自己偶像。

"发生什么事了？"姜雨潮放下笔，洗了洗手，也起身走出去。

兰桥跑过来："那是王爷？大晚上的他们去做什么？我去问问。"

姜雨潮："不用了，你打上灯笼跟我一起过来。"

她也没带其他人，就带着兰桥追上了奚琢玉。

"你怎么来了，这么晚还没有休息吗？"奚琢玉发觉她过来，停下脚步在原地等了等她。

姜雨潮："还没睡，哥哥你这是要去哪儿，是不是出了什么事？"

"没事，你要是想看就一起过来吧。"奚琢玉边走边把这事跟她说了。

姜雨潮不解地问："那只大狗为什么要把孩子叼到那么危险的地方？是觉得自己的窝不安全，想把孩子放到安全的地方？"

奚琢玉摇头："不是，它很聪明，知道那里会被水淹，把狗崽子叼到那里是为了淹死它们。"

姜雨潮："……为什么？"

奚琢玉："可能是因为那些狗崽子有什么问题，可能是它这一胎生得太多了，也可能是其他原因，我也不是很清楚，只是这种事不是第一次发生了，从前偶尔也会有母狗这么做，还有母狗会咬死刚生下来的小狗。"

细雨簌簌，打着伞，身上仍旧挂满了蒙蒙水珠，灯笼被风吹得不停摆动，里面的烛火也跟着摇曳。灯笼的光并不明亮，只能勉强照亮脚边，不远处的芦苇丛沉浸在一片漆黑里。

姜雨潮听到了两声犬吠，是那种充满了警告的叫声。旁边的奚琢玉朝那边喊了声："红荔？红荔过来！"

芦苇丛里就跑出来一个黑影，一只大狗踩着泥水过来了，朝着奚琢玉叫了两声，没有敌意，像是打招呼。

"你把崽子们叼到这里来干什么？去，带我去找它们。"

大狗没有动，呜呜地叫。奚琢玉蹲下来揉了揉狗头，像是安慰小孩子那样："没事的，红荔不是第一次做妈妈吗？别怕，它们都会好好长大的。"

大狗还是呜呜，奚琢玉就直接拖着它往芦苇丛里走，侍从们想打伞跟上，大狗又凶狠地朝他们吠叫起来。侍从们吓得一顿，奚琢玉说："你们在这里等着就可以了。"

"可是，主子，这下着雨呢。"

"雨不大，没事。"

姜雨潮拿过一把伞跟上，给奚琢玉遮雨。

大狗朝她吠，奚琢玉又揉狗耳朵："好了好了，不叫了，是我的妻子，让她一起来吧。"

大狗："汪汪汪！"

奚琢玉手动合上了狗嘴，不让它凶了。听着大狗委屈的咕噜声，姜雨潮甚至有种自己争宠得到了胜利的错觉。

22

姜雨潮打着伞，一只手还提着灯笼，看着自己偶像哥哥连推带拖把那只大狗给押到了那窝小狗附近。犯罪嫌疑狗红荔不情不愿，几次试图逃逸，都被奚琢玉给钳住，场面一度非常好笑。

夜色在细雨里迷蒙，脚下是芦苇丛湿润的泥地，姜雨潮的鞋陷在了泥里，奚琢玉注意到她走得艰难，鞋子和裙摆都沾了泥土，刚想说让她不要走了就站在这儿，谁知道她直接脱了鞋子，咚咚咚往前走，那架势非常不拘小节。

他闭上嘴，借着姜雨潮手上的灯光，去看那些小狗。狗崽子还没能睁眼，可怜兮兮地挤成一团，嗷嗷嗷小声奶叫，还有两只脱离了大部队，正在往一边爬，身上的毛毛都被打湿了。它们所在的位置已经有点积水，一只小狗半个身子都在水里，冷得瑟瑟发抖。

奚琢玉放开大狗，伸手把那些小狗拿起来。他左右看看没找到能一次性搬运这些小狗的东西，刚准备把衣服脱下来，姜雨潮已经直接把伞递给了他。

这雨不大，而且他们在泥地里走动，这把伞压根儿遮不住两个人，既然没用，干脆用来装狗算了。

奚琢玉用伞把九只小狗全部装了回去，大狗红荔跟在后头，时不时嗷一嗓子。回到了宫殿，奚琢玉对红荔说："你回去睡觉，不用你管了，我帮你看着。"

大狗走了，养狗的下人连忙过来接奚琢玉手里那窝小狗。他们的经验丰富，如果母狗不养小狗，都归他们养，这回是因为红荔太凶，才会劳动奚琢玉出马。

奚琢玉那身衣服在泥地里一个来回，也弄脏了一片，和姜雨潮站在一起，就是一对泥巴夫妻。两人对视一眼，互道晚安，然后分别转头去洗漱睡觉。

老总管在一边拍大腿。哎呀，这么好的机会，两个人怎么不一起洗个鸳鸯浴，再一起睡一觉呢！

第二天一大早，姜雨潮起来，发现哥哥在一个木箱子旁边摸奶狗。这么大的奶狗身上有一层柔软的毛毛，因为看不见，所以喜欢到处乱拱，尾巴和耳朵都是小小的、肉嘟嘟的。姜雨潮凑过去看，见有些狗身上的泥干了还没剥落。

"它们昨天没有洗澡吗？"

奚琢玉拿起一只小狗："它们还小，不能洗澡。本来身上弄脏了，大狗会给它们舔干净，但是红荔那家伙不负责任，它不管，我们就要用别的办法了。"

他拿着把柔软的小刷子，在小奶狗肚皮上刷，把那些结块的泥巴给刷下来，保持它们的身体整洁。那么小一只狗崽子在他修长的手里刚好能被握住，像个球似的。这对小狗崽子来说大概挺舒服的，在他手里也不怎么动弹。

姜雨潮：这一瞬间好想变成哥哥手里的奶狗让他刷毛哦！该死的，好羡慕！

奚琢玉看她一眼，笑出来："你也想摸是吧？来，这只给你拿着。"他把那只刷干净了的奶狗递给了她。

姜雨潮：不，我不是想摸它们，我是想摸你啊哥哥！像狗妈妈一样的哥哥也太可爱了吧！

可爱，想……不，我不想。姜雨潮对自己说。

绿化系统：

> 叮——感情偏移百分之五。
>
> 叮——感情偏移归零。

昱王："闭嘴。"

绿化系统：

> 那我不提醒了。

昱王："呵，随你，不管她到底有没有偏移，我都会拆散那两个人的。"

绿化系统：感觉他不知不觉间好像已经很习惯当一个反派人物了。

姜雨潮看着哥哥认真地把小奶狗刷完了，让人带下去喂食，又跟着他一起洗去吃早饭。早饭早就准备好了，因为府里的两位主子头挨着头一起看狗崽子，没人敢去打扰，所以比平时迟了些。

两人吃饭时，总管在一旁，他想起刚才那幅男女主人一起和谐喂狗的画面，心中感到非常向往，他说："日后如果府里有小主子降生了，王爷王妃肯定能好好照顾小主子的，看刚才你们做得多好啊！"

姜雨潮正在吃丸子，被噎住了，而正喝粥的奚琢玉则被呛住了，捂着嘴咳嗽了好一会儿都没停下来。姜雨潮把那该死的丸子咽下去，伸手拍了拍奚琢玉的后背："好了吗？先喝口汤，喝口汤就好了。"

这事就这么过去了，奚琢玉和姜雨潮都好像没听过这话似的，不约而同地忽略掉。

春暖花开的季节，要换春衫了，各处都会提前送上这个季度的新布料供挑选裁衣。宫里会送来两拨，玉陵王府名下的绸缎庄会送一拨，开在江、淮两地的绸缎庄会通过水运送来那边的新品，还有洛都内不属于玉陵王府但名声很大的布庄，也会送来新的布料。总之玉陵王府每年收到的布都堆在那儿用不完。

今年奚琢玉特地吩咐，让他们也送些其他样式的布料来给王妃选，不要和往年那样一水儿的花布。老实说，他穿了好多年的花衣裳也穿得有点烦了。

因为他当初说过一句自己喜欢花样多的布料，所有送来的布料就全都是花色鲜亮的，再也没变过。后来他又有一次说了一句总穿鲜亮的衣服也想换个风格，结果宫内就送来了素净过头没有一点花纹的布，他更不想穿。

是这样的，在高位，哪怕只是随口一句话，都会被放大，兴趣和爱好也是。这些年不知道多少人乱给他送布料，他也不是所有花色都喜欢。还有给他送狗的，他当初养的狗都是捡来的，不忍心看它们在街头被人打死，才会带回府照顾，可是别人听说他喜欢狗，就不停地给他送，如果不是他后来几次三番说过不需要，现在府内的狗不会只有这些。

总管听到他的吩咐，目光很复杂："这种小事，底下早就吩咐下去了。"主子这两年连自己穿什么衣服都不太在意了，还会特意为王妃着想，既然这么喜欢王妃，那为什么不和人家睡一起啊？啊？

布料成堆送来，姜雨潮认真挑选了一天，选出来上百匹布料。

兰桥看着咋舌："主子，您穿得了这么多吗？"她们当初在相国府，也不是很受人待见，了不起就三四匹布。

姜雨潮直接对总管说："这些，都是给王爷选的，拿下去让人给王爷裁衣。"

总管一愣："这些都是您给王爷选的？可是，王爷他只喜欢锦绣纹样的花布。"

姜雨潮："没事，你照我说的去做就是。还有这几匹布，纹样不错，很适合现在穿，早点做出来给王爷换上。"

总管怀疑地看着那几匹特意被姜雨潮点出来的布，都是纹样不怎么多的，算是个点缀，还有暗纹，颜色也鲜嫩，王爷当真会喜欢？

他将信将疑，让人拿下去制衣，结果新衣拿上去，就得到了王爷的夸奖，他选的第一套就是王妃特意挑出来的那几匹布制成的衣服之一。穿上新衣服的玉陵王，第二天就难得开开心心地出门去和朋友们聚会了。

嘿，王妃真是神了。总管笑容满面地去给姜雨潮送新衣，问起来这事："王妃是怎么知道王爷会喜欢的？"

姜雨潮一笑："很简单，如果你仔细观察过这几个月他的穿衣习惯就会发现，他的衣服虽多，但那套淡色的兰花纹衣裳他穿了一个月四次，那套淡蓝紫的藤萝纹衣裳穿了三次，素馨黄丁香两次，这几套衣服都没有大花纹，图案主要作为点缀。如果你再仔细点，就会发现他的心情在穿兰花纹那件衣裳的时候最好，有一回还跟你开了两个玩笑，给了养狗仆人赏钱。

"上个月月中，他要去宫中，穿的是一套颜色更淡的，说明他心情不太好，提不起兴致。之后有一段连绵的阴雨天，他穿了颜色鲜亮的那几套，但不是最鲜亮的红花纹……统计一下，可得知他最近对颜色和花纹的喜好，这很简单。"

总管听得目瞪口呆，不是，王妃你这么关心主子，这么喜欢他，怎么晚上死活不和他一起睡呢？啊？

玉陵王府里的下人们对于两位主子没有夜生活这事，简直操碎了心。

这种时候，还闹出了件很有可能影响两个主子的大事。

别部使团前来进贡，要求和谈联姻。别部前两年总是不安生，去年还在边境拱了一阵火，朝中主和派和主战派各有主张，出了年就一直在吵，现在别部使团一来，主和派就占了上风。

对于联姻这回事，别部的纳沙公主一起来了，皇帝在考虑自己还没成亲的两个儿子，要不就干脆让哪个娶了，可惜人家纳沙公主自己有主意，在参加过一回春宴后，就直言自己要嫁给玉陵王奚琢玉。

"我乃别部最尊贵的公主，就算要嫁，也要嫁给最好的男人。他是你们这里的第一美男子，我在春宴上见过他了，觉得他很好，他的父亲又是个大英雄，老子如此，儿子肯定也不会差，我要他。"

皇帝还从没见过这么直接的女子，就算是脾气最坏的淳喜郡主，谈到婚事也是不敢自己出面的，哪像这位纳沙公主，如此傲然。

接到皇帝的眼色，皇后接过话说："公主不如另选一人，我们玉陵王已经娶妻了。"

纳沙公主一昂头，语带鄙夷："我听说了，是一个曾被人抛弃的女人吧？听说无才无貌，这样的女子怎么配得上那样优秀的男人？"

说罢她自信一笑："玉陵王是还没有见过我，如果他见到了我，一定会为我倾倒，放弃那个丑陋的女人。"

这位公主号称别部第一美人，烈焰红唇，前凸后翘大长腿。

皇后：真是无法沟通。

这事很快就传到了玉陵王府中，众人义愤填膺，兰桥更是在姜雨潮耳边嚷嚷了好几天，说什么"这也太过分了""好不要脸的狐媚子""王爷只喜欢我们主子，绝对不会看上她"之类的。姜雨潮被她烦得不行，不让她继续说了，把兰桥委屈得不行，追问："王爷都要被抢走了，主子你怎么一点都不急？！"

姜雨潮：当年哥哥还在现代，那漫山遍野数不胜数的情敌，她有急过吗？开什么玩笑！

兰桥："哎呀，主子，人家都欺负到你头上来了！"

姜雨潮："这不是还没到头上吗？"

过了两日，宫中开宴，姜雨潮和奚琢玉一起入宫赴宴。本来这宴会，她是不用参加的，但是奚琢玉回来告诉她，上回宴会遇上那位纳沙公主，被她骚扰了。姜雨潮一听，这人还敢骚扰我哥？在兰桥面前从容的姜雨潮立刻变成了斗战胜佛，护花使者姜雨潮，义不容辞跟着哥哥一起入宫，准备迎接新的战斗。

23

"不用太把她当回事，真遇上了，敷衍一下就好。"奚琢玉和姜雨潮分开前，这么对她说。他之前随口说了句纳沙公主几次找他说话有点烦，姜雨潮立刻就雄起了，瞧这入宫的架势，估计是去打架的，奚琢玉想到纳沙公主泼辣能打的传闻，有点担心自己王妃打不过人家，会吃亏。

姜雨潮："哥哥放心，我量力而为。"但是她怕过谁呢？

两人分开，分别去见皇帝和皇后，然后再一起到入霞宫去参加宴会。兰桥跟在姜雨潮身边，有点儿激动地问她："主子，我们现在就去找那个纳沙公主？"

姜雨潮："找她干什么？等着吧，她自己会送上门来的。"

这一回入宫，有不少女眷上前来和她寒暄，从姜雨潮成为玉陵王妃之后就是这个待遇，但也有那么几人，看着她窃窃私语，眼神里满是幸灾乐祸，大概她们都听说了纳沙公主的事。

"听说长得很好看呢，上回有人看见玉陵王和她单独说话了。"

"哎，来了来了，那个就是吧！"

一个火辣美女大步走了进来，她在人群中看了一圈，视线飞快掠过了角落的姜雨潮，装作没看见她，大声地问："玉陵王的王妃是不是来了？出来让我看看。"

所有人的目光都投向姜雨潮，在众人看好戏的目光中，姜雨潮撩起眼皮看了看纳沙公主，给她打了个标签。如果说之前的淳喜郡主是天真恶毒，那这位纳沙公主，就是骄傲野蛮。一个是敢想敢干型选手，一个是横冲直撞型选手。

而她，是谁都敢干型选手。

"看这衣着，是纳沙公主吧？"姜雨潮笑了一下。

纳沙公主将她一打量，摇了摇头："就是你？果然不够看，容貌很寻常嘛。"

姜雨潮："是啊，我长相一般，当初还担心找不到夫婿呢，谁知道现在竟然找了个最好的。"

纳沙公主哼了一声："嘴皮子倒利索，敢不敢跟我出来，到一边说话去？"

姜雨潮："好啊，请吧。"

纳沙公主说官话带着一点口音，但很流畅，个头很高，穿一身男式猎装，看着就能打。兰桥担心自家主子被人欺负，见主子站了起来，也赶紧跟了上去。

纳沙公主往外走着，毫不客气地说："我可不想被那些女人当猴子一样看着，你们这里的女子都没用，我一只手就能打十个八个，我看你们连孩子都生不出来吧，一个个弱不禁风，你们的男人也不把你们当作人看，我真是可怜你们。"

她语气里的鄙夷和自傲明显，姜雨潮听着不置可否。不管别人如何，这种出于自身优越感而大肆贬低别人的行为，她首先就不喜欢。在原著里，这个纳沙公主出场后，和女主角抢男二号，女主角觉得她性格对口味，和她惺惺相惜，将男二号拱手相让。

她只看到这里，后面没看。她当初看着原著小说那么生气的原因之一，就是那个女主角把男二号大度地让给女配纳沙公主。什么？男二号是你的吗？你说得那么大度，还让给姐妹？

姜雨潮不喜欢原女主角，在和纳沙公主这第一次会面后，她也基本上肯定了，自己同样不喜欢纳沙公主。女子自强不息很好，但为此沾沾自喜，讽刺其他女人的生活方式和选择，简直搞笑。身处不同的地位，接受不同的教育，在不同的环境下长大，她以为人人都如她那般幸运吗？没有同理心和慈悲心，永远都不会明白什么叫平等，也不会是真正的强大。

"在学会做一个'男人'或者'女人'之前，先学会做一个人吧。"姜雨潮站在纳沙公主几步外，淡淡地说，"纳沙公主，应该不是来和我谈论我们这里的女人有多可怜的。"

纳沙公主双手环胸："那好吧，我就直说了，我是来告诉你，让你主动退出我和玉陵王的关系。玉陵王妃这个位置给你太可惜了，就应该属于我这种女人。"

姜雨潮："哦？那你给我说说，这个位置为什么应该属于你？"在这一刻，姜雨潮甚至觉得自己像一个公司的 HR，正在面试一个应聘王妃头衔的求职者——在某个意义上，这是没错的。

纳沙公主："我是别部公主，身份当然比你高贵，我美貌无双，又有智慧，而且，我与玉陵王一样，也喜欢养狗，我养了十几条猎犬，我与他当然最是相配。"

姜雨潮："身份高贵，美貌聪慧？用一句话来形容，就是井底之蛙，不知道天地有多大。

"纳沙公主，你看那湖上的一群水鸭子，那只领头的水鸭子，没看见天鹅之前，也觉得自己是水鸭子群里最好看的那只，其实啊，也就是只鸭而已。"

纳沙公主柳眉倒竖："你说什么？"

姜雨潮："你说你喜欢养狗，所以跟我们家王爷相配？"

纳沙公主不屑地瞪着她："当然，我们有共同的爱好，我养的可是能抓捕猎物的狼犬，而你，估计看到那些狗都会吓得不敢靠近。"

"呵，我家王爷养狗是因为爱，你养狗就是个祸害。"姜雨潮将手塞进了袖子里，满面嘲讽地瞥着纳沙公主，"我喜不喜欢狗无所谓，喜欢我们王爷就行了。至于你，那么喜欢狗的话，我觉得你可能不是和我家王爷配，是和狗配。"

纳沙公主上前两步："放肆，你敢骂我？"

兰桥紧张地往姜雨潮身前挡，却被她推到后面，姜雨潮说："先别急着生气，我还准备了礼物要送给你呢。"

纳沙公主有点跟不上她这三秒一变的节奏，怀疑地看她："你在搞什么鬼？"

姜雨潮抽出袖子里的东西，在纳沙公主面前晃了一晃，是个挺漂亮的羽毛装饰："这是赔礼，来，让妹妹给你戴上。"她动作迅速地把那羽毛发饰插进了纳沙公主的头发里。

纳沙公主："现在给我送东西赔罪，是知道我的厉害，不敢与我争了？"

姜雨潮一本正经地问兰桥："兰桥，你说这东西和纳沙公主配不配啊？"

兰桥在一旁笑得合不拢嘴，点点头，响亮地回答："呸啊！"

姜雨潮：这个呸很有灵性。

纳沙公主见她们笑容奇怪，立刻觉得不对劲，把头上那羽毛装饰扯下来："这是什么？"

姜雨潮告诉她："特地给你准备的，和你很配。"

纳沙公主被她气得颤抖："你敢这样羞辱我？"

姜雨潮朝她露出了个羞辱意味的笑容："怎么？我就羞辱你了，你还敢打我吗？我可是玉陵王妃。"

纳沙公主向来骄傲，怎么受得了这样的挑衅？她今日过来，本来没想对这个女人动手，可对方如此挑衅，纳沙公主忍无可忍。

姜雨潮观察着她的神情，见她眼带厉色，立刻转头跑向她们来时的宫殿，边跑还边惊慌失措地喊道："来人，救命哪，纳沙公主要杀人了！"

宫殿本就离得不远，姜雨潮速度又快，眨眼就跑到了宫殿前，引来了众人的注意，下意识地追上去的纳沙公主见她这么狡猾，气得不行："你给我站住！"

一位夫人接住跑过去的姜雨潮，眼神惊恐地看着表情凶狠的纳沙公主，很快人群里就响起诸如"外族女人就是凶悍""吓死人了，听说她真的会杀人的""都到我们的地盘了，还如此嚣张，这也太不把我们放在眼里了"这样的话。

纳沙公主看不起这些后宅夫人，都不屑和她们说话，哪里见识过这种群体嘲讽的杀伤力？面对各种指指点点，她气得红了脸骂道："谁要杀她！是她自己吓成这样要跑。"

姜雨潮一指她手里的羽毛："你连武器都拿在手里！"

众人去看纳沙公主手里拿的那个配饰，确实有两个尖锐的钗头，看着就是能伤人的。

"这是你送我的！"

姜雨潮在众人面前露出愕然之色，随即悲愤地道："你要抢我的夫君，我怎么可能还送东西给你？我就算要送，也不会送这些拿不出手的东西！"

众夫人："真是可怕，在宫内喊打喊杀的，不过区区一个小部落族长的女儿，客气喊她一声公主，还真把自己当回事了。"

"是呀，我们都知道玉陵王看重王妃，喜欢得紧呢，这女人肯定是嫉妒心作怪，想害玉陵王妃。"

"我看她脑子都不太正常，真怕她待会儿会伤到我们，怎么还没人来把她带下去？怪吓人的哦。"

纳沙怒道："你们以多欺少，偏袒那个萧锦月！"

姜雨潮：哈，不然呢？我一个人打不过你，当然要借助别人的力量。你不是说看不起这些女人？那就让你见识一下这些女人嘴巴多厉害。

吵架法则：一个人搞不赢的时候，要因地制宜，借力打力。

纳沙公主被挤对得连宴会都没参加,直接扭头走了。

奚琢玉也听说了她们这边发生的事,回去的路上和姜雨潮闲聊:"你不是和她们关系不怎么样吗?她们怎么会站在你这边替你说话?"

姜雨潮:"因为面对外来敌人的时候,我们是天然盟友,这就是一致对外法则。"今天哪怕她演技再差,那些夫人都只会睁只眼闭只眼,帮她挤对纳沙。

"不过纳沙公主这人,不是这么简单就能搞定的,我估计她不会放弃。"姜雨潮分析。

奚琢玉:"没事,事情如果'助理'办不成,就可以交给'蒸煮'。"

姜雨潮:"……哥哥,不要学粉圈词汇,还有,离粉丝掐架远一点。"

奚琢玉:"……好的。"

纳沙公主果然没有轻易放弃,她越挫越勇,直接找上了玉陵王府。她不是一个人来的,还带上了一只她养的公狼犬。

这样打上门来,在门口闹出了不小的动静,姜雨潮和奚琢玉出来,正好见到守门的母狗在和一只体形更大的陌生公狼犬打架。那公狼犬要流氓,母狗当然不干了,咬它丫的,打得热热闹闹。

罪魁祸首纳沙公主在一旁看好戏,脸上神情自得:"我这只是犬王,它连狼都能咬死,如果愿意跟你们府上这些普通的母狗配种,还是你们占了便宜呢。"

姜雨潮:不知道为什么突然觉得这个纳沙公主和霸道王爷昱王,简直天生一对啊。

奚琢玉看了看战况,忽然转头吩咐了几句。

不一会儿,好几个身形高壮的护卫穿戴好了全身盔甲,迅速跑过来把那条搞事的公狼犬给抓住,将它拖了下去。

纳沙公主脸色一变,笑不出来了:"你们要做什么?!你们要杀我的犬王?!"

姜雨潮知道自家哥哥肯定不会杀狗的,但她也不知道哥哥想做什么。结果奚琢玉说："哦，让人带它下去绝育了，就是割掉，这样以后它能陪你更久，是件好事。"

纳沙公主愤怒大喊："不许！谁许你做这种事？！"

姜雨潮："公主冷静，是割你的狗，又不是割你的男人，那东西反正你又用不上，何必如此激动？"

24

纳沙公主脸色扭曲，带着那条被阉割的公狼犬走了。

"哥哥，你觉得我们把纳沙公主带来的狼犬全部阉了怎么样？"姜雨潮问。

奚琢玉想了一下，点头："最近是听说她带来的那些狗在城内惹出了些事，欺负平民，这么暴躁，确实应该绝育。"

为了维护洛都的治安，他们义不容辞地吩咐下去，王府内的阉狗队队员们趁着纳沙公主外出的时间，把驿馆里十几条躁动的公狼犬全部都阉掉。至于纳沙公主回来之后面对一排的阉公狗会怎么发怒，这就不关他们的事了。

纳沙公主是那种越不搭理她，就越想征服别人的人，她几次去见奚琢玉都碰了软钉子，还被姜雨潮羞辱了一顿，更是下定了决心要让这两人知道自己的厉害。

还有一个人和她想法一致，这人自然是屡试屡败，屡败屡战的昱王，于是两人顺理成章地接上了头。这两位聚在一起搞阴谋，一个想要奚琢玉，一个想要姜雨潮。

"只要按照你说的做，玉陵王当真会娶我？"纳沙公主怀疑地看向昱王。

昱王勾唇一笑："当然，你堂堂别部公主，如果失身给了玉陵王，怎么也不能就这么算了，到时候玉陵王当然要娶你。"

纳沙公主："那那个萧锦月呢？"

昱王："她自然属于我。你不用怀疑我的诚意，我们是立场一致的盟友。"

纳沙公主："那我就等着你的安排了。"

昱王为了这一日，耐心安排了许久。为了让那两人失去警惕，他蛰伏了一段时间，暗地里就没消停过，力求布置得万无一失。

玉陵王与王妃都是很少出门的，特别是王妃萧锦月，基本上如果不是需要入宫，她连萧相国府都懒得回，昱王哪怕安排了人想劫掠，也没办法做到，总不能大白天在人来人往的街道上抢人吧。

只有逢节日，这两人才可能会相携出游，马上要到端午，昱王费尽心思令人引他们出府，端午人多混乱，正是下手的好时机！到时候把人弄到手，把药一下，看这两人之后还如何恩爱不移！

万事俱备，只欠东风！

但是到了端午那日，东风没吹过来，吹的是西风，直接把昱王的春药梗给吹黄了。

昱王安排的人没能把奚琢玉和姜雨潮引出门，因为奚琢玉好巧不巧突然病倒了。奚琢玉平日里身体健康，也不知怎的，一场病来势汹汹，高烧不退，把姜雨潮急得团团转，这个时候她哪还记得什么端午节，更不可能离开自己偶像身边去外面游玩了，就算是天塌了地震了她要死，也得死在奚琢玉身边。

看着偶像那通红的脸和急促的呼吸，以及颦起的眉头，姜雨潮真恨不得替他生病算了。

奚琢玉蒙蒙眬眬睁开眼睛，瞧见她坐在床榻边，夜色很深了，也没有回去休息。他没说话，又慢慢闭上了眼睛。迷迷糊糊睡了一阵，再睁开眼睛，外面还是夜色沉沉，守在床边的人仍然没走，还是那样看着他。

"发烧而已，我又不会死，如果死了，说不定会回去现代呢。"奚琢玉哑着声音说。

姜雨潮隔着被子握着他的手："这个时代，发烧就是容易要人命的。如果哥哥真的有什么……我希望你真的能回到现代去。"

奚琢玉摇摇头："我开玩笑的，你还在这里，我也不能把你一个人丢在这里……"

他合上眼睛，声音喃喃，渐渐低不可闻："一个人在这个世界，很孤独的……"

清晨，奚琢玉醒了，他全身酸痛，脑袋昏沉，想动手都动不了。往旁边一看才发现原来动不了是因为身边压着个人，姜雨潮躺在他手边睡着了。可能是脑袋烧糊涂了，奚琢玉第一反应是掀起被子给她盖上，然后又睡了过去。

所以等姜雨潮醒了，发现自己是躺在偶像被窝里的，偶像还抱着自己的腰。

姜雨潮："……"

昱王再次收到了下属们的失败报告，听到因为玉陵王突然生病，计划失败，他气都生不起来了。经历了几个世界，他已经习惯了这种冥冥之中什么事都做不成的感觉，因为世界的气运在排斥他，不再为他所掌控，所以他无法成功。

注定了失败，连他的挣扎和算计都显得可笑起来。

"下去吧，去给我把杨医官找来，不要引人注目。"昱王脸色阴沉地说。

哪怕世界的气运想要脱离他，想要毁灭他，他也不会让那个看不见的敌人好过。

一计不成换下一计，他忙着阴谋诡计，把自己的合作者忘记了，导致纳沙公主穿着清凉在某个画舫上摆了大半夜的造型，几乎被夜晚的河风吹成傻子，天一亮就怒气冲冲进了昱王府找昱王算账。昱王这种穿上裤子就翻脸的男人，用不上她了，当然不会再给她好脸色，直接让管家把她给请了出去。

宫中听说玉陵王生病，赐下不少药材，还派了医官前去探望。皇帝本来准备派给自己看病的医正前去，可内侍来回禀说医正昨晚摔伤了腿，请了假，皇帝只好让他们换个人。最后去给玉陵王看病的是杨医官，御医院中一个资历较老的医官。

因为奚琢玉的病，姜雨潮几乎没有回自己的宫殿去睡，就在奚琢玉的床榻旁边加了张小榻，方便照顾他。奚琢玉也没有说这样不好，默许了她的行为。

杨医官过来给奚琢玉看病的时候，姜雨潮就坐在旁边听着，时不时问杨医官两个问题，搞得杨医官莫名紧张，奚琢玉看得好笑："不用这么担心，小病而已，吃几服药就会好了。"

杨医官连忙点头："是是，不是什么大病，只是太过凶险，须得好好休养，否则很容易留下病根，难好妥帖。"

吃了杨医官的药，过了两日，奚琢玉的病确实好了不少，也不一直躺在床上了，还会起来走一走。老总管担心得不行，劝他回去躺着，姜雨潮也担心，可是奚琢玉耷拉着眉毛小声对她说："还是锻炼一下身体好得更快，对吧？"

偶像装可怜的模样惹人怜爱，特别是有了病弱加成，姜雨潮扛不住，分分钟倒戈，嘴里答应着会看好王爷，把老总管劝了出去，转头把门一关就任由偶像爬起来活动筋骨。

奚琢玉披着外套，脸色稍有些苍白，转转胳膊动动腿，嘴里感叹道："王妃真好啊。"

姜雨潮："说好了，十五分钟，完了就得回去躺着，等哥哥你完全好了，我们可以去爬山。必须好好锻炼身体，不然生病真是太遭罪了，这里什么管用的退烧药都没有。"她是被偶像的高烧吓到了，心有余悸。

奚琢玉试图给自己挽尊："其实，我平时身体还可以的。"

姜雨潮："当然了，哥哥的身体超棒的，就是这个病毒太坏了！"

奚琢玉慢吞吞地在屋里转悠，姜雨潮就跟在他身边，陪着他一起转悠。老总管来送药，在外面笃笃笃敲门，奚琢玉马上几个跨步回到榻上，姜雨潮给他展开被子盖好，又把他的外套取下来放在一边，一气呵成做完了，才神色如常去开门。

老总管见屋门紧闭，里面还隐约有咚咚的声音，送完药的时候和姜雨潮含蓄地提了句："王爷生着病，这个时候还是忍耐节制些。"他的眼睛里写满了"平时没事的时候死活不亲热，生了病瞎胡闹"的不赞同。

姜雨潮："……"您老以为我俩在里面干吗呢？

老总管："哦，对了，那位纳沙公主今日又来了，王妃是不是要出去看看？"

姜雨潮摆手："我没空，她不是喜欢狗吗？把府里凶狠的狗牵几只去招待她，看她下次还敢不敢再来！"偶像都生病了，正需要人陪伴，谁有空和路人掐架，又不是闲着没事干的时候了！

她回去继续和奚琢玉说话，奚琢玉病中无聊，和姜雨潮面对面，就和她聊天，聊到各自的父母和家庭。

"……当时她说没有钱让我去上那种大学，她是个传统的女人，觉得我去学演戏就是不光彩的事情，但我那时候年轻气盛，又觉得在继父家中待不下去，所以去打了暑期工赚学费，坚持要学表演。"

姜雨潮："我知道，你在那时候当了群演对吧，还演了那部《天子少年》里的一个少年龙套。"

奚琢玉惊讶："你怎么连这种事都知道？"

姜雨潮："你有一次在微博上回复那部剧的配角，我看到过。"

奚琢玉："那么久远的事情，我自己都记不太清楚了。"

姜雨潮有些骄傲："我说过，我是你最早的粉丝啊，你的事我知道很多的。"

奚琢玉："哦？是吗？这可不一定，有些事你一定不知道。"

他沉吟了一下开始数："徐潇风和我是真的朋友，不是塑料兄弟情；李东南是我比较欣赏的一个后辈，转发他的微博夸他，不是公司要求的，是我的个人行为；林梦儿虽然傻白甜了点，但心地不错，她有男朋友的，也没想和我捆绑炒作……"

他还没数完，姜雨潮扑通一下跪在他的榻上，压住了他的被子：“哥哥，我错了！”

是的，她曾经嗤笑徐潇风这人的塑料兄弟情太假，嘲弄过小鲜肉李东南的倒贴，拒绝过林梦儿的蹭热度，还有很多。

奚琢玉："跟你开玩笑呢，不必行如此大礼。"人有亲疏远近，如果是陌生人骂，他会有些生气，但现在人家是自己王妃了，这个亲疏远近就不大好算。

说完自己的事，奚琢玉又问起姜雨潮的，他最近开始好奇姜雨潮的事，想知道是什么样的家庭才会养出她这样"生姜老酒"般的姑娘。

姜雨潮也没避讳，坦坦荡荡地告诉他："我妈去得早，我爸是个搞房地产的暴发户，开始给我娶了个后妈，是白雪公主同款的那种后妈，看我不顺眼，就想弄死我。我那时候年纪还不太大，开始被欺负，后来就跟她打架，闹得家里天翻地覆，最后因为她太闹腾又没能生个儿子，我爸那个渣男跟她离婚娶了个更年轻的老婆，是白雪公主后妈二号。

"后来还有后妈三号……我真不知道我爸那眼睛是什么毛病，看上的全都是一样的款，每个人都是不吵架就不舒服，搞得我都练出来了。"

奚琢玉没想到她和自己的家庭有几分相像，他的继父虽然并不打骂他，但那种冷暴力贯穿了他的整个青少年时期。

"很辛苦吧。"奚琢玉忽然说。

姜雨潮一顿："嗯，很辛苦。但是后来我喜欢你了，就没有再觉得辛苦了。"

奚琢玉心里一动，可是看到姜雨潮那个虔诚的眼神，瞎动的心又枯了。他虚弱地说："我们商量一下，尽量减少对我表白的次数，好吧？我生病了，抵抗力不高。"

25

"怎么起来了？"姜雨潮端着药走进殿内，发现本该躺在床上休养的偶像竟然坐在桌案边上写着什么。

他病了半个月，最初那几天吃了药明明好转了不少，可是低烧一直没退，前几天半夜里突然又发起了高烧，到昨天早上才清醒过来。

病了这半个月，奚琢玉看上去憔悴了不少。他穿着一身寝衣，外面罩着一件厚外套，长发垂在身后，微微锁着眉提笔写字，写着写着就咳嗽起来，手底下的信纸都被墨浸染了。

"等病好些了再写吧，如果很要紧，我来替你写也可以。"姜雨潮心疼地劝他。

奚琢玉摇头，虽然眉眼间有些疲惫倦怠之色，但眼神还是很从容："没事，我给父亲写一封回信，快写好了。"

他的父亲奚大将军在边关守着，好几年没有回来过了，偶尔才会通一次信，这次他病成这样，那边也已经知晓了。

姜雨潮等着他写完，叫人过来把信封好送出去，自己扶着他回到床上。她从来没有这样照顾过一个病人，现在才明白亲近之人生了病，会有多么令人牵肠挂肚、辗转难眠。这半个月，不仅奚琢玉瘦了许多，姜雨潮也瘦了一圈。

她这些时候就一直待在奚琢玉身边，晚上也要守着他，奚琢玉最开始还不太能接受让她给自己擦洗身体，但自从上次他昏迷，半梦半醒间呕吐，弄得一塌糊涂，被姜雨潮直接擦遍了全身后，他就再也不吭声了。放弃了，扛不住了，他想，等病好了，就认真考虑一下到底该怎么追求她吧。

外面有狗叫，叫了好几声，奚琢玉听到了，就可怜巴巴地看着姜雨潮，他的眼神里有种湿润的无辜感，看着就让人心软。

姜雨潮挣扎了一下："医官说了，你生着病，最好不要靠近那些狗狗。"

奚琢玉好几天没见到狗，整个人都难受，半躺在床上，乖乖地盖着被子，大使苦肉计："我就看一眼，不摸它们，它们很久没见到我了，肯定很想我，不让它们见我，它们晚上肯定要号很久，会吵得你睡不着。"

那些狗就算不叫，她晚上也睡不着。姜雨潮的硬心肠在偶像这里是永远用不上的，她很快投降，做贼一样跑出去把两三条从前常跟在奚琢玉身边的大狗给偷渡进了屋里。

大狗们见到奚琢玉，高兴地就要往前扑，被姜雨潮连抓带拽给制住了，她警告它们："不许靠太近，就这么看着！"

奚琢玉就坐在床上，微微往前探着身子，挨个儿喊它们的名字，再安慰它们，双方用人话和狗语胡乱交流了一通。姜雨潮就像个牢头，在旁边掐着时间，过了一会儿宣布探监时间到，又把狗狗们给拉了出去。

老管家过来见她在拖狗，怀疑道："王妃，你是不是把狗带去给王爷看了？"

姜雨潮："没有。"她说起话干脆又理直气壮，丝毫没有说谎的心虚，因此很容易蒙过别人，老管家暂时相信了她，又对她说："那个纳沙公主啊，她又来了，真是没完没了，说要探病。"

姜雨潮："打出去。"

她回到奚琢玉身边，奚琢玉听到外面的谈话，问她："纳沙公主很烦是吧？没事，她很快就不能再来烦你了。"

姜雨潮："这种小问题，还不能让我烦，我现在就担心你的病……一直不好，是不是我太纵容你了？就不该让你随便下地的。"

奚琢玉见她面上有怀疑和愧疚之色，立刻安慰她："当然不是，我们要相信科学，这种旧风俗完全没有依据。真的，我保证很快就好了。"

说完他又犹豫着换了句："我尽量快点好。"

见姜雨潮还是满脸郁郁，他叹了口气，故作忧愁地问："我病成这样，粉丝都不喜欢我了，也不愿意听我的话了。"

姜雨潮一个直球："谁说的？！我永远爱哥哥！"

奚琢玉："……"唉，说着这种话，满眼的虔诚是怎么回事？

因为奚琢玉的病总不好，宫中又接连派了好几个医官前来看诊，轮番开药，可病情反复，令众人束手无策。

奚琢玉被府内上上下下的人小心照顾着，他自己受了不少折磨，心态却挺好的，清醒的时候都在和姜雨潮说话，天南海北，什么都讲，姜雨潮只有这个时候才会忘记他的病情，稍稍放松。奚琢玉是个很善于照顾别人的人，哪怕在这种时候都能不动声色地安慰姜雨潮。

端午过去后一个月，在洛都内四处蹦跶的纳沙公主被关了起来。因为边关传来战报，奚大将军与别部的秘密作战已经全面胜利，他不日就要押送战俘回洛都。

姜雨潮这才明白，为什么之前哥哥会对她说纳沙公主很快就不能再烦她了。

"别部去年遭了一场天灾，入境来掠夺边民，引起了一场灾事，陛下虽然看似仁慈，心里却更倾向于主战派，明面上安抚来京的纳沙公主和使团，暗地里早就吩咐我父亲奚大将军调军出战。"奚琢玉慢慢和她解释。他脸色苍白，相比前段时间又瘦了，现在的他，简直能用"弱不禁风"来形容。

姜雨潮现在可不关心什么纳沙公主之流，她就想让哥哥好好养病。她有种很不好的预感，眼睁睁地看着哥哥日复一日消瘦下去，精神也一日不如一日，她感到巨大的恐慌。哪怕是当初突然一个人来到这个陌生世界，变成了另一个人，她也没有这么恐慌过，就好像心里建起的高塔快要倒塌，而她就站在塔下。

奚琢玉也安慰不了她了，干巴巴地说了个笑话，见她没有笑，只能闭了嘴。

"生姜老酒"，在他心里，一直是匹坚不可摧、异常神勇的"孤狼"，可是此刻，这匹孤狼仿佛一只被丢出了窝的小奶狗。

奚琢玉忽然起身，将坐在旁边的姜雨潮抱在了怀里，抚了抚她的脑袋："偶像给你抱一下，开心一点吧。"

一日后，奚琢玉又发起了高烧，这一回，他昏迷了两日，再也没有醒来。

姜雨潮在床边枯坐了很久，老管家和其他下人在外面悲恸大哭。桂花糕和它的妈妈黑金走了进来，黑金呜呜地叫了两声，趴在榻边看上面躺着的人，还试图用脑袋去顶那只没有了温度的修长手掌。

姜雨潮将它抱起来，对它说："他不是睡着了，是死了，你喊不起来的知道吗？"

黑金趴在旁边，也不知道有没有听懂，一双琥珀色的狗眼往下垂着，叫声低低。

姜雨潮自顾自站起来，吩咐要热水和新的衣服，她准备送自己最爱的人最后一程。她细致地清洗那头长发，用软布擦过那熟悉的脸部轮廓时，不断在心里想：他是不是回去了？

如果他真的回去了就好了，哪怕她在这个世界再也看不到他了也好。

玉陵王之死引起了洛都中的一片哀声，不知有多少人感慨惋惜。当然，有人伤心，就有人得意。策划了这一切的幕后之人昱王，在听到玉陵王去世的消息时，阴沉许久的脸上终于露出了笑意。

"女主角喜欢他又怎么样？还不是死了？"

绿化系统瘫着，瞧见了之前一直反复横跳的感情偏移值，忽然间稳定上升。大概就是那位玉陵王死后，这个女主角的偏移值就一路飙升，现在已经到达了顶端，偏移值百分之百。

但是之前主人说不要再提醒，那它就没必要多此一举了，不提醒就不提醒。它有点幸灾乐祸地想。

玉陵王的后事是姜雨潮这个王妃主持操办的，各种细则非常多，她忙得甚至没有时间去多想奚琢玉仓促的死亡。直到她忽然听到了一个八卦传闻，是来吊唁的两个小官的夫人，她们谈起为玉陵王诊治的几个医官被陛下怒而下狱，其中有个杨医官，大概是太害怕，竟然在狱中自尽了。

"这是何苦来哉，陛下虽说发怒把他们关起来了，要治他们的罪，但也没有直接下令将他们给斩了，说不定吃些皮肉之苦，过段时间就被放出来了，这怎么就吓得自尽了？"

"是啊，可惜这杨医官，我记得他最是擅长治这种热症的。"

姜雨潮浑噩了几天的脑子忽然间清醒了，她慢慢眯起眼睛，回忆起那个杨医官。她对这个医官的印象很深刻，因为他是最初来为哥哥看病的医官，后来陛下又派了几个医官过来，杨医官也是在一边陪着一起拟方子的。

他自杀了，是因为害怕。可是，他在怕什么？

姜雨潮忽然站了起来，因为心里忽然升起某种猜测，她整个人都像是被沉进了冰水里，彻骨地冷。

"您说，您要见那些被关起来的医官，还有自尽的杨医官的家人？"王府护卫队长右武惊讶地问。

"是。"姜雨潮说，"我怀疑王爷的死另有隐情，右武队长，我需要你帮我一起调查这事。"

26

玉陵王虽然死了，但她这个玉陵王妃还有几分面子，大概是因为奚大将军马上要回洛都，众人都忌惮他，连带着也给了姜雨潮这个寡妇几分颜面。

姜雨潮先去了杨医官的家中。如果这个人有问题，那他的家人是很难瞒过的。果然，在她的逼问下，杨医官的夫人露出心虚惶恐之色。

"我……我真的什么都不知道。"问急了，这妇人就大哭，摇头说不出什么，一副可怜相。

姜雨潮冷笑一声，也懒得为难她，直接转身离去。

既然知道了其中肯定有人在捣鬼，就算问不出来，慢慢查着也迟早会露出马脚。她接着去了狱中，这份许可还是去向皇帝求来的。她几乎在牢狱里待了一天，朝那些医官反复询问了许多问题，再度从他们口中确认了这段时间杨医官的反常，只可惜仍然没有发现指使者是谁。

　　当她准备离开牢狱时，被一个人喊住了，是同在狱中的纳沙公主。只是如今的纳沙公主不像从前那么美艳不可一世，一身脏乱地朝她喊道："我知道，我知道是谁要害你们！只要你能救我出去，我就告诉你！"

　　姜雨潮心里一动，但脸上神情没露出分毫端倪，她走到纳沙公主的囚室前，望着对方："你以为只凭这一句话，我就会答应救你？"

　　纳沙公主紧抓着囚室的栏杆："我是真的知道！"

　　姜雨潮："我不会轻易相信你，除非你再透露更多可信的消息。"

　　纳沙公主考虑了片刻说："端午第二日，我看见那个杨医官神色惊惶地从某个人的府邸里出来，我记得很清楚。"

　　姜雨潮点点头，没再说什么，扭头走了。纳沙公主在她身后大喊："你相信我，只要你救我，我就告诉你那人是谁！"

　　姜雨潮出了大狱就立刻找人，吩咐他们去四处打听纳沙公主在端午那日以及第二日的踪迹。那个杨医官既然要做坏事，肯定行踪隐秘，很难查到。但纳沙公主不一样，她是别部公主，又有美貌，在洛都中行走十分引人注目，她去了哪里，做了什么，更容易被查到。

　　既然以现有的条件能查到，她又为什么要去做这种吃亏的交易？

　　"给我重点查昱王的府邸周围，端午前后纳沙公主是否出现在附近。"姜雨潮心里也早有个猜测，只是还没确定而已。

　　没过多久，就有人回来禀报。

　　"确实有人曾见到纳沙公主在端午第二日去过昱王府上，仿佛是在昱王府中受了气，回到驿站后大骂了许久。"

　　"昱王。"姜雨潮突然笑了出来，"果然是他。"

　　护卫队长右武这几日是跟着她跑上跑下办事的，这会儿也十分愤怒，恨不得现在就去杀了那设计害死主子的昱王，可那是个王爷，哪是他能动的？

"王妃，我们一定要找到证据，将此事告知陛下，请陛下治昱王之罪！"右武咬牙切齿道。

姜雨潮摇头冷笑："当然不。就算把这事告诉了皇帝，皇帝也不会为了已经死去的王爷杀自己的亲儿子，如果昱王不死，什么责罚都难消我心头之恨。"

右武没想到王妃会说出这番话，有些愣愣地问："那……王妃准备如何做？"

姜雨潮毫不犹豫："我当然是要直接杀了他。只是我一个人做不到，右武，你敢帮我吗？"

右武捏了捏拳头，浑不在意："有什么不敢的？当初我那么落魄，受别人欺压，王爷将我一手提拔起来，保我过了这么久的安生日子，现在我也该回报他了。更何况杀人而已，当初我战场也上过，不是第一次杀人。"他只是没想到，王妃看上去文文弱弱的一个女子，说起杀人，眼睛都不眨一下。

"好，再过两日，那些王爷都会过来吊唁，到时候我会将昱王引到我的殿中，你先在那儿等着。"姜雨潮神色古怪，"还有，记得带上你们队里平时用来阉狗的东西。"

玉陵王府阉狗队，就是平时闲得没事可做的护卫队客串的。

右武："？"

昱王还不知道自己已经暴露，就算知道，他也不会觉得如何。失去了玉陵王的庇护，小小一个萧锦月，还能如何？如果她聪明一些，就该学会认清现实，委曲求全了。

他有过无数个世界，见过那么多女主角。当她们失去了倚仗后，都是一样软弱，大部分女主角的武器，只有眼泪而已。

昱王有恃无恐，前去玉陵王府吊唁时，见到穿一身素白的姜雨潮果然谦恭可怜，再没了以前的牙尖嘴利，他心头无比畅快。

他特意等在一旁，见姜雨潮起身去休息，便跟上去在僻静处拦下了她。

"如今玉陵王已死，你可想过今后该怎么办？"昱王欣赏着她的脸色，状若深情，"虽然我们以前闹过不愉快，但我确实喜欢你，现在我还愿意接受你，如何，你可愿意回到我身边？"

姜雨潮犹豫了一下，往左右看了看："这里人多，不方便，会被人看到，我们换个地方说话。"

见她将自己带往寝殿，昱王得意一笑。果然如他所料。

他也没有一点避讳的意思，大刺刺地跟着姜雨潮走进了殿内，甚至主动关上了殿门。殿中安静，姜雨潮转身看他，虽然她长相只是清秀，但这一身丧服穿着，还真有那么点意思。

"怎么，你现在是准备讨好我了？"昱王自己坐在了上首的位置，调笑道。

但他下一刻就笑不出来了，从屏风后跳出来几个高大的汉子，几人训练有素，瞬间制住了他。一人捂住他的嘴，其余几人绑住了他的手脚，最后一人将他用力踹倒在地。

"呸，真不是个东西，怎么跟我们王妃说话呢？今天就送你去见我们王爷，让你亲自向他赔罪！"右武说着又踹了他一脚。

昱王看见姜雨潮那双白麻布鞋停在眼前，她蹲下来，脸上没有了刚才的怯懦谦恭。

"杨医官的夫人告诉我，是你让杨医官做手脚，害死了我的王爷，是不是？"

昱王眼一沉，杨董柠这个成事不足，败事有余的东西，这种大事竟然告诉了家里的愚蠢妇人！

看到他的反应，姜雨潮完全确定了。

"好，你杀死了我最重要的人，我要你以命赔命。不过这还不够，在你死前，你会先看到你重要的东西离你而去，这就当作是你让我的王爷受了那么久病痛折磨的利息。"她说罢退后一步，冷眼看着。

昱王哪想到她竟然这么大胆，挣扎着想说话，因为被捂住了嘴，只能含糊说出几个字："万一……被发……现……你也死定……你们都……嗯！"

右武在他脸上重重捶了一拳："呸，废话这么多。"

姜雨潮："你猜我怕不怕死？"

昱王面色沉冷，他也不怕死，因为这对于他来说不是真的死亡，只是这个世界显然又失败了，这才是最令他愤怒的。

右武端出了阉狗的工具，姜雨潮拨了拨那些东西，对昱王说："你的眼神好像在说你不怕死，那不知道你怕不怕被阉割？"

昱王的表情慢慢变了，他出离愤怒，用力挣扎间差点掀翻两三个人。

姜雨潮："右武，动手吧。"

很多个世界了，他在拥有了无数个世界后，在那些世界里无一不是顺风顺水。他的每一个身份都位高权重，从来没有人敢冒犯他，所以他怎么也没想到会有这一日。

当剧烈的痛楚传达到大脑，亲眼看着自己男人的自豪被割掉，他目眦欲裂。

"萧锦月！我要、我要杀了你！啊啊啊！"

他在这样无边的愤怒中迎来了死亡，最后看见的是姜雨潮脸上的冷笑。

…………

他脱离了"昱王"这个身份，回到了自己的主空间。这里的坍塌已经非常严重，满目疮痍，仅剩的几个世界摇摇欲坠，一切都在提醒他，他离真正的"死亡"不剩多少时间了。

也许是随着那些世界的失去，身上的光环一点点剥落，他开始慢慢脱离那个"神"的形象和意志，开始感到恐惧。他终于想起来，自己并不是什么"神"，在成为这个"神"之前，他也是一个人。

只会夺取气运的他，失去了那些气运的护持之后，什么都不是——他这时候才真正明白了这个道理。

他很久没出声，绿化系统开始感到奇怪了。他在上个世界死前发生了那样的事，现在竟然没有像以前那样气得大喊大叫，难不成是真的学好了？

叮——你要不要看一看上个世界女主角的结局？

"说。"

叮——昱王死后，皇帝大怒，女主角一人站出来认下罪责，自尽身亡。

"去下个世界。"
…………

姜雨潮经历了一次死亡，当她醒来，发现自己好端端地躺在床上，窗外车水马龙，高楼林立，处处是她熟悉的现代喧嚣。

27

姜雨潮坐起来，起身往窗外看了一阵。工作日，人来车往，哪怕住在六楼，也听得见那些车鸣笛的嘈杂声响。

回来了？她的记忆还停留在那个失去了偶像的世界……

等一下，偶像？

姜雨潮猛地转身，掀开被子，翻找出自己的手机，直接点进微博，想找一找自己的偶像少元哥哥是什么情况。刚点开微博，就刷新了一溜儿的消息，微博热点第一是一辆公交车冲出立东大桥坠入大潼河，车上司机和乘客共十七人遇难。

第二个热点就是当红偶像演员奚少元在进入《霸道王爷的特工弃

妃》剧组后，突发急病被送进了医院，现在还情况不明，只有公司发了个声明，呼吁大家耐心等待，表示没有生命危险。

有不少人@"生姜老酒"，原因是现在很多人在微博上吵了起来。因为奚少元受伤，粉丝们担心不已，自发在微博上祈祷偶像早点病愈，偏巧遇上了公交车坠江事件，不少人就看不过去，骂他们没有半点同情心，都发生这种事了还只会关心明星。粉丝们当然也不干了，对于他们来说，偶像就是亲人、朋友、爱人，出了事当然担心。这些出来骂人的，真以为发了个点蜡微博就占据道德制高点，能随便批判别人了？

也不知道什么时候带起的奇怪现代微博风俗，但凡发生点什么惨事，就得发声表示同情悲痛，不发微博就得被骂。如果这种时候遇到了喜事发个开心的微博也会被骂，就好像世界上所有人都得一齐为某件事悲伤，又得一齐为某件事高兴，不合群就要被打死。

微博上一片腥风血雨，许多人在撕来撕去，真正担心奚少元情况的粉丝反而并没有吵架——就像真正关心公交车事件的人也不是那些在微博上为此撩闲吵架的人。

姜雨潮的微博私信里塞满了那些粉丝的邀战，无非就是想要她出面去把那些打上门来的闲人骂走，全然忘了当初他们骂她时也很痛快。姜雨潮没理会这些"临时战友"，看也不看全给删了，然后找到了少元哥哥的微博，斟酌了许久，打上去一句话："琢玉哥哥，你回来了吗？我是'生姜老酒'。"

那边没有回应，她坐在那儿等了好一会儿，还是毫无反应，她又忍不住发了两个字："王爷？"

手机忽然响起来，上面闪烁着"后妈"两个字。姜雨潮不耐烦地"啧"了一声，滑开通话。

对面是一把娇柔的嗓音："雨潮啊，今天怎么没来公司啊？还是觉得太辛苦了吧，唉，你爸不是早说了？你要是嫌辛苦，在家玩也行啊，干吗要这么急着进公司呢……"

姜雨潮："只要你还没给我生出个弟弟，不管我去不去公司，这公司都会是我的，懂？"

对面一噎："你这是什么话？我是关心你，搞得好像我要和你抢什么东西一样！"

姜雨潮："是这样，我觉得你才是那个不应该去公司干活儿的，反正你去了也就是喝个咖啡、涂个指甲，有那个时间不如回家跟我爸一起造人，说不定效率更高。"

说完，隔着电话都能感觉到那边后妈的愤怒，她直接挂掉了电话，然后起床换衣服洗漱。

刚才，她很想去查一查偶像在哪个医院，想去亲眼看看他怎么样了，但是这个突然的电话让她清醒过来。她回来了，可她一厢情愿的想法是真的没错吗？她在那个世界遇到的偶像，是这个世界的偶像吗？她记得的那些相处，现在这个少元哥哥记得吗？或者说，那一切都是真的吗？

姜雨潮不敢轻易断言，只能站在洗漱台前尽力让自己冷静下来。

她不用太急，如果他是，那他一定会找她的，如果他不是……那也很好，至少他现在还好好活着。

宁市第二医院，奚少元的经纪人徐姐忙得焦头烂额，昨晚她带的艺人奚少元突然发起高烧，昏迷过去，到现在还不省人事。她得应付公司和剧组那边，还有安排好的访谈和一个广告拍摄行程也要延后，她还得联系奚少元的母亲和继父那边。

最让她觉得糟心的就是，奚少元的情况好像不太好，他一直在说胡话。好不容易有点空休息，徐姐就坐在椅子上小憩，刚睡过去没多久，一个助理跑过来把她喊醒了。

"徐姐，徐姐，少元醒了！"助理满脸的高兴。

徐姐精神一振，揉了把脸赶紧去看望。医生也来了，检查了一番过后松了口气说："烧退了，接下来还要做几个检查。"

事实上这个发烧的情况很奇怪，还有今天上午的高烧不退，也很奇怪，不过好在现在病人的情况终于稳定下来。

奚少元往周围看了一圈，发出一声长长的喟叹。徐姐上前去问他感觉怎么样，听到他问道："徐姐？"

"是我，怎么了，该不会是脑袋烧糊涂了吧？"徐姐看着他的眼神，不知道为什么觉得他好像不认识自己一样。

奚少元很快反应过来，他刚醒来，精神不济，问清楚了现在是什么时间，他强打精神说："我想见一个人，徐姐，你帮我……安排一下……"

徐姐勉强听清楚了他在说些什么："想见谁？你的妈妈？我待会儿就给你继父打电话，让你妈过来一趟。"

奚少元："不是，是生姜……"

徐姐："生姜？你要生姜干什么？吃吗？"

奚少元："……老酒……"

徐姐摸不着头脑："酒？你现在还想喝酒？"

奚少元摇头，感到一阵头疼："不是，是生姜、老酒。"

徐姐脑子没拐过弯来，还是旁边听着的助理犹豫着说："是不是'生姜老酒'？那个人就是少元的粉。"

徐姐："他不是这个意思吧，他又不认识'生姜老酒'，突然要见她干什么？"她刚说完，却见床上的奚少元点头说："就是她，我想见她。"

徐姐："啊？"

姜雨潮是在晚上接到电话的，对面声称是奚少元的经纪人，给了她医院地址和病房号。

"虽然很突然，但我还是想问问，你愿不愿意来见见我们奚少元？他不知道为什么突然想见你。是这样的，他现在生病了，可能脑子有点不清楚，请你多包涵一下。"徐姐啰啰唆唆说了几句，听到电话对面那个人，斩钉截铁地回答："我马上就到！"然后电话就挂了。

她大概等了三十分钟，就在病房外看到了那个气喘吁吁的"生姜老酒"。所以在宁市这个地方，又是在堵车高峰期，三十分钟是怎么赶到医院的？而且来得这么匆忙，她手上竟然还有一捧刚买的鲜花。

觉得这事怎么看都透着一股古怪，徐姐将人带进了病房，准备在旁边全程围观。

姜雨潮抱着花站在门口，对上了奚少元的目光。是她最熟悉的短发，是她无数次隔着万水千山，在网络上看过的模样，也是她熟悉的那个眼神，属于玉陵王奚琢玉的眼神。

奚少元这会儿精神好了不少，见到她出现，微微笑起来，朝她伸出手："你来了。"

姜雨潮忍不住了，快步上前，将自己的手放在了他的手里。奚少元顺势就握住了，两个人无声对视，过了一会儿又都笑起来。

一旁的徐姐：不是，发生了什么？少元为什么好像认识这个"生姜老酒"？而且这气氛不寻常！这两人为什么一副隔世情人相见的激动神情？

奚少元："徐姐，你先出去吧。"

徐姐警惕起来："那个，我们有约在前的，有恋情要报备，不能私底下悄悄来！"

奚少元："我有数。"

徐姐出去后，姜雨潮马上问："哥哥你现在没事吗？为什么在这个世界你也病了？"

奚少元："没事，我感觉很好，这个世界的医疗技术发达多了，你不用这么担心。倒是你，怎么也回来了，是不是……"

他没说完，但姜雨潮明白他的意思："嗯，我也死了。不过你放心，府里都安排好了，奚大将军回了洛都，他答应把右武他们都带回边关去，还有府里的狗狗们，他说会训练它们成为军犬，成为一部分边关将士的伙伴。"

奚少元沉默了片刻，没有追问其他的什么，而是认真看着她，问："你还愿意接受我的聘用吗？"

姜雨潮终于有了开玩笑的心情："哥哥还缺助理？"

奚少元："不是助理，是王妃。"

徐姐快疯了，因为她手底下最红的那个奚少元，一次性给她扔了数枚炸弹。首先他要解约《霸道王爷的特工弃妃》这部剧，这也就罢了，他竟然还告诉她，准备和人领证结婚，结婚人选就是"生姜老酒"。

徐姐："你没开玩笑？"

在奚少元再三表示没有开玩笑后，徐姐抓着头发喊道："这么突然，公司不同意的！"

奚少元："嗯，那就和公司解约。"

和公司解约，是徐姐听到的最后一个炸弹。奚少元这人性格好，公司虽然没有给他多少帮助，但他也没有在发达后另攀高枝，尽心尽力帮公司赚了几年钱，徐姐没想到，他只是发了个烧起来，会毫不犹豫决定这么多事。

"其实早该解约了，公司给我安排的很多工作我都不喜欢，迟早要走的，现在离开，也算是仁至义尽。"奚少元表示，"主要是我想转型，休息一段时间，然后专心演戏。"

比徐姐更受震动的是网上的粉丝们，先是听说偶像不演那部雷剧了，大家"喜大普奔"，听说偶像要和公司解约了，大家或是鼓掌支持或是担心不已，最后听说偶像准备结婚，粉丝们一阵无语。

和谁结婚？哪个女明星？

每次有明星要结婚，总少不了一片哭号自己失恋了的粉丝，理智些的还能发个祝福，不理智的要么脱粉要么转黑，光是微博上就轰轰烈烈闹了好几天，不知道多少人在找那个神秘的奚少元女友以及结婚对象。

奚少元的粉丝群里，许多激动的粉丝不断猜测是谁，还有人大哭不肯接受，并且放下话来："不管是谁我都不会接受的！"

还有不少人支持她："对！"

"先别说你们了，哥哥的唯粉那么多，战斗力强的也不少，比如那个'生姜老酒'，这回估计也要下场的，我就等着看她了，至少给我出口气。"

几个理智粉头不得不出面劝解，暂时平息了这事。这些粉丝和助理以及经纪人或多或少有联系，担心粉丝不理智做什么事的粉头主动询问经纪人和助理，要不要提前和以往那些吵架强人粉打好招呼。

"像是'揪揪'啊，'小二东儿'啊，还有那个'生姜老酒'，战斗力都很强的，我们要不要先劝劝她们？等偶像说出女方身份的时候，不要闹出什么事来，不然偶像很丢脸啊。"

徐姐："……"

"那个'生姜老酒'就不用了。"

粉头："啊？为什么？"

因为她就是你们偶像的结婚对象啊。当然不能这么说，徐姐含糊过去，心里决定，这个毒唯的马甲一定要给老板夫人捂住了。

是的，她跟奚少元一起和原公司解了约，现在成立的新工作室里，奚少元就是她老板，"生姜老酒"是她老板娘。这两人速度太快，奚少元病刚好，两人就先把结婚证给领了，顺便还去买了条狗，起名叫桂花糕。

粉丝们还没从失恋阴影里走出来，就发现偶像已经自然过渡到了已婚人士的状态，从前很不喜欢发微博，一出现就是工作营业的偶像，开始一天三顿地发。感悟人生，老年鸡汤配词，再加上一只傻狗配图。这个被粉丝戏称为狗儿子的狗身边，总会有另一个身影，只是基本上不露脸，半身出镜。

"少元偶像的老婆听说是圈外人啊，不是明星，就是普通人。"

很多粉丝慢慢就消停了，只是还有人不断想搞清楚奚少元那个神秘老婆的身份和相貌。这个晒狗狂魔偶像，把老婆藏得太紧，虽然偶尔隐晦地秀一把恩爱，时常夸人家做的奶油土豆泥非常美味、工作认真又负责、驯狗很有一套，等等，但就是不给正脸照片。

当然，奚少元不发，也会有别人发。

"长得还没有那个胸大无脑的女星林梦儿好看,她凭什么啊?你那么喜欢少元哥哥,这回怎么都不出声啊?你就甘心看着咱们哥哥被抢走?"

姜雨潮:因为我就是那个女人。

她呵呵一声冷笑,准备提起战刀再度迈入战场,脚边传来汪汪一声奶叫。偶像买的小狗子叼着一只鞋跑过来,放在了她脚边,邀功一样甩着小尾巴。

姜雨潮一下子冷静了,指着狗鼻子骂道:"又把哥哥的拖鞋叼过来,等他洗完澡出来穿什么?嗯?"她扔下打字打到一半的手机,一只手抄起狗,另一只手抄起拖鞋,走到淋浴间门口把拖鞋放下。刚好奚少元洗完澡打开门,带着一身湿润水汽朝她笑:"桂花糕又烦你了?"

大概因为刚洗过澡,他眼神都是水蒙蒙的——为了勾引老婆,今天也在特地营业的偶像。

美色当前,哪里还管得了什么吵架?迷迷糊糊就过了一晚上,等姜雨潮再想起来那个未完的战场,整个人心如止水,仿佛放下屠刀,立地成佛了。

"生姜老酒"一直闭麦。众粉丝觉得她是因为偶像结婚而伤心过度,唏嘘不已。

日子一久,大家都忘记了这号人,直到两年后,奚少元老婆的这个陈年老号被人扒了出来。

知名演员奚少元的老婆,就是他当年响当当的粉丝,这消息一出,粉丝们都疯了。无数粉丝呐喊着:"都是姐妹,姐姐可以,妹妹也可以!"

偶像亲自上阵表示:"不可以,只有她可以。"

故事五

殷如许：人的本质是真香

01

殷如许死了。

她是在赵国都城的内宫中死去的，死时三十二岁，而她知道，自己很快就会再次醒来，在那个殷国旧都宫城里，在她的公主台殿醒来，变回那个十六岁的少女，然后再一次循环同样的命运。

殷国宫城，殷都。

正是初夏时节，殷都中繁花似锦，整座宫城都沉浸在一股甘甜的花香里。这里是锦绣香都，是一国最繁华之地，皇城就处于城池的中心，是一座远远望去金碧辉煌、廊腰缦回的城中城。

殷王有四子三女，殷如许是最小的一个，也是如今唯一还未出嫁的公主。她虽然不是王后所出，但生母身份高贵，颇得殷王宠爱。她的宫殿地势较高，所以被称为台殿。

这一天是浴花节，是所有殷国少女祈求寻得如意郎君的日子，十六岁的三公主殷如许，也期盼着这一天。宫女们早早来到台殿，等候着台殿的主人醒来，她们托着南地运来的华服，小声讨论这华美布料究竟是如何织成，脸上都带着艳羡和惊叹之色。

此时台殿内，从华帐中坐起的殷如许，静静坐在床边，年轻秀雅的脸庞毫无生气。

果然，她又回来了。她无数次从未来死亡回到现在，这样的事或许应该叫它"重生"，可这重生对她来说是折磨，因为她哪怕知道会发生什么，也无法改变任何事，就仿佛一切都已经设定好，所有事情的发展都只会按照她第一世做出的所有决定进行下去，而她也只能被迫看着自己一次次犯错，再一次次死亡。

到底经历了多少次，她已经记不清了，她只知道自己像个囚犯一样，被永远囚禁在这一段时空里。

她发了太久呆，等待的宫女们察觉不对，一人先走了进来，跪在她脚边问道："公主，您的燕服早已送到了，您不洗漱吗？浴花神像马上就要经过宫城下，快来不及了。"

殷如许轻轻嗯了一声，站起身，宫女会意，让其他宫女也进来，一起帮着她洗漱更衣。

她们看着垂目静默的公主，心下都觉得奇怪，公主这是怎么了？虽然平时也是个文静的性子，但像现在这般忧郁无言的模样少见，还真叫人担心。

"公主可是不高兴？"宫女问。

殷如许摇头，仍是没说话，整个人充斥着一股倦怠感。

"好了，公主今日如此美丽，待走出去，又能看呆一群人。"

"是啊是啊，公主一定能觅得如意郎君的！"

众宫女围着她叽叽喳喳，又簇拥着她离开台殿，准备去城门迎花神。然而，走到半途，一个内侍匆匆追上来，又带着她转回了王夫人的夏殿。王夫人是殷如许的亲生母亲，她一走进夏殿就见到王夫人满脸泪地跑过来，一把将她抱在怀里，哭道："我可怜的孩儿，花一样的孩子，王上，您怎么忍心将她送到那种地方去？"

殷王也坐在夏殿里，看着她们母女，脸上神色有愧疚不舍，也有被人驳斥了的不悦。

"如今乌图部族日益壮大，他们与我们边境相邻，关系越来越紧张，将阿许送到乌图联姻，也是朝中公卿们商议出来的结果。阿许身为我殷国公主，自当为我殷国奉献，你一介妇人知晓什么！"殷王沉声说。

王夫人仍是眼泪不停地往下掉："可是乌图部族人茹毛饮血，就是一群不知礼仪的野人，听说他们的男儿个个长得凶神恶煞，我们阿许是在锦绣堆中长大的，让她去那么远的地方，什么都没有，万一惹得那乌图族长不快，将她打杀了，我们都不知晓……"

殷王被她哭得头疼，但终究是宠爱她，坐在那儿不说话了。

王夫人见他似有动摇，忙说："再者，就算联姻，也不一定要和乌图部族联姻，他们终究只是草原上一个部族罢了，若要联姻，和晋国、鲁国或者赵国联姻，不是更好？！"

一直沉默的殷如许听到"赵国"二字，整个人都忍不住瑟缩了一下。赵国，她无穷无尽的噩梦来源之地。

赵王赵胥，是她爱过的男人，她还记得自己那时候仿佛着了魔般，只因见过他一面，就心心念念，为此不惜以死相逼，逼得殷王放弃了将她送到乌图部族联姻的打算，改与赵国联姻。她在母亲的帮助下如愿去了赵王身边，只想陪伴那个俊美威严的男人一生，可是她没想到噩梦就此开始。

她在赵国王宫中沉浮，受尽了苦楚，故乡殷国，也在几年后被赵王攻破，赵胥这个野心勃勃的男人灭了她的故国，逼死了她的父王母亲，狠心杀了她的孩子，嘴里却说着爱她——她终于看清赵胥的真面目，可是已经晚了。

当她第一次发现一切可以重来时，她欣喜若狂，想要改变所有人的结局，可是她很快就发现自己无法控制，她无法泄露任何关于未来的信息，当她想要做出和上一世不同的选择时，就好像被什么控制了，身不由己。因为死亡不是她的结局，她被套在一个循环的框里。

王夫人察觉到殷如许在颤抖，将她拉到殷王面前："王上，您看看，阿许都害怕成这样了，和乌图部族联姻之事就算了吧。"

殷如许痛苦地闭上眼睛，如果可以脱开桎梏，她真的想告诉父王，她想去乌图部族，想离赵国和赵胥远远的。她曾经想这么说，可是没办法控制自己的身体，尝试过太多次，那些失败快把她摧毁。

"不，我不想去赵国……"她几乎是虚脱般地喃喃说。

殷王一愣："你说什么？"

殷如许也愣住了，她摸着自己的唇感到无比愕然。她说出来了？为什么？她应该不能在这种时候控制自己身体的。这个意外让她激动起来，她突然一把抓住殷王的袖子，再一次试着说："我不想去赵国，我愿意去乌图部族！"

　　真的能说出来了！殷如许欣喜若狂，双眼死死盯着殷王，不断重复这句话。

　　"儿啊，你怎么了？"王夫人不知道她怎么会突然这么说，也大惊失色，"是不是病了，怎么如此糊涂的话也说得出口？那乌图部族是什么地方你不知道？怎么比得上赵国？听话，不要再闹了！"

　　殷如许终于等到了能自控的机会，心绪无法平复，只一心想着改变，对王夫人的劝说听而不闻，努力向殷王清楚地表达自己的愿望。

　　殷王虽不知道女儿为什么如此激动，但她主动表示愿意，他这个当父王的还是十分欣慰的，斥责王夫人道："好了，既然阿许自己愿意，你也别说了，如此不识大体，还比不上我们阿许！"

　　被宫女们扶回台殿，殷如许才完全回过神来。她真的能改变了？

　　王夫人匆匆来到台殿，进门就给了殷如许一巴掌，骂道："怎么回事？母亲的话你也不听了？"

　　殷如许看着她，眼神沉寂。或许第一世她还不清楚，但是这么多世过去，她已然明白，母亲之所以千方百计引导她去赵王身边，就是为了她的兄长，为了兄长能继承殷国国君之位，这需要赵国支持。

　　但是母亲怎么会知道，就是她的做法，招来了灭国之祸！与虎谋皮，岂有善果？

　　"母亲，赵国国君赵胥虽然年轻，但他狼子野心，手段残忍，不可信之，王兄与他交好实是不智。"殷如许说。

　　"你才是真的不智，赵国日后必定强盛，与之交好有何不对？你知道些什么？更何况，我也是为你好，乌图部族，一个草原部落，要什么没有什么，你到那里去，一日都受不住！"王夫人怒道。

　　母女二人终究不欢而散。

殷如许看着母亲气冲冲离开的背影，怔怔落下泪来。

"可是我真的好害怕啊，我真的要疯了，母亲。"可是在这个世界上，没人能明白她的恐惧。

入夏，殷如许乘着大车，带着几百名仆从与护卫，还有无数珍宝、金银、器具、种子以及匠人，前往乌图部族。

乌图部族世代居于清河草原，与殷国接壤，背靠着的横断山脉，宛如一道雪山长城，等到能看到那屏障一般的高耸雪峰，就知道乌图部族近在咫尺了。

……

"沃突，你该去迎接你的妻子了吧？"背着箭袋的棕发男人朝远处一道疾驰的身影大喊。

那人骑着一匹黑马，弯弓搭箭，正盯着天上一只鹰，听到这喊声，他倏然放手，利箭离弦，只听一声鹰唳，黑鹰被射落下来。

棕发男人跑上前去，大笑道："不愧是咱们族长，族里也只有你能把那么高的黑鹰都射下来。不过我们勇敢又伟大的族长，你真的应该去接你的妻子了，好歹也是殷国的公主，既然有心交好殷国，总不能放着她不管，至少到草原边缘去迎一迎。"

抓着黑鹰的沃突擦干了手上的血迹，有些不悦："我可看不上殷国那些娇滴滴的女人，动不动就哭个不停，烦都烦死了。"他将黑鹰丢给棕发男人，策马往前奔去，粗犷的声音飘散在草原的夏风里。

"要是个麻烦的，我就打发她去牧羊！"

听到族长这话，棕发男人摇头失笑，提着鹰追了上去。

"公主，咱们都进草原一日了，一个人都没见到，乌图部族这么荒凉吗？他们到底住在什么地方？"陪嫁的宫女坐在殷如许身边，十分忐忑。

而殷如许，她因为心中生出希望，比最开始看上去好多了。日日坐在大车上，她看到外面的景色变换，也看到那个人口中的无垠草原和广阔蓝天。

她从未来过乌图部族，但她认识沃突。这个男人，大概是她那无数个晦暗循环中唯一的亮色。他曾说，一定要带她离开那个牢笼，去看看自由的天空，只是终究人不能反抗天，他最后都死在她面前，也没能带她去看他的故乡。

"啊！公主，来人了！"一个掀着帘子往外看的宫女忽然指着前方说。

送嫁队伍前方，有十几匹马奔驰而来，他们如同一道旋风，眨眼间就接近了。护卫们警惕地停下来，听到对方喊道："乌图部族族长，前来迎接殷国公主！"

殷如许坐到大车门边，拉开了帘子。

沃突骑着马一路跑来，虽然是迎接妻子，却看不出什么高兴模样，让下属去和殷国送嫁的官员交涉，他坐在马上随手取下酒囊喝了一口。

就在这时，他一抬眼，看到了掀开帘子往外看的殷如许。

沃突隔着十几个人，愣愣地看着殷如许，手里刚喝了一口的酒掉在地上也没发觉。

02

那日松是乌图部族里的勇士，是族长沃突最信任的下属之一，他们的母亲来自同一个小部族，两人从小一起长大，感情很好。

对于沃突这个族长兼好兄弟，那日松是非常了解的，他确实不会喜欢那种柔弱得仿佛风一吹就会折断的女人，他欣赏的向来都是他们草原上能骑马、能挥刀的女人，所以这段时间他都不怎么高兴，如果不是不乐意，他也不至于只带着几个人就这么匆匆来接人，连脸上的胡子都没刮，一副满不在乎的浑不吝模样。

那日松一度担心自己的族长会因为不满妻子，而不肯跟她生孩子，导致大帐没有子嗣出生。但是那日松没想到，只是见了人家一面而已，族长会表现得这么……丢人。

酒囊掉在草地上，酒液洒出来浸湿了草地。那日松喊了声族长，见人没反应，干脆自己把他的酒囊捡起来，又喊了他一声，才终于把人叫回了神。

沃突："……"

殷如许已经把帘子放了下来，他看不清后面的人，只见到那大车帘子后面隐约的一个窈窕身影。

沃突："这就是我的……妻子？"他第一次用"妻子"这个词。

那日松："对，应该就是殷国公主了。"

沃突咳嗽一声，小声和兄弟嘀咕："我觉得还不错。"

那日松：你来之前可不是这么说的，是谁刚才在路上臭着脸跩得不行，还扬言要把人送去牧羊的？

内心充满了对兄弟的无语，那日松勉强在众人面前给了他一点面子："嗯，族长说得是。"

两个队伍会合，沃突一行人在前方引路，周边只剩下自己兄弟几个的时候，那日松终于笑了出来，对沃突说："族长，你现在还舍得让人家去牧羊吗？"

沃突时不时扭头看一眼身后队伍里那架大车，神情中有点跃跃欲试，听到这话，他诧异地道："我什么时候说过这种话？！"

那日松忍不住朝他翻了个白眼。另一个勇士嘿嘿笑道："族长，你不是说不喜欢这种中原贵女吗，怎么刚才看人家都看呆了？"

沃突一脚踢过去，那人赶紧勒马转向，避开不讲道理的族长，仍旧坐在马上笑话他。

"我刚才看到她，觉得心里有种……"沃突又看了眼大车，压低声音对身边的那日松说，"有种很奇怪的感觉，我觉得我好像认识她，好像在梦里见过她很多次了，心里莫名其妙很高兴。"

那日松：得了，自家族长一眼就被人勾走了魂，这还担心个什么？现在该担心的就是人家娇滴滴的公主，能不能看上这个不修边幅的糙族长了。

他正想着，听到族长吆喝："加快速度！"

沃突是这片草原上最大部族的族长，也是乌图有史以来最年轻勇猛的族长，他出生时天有异象，雪山上的群狼齐吠，所以大家都称他为狼神之子。他能和下属们开玩笑，但同时身上有股令人信服的气势，一声令下，那些送嫁的人不自觉就听从了他的指挥，全都加快步伐，紧张地跟着他一起快速前进。

"公主，怎么队伍突然行进这么快？"

"好像是那个族长让加快速度的。"一个宫女扶着殷如许。

殷如许没说话，她颦着眉，用丝绢帕子捂着自己的唇。大车加快速度后很颠簸，这草原上不比城中铺了平坦的青石砖地，她到底是个娇弱贵女，有些受不住。

见她实在难受，宫女便问她："公主，是不是让人去说说，放慢些速度？"

殷如许摇头："给我拿个提神清脑的香囊。"她将香囊压在鼻端，默默忍耐着。

队伍最前方的那日松见族长脱缰野马一样往前疾驰，不得不追上他问："族长，咱们这么快干什么？这周围都是我们的领地，就算今天赶不到，就地休息一晚也没关系啊，不用赶这么急吧！"

沃突说："早点把媳妇带回去，我放心！"

那日松没想到他是这个理由："都到了咱们的地盘了，飞不掉，我看还是速度慢点，他们都要跟不上了。"

沃突奇怪："这速度也算不上快，怎么会跟不上？"

那日松："族长，真的，对他们来说这速度很快。"

后头的队伍忽然停了下来，又从队列里奔来一骑，一个侍从赶上来说："乌图族长，我们公主身体不舒服，您看是不是让速度慢点……"

他还没说完，沃突就掉转马头回到了队伍中间的大车附近。殷如许被宫女扶下大车，整个人脸色苍白，立在一边强忍恶心，宫女们小声询问她怎么样，是不是需要水。这时候，一个阴影笼罩过来，殷如许和两个宫女抬头，就见那个看上去凶巴巴的沃突族长骑着马来到她们身边。

两个宫女心里直打突，以为他是嫌弃她们耽误时间，忙赔着小心解释："我们公主身体不太好，一路奔波，没能好好休息，过于劳累，所以身体有些不适，大车又颠簸，下来透透气，休息一会儿。"

沃突下了马，走近殷如许，他身材健壮而高大，步伐很快，特别有压迫感，吓得两个宫女下意识退后了一步，倒是看上去最柔弱的殷如许，站在那儿望着他的眼睛，没有动弹。沃突的眼睛是幽绿色的，据说那是狼神眼睛的颜色，见到那双眼睛里的担忧之色，殷如许下意识朝他笑了笑。

沃突："……"笑得真好看！他想说什么，一下子全都忘记了，还好胡子没刮，脸红也看不见，不然这该多丢人。

"等我休息一会儿，就可以继续走了。"殷如许对他说。

她的声音柔和，是沃突从未听过的柔软声音，因为身体不舒服，还有些虚弱，沃突简直怜惜得不行，要不是两个人现在不熟，他还有点莫名的不好意思，现在就上手去扶人家了。

"啊……嗯，你不舒服？"沃突说了句废话，终于找回了自己的舌头，他嫌弃地瞥了眼那华而不实的大车，"这车坐着肯定不舒服，你干脆跟我一起骑马好了，吹着风，晒晒太阳，比闷在那里面舒服多了！"

殷如许没有立刻答应，她迟疑着，不知道该怎么回答。他们这一世刚第一次见面，是与从前都不同的相见，她心里也有些忐忑，不知道他对自己是什么样的感觉，也不知道自己该怎么做才更好。

沃突没等到媳妇的回答，有些纳闷，心想，果然中原女子比较含蓄羞涩，大概是现在和他不熟，所以不好意思和他一起骑马。

那日松头疼地蹭过来，把他拉到一边，恨铁不成钢："族长，你先收敛一点，你看看自己现在这个样子，你这些日子都没洗澡，胡子也懒得刮，这个邋遢样子，再看看人家公主，让人跟你骑马，人家不嫌弃你吗？！"

　　沃突这才想起来自己现如今是个什么尊容，后悔来之前没有把自己好好拾掇一下，可是来之前他也不知道自己会突然看上人家啊。

　　他扭头走回殷如许面前，有些悻悻地摸摸鼻子："那你还是坐大车吧。"

　　殷如许听到他们嘀咕了，心里觉得有点好笑，看他这暗地里懊悔的模样，她伸出了自己的手，小声说："好，我骑马……只是，我不会骑马。"

　　沃突一愣，兴奋地哈哈大笑起来："好，我们骑马，没关系，骑马很容易的，骑一骑就会了，我教你！"

　　殷如许还没准备好，但沃突动作很快，他上前一步一把握住殷如许的腰，轻轻松松就把她整个人给举了起来，放到自己的马背上。这突然的动作吓到了毫无准备的殷如许，她忍不住低呼出声，听到她这受惊似的小小叫声，沃突骤然感觉自己的心被什么毛茸茸的小动物撞了一下，痒痒的。

　　他乐出声，自己也跨上马背，手臂往前，把人圈住护在身前："没事的，我从小在马背上长大，有我护着你，绝对摔不下去。

　　"我带你去吹风！"

　　沃突骑着马带着公主就跑走了，留下一群呆傻的宫女和侍从：不是，公主？就这么直接把我们公主带走了？

　　殷如许靠在沃突怀里，显得娇小而柔软，沃突感觉她就像一团云朵，轻盈的，带着一股香味，他都不敢用力抱，怕把人给抱坏了。

　　骑马也不是什么很舒服的事，虽然风迎面吹着确实比在大车里透气，但太快了还是让人接受不了。

　　"慢……慢一点。"殷如许拉了拉沃突的衣襟。

　　沃突这人骑马从来就不知道什么叫慢，每次和族人出去，都是一骑当先，一群人追赶他，累得要死要活，谁让他慢点他都不听，这会儿可好，被公主软软一拉，立刻降速，完全忘记了自己曾经说过"骑马不骑快，还不如走路"这种话。

速度慢下来之后，殷如许终于感到放松了些，也能慢慢看着周围的风景了。

她生生世世被困在精致的宫殿里，所见都是华丽连绵的宫舍楼台、玉树繁花，人在宫殿里，就像是在一个框里，走不出去。可是在这里，周围是一望无际的原野，往上看则是毫无阻碍的天，世界仿佛变得无比广阔，显得人那么渺小。

这就是从前那么多世里，沃突说过，想带她来看的景色，她终于能和他一起看了。

殷如许不知不觉整个人都窝在了沃突怀里。她听到身后那个温热胸膛里心跳的声音，像鼓点，又像马蹄奔跑时不停敲击地面。

她听到沃突张口唱起了歌，他的歌声浑厚，回荡在她耳边，也回荡在整片草原，虽然她听不懂意思，但这一刻，她得到了久违的宁静。

03

殷如许就这么在马上睡着了，沃突族长这会儿怀里抱着媳妇，倒也不急着赶路，就慢悠悠让马往前走。周围是他看惯的风景，已经没了什么新鲜感，但怀里的公主媳妇，能让他看个够。

越看，他就越觉得，心里那股感觉怪怪的，又酸又涩，总想带她去看最好看的东西，让她开心起来，最好能像部族里那些少女一样，笑得明媚。

刚才见她端正地坐在大车里，他就有种感觉，觉得这个女人像是一只笼中鸟，浑身都有种精致的脆弱。他那时的第一个念头，竟然是想托着她，让她飞起来，自己回过神来，也觉得好笑。

草原上一入夜就冷了，可殷如许窝在沃突怀里睡得香甜，完全没有要醒来的迹象，沃突想着她和草原上那些耐摔打的汉子不同，连刚出生的小羊崽看上去都比她健壮，担心她在这儿受寒生病，于是招手让那些在后面探头探脑的宫女拿衣服过来裹一裹。

宫女们连忙拿了披帛披风跑过来，沃突一看，嫌弃得不行。花纹这么好看有什么用，一看就不能保暖，裹这个还不如不裹呢。

"有没有皮裘？去拿皮裘来。"

宫女们又去大车上开箱子，翻出来皮裘。沃突一只手抱着人，另一只手抖了抖皮裘，把人裹住再抱在怀里。那日松在旁边，见证了他这一系列的动作，忍不住咋舌。

他们这位族长，从来不会照顾人，他连自己都不会照顾，日子过得就像雪山上的野狼一样随便，脑子里根本就没有那根筋，那日松觉得他是天生的，毕竟在其他方面优秀，这方面难免就不那么灵光。结果今天可长了见识了，敢情不是族长没有那个细致心思，而是没遇到能让他愿意花心思的人。

瞧瞧这多体贴，自己都没想到这一茬。

沃突的想法是好的，可惜他粗手粗脚，把殷如许一裹，硬是给她弄醒了。殷如许憋在厚皮裘里，刚睁开眼睛，还没弄清楚自己身处何方，下意识心弦紧绷，眼中都是惊惶。她抬头去看，见到沃突没刮胡子的下巴，还有头顶的草原落日。

橙红、火红，还有紫色的云霞，轰轰烈烈烧透了大半个天空，另一边则还是蓝的、绿的天，遥远地平线上一轮落日还没隐没，像世界中心的火焰。

她怔怔看着，瞬间安下心来。

沃突注意到她醒了，也看到了她的神情变换，心里一动，脸就蹭了下去。他心想，这是自己媳妇，亲一下也不是耍流氓吧。可惜他那把胡子太扎人，刚凑上去就被殷如许下意识推了推。她的手没什么力气，沃突被她推了一下，冷静了点，就没好意思再占人便宜。

"我这胡子，最近几天比较忙，就没刮，等回去就刮了，保证不扎人。"他还解释了一下，用手摸了摸自己的胡子，虽然他觉得不太扎手，但架不住媳妇嫩，可能还是嫌弃他的胡子。

那日松几个人在一旁偷笑，什么最近比较忙，他都没什么事，每天一个人不是跑去草原上套野马，就是去射鹰，不剃胡子纯粹是懒的。

"不是……"殷如许说。她不是嫌弃沃突的胡子，就是突然这样，她有些受不住。

"你们这里，很好看。"她转移了话题，看着远方的天空。

"还有更好看的，草原四季都好看，你才看了这么一点点，以后多的是机会，我带你去看更好看的。"沃突很高兴，因为他听出来，她喜欢这里。

他刚才还担心呢，怕这个锦绣乡的女子到了这里会不习惯。他知道，中原的人都觉得他们草原部族是茹毛饮血的野人，虽然看不起他们，但害怕他们。他之前对于殷国公主的抗拒就在这里，他不想要一个不喜欢自己家园的女人当妻子。这里虽然比不得中原繁华，但这里也有中原没有的东西，不比任何地方差。

"你看那里，那是狼神雪山，就是你们说的横断山脉，那上面终年积雪，山中却有热湖，水是热的，哪怕是冬天也不会冷，其他地方堆满了白雪，那热湖周围热气蒸腾，长着绿草，还会开花。你想看吗，等到今年冬天我带你去看？"沃突指着远处连绵的雪山对殷如许说。

殷如许安静地听着，心里期待起来，黯淡的双眼随着沃突的声音，变得越来越明亮。

"真好。"殷如许伸出手，搭在沃突的手臂上，说，"谢谢你。"她实在做不出更主动的事，像这样，已经是她难得的情绪外露。

沃突在天地间最后一缕光辉里，朝着她笑出一口大白牙，看上去比她更高兴。

他们一行人晚上也没停，继续赶路，那日松让大家举起火把，以驱散狼群。草原上最多的就是野狼，它们闻到人味，就会聚集过来，跟在人群后面伺机而动。要是饿惨了的畜生，人在它们眼里和其他动物也没什么不一样，它们照样敢扑上来拖住人撕咬。

沃突没有把殷如许放下马背，就这么一路抱着她坐在马上，殷如许也没有要求下来，安心地和他待在一起。

只是骑马久了也要休息，他们后半夜停下来休息，沃突直接抱着殷如许跳下马，让她去吃点东西。

殷如许回到大车上更衣，宫女们给她送上吃食，一个宫女道："公主看起来气色比之前好了。"

"公主这些时日都没好好休息，晚上也总睡不着，还常做噩梦，今日倒是睡得久。"另一个宫女有些欣慰。

殷如许刚吃了些东西，喝了一盏茶，就忽然听到外面几声狼嚎。她们这些人都是生活在深宫中的弱女子，见到的都是已经被制成衣物的狼皮，哪里见过活生生的狼？被这声音一唬，几个宫女立刻闭了嘴，挤到殷如许身边，颤着声音说："公、公主，有，真的有狼啊！"

沃突的声音在大车外面响起，他敲了敲大车的窗框，语气轻松地大声问："公主，你要不要去看狼？"

他这时候才发觉自己还不知道抱了大半天的女人叫什么名字，只好叫公主。

殷如许掀开帘子出来，站在大车的车辕上，因为大车较高，她立刻就发现人群之外的黑暗里，有几点荧荧的绿光，那是狼的眼睛。而站在她身前的沃突，眼睛也是绿色的，在火把的照耀下，比白天时看上去竟然还要通透些。这样更像狼了，难怪说他是狼神之子。

"来。"沃突朝她伸手。殷如许下意识把手搭上去，只觉得身子一轻，被他提到了马上。

来送嫁的卫兵、侍从都有些害怕，听说这草原上的狼也比普通山上的更凶，这么多人举着火把聚在这儿，那些狼竟然还徘徊不去，胆子真是大。

沃突带来的那些汉子却不怕，对他们来说，草原上这些野狼就和看惯了的狗似的，没什么好怕的。

沃突就更不怕了，他带着殷如许走出队伍。殷如许听着狼叫，手有些紧张地抓着沃突的衣襟。沃突发觉她害怕，没有走近，直接取下马上挂着的弓箭，张弓搭箭对准远处的绿点。

"不想过去看，我打一只让人拖回来给你看。"他嘴里说着，弓弦一松，发出嗡的一声响，凄厉的狼嚎陡然拔高，有几个绿点似乎是害怕，往后退了退，都发出呜呜的声音。

天太黑，只能看清楚火把照亮的范围，殷如许没看清楚沃突是不是射中了，事实上她都没反应过来沃突射了箭，因为他动作实在太快，闪电一般。嘴里还说着呢，手上就已经做完了。

"你……看得见吗？这么黑，又那么远，竟也射中了？"殷如许惊讶地道。

她知道沃突很厉害，但是从前那么多世，其实他们相处都不多，他救过她，用的都是普通的刀和短匕首，而不是弓箭。

"公主，我们族长是部族里的第一勇士，他的眼睛和我们的都不同，就算在夜里也能看清楚远方的东西。这个距离对普通人来说很困难，但他不一样，他那把弓是特制的，很重，只有他拉得开，连天上的鹰都能射中，其他的更没问题。"那日松在殷如许面前吹捧了一拨族长，自觉赞美得差不多了，策马过去把那边死了的狼拖回来。

那日松把狼丢在火把下，殷如许发现狼被射穿了一只眼睛，这要多么大的力气和多么好的目力啊！她曾见过赵国宫城里的那位统领射箭，所有人都夸他了不起，赵胥也很欣赏他，可是和沃突比起来，仿佛差了许多。

沃突，他是这么厉害，可是在赵国的铁蹄下，他仍然失去了自己的部族，就像她失去了自己的故国一样。

"可惜是只杂毛狼，毛色不好看，等天气冷了，我去给你打几只皮毛好看的回来。"沃突没看中，就把狼扔在一边，任由队伍里的其他人去看，躲在大车上的几个宫女也偷偷下来看了，又怕又好奇地半捂着眼睛。

大概是被他震慑了，人群又热闹起来，无形之中气势更盛，那些野狼不敢再在周围徘徊，夹着尾巴跑了。众人热闹过后，重新上路。

殷如许被沃突抱在怀里睡了一晚。沃突年轻强壮的身体一直散发着热气，烘得她一张略显苍白的脸都带上了酡然的红，半点不觉得冷。她还看到了草原上的日出，是沃突特地把她喊醒让她看的，一轮红日初升，辉煌浩荡，整片草原也跟着清醒过来。

就这么走走停停，他们终于在第二日上午到达了乌图部族这个季节的驻扎地。

04

乌图部族是游牧族群，逐水草而居，不同的时节他们所住的地方也不一样，如今是夏季，正是草原上最好的时节，雪山上的雪水融化流淌而下，滋润了大地，让河流两畔和千里原野长满了绿草。

普通的小部族也需要时常迁徙，更不要说乌图这个最大的部族，因为人口多、牛羊多，要是在一个地方驻扎太久，很容易就会吃光周围所有的草，所以他们过一段时间就会换地方住，如果不是草原上的人，很难在这茫茫草原找到他们的驻扎地。

殷如许是坐在大车上进的部族，她隔得很远就看到了连绵的帐篷，灰白色的帐篷顶几乎望不到边，和她想象中的部族不太一样，人也非常多。

"族长！"一群等在那儿的少年打着呼哨跑过来，全都围到沃突几个人身边，"族长，你的妻子接回来了？"

他们这个年纪，最是好奇好动，总是有用不完的精力，早在沃突和那日松带着人去迎公主的时候，他们就私下里打赌，赌那个公主好不好看，还赌族长会不会喜欢那个公主，所以这会儿都聚在一起等着看结果。

"族长，公主好看吗？"十一二岁的小少年也在后头跳着问，他是赌不好看的，所以急着知道答案，眼睛直往后面的大车瞧。

沃突朝他们挥挥手："散开散开，拦在这儿干什么！人才刚来，得先去休息，晚上再看。"他又对其中一个少年说："吉达，去跟你阿妈说，今晚多宰一百只羊。"

叫吉达的少年大声应了句，欢呼一声跑走了，飞快消失在帐篷之间。

众少年看着族长那高兴的样子，再听他让人下去准备美食和酒水，心里都直嘀咕，族长这么高兴，是因为那个公主媳妇，还是因为遇到了别的什么好事？真是难得看到他这么开心。

把一群吵吵闹闹的少年打发走了，沃突亲自领着殷如许坐的大车去大帐，其他人的安置当然不需要他管，他只管照顾自己媳妇就是了。他虽然想把人直接带到自己的大帐，但是算盘落空了，刚到他大帐门口，乌日珠就跑过来说，公主的大帐准备好了。

乌日珠是那日松妻子的母亲，也是平时负责照顾沃突的阿姆。乌图部族和殷国不一样，就算沃突是族长，也没有那么多伺候的人，他和上一任的老族长也不一样，他年轻强壮，不爱享受，像一匹自由的狼，乌日珠阿姆除了给他洗洗衣服，偶尔替他收拾一下王帐，其他就没什么了，不然沃突也不会搞得这么随意邋遢。

沃突算盘落空，还不能和乌日珠阿姆生气，因为这是他去接人之前自己吩咐的，他那时候想着，自己不会想让一个陌生的女人到自己的私人领地里大摇大摆地住下，所以让乌日珠去收拾了公主帐，反正从前也有公主嫁过来，她们大多是自己有个单独的帐篷，就叫公主帐。

自己作的死，哪怕现在再后悔也没用，沃突只能眼睁睁看着乌日珠阿姆把公主媳妇带到远处单独的一个大帐里去了。

他站在那儿瞪着崭新的公主帐，半天没动弹，那日松心里想笑又不敢笑出来，只能宽慰他："沃突，你看，去公主帐也好，你的王帐好久没收拾了，脏兮兮的，人家公主肯定嫌弃，要是一进去，看到乱七八糟一片，她对你的印象肯定都要不好了。"

沃突这才想起来这一茬，拿着弓，大步进了自己的王帐。那日松站在外面，只听到里面稀里哗啦地乱响一阵，接着有灰尘从垂下的大帘缝隙里溢出来。

那日松：真的脏，沃突也是时候有个人管管他了。

沃突的亲生母亲死得早，他小时候也不是很受重视，因为有个狼神之子的名头，厌恶狼的老族长并不喜欢他，对他疏离冷淡，也不照顾，所以他从小就是个没人管的野孩子。那日松的母亲和沃突的母亲认识，便把沃突带回家吃饭，那日松才渐渐和他玩到一起。

哪怕现在沃突已经是部族的族长，整个部族里地位最高的领导者，那日松还是觉得，自己的小伙伴像个"野孩子"。这谁都管不住，没事就到处跑，又不爱打理自己的劲儿，和部族里那些小家伙没什么区别。

哐啷——

那日松回神，看到沃突把一大堆东西丢到了他面前："那日松，帮我把这些扔了。"

那一大堆东西里面还有一大块牛骨头，是沃突几年前不知道从哪个旮旯里找到的，扛回来说形状好看，结果一直放到了现在。对，这人还喜欢把一些七零八碎的东西往王帐里放，当初华丽的王帐被他折腾得成了个旧仓库。

"终于舍得扔了？"那日松笑话他，一张口吃了一嘴的灰，"呸呸——"

殷如许在公主帐里安置下来，宫女侍从们为她整理东西，乌日珠阿姆就给她端来了热水和吃食，乌日珠显然也不太习惯面对这么个娇弱的公主，显得小心翼翼的，完全没有平时大拳头暴捶自家熊儿子的气势。

她会说中原的话，但说得不是很好，带着点口音，其实沃突说话也是这样，殷如许觉得还挺可爱的。

白天，大帐门帘是掀起来的，旁边也有能掀开的帘布，所以大帐里面并不昏暗，草原上的阳光炽烈，中午就开始热了。殷如许觉得自己出了不少汗，想要好好擦洗，于是询问乌日珠阿姆。

她们初来乍到，什么都不知道，乌日珠阿姆热情地给她们介绍部族里要注意的事，平时吃食、热水到哪儿弄之类的。听殷如许说想洗澡，她就道："附近有个湖嘛，男人们洗澡都在那边，女人洗澡在另一边，公主要是不习惯，可以提水回来洗。"

他们这里是这样的，大家都习惯了，大人孩子都不常洗澡，要洗澡，就干脆到湖里洗，没有太多麻烦的事。

殷如许不太习惯，但她想着自己或许要在这里住很久，犹豫了一下，还是说："我去看看吧。"

她吃了东西，歇够了，就让人领着去那片湖。路上几乎所有人都在偷瞧她，对于乌图部族的人来说，这个远嫁而来的公主，可是个稀罕的人物，从头到脚都和他们不一样，连最调皮的小孩子，也不好意思咋咋呼呼。这可奇怪了，这些小家伙平时都敢缠着族长要吊在他手臂上玩，现在却怯怯地看着殷如许，不敢太靠近。

殷如许不太自在，半垂着眼睛在众人的注视下去了那片湖。

这个时间湖边并没有人，湖水倒映着蓝天白云，分外好看。殷如许觉得这地方还不错，心情平静地在湖边走着，她走到一块石头边上，忽然发现那上面搭着两件衣服。

"这里怎么会有衣服，是谁落下的……"话未说完，湖里忽然冒出个脑袋，是个男人，半身光溜溜的，露出胸膛臂膀，水珠就顺着他分明的肌理往下滑。

殷如许瞬间转过脑袋，跟着她的宫女也发出"啊"的一声惊叫。殷如许没看清楚，带着人就要走，湖里冒出来的男人却笑着喊她："絮絮！"

殷如许有个小名，叫絮絮。路上沃突问她的名字，她就把小名也告诉他了。能在这里叫出她的小名的人，当然就是沃突。

发现是沃突，殷如许有点想往后看，但想起刚才看到的胸膛，她又忍不住脸红，只看着自己脚下的青草。

身后传来哗啦啦的水响，沃突从湖里出来，擦了擦身上的水，套上了衣服。

"你怎么过来了，是来找我的吗？"

殷如许算着他应该穿上衣服了，扭过头去，结果却发现他虽然套了件衣服，但还湿着呢，头发没擦，黑发滴着水，胸前衣服都贴着肉了，她眼睛不知道该往哪儿看，只能放在他脸上。这一看，她愣了一下，问："沃突？"

沃突："是啊，我刚才刮了胡子。"他摸了摸自己光秃秃的下巴，还有点不习惯。

刮了胡子的沃突，出乎意料，是个显得很年轻的男人，他的眼睛深邃，鼻梁高挺，和中原人不太一样。说来好笑，殷如许其实从未见过沃突刮了胡子的样子，认识他也有很多世了，但每一世，他都留着那把胡子，她没要求过他刮胡子，毕竟那时候两人关系不像现在这样。

"怎么，不好看吗？"沃突把自己垂到眼睛前面的头发钩到脑袋后面去，紧盯着殷如许的眼睛，不太确定自己的脸是不是能入媳妇的眼。

听说中原的女人不是很喜欢健壮能打的男人，更喜欢脸长得好看的。

他的眼神太直接热烈，殷如许被他看得莫名不好意思，微微低头。头一低，就看到他的裤子。

殷如许扭过头，脸颊通红，眼神飘忽。

有些……可怕。

沃突看她那么窘迫，后知后觉往自己身上看，发现自己这样子好像不太好，只好去换了条干净裤子。

"我刚才把王帐清理了一下，你要是不喜欢公主帐，可以去我那里！"沃突飞快换好衣服，又来拐媳妇。

殷如许不看他，只说："我觉得公主帐挺好的。"她确实觉得那个大帐挺好，完全没能体会到沃突话里的心思。

沃突后悔得咬牙，还没放弃，前脚后脚地跟在她旁边："不然，你去看看我的王帐？我的王帐很大，里面还有我猎的白狼皮和白熊皮，大得能把你整个人盖起来。"

他靠得虽然不近，但整个人的气息直往她这边挤，殷如许都没太听清楚他说什么，只觉得他存在感太强，都不能让人好好呼吸。

"我是想洗澡，待会儿再去看吧。"她小声说。

沃突："洗澡？那你肯定不习惯跟我们一样这么洗，等着我去给你提水回去洗。"他说着就大步往前走了。

殷如许身边的宫女目瞪口呆："公主，他、他不是族长吗，怎么还亲自做这种事？"

走出去一段距离的沃突回头说："我乐意，有什么不能做的？"

宫女没想到他耳力这么好，隔这么远还能听到，吓得往殷如许身后缩了缩。

乌日珠阿姆过来找殷如许，也见到了这一幕，爽朗地拊掌大笑。他们的族长，简直像个情窦初开的愣头青，这也太好笑了。

05

殷如许在殷国和赵国的时候，常常参加宫廷宴会，每一年，宫中总是有许多的节日需要庆祝，王公贵族们无所事事，每日享受，也大多爱开宴会，这种场合她去得多了，但她还是第一次参加草原上的夜宴。

没有上下席位之分，没有屈膝奉箸的侍人，没有祝酒作诗的文人，也没有丝竹管乐、香风软舞。沃突这个族长，就和大家坐在一起，幕天席地。他甚至挽着袖子，大刺刺地坐在那儿亲自炙烤羊肉，熟透了的羊肉被他用匕首片下来，全都递给身边的殷如许。

这里的男女老少都爱喝酒，但他们这里的酒和殷国的不一样，是用马奶还有其他东西做的，有股奇怪的酸味，殷如许喝不太习惯。

"公主，喝这个。"乌日珠阿姆端来滤煮过的奶茶。草原上不产茶叶，所以茶叶都是和那些来乌图部族的商队换的，是比较珍贵的东西。"外来的人一般开始都不习惯喝这个，公主尝尝这种加了茶叶煮的羊奶，解腻呢。"

这样的喝法，殷国是没有的，殷如许尝了尝，觉得味道还不错。

周围都是她不认识的乌图部族人，但大家都没有什么拘束，自由地坐着吃肉喝酒，还有人唱歌跳舞。殷如许发现，乌图部族的人，不管是男还是女，都爱唱歌，时常是没什么事，有人突然开了嗓子唱起歌，旁边就会有人和，最后往往是大家一起唱起来。

尤其是男人们，他们声音洪亮，一把嗓子如同大鼓，许多人的歌声合在一起，比国宴上奏响的鼓声还要雄浑。

男人们唱起歌，女人们就手挽起手在一旁跳起舞。她们笑着脆声应和起来，腰肢上系着的彩色绸带因为旋转而飘飞，惹得那些坐在旁边的男人伸手去捞，然后被女人嫌弃地踢上一脚。

沃突也跟着唱起来，他的声音一起，就盖过了别人的声音。这些男人就像草原上的兽，不管是健壮的身躯还是响亮的歌声，都是他们用来吸引异性青睐的一种方式。沃突一边唱一边看殷如许，他没唱两句，引得哄堂大笑。殷如许听不懂他的歌是什么意思，但看其他人的反应，也大概猜到他唱的是什么了。

沃突今天剃了胡子，时常有人过来好奇地看他，还有小孩子来问："族长，你的胡子呢？"

几个年长的妇人也笑着说："族长刮了胡子，都认不太出来他了。"

看样子，他是真的很久没刮胡子了，被人戳穿这事，沃突感觉很没面子，虎着脸把捣乱的小孩们赶跑了，又觍着脸对殷如许说："有胡子看上去比较凶，那样更方便。"原因反正不是他懒。

大家吃完了，还有余兴节目——男人们摔跤。这样"野蛮"的活动，在殷赵之地是看不见的，那里的人都无比高贵，一言一行要进退有度，要注重身份，没人会做这种事，但在这里不一样，所有人都很乐意展现自身的力量。

有胆子大的勇士连赢几场，跑过来要挑战族长。沃突也是个好战的，手掌一撑，越过面前的障碍就下了场。

"以为我刮了胡子就不那么可怕了？"沃突哈哈笑，掰了掰手指，两下把人捶到了地上。那来挑战的勇士非常强壮，被摔倒在地时，殷如许感觉地面都震了一下，看得她心惊肉跳。

但是那人跟没事人似的，从地上爬起来动了动胳膊就认输了，沃突更是一副还没热身的模样，在一堆勇士里挑人上来继续打。

沃突还有点让妻子看看自己能耐的意思，结果越打越兴奋，打趴下一队人，时间已经不早了，他往殷如许的位置一看，发现媳妇没了。

沃突："……"

"人呢？公主呢？"他大步走回去。

那日松端着酒在一边笑："公主累了，阿姆送她去帐里先休息，看你打得那么开心，就没管你。"

沃突抓了抓自己随意绑在脑后的头发，有点懊恼，往公主帐的方向看了看，那边确实亮了起来。他在原地踱了两步，还是忍不住大步走了过去。

"族长干吗呢，在外面转来转去，自己媳妇的大帐都不敢进去吗？这也太尿了，哪像我们的族长！"刚被沃突摔了个狗吃屎的勇士捂着摔疼的胳膊，幸灾乐祸地说。

被挨个儿摔了一圈的其他勇士们也都附和起来，兴致勃勃地瞧着那边，等着看发展。

"哎哎，进去了进去了！"

这边沃突在公主帐外面搓了顿手，不知道自己该不该进去，还是里面的殷如许发现了他，出声询问，才把他喊了进去。

"你累了？"沃突一进公主帐，殷如许就感觉原本宽敞的大帐好像拥挤了起来。

殷如许娴静地坐在锦绣软垫上，微微垂头："有一点。"她下午稍微休息了一下，但一路从殷国过来，舟车劳顿，不可能那么简单就恢复精神。

沃突："那你好好休息。"他说了又不出去，就那么看着她。

他穿着袍子和皮靴，扎着腰带，微卷的半长黑发扎在脑后，因为刚才的激烈运动散开了些，加上一双绿眼睛，特别像黑夜里的野兽，坐在那儿不说话，有种说不出的虎视眈眈之感。

殷如许："今日我还是在公主帐休息，明晚再去王帐好吗？"她知道自己是为什么来的，也知道自己身上的责任，如果换了个人，她大概不会说这种话，但沃突令她觉得自在又舒心，这样的话自然而然就说出口了。

沃突一听她主动说明天去自己王帐一起睡，就像挖到宝一样喜滋滋地走了，人都走出去了，又折回来，掀着帘子探进一个脑袋跟她说："明天我带你去玛格拉山下看花原？那边草长得好，野花格外多，坡地上还放了很多羊。"

殷如许在灯下朝他笑："好啊。"

她顿了顿又说："是要送我去牧羊？"沃突之前的话被那日松说给妻子听，妻子又说给了乌日珠阿姆听，刚才乌日珠阿姆又当笑话讲给她听了。殷如许这么一本正经地开玩笑，沃突还没反应过来，下意识把脑袋迅速缩了回去。

他在外面反应了一下，脑袋又钻进来："你是在和我开玩笑？"

殷如许："……抱歉，我不太习惯说这些，是不是不好笑？"

何止不好笑，沃突都被她吓到了，还以为她要和自己算账。是这样的，他们乌图部族里的女人和男人一样，能顶半边天，要是家里男人欠揍，女人可从来不手软。他还记得母亲还在的时候，自己没少挨打。他这体格，倒是不怕殷如许打，就担心她生气。

"其实牧羊很好玩的。"沃突说，"我小时候常常跑去牧羊，就睡在羊堆里，让它们驮着我走，它们还能找到很甜的草根。"

殷如许弯了弯唇。她刚才坐在那儿吃羊肉，乌日珠阿姆和她说了不少沃突小时候的事情，说他小时候拿着自制的小木弓去射羊屁股，被羊群冲得在地上乱滚；还说他在草原上挖洞去抓里面的土鼠，被咬了手指；说他会学狼叫，趁大人不注意去抓野狼，真就被他抓回来一只，等等。

她听着，脑子里就浮现出一个皮实的脏兮兮的小男孩，黑色的卷头发，绿色的眼睛，像风一样在大地上游荡，自由又开心。

想象中的那个绿眼睛小男孩变成了个大个子，绿眼睛里满是期待地看着她。殷如许朝他摇了摇手："明天，我等你。"

她以为，在异国他乡，在这个和故国完全不同的地方，自己会睡不着，但是出乎意料，她睡得很好，一觉睡到大天亮，还做了个很有趣的梦。

她梦见，自己幼时在宫殿里和小宫女们玩捉迷藏，其他人都不见了，她就一个人在偌大的宫殿里四处徘徊，听不到其他声音，只能听到身上铃铛玉佩撞击的叮叮声。正觉得害怕，就有个绿眼睛的小男孩出现了，说要带她去牧羊，两个人往前走了几步，她看到周围的宫殿忽然变成蔚蓝的天和开阔的草场，还有白色的羊群。

小男孩比她高，赤着脚，一件袍子系得乱七八糟的。她明明不认识他，他却好像跟她很熟悉似的，问她要不要去骑羊，不等她回答，牵着她就跑到了一只吃草的羊边上。他的力气还不是很大，抱着她的腿，用肩膀把她顶到了羊背上，羊跑起来，吓得她尖叫，小男孩就在后面追。

殷如许乐醒了。

梦里的家伙就在她的大帐里，正背对着她坐在一边吃饼。

沃突咬着饼回过头来："你醒啦，要不要吃饼？这饼夹了很多肉，好吃。"

殷如许闻到了饼的焦香，觉得有些饿了，可是他为什么一大早跑到她的大帐里吃饼？

见她沉默，沃突诧异地道："你不爱吃饼？"

殷如许："……我没吃过这种饼，看起来还不错，我试试。"

此时，远在赵国的赵王赵胥正在宴请晋国使者。

"赵王？赵王？"使者说着说着，发现赵王忽然闭着眼睛靠在那儿不吭声了，心里就有些不满，心想，说好了两国联姻，却又推三阻四，到底是什么打算也不肯说，无非就是看他们晋国现在弱势，想趁机多得好处。

他心里不满，哪里知道就在这一会儿工夫里，上首的赵王已经发生了翻天覆地的变化，不是以前那个赵王了。

觉醒了里人格的赵王睁开眼睛，表情不太好看。他拥有表人格的记忆，刚才那瞬间，他已经发现了剧情不同的地方，原本该来赵国联姻的女主角殷如许，现在已经去了乌图部族。

本该属于他的女主角，一定又换人了。不知为何，他此刻就有了必定会失败的不祥预感。

06

赵胥是个年轻俊美又风度翩翩的君王，他的赵国在六国中属于强盛之国，周边的两个小国都要依靠赵国生存。身为乱世之王，赵胥自然也有野心，那就是统一六国，扫清那些草原部族。

原本，他是打算与殷国联姻，殷国兵力虽不强盛，商贾之风却盛行，六国之地处处都能见到殷国商队，若能与殷国联姻，赵国就能得到一个强力的盟友，粮草兵器都能得到充分的支持，可他没想到，殷国最后竟然选择了乌图部族这个逐渐崛起的草原部族，这让年轻的赵王十分恼火。

他放弃殷国的同时，迅速选择了下一个目标——晋国。

晋国从前也是个强盛大国，但几经风雨，国力大不如前，最近还与鲁国有摩擦，打了两场败仗。若赵国此时能趁势与晋国联姻，便能两国联合，拿下鲁国，赵王有这个自信，所以他已经将殷国暂时抛在脑后，一心谋划自己的宏图霸业——至少在里人格觉醒之前，他是这样想的。

但现在赵胥心中最重要的，已经不是这万里河山和近在眼前的晋国使者，而是那个不知道什么情况的殷国公主殷如许。

没了殷如许，没了女主角，这个世界的气运不再站在他身后，谈何一统六国？他连这个赵国都保不住！只要有了殷如许，还怕得不到想要的？

"赵王意下如何？"晋国使者忍着不满，将晋王的话带到，心里却想着，赵王这个不咸不淡的态度，恐怕是不愿给晋国太多助益，联姻之事，还得回去和国主商量一番才是。

赵胥虽然想马上去搞清楚殷如许是什么情况，但眼前的事也要处理好，于是他和晋国使者谈了几句，商定了两国联姻之事。反正他后宫的女人多的是，也不差一个晋国公主的位置，先和晋国打好关系，也给自己增添力量，这样才好灭了那草原部落，把人抢回来。

晋国使者离了赵国宫城，觉得赵王在宫宴上的表现耐人寻味，开始还很热情，后面就突然冷淡了不少，他细细一回想，想起来赵王是在他说过共同对付鲁国之后，才开始改变的，心里一惊，心想，莫非这赵王是不想打鲁国？

他这么翻来覆去，就想得有点多，快马加鞭叫人回国送信，将一系列事情告知了国主。

晋王一看，对方如此没诚意，不能尽信，到时候白白嫁个女儿过去，帮不上半点忙。他心里怀疑起来，最后仍然是不敢得罪赵王，联姻照旧，但人选换了，反正他女儿多，换个不那么受宠的过去，也是一样，规格也得降低。

晋国这边一操作，赵胥就发现了。在他的记忆里，那些剧情中，晋国也嫁过来一个公主，也就是女二号，结果现在换人了，他怎么可能不查个究竟？

"可恼！"赵胥在宫殿里发了一通火。区区一个晋国，算什么东西，也敢这样怠慢他！他对付不了这个世界气运，难道还对付不了一个晋国？

可他坐下来仔细一想，发现自己如今还真对付不了晋国。赵国不和草原接壤，他要想举兵讨伐乌图部族，只能通过晋国，暂时还不能和他们翻脸。

真是憋屈。自从气运流失，他已经无数次感到这种憋屈了。

明知晋国私底下的小动作，面对他们送过来的公主，他还得摆出满意的姿态，让对方放心。

赵胥"忍辱负重"谋算着打乌图部族的时候，殷如许在乌图过得十分安逸。

沃突这个族长，大部分时间没有什么事，因为现在这个季节是草原上最好的季节，大大小小的部族都过得不错，忙着养牲畜、喂孩子，没人来找麻烦，更何况去年冬日那一场战事，沃突带着乌图部族一举吞并了大小三个部族，这时候也没人敢来惹他们。

所以，族长在公主媳妇没来之前，就每天骑马四处瞎晃悠，现在公主媳妇来了，他就带着媳妇一起瞎晃悠。

殷如许作为殷国公主，要出行，当然有排场，首先宫女侍从们得跟着，还得有大车载着她，贵女可是很少自己走路的，还有护卫得带上，一系列零零碎碎，看得沃突头大，不等他们准备好，沃突直接把公主媳妇提到马上，两人一骑，一下子就跑得不见踪影。

一众殷国来的宫女侍从追得上气不接下气，也没能追上沃突，一群人面面相觑，只能忐忑地回到部族里等着，几个贴身伺候殷如许的宫女，更是担忧，乌日珠阿姆还安慰她们说："族长玩一天，晚上就回来了，担心什么！这草原上还没什么能比我们族长厉害的，公主肯定不会有事。"

宫女们："什么？还要出去玩一天才回来！"

乌日珠阿姆看她们夸张的样子，大笑："对啊，要是跑得远，族长晚上可能也不回来了，在外头找个地方住两天。"

宫女们更是大惊："什么？外面什么都没有，怎么住？而且他们也没带什么吃食……"

乌日珠阿姆大掌一挥："草原上能吃的东西多了，族长不会饿着公主的。"

宫女们哪里见过这么不讲究的，感觉天都要塌了。

乌日珠阿姆瞧着她们直摇头："你们啊，还是早点习惯吧，我们族长野惯了，管不住的。"

一言不合就被掠走的殷如许，在短暂的惊讶过后，感到了一种久违的欣悦。她从小就习惯了，不管去哪里，身边都有人跟着，乍然没有了一群人跟前跟后，只有她和沃突两个人，天高地阔，好像哪里都能去。

这就是自由吗？

她在马上笑起来，伸出手去感受迎面扑来的风。

沃突也笑，大声问她："高兴吗？那我们再快一点！"他一句话说完，胯下黑马长嘶一声，仿佛应和一般。风声猎猎，哪怕坐在沃突怀里，因为马儿的急速奔跑显得颠簸，殷如许一开始还有点怕，但很快就习惯了，她仿佛被打开了什么新的世界，兴奋得脸颊通红。

"我……我也想学骑马。"她仰头对沃突说。如果一个人骑着马，在这样的原野上奔跑，漫无目的，只是迎着太阳，那种感觉是不是很美妙？

沃突："好，我教你骑马，我还给你选一匹好马……不，我带你去草原上套野马，野马群的马王跑得快！"他不觉得让娇滴滴的公主殿下去骑一匹野马王有什么不对，已经开始想着哪里有野马群。

他说要教殷如许骑马，也不等其他时候，带着殷如许跑了一阵后就停下，自己下来，牵着马让殷如许开始学。

"来，脚踩在这儿……你这个鞋子不好，等回去让阿姆给你做双小皮靴，好踩镫子。"他手掌大，抓着殷如许的脚塞进脚蹬，又让她坐好，抓着马缰，教她怎么让马慢慢走。

他们这样走一阵跑一阵，来到了沃突说的玛格拉山。这座山不高，至少比不上那连绵的雪山，山上绿茵如盖，远望像一块绿色的绒毯，斜斜的坡地上有一片移动的白色。

"你看，那是羊群。"沃突说着，随口唱了两句草原小调。

殷如许听着觉得有趣，问他："这是什么意思？"

沃突就给她比画着天上的白云，说："这唱的是地上的羊群，像天上的白云，风把白云吹跑，地上的牧羊人追着云跑。"

他又唱了一遍，牵着马，来到了山脚下。那儿有一条小溪，流水潺潺，叮咚作响，清澈的水里有着五彩的小石头。

马直接蹚过小溪，他在山脚下把马放了。

殷如许看着黑马自己跑去吃草，问他："马不牵好，它会不会跑了？"

"不会，我打个呼哨，它听到就会回来了。"沃突给她示范了一下，将两根手指放在嘴边吹了一声嘹亮的口哨，还没走远的马仰头朝他们喷了口气。

"你要学吗？我教你。"沃突让她学着自己的样子。

殷如许瞧着他的手，捏着两根纤细的手指，试探着放在嘴边吹，什么声音都没吹出来，沃突撑着腰哈哈大笑，而且看着殷如许，越笑越厉害，眼睛都快笑没了。

殷如许终于觉得不对，往脑袋上一摸，发现自己早上被侍女们打理好的发髻，因为这么疯跑了一阵马，散得厉害，现在模样大概挺滑稽。

看沃突乐成那样，她伸手梳理了一下自己的头发，坐在溪边，对着水拆了那碍事的发髻，散开了头发。

沃突蹲在她身边，撑着下巴看她，她那头柔顺的长发披散下来的时候，他嗅到一股香味，忍不住凑过去闻了闻。殷如许没管他，把长发编成了条长辫子。她把辫子编好了，眼前忽然出现了一捧花，是周围长的那种蓝色黄色的野花，虽然普通，但一簇簇堆在一起还挺好看的。

"这个，给你扎在头上。"沃突把薅来的花往她怀里放，殷如许选了两朵插在了辫子上，用发带绑好了。

"真好看！"沃突夸她，拉着她的手把她带起来，往山坡上跑，"带你去看花，那边山谷里有很多！"

殷如许跑了一会儿就气喘吁吁，她实在是没走过太多路。沃突发觉她跑不动，抬手就把她抱了起来，像抱孩子那样抱着，带着她一气跑上了山坡。殷如许紧紧抓着他的肩，心想，沃突不像狼神之子，他像那匹马，跑起来这么快。

"你看。"沃突站在山坡最高处，颠了颠怀里的公主媳妇，让她看底下的山谷。那里有漫山遍野的蓝色黄色的野花，如同织锦的图案，是殷如许从未见过的。

她看痴了，忽然想起一句不知是谁说过的话——"真正的花，开在山野烂漫处。"

07

草原上阳光炽烈，天蓝得纯粹明亮，殷如许哪怕只是被沃突抱着跑来跑去，也出了一身汗，可她从没有这么快乐过，也是第一次知道，原来快乐是一件如此简单的事情。

"你饿了吗？我去给你找点吃的。"沃突以前出门从来不带干粮，都是逮到什么吃什么，但这次他带了几个乌日珠阿姆做的肉饼，还有一壶奶茶，是专门带来给殷如许垫肚子的，"你先吃这个，我再去打几只兔子。"

草原上这些小动物很多，都是习惯在地里打洞的，它们非常敏锐，地面有一点震动就能让它们察觉到危险，飞快钻回洞里，那地面下的洞又深又曲折，一般钻进了洞里，就抓不住它们了。

但沃突不是一般人，他眼睛好，箭术超群，隔得很远，见到地面上有什么一掠，他立刻就能一箭射过去，把那小东西钉在地上，比天上的鹰还要迅捷、警觉。

他熟门熟路打了几只兔子，到溪边去清洗剥皮："你看，这个叫鼠兔，长得不好看，嘿，这只肥啊。"

殷如许不太想看这种画面，又有点好奇，偷瞄一下，再转过头。看的时候虽然有点不忍心，但吃的时候就很开心了，毕竟是真的好吃。沃突不愧是从小"野"到大的男人，这一手草原烤肉非常地道，殷如许不仅被他喂饱了，甚至撑着了，坐在阳光下直犯困，忍不住打盹。

沃突把自己的袍子铺在地上，让她躺在上面小憩。

"睡这上面。"草虽然踩着软，但躺上去可扎人呢，沃突不怕这个，可公主就不一样了。

殷如许被他按着坐在袍子上，本来还想推辞一下，结果躺下去觉得很舒服，就躺着了。鼻端都是青草和阳光的香味，沃突的袍子也有股他身上的清爽的气息。殷如许闭着眼睛想，他肯定是好好洗澡换衣服了。

她躺在那儿，过一会儿睡迷糊了，就不自觉蜷起身子，整个人都缩在沃突的袍子上面。沃突蹲在一边看她睡觉，心里觉得真是可爱，伸手去摸她长长的睫毛。见到殷如许眼皮一颤，他赶紧收回手。殷如许觉得太晒了，有点逃避地把脸埋起来，沃突给她挡着太阳，忽然想着，如果多带她出来晒几回太阳，估计会把媳妇晒黑。

这么一想还挺有趣，他想看晒黑的公主媳妇是什么样子的。

殷如许睡了一会儿就醒了，吃饱喝足休息好，又恢复了精神。

从前她在王宫里，几乎每日都枯坐在一个地方不动弹，郁郁寡欢，身体向来不好，吃不下，也没精神，可来了乌图部族没两日，能吃能睡，精神也越来越好了。

两人翻过山脊，去下面的谷底花原。殷如许的裙裾拂落了一地的野花，脚上的鞋子也染上了花汁。沃突跟在她身后，忽然蹲下身子，手往花丛底下一掏，揪出来一只灰突突、毛茸茸的东西。

"絮絮，你看这是什么？"

殷如许闻声转头，发现他手里抓着只耳朵尾巴短短，肉滚滚的……什么东西？

"这是土鼠，我们又叫懒鼠。"沃突晃了晃手里的肥毛团，在它的吱吱声中和殷如许讲解这东西的习性。

殷如许看着懒鼠嘴里两颗牙，想伸手摸摸，又怕它咬。沃突看出来了，一把将懒鼠捏着后脖子按在地上，拉过殷如许的手让她随便摸。

他这个人真的很神奇，这片草原仿佛就是他的家，他知道哪里有什么，甚至知道哪里有懒鼠和鼠兔洞，知道哪片地的牧草根是甜的。

见殷如许对这东西感兴趣，他就带着殷如许掏遍了这周围的懒鼠洞。因为吃饱了，他也没对这些懒鼠做什么，就把人家从洞里薅出来挨个儿给公主摸两把。他动作熟练，观察一个洞两眼，就知道里面有没有懒鼠，手伸下去，就能听到底下传来懒鼠的叫声，基本不落空，出手就能揪出来一只，有时候还是两只，一看就知道没少做这种事。

让殷如许摸够了，他再松开手，饱经惊吓的懒鼠们就纷纷逃命般迅速钻回洞里。

在外面玩了一天，沃突总算在夜晚之前带着人赶了回去，好歹让殷如许吃上了乌日珠阿姆特地给她准备的晚饭。

殷如许一边吃，一边听着宫女们喋喋不休地小声抱怨和担忧，她这一天在外面几乎都是笑着的，但回来后，被一群宫女围着大惊小怪地拆了头发重新梳理，又换上了新的裙装，她就不作声了，只在吃完了饭后对她们说："以后你们不用一直围着我了，可以去帮乌日珠阿姆做事。"

宫女们发现，公主才出去了一天，好像就被带歪了。

"絮絮！"刚在湖边洗完澡，头发还滴着水的沃突在大帐外面叫她，"去我的大帐啊，给你看个宝贝！"

宫女们："……"

殷如许跟着沃突去了他的大帐，他的大帐出乎意料地干净，虽然东西堆得很多，充满了生活气息，但杂而不乱，殷如许的目光一下子被角落一个架子上放着的白色熊皮给吸引了。那是一张完整的熊皮，非常大，她看着就能想象这头熊活着时有多可怕。

"那是我在雪山打到的熊，冬天铺着睡很暖和，这边还有两块狼皮，你快过来看。"沃突翻箱倒柜给她找自己这些年打来的皮毛。

他们乌图部族，到了冬日会非常寒冷，如果没有皮毛御寒，很难熬过寒冬。族中的勇士大多是好的猎手，每年秋季都会去狩猎，打回来的皮毛可以和商队换盐和茶叶，以及其他的商品。

沃突这里只留下了最好的，饶是这样，也堆了三大堆。"这些都给你，到时候天冷了让乌日珠给你做衣服，这样冬天你就不冷了。"他把那些最好的都挑出来，大方地送给了殷如许。

殷如许从没少过皮毛用，但这些是沃突亲手猎的，其中有一些珍稀的，她都没见过。

两人看完皮毛，收拾收拾躺下了，殷如许心中难免紧张，想起之前沃突说的话，便问他："你要给我看的宝贝，就是那些皮毛吗？"

沃突忽然坐了起来："啧，忘了，等着。"他大步走到大帐角落，在一口箱子里翻找，拿出来个旧木盒子，又从里面拿出一颗狼牙。

狼牙上面穿了孔，用绳子系着，表面光滑，看上去像是什么贴身之物，被摩挲过无数次。

"这是我猎的第一头狼的狼牙，我戴了很久，族里的巫说这种狼牙戴着能辟邪，能保佑孩子身体健康，不做噩梦。"他把狼牙系在了殷如许的脖子上，"我听到你那几个宫女说，你之前一直睡不好，戴着这个就能睡好了。"

他给她戴好，凑过去用力亲了一下她的额头，发出啵的一声，一点都不像一个男人亲一个女人。

殷如许摸摸脑门，抓着胸口的狼牙："其实，我这两天能休息好了。"

沃突："做噩梦都是因为有害怕的东西，我在这里，你害怕的东西都不敢过来，所以放心睡，要是不好好睡觉，白天就没精神。"

殷如许被他拉着睡下了，等了半天，没等到他有动作。

殷如许：……他是不会，还是不好意思？

她想着想着，就睡了过去。因为睡得早，醒得也很早，外面天还没亮，殷如许迷迷糊糊睁开眼睛，看到旁边一双绿眼睛，在黑夜里盯着自己，骤然间被他吓了一跳。

"你休息好了？"沃突问她，也不知他醒了多久了。

殷如许下意识"嗯"了一声，就感觉身旁的人把被子一拱，伸手抱住了她。

"你是真的愿意做我的妻子吗？"

殷如许感觉到他坚硬的胸口和热气笼罩过来，整个人都清醒了，紧张地"嗯"了一声，过了片刻，又试探着主动伸手抱住了他的脖子："是，我愿意的。"

他不知道，她等待这一天等待了多久。那么多次，她眼睁睁看着他死去，看着他一次又一次地爱上她，却永远都没办法给他回应。在她永远不变的世界里，他的不变，是让她最心碎的事情之一。

在她最绝望的时候，她多想对这个男人说"不要再爱我"或者"我愿意，带我走"，可她什么都做不到。

她心里有种惶恐，觉得这个世界或许只是偷来的短暂时光，如果真是那样，她希望就在此时此刻，为面前这个男人永生永世的爱，寻一个结果。

…………

殷如许很晚才醒来，一睁开眼，就发现沃突又坐在床边。他张开双腿坐着，一条长腿伸直，上面搭着一块皮子，一只手里也拿着一块褐色的皮子，另一只手拿着一小块好像是石头的东西，在那块皮子表面擦拭。

"你在做什么？"殷如许拉了拉被子。

沃突丢下手里的皮子，俯身凑过来在她脸上蹭了一下，这才说："擦两块皮子，给你做靴子，用这个做里子，穿着特别舒服。"

殷如许拉起被子盖住了半张脸，只拿一双眼睛看他："外面很热闹，怎么了？"

沃突捡起皮子继续擦，只是擦得没有刚才那么认真，眼睛时不时就看她，也不怎么在意外面的动静，随口说："有商队过来，在换东西。"

"絮絮，你住到我的王帐里来吧。"他只想着让殷如许答应这事了。

殷如许张了张口，这时大帐外面有人喊："族长！商队的找你呢！"

沃突啧了一声，放下手里的皮子，没有先出去，而是一把连着被子抱起殷如许，用力抱了两下，摸了一把她的头发和脸，说"等我回来再说"，然后才快步走出去了。

08

草原上大部分地区都很贫瘠，部族人的生活非常简单，很多物资都得依靠边境贸易，特别是当他们的部族迁徙至草原深处，那些草原没有的东西，都得依靠商队往来换取，因此每当有商队过来，部族里都很热闹，大家会把积攒下的东西拿出来和商队换取必需品和一些生活用品，要是来的商队很大，部族里还会专门给他们开辟出一块空地作为临时的小市。

陈老是晋国商人，他的商队往来乌图部族三年了，因为做生意公平，不像其他商队那么手狠心黑，部族里的人都挺欢迎他们的到来。只是沃突不高兴，每次他们商队过来，他都往外一跑几天不见踪影，等他们走了再回来，实在是因为商队里那对姐妹花太烦人了。

陈老只有这么一对孙女，向来宠爱她们，就养出了两个难缠的小女孩，这两人都对沃突有意思，奈何沃突不喜欢，最开始就信誓旦旦地告诉她们，不喜欢中原那些弱唧唧的女人，让她们收了这心思，该去哪儿去哪儿，别缠着他就是。

两个年轻女孩不愿放弃，每年都要跟随商队过来，逮着机会就找沃突。今年她们来得比往年还早一些，陈老也是被两个孙女缠得烦了，不得已才提前过来的。两个女孩儿听说沃突娶了妻子，还是殷国公主，都有些愤愤，非得找他问问不可。

陈老也是拉下了一张老脸，才把沃突请了过去。对于这个草原上闻名的"狼神之子"，陈老最开始听了他的事迹，是非常谨慎的，可是打了几次交道后他就发现，这个在别部口中凶神恶煞的男人，其实极好相处，也没有什么架子，不生气的时候几乎就是个普通的乌图部族年轻人。

他心里也有几分别的心思，他看好这位年轻的族长，觉得他是个好的，便希望他能看上自己两个孙女中的一人，若能娶做妻子，当然最好。现在虽然不想这个了，但毕竟是个族长，领着这么大的部族，总不能只有一个妻子，若是可以，他还是希望嫁一个孙女给他。

两个年轻女孩儿和她们阿爷有一样的心思，这回见了沃突，她们先是一愣，被刮了胡子后的族长晃了眼，然后就一副泫然欲泣的模样，直拿指责埋怨的眼神瞧他。

"族长不是说了不爱我们中原的女人吗？怎么听族里的阿姐们说，族长极喜爱那殷国公主呢！"姐姐更泼辣些，性子也更急，不等阿爷把场面话说完，就娇声问道。

沃突因为这事，已经被不少人打趣了，但他也不是什么好脾气的圣人，谁用这事都能消遣他。他眉一皱，停在门口，叉着手说："怎么还是这么烦人？陈老，商队有什么事找我？要是没事，我就走了。"

妹妹连忙阻拦他道："族长别生气，我们姐妹没有恶意。我们的心思你也知道，我们愿意留在你身边，既然你能接受公主，应该也能接受我们才是，除非族长看不上我们两个商队里的女子，嫌弃我们配不上族长。"

姐姐也说："我们哪里不好啦？其他部族里的好儿郎们都可稀罕我们呢，族长要是这样嫌弃我们，那我们下回就不来了！"

她赌气随口说了一句，却听沃突说："那你们就别来了，叽叽歪歪，事怎么那么多！"

他这辈子就没惯过谁，最烦这样黏黏糊糊地说话，说完看也不看帐内呆住的几个人，走出去直接跟部族里的人吩咐："以后不要再让他们商队过来了。"

陈老一听他这么雷厉风行，也是大惊，忙追上去解释，好说歹说求了半天，沃突才瞧了他一眼道："你们商队来可以，下回她们两个不能来，自己有多烦人不知道？"换了以往，他也懒得和这种不懂事的小女孩计较，可现在不同了，媳妇就在不远处的大帐里，被她知道这事，他还能有好？

世间有好色的男人，以为所有女人只要长得好看都是一样的，但他不是那样，他只想要那个一眼就看上的殷如许，管她是不是公主，都想要她。

陈老被他说得一梗，心里一阵嘀咕，我那两个如花似玉的宝贝孙女，花儿一样的年纪，长得又好，你看不上也就罢了，怎么态度还如此不耐烦，这样也算是男人吗？嘴上倒是连连答应了，只说下次绝不让她们跟来。

为了这等小事，得罪这位族长，可不是明智之举。

沃突懒得再和他们浪费时间，处理完了就去找殷如许。

他离开后，殷如许睡不着，干脆也起身了。伺候她的宫女们早就想过来了，只是之前沃突在，不许她们凑过去碍事，她们只好潜伏在王帐周围，发现沃突一走，瞅准了空当，立即带上东西进去伺候公主。

训练有素的宫女们见到公主那副腰酸腿软的模样，都悄悄露出心领神会的表情，然后如常伺候她更衣洗漱。一人跪在她身后为她梳发，一人端上食物，帐外有宫女端着热水回来，悄悄和殷如许嘀咕方才商队帐里发生的事。

在这个地方，秘密很少，那边帐子里发生了什么，过一会儿几乎整个部族都知道了。

听着宫女说商队里的那两个女孩儿自荐枕席云云，殷如许抬手示意了一下，表示不用再说。

她并不为这种事感到愤怒，至少不会像这些仿佛是自己的东西被抢了的宫女一样，因为她也曾年轻，也曾如此可笑。推己及人，她只觉叹息与伤怀，而无恶意。

"只是两个孩子罢了，不必如此恶语相向，宽容些吧。"殷如许说了话，宫女们就闭了嘴，不再说那两个女孩，只一人还有些生气，不甘心地道："公主，她们还想威胁族长呢，说什么下次不来了。喊，一个小小晋国商队而已，很稀罕吗，吓唬谁呢？"

殷如许放下手里的食物，轻缓地"嗯"了一声："这倒是个问题。"她静静思考着，来到乌图部族几日，她还没好好看过部族里各处，光被沃突带着疯跑，是时候做些事了。

"丁香，你去把徐中使唤来。"徐中使是从前公主殿内管事，自然跟着一起过来了，管着如今殷如许身边的一切事务——什么都管，就是管不着公主。

叫丁香的宫女行了个礼，起身去唤人，在门口刚好遇上了回来的沃突。

沃突发现自己离开一会儿，媳妇就又被那一群宫女给围住了，他想着，还是乌日珠阿姆给她们安排的事情太少了。

乌日珠阿姆可冤枉死了，都是一群年轻女孩子，说话又好听，娇滴滴地喊她阿姆，她能让人干重活吗？那不是还有那么多闲着没事干的半大小伙子，哪轮得到公主身边的这些人？

"沃突，你来。"殷如许朝沃突招手，她不论坐卧都很端庄，仿佛骨子里都被浸透了清贵雅致。

"怎么，你有什么事要说？"沃突看出来她有事要商量，也端正地坐了下来。

"稍等一下，等人来了再说。"殷如许等的是徐中使，人很快到了，跪在帐中朝二人行礼。

殷如许介绍了徐中使，语气平淡寻常，说："等到下月，会陆续有殷国商队过来，盐、茶、丝绸、陶瓷……什么都会有。"

沃突回过味来，絮絮这是听说了商队那边的事？

"你知道了？"沃突也没遮掩，大大方方问。

殷如许点头，眼中有些微笑意，语气仍是寻常和煦："商队而已，我想要多少，便有多少，部族里的生活，也会越来越好的。"

公主殿下一言既出，少不了过来这里的殷国商队了。其实殷国商队在各国游走，也有人想往草原来，奈何之前草原上不安生，部族间常起斗争，这块牧场今日是我的，明日是他的，往来商旅生命安全得不到保障，要是遇上些不讲究的，还会直接杀人抢货，因此从前来这边的商队少。

但现在不同了，草原这一块被乌图部族全部收进囊中，他们又与殷国联姻，总算是保证了一条安全的商路，哪怕殷如许不吩咐，日后来这里的商队也会越来越多。

"往西，有西廊等地，那里从前也很萧条，如今商贸往来，繁华堪比殷国国都，他日，这里也可以成为另一个西廊。"殷如许单独和沃突在族中游览时，这样对他说。

她是个柔弱女子，但说出这话的时候，眼中细碎的光芒，看上去那般锋锐。

"我们祖祖辈辈过着这样的生活，从我小时候，我们就是随着四季迁徙，我还真没想过有一日会有什么不同的，"沃突紧紧牵着她，"但是我也觉得会越来越好。"

"你看，那片横断雪山。"沃突指向远处的雪峰，"那片连绵雪峰是我们的屏障，也是我们的障碍。"又高又长的山脉阻挡了他们去往另一边的通路，而如果他们想要有更好的生活、更广袤的土地，只能往另一边扩张，也就是殷国和晋国，其中殷国和他们接壤的地方更多。

草原内乱平息，接下来他们只能往中原地区发展，殷国国主也正是考虑到这一点，才会当机立断提起联姻，而沃突之所以接受，是因为他并不想打殷国。虽然他曾有过这个念头，但他并不傻，草原初定，他必须守好如今的地盘，要与中原之国发生战争，还太早了。

殷如许同样知晓这些事情，她甚至比任何人都清楚清醒。和平是一时的，终有一日，战争会被挑起，远的不说，便是赵国，也已经对殷国虎视眈眈，对乌图部族，赵胥同样不会放过，她知道这个男人会做什么。

所以，她会促成殷国与乌图部族，以及其他几国之间的联系，只要联系足够紧密，赵国就不会那么轻易夺得六国，只要有喘息之机，他们定能壮大，再不会有谁失去家园故国。

她的沃突，不会只能在异国他乡，唱着悲凉的草原小调。他会一直如现在这样，自由自在地奔驰于这片草原。

09

　　乌图部族近来多有商队往来，连带着周围依附的其他小部落，也一天天热闹起来。为此，沃突令人清理出一大片商帐，按照殷如许的建议，先弄出了个大市的雏形，如此一来，除了那些商队，其他小部族也会过来，在这里和人换些东西。

　　沃突带着殷如许在部族里认路，给她介绍各处的时候，和她一起去过那市集两次。虽然在殷如许眼中，这所谓的"市集"十分简陋，但里面来往的部族人脸上都带着高兴的笑容。这里很多人一辈子都在草原上，甚至从未去过殷国与草原交界的边境小城，眼前这种场景，已经足够让他们感到新奇了，连族里的小孩子这段时间都爱聚集在这里跑来跑去。

　　殷如许听不太懂繁多的各部族语言，但光看他们比画也大致能猜到他们在说些什么。他们拿来交换的东西也各色各样，殷如许还看见有个半大少年拿着一大块闪亮的石头，想和一个商队换一块糖。

　　那石头不知是什么东西，但着实好看，所以那商队主人跟他换了，少年喜出望外，喜滋滋地拿着糖走了。

　　草原上物产不丰富，但商人自有不寻常的头脑，他们低价换走的东西，若是带回去稍加处理，转手卖出去就是高价，若是没有这种高昂利润，也不会有那么多商队往来。而有一些眼光更好的，随时都能发现商机，殷如许瞧着一个商队已经主动去找那少年询问，大约是也想换那种石头。

　　用来做首饰倒是适合，那样的话，国都中的贵人们大概会很喜欢，到时候就不是这一两块糖能衡量的价值。

　　殷如许没管他们，她希望这片草原上能多出现一些吸引人的东西，现在要紧的就是吸引更多的商人来此，带动更多人流。祖母未过世时曾与她说，商队如同水源，一地干涸，必要水来滋润，而水要活，必须有流通。

许多世里，她确实什么都不能做，但她偶尔会忍不住想，若是这样如何，若是那样又该如何。然后她发现，战争大多是因为贫瘠，因为一无所有的人不得不去抢。她心中早有个隐约的念头，若是这天下处处升平，人民富有，不必去抢就能过上好日子，是否战争也会就此消失？

商队往来，殷国商队最多，还有来自宫廷的队伍，是她的母亲王夫人派来的，给她送了不少草原上没有的东西。终究是自己身上掉下来的肉，王夫人虽然气恼她不听话，心里却挂念着。

殷如许握着王夫人的家信，眼睛微红，坐在案前给她写回信。仍是那些，劝她不要再试图和赵国那边接触，劝兄长不要轻信赵胥此人，还劝她向父亲进言，与鲁国交好。就像母亲不能不管她，她也不能不顾自己的母亲。

她正写着信，沃突进来了，手里还拿着块亮晶晶的石头，见她含泪写信的模样，他脸上笑容一收，把手里的石头往小桌上一放，自己上前扭过殷如许的脑袋，端详她的神情。

"为什么哭？"

沃突笑着说话的时候，是个爽朗青年的模样，可沉声将怒的这会儿，又显得可怕起来。

殷如许眨了眨眼睛，眼眶里的一颗泪珠就掉下来，被沃突用拇指用力擦掉。

"我很好，只是在写家信。"

沃突这才松开她的脸："你想念亲人？"

殷如许摸了摸脸，坐回去写字，道："我……已经习惯离开他们了。"她把信写好，仔细压在一边，不太好意思地看了沃突一眼，依偎在他怀中，说，"沃突，我想……要一个孩子。"

沃突一愣，随即摸了摸耳朵，难以置信："难道我还不够努力？"他都怕自己太随心所欲给人弄出个好歹来。

不是他努不努力的问题，是殷如许看上去纤纤弱质，实在不像是能做母亲的模样。沃突看惯了部落里粗壮的女人们，她们一膀子能打三个殷如许，生孩子对于她们来说也不是个轻松的活，殷如许这个模样就更不用说了，沃突想了一下她怀孩子的样子，顿时心惊胆战。

"不用这么急，等你身体再好点。"沃突把殷如许抱起来，抱回床边坐着，"等我再把你养壮一点。"

"嗯。"殷如许伏在他的肩上，感到很安心。

她曾有一个孩子，是她无数次痛苦的原因之一。她从第一世就知道那个孩子会来，也知道他会死，可是之后每一世她还是只能看着他出生又看着他死。沃突的无数次生死几乎磨灭了她作为一个女人的感情，而那个孩子，几乎磨灭了她作为母亲的感情。

她如今想要一个孩子，并非为了填补这个长久的遗憾和痛苦，而是因为，她需要这么一个孩子。这片草原需要一个有殷国血统的孩子，他会是未来的王，像他的父亲一样，强壮而健康，并且继承她这个母亲心中的愿望，守卫他们共同的家。

所有和上一世不同的事情，她都会去做，所有上一世曾失去的东西，她都想得到。

因为被公主"嫌弃"了不够努力，沃突干脆就没压抑自己，于是殷如许第二日午饭都没起来吃。

和乌日珠阿姆熟悉起来的宫女们瞧了，跑去乌日珠阿姆那边吹耳边风，说族长实在太乱来了，都不顾及一下公主的身体。乌日珠阿姆就去念叨沃突，让这个愣头青族长收敛点。

沃突是不想收敛也得收敛了，因为他要带人出去打一个部落，得离开族里一阵。

此事源头是一个商队，有个商队在来乌图部族的路上，被白族杀人抢货。事情一出，刚刚热闹起来的乌图部族又少了不少商队。沃突哪肯让人在自己的地盘这样撒野？前两年他带着族人把这片草原上强盛的部族都给吞了，乌图部族就是当之无愧的草原中心，而白族在当初就与他不对付，被他打过一次，灰溜溜地躲远了，如今风头刚过又敢来惹他，他自然忍不了。

"公主招来的商队，他们想抢就抢？我不仅要把东西抢回来，还要把他们的脑袋割回来。"沃突带着一批部落勇士准备去追寻白族的踪迹，彻底解决这个祸患。

跟着他去的那批勇士里，有一群狼骑，就是驯养狼的骑兵，那些狼忠诚又凶悍，对草原的风吹草动异常敏感，是最有用的哨探。

殷如许去送沃突，才第一次看到了这支只从宫女们口中听过的狼骑，高大的狼跟随在那些高壮的男人身边，一双双冷森森的狼眼，绝不会让人把它们错认为犬。

也难怪当初沃突带人接她的路上遇到狼，会是那个反应，他们自己驯养的狼，比那些野狼不知凶多少倍，相比起来，那些野狼可不就比他们的"看家犬"还不如吗？

"我去几日就回来，族里有什么事，你都能自己决定。"沃突坐在马上，探身下来按了按殷如许的肩。

殷如许一愣："我处理？"

沃突大笑："当然是你，你是我的妻子，部族我与你共有，你有什么不能处理的？"而且公主聪慧，处事稳妥，他当然放心。

殷如许凝望着他，这个男人和赵胥真的完全不同，赵胥眼中只有权力，他绝不会放心将权力交给一个女人，她的父亲也是如此……不，这世上男人大多如此，那些男人都觉得，女人不需要野心和权力，只需要男人的宠爱。

因为他们都害怕，害怕女人觉醒后，会夺走他们作为主人的权力，可沃突不害怕，不是因为他爱她，而是因为他自信。哪怕落魄，这种自信他也从未失去。

"好，沃突，我等你回来。"殷如许朝沃突伸出手，被他捉着手亲吻了一下。

"走！"沃突放开殷如许的手，一声令下，率先打马而去，众勇士一阵呼喝，络绎跟上。对于这种出征，族中的男人女人们都没太大的反应，这对他们来说是很寻常的事，只是他们生活的一部分，而且他们的族长，是他们心中不倒的信仰，他们都相信，只要沃突在，不管是什么样的敌人，都不足为惧。

雪山上的狼神会护佑他们的狼神之子带着胜利归来。

赵胥娶了晋国一位公主，虽不是王后，也给了不低的夫人之位，两国算是进入了和缓的状态。赵胥这边稳着国内局势和晋国那边，暗地里也吩咐了人去探查草原上的情况，尤其是殷如许的情况。

打探回去的消息令他焦躁不安，心中急切更甚，如果可以，他马上就想发兵草原，趁着乌图部族还未壮大，先彻底断了他们的路，可是晋国那边推三阻四，不愿配合，他数次打探口风都被堵了回来。

晋国想要先联合赵国打鲁国，等胜利之后再来谈入草原之事。

晋国国君不懂赵胥为何要执着于一个远离赵国的草原部族，只能怀疑他有什么阴谋，比如说借用草原之名从他晋国借道，实际上意在他晋国沃土。这么一想，晋国国君就更不愿配合赵胥的行动了。

赵胥无奈，只能暂时放下乌图不管，派出大军与晋国联合，去打鲁国，卖个面子给晋国，好让他们看到诚意。

然而赵胥没想到的是，在他的设想中能轻易打下的鲁国，却突然成了块硬骨头，战局竟然僵持不下，许久都没能突破。不仅如此，晋、赵两国的军队连连失利，消息传回了两国都城。

"一定是赵王没想出力，他之前就几次三番找理由推阻，甚至编什么理由说想先打乌图部族，真是可笑！赵国的军队人数只有我们晋国一半，能有什么大用！"晋军主将在晋国国君面前不遗余力地把战败的黑锅往赵王头上扔。

与此同时，赵国的主将也在赵胥面前痛斥联盟的晋国："那晋国军队真是欺人太甚！把我们当作马前卒，什么危险的仗都让我们顶上，他们那么多人在后面躲着，畏畏缩缩，没有半点血性，这仗还怎么打！"

赵胥心中当然恼怒，开始怀疑自己与晋国结盟是否错了。

10

"族长，我们不能继续在这里留下去了，还是尽快离开……"

"好了，阿日斯兰，你为何总是如此胆小？都对不起你的名字。"白族新任的族长不耐烦地说，"你这样恐惧沃突，是胆子都被他吓破了吗？"

阿日斯兰看着毫无畏惧与紧张的族长，心中大叹，白族这次恐怕是难逃一劫了。

他们白族当初在这片草原也是有名的部族之一，沃突带着乌图部族吞并其他部族的时候，只有他们白族侥幸没有沦落到被吞并，饶是如此，他们还是只能如丧家之犬一般四处躲藏迁徙。

阿日斯兰从前也骄傲于白族战士骁勇凶悍，觉得草原上没有敌手，可是与乌图一战，打得他至今仍心有余悸。连他们勇猛的老族长，都是被那个沃突所伤的。

老族长刚愎自用，听不进族人的劝告，族内勇士死伤惨重，他还是坚持要再与乌图部族一较高下，使得阿日斯兰等人十分心冷。去岁冬日，老族长因伤去世了，老族长死后，新族长上任，阿日斯兰本期盼着新族长能带着部族里的大家一起远避出去，寻到一个新的生存之地，先调养生息，可是新族长比老族长更加愚蠢固执。

新族长伊勒德不仅不愿避开乌图部族的锋芒，还听信一个奸猾的赵国人花言巧语，带人去杀掠往来乌图部族的殷国商队。

阿日斯兰几次试图说服族长赶紧带着族人离去，以免乌图部族循着踪迹找过来，可伊勒德根本没参加过那次与乌图部族的战斗，也没亲眼见过沃突何等可怕，完全不把他的话放在心上。

"不过就是个年轻人，和我也差不多大，能有多厉害？一个个胆子小成这样，还算是我白族勇士吗？"伊勒德喝了一杯烈酒，意气风发道，"他要是敢来，正好，我割了他的脑袋盛酒喝！啧——这殷国运来的酒就是好喝，等我们再劫他几十个商队，想要什么都有了，哈哈哈哈！"

"伊勒德族长真是好气魄啊！"一个文士模样的中年男人走了进来，脸上笑眯眯地夸道。

伊勒德见了这人倒是态度不错，请他坐下，说："还多亏了你给我们提供消息，这些殷国商队一个个真的都是肥羊！"他上任不久，就得了这么大个甜头，正是飘飘然的时候。

阿日斯兰却很警惕这个男人："你明明是赵国人，为什么要来帮我们出谋划策？！我看你分明就是想引乌图的人过来，是想害我们白族！"

"欸，此言差矣。"中年文士道，"我可是奉了我们国君之命，前来辅佐族长的，我们国君欣赏白族勇猛，若有我赵国扶持，日后白族定然能取代乌图，成为草原之主！眼前这些商队，不过是一点小甜头罢了。"

"至于乌图，你们也不必担心，据说那沃突族长，如今正被殷国送去的那位公主迷得神魂颠倒，沉醉在温柔乡里呢，哪有时间来管商队这种小事？再者说，就算他有心要管，也不可能来得这么快，等我们故技重演几次，捞上大笔金银，再走不迟啊。"文士一副事情尽在掌握之中的高人模样。

阿日斯兰半信半疑："当真……"

远处忽然传来一声狼嚎，阿日斯兰脸色骤变，猛然起身道："沃突！"

伊勒德嗤笑："怎么可能？就是草原野狼而已，一声狼嚎也能把你吓得大惊失色，我看你是真的变成胆小鬼了。"

"不！这就是沃突的狼骑！"阿日斯兰唰地拔出刀就往外冲。

"啊！是乌图部族来袭了！"

"快，吹哨！"

一片嘈杂的惊呼喊叫中夹杂着尖锐的哨声，那是敌人来袭的信号，这回伊勒德也是面色大变。他哪想到人会来得这么快，也丢下酒杯抓着自己的刀跑出去。

至于那方才还大言不惭的赵国文士，则趁人不注意，悄悄溜了出去，见势不妙准备赶紧跑了。

在部族里背着小孩子们玩，会聚在一起高歌的乌图部族勇士们，此刻骑在马背上，有的拈弓搭箭，有的提刀挥砍，俱是神情凶狠。白族勇士同样如此，面对敌人，这些草原上不同部族的男人，从来不会心慈手软。

伊勒德出了帐，外面已经是尸陈满地，还有乌图部族驯养的狼正在扑咬族人，场面血腥恐怖，他那些雄心壮志骤然被吓得七零八落，竟然呆在原地。阿日斯兰举着滴血的刀跑来，朝他喊道："族长，快，骑上马快跑！"

伊勒德这才回过神，他双目充血，牵过马一跃而上，却没有跑，而是冲向不远处的沃突。

"沃突，受死！"

快马冲沃突而去，在沃突身旁的乌图勇士却没有阻拦的意思，反倒冷眼瞧着。沃突身下的马沾满了鲜血，他没什么表情，也一只手勒紧马缰，冲着伊勒德而去。两匹马错身而过，沃突抬手挥斩，力气之大，瞬间斩断了伊勒德一条手臂。

伊勒德一头摔下马去，捂着被斩断的手臂，高声惨号，在地上翻滚了两圈，殷红的血就染透了身下的土地。

"族长！"阿日斯兰见到族长断臂落在一旁，又看看周围族人的尸体，心中生出一股决然。今日必然是不死不休了，既然这样，那他就算是死，也得拉着沃突垫背！他张弓，对准马上的沃突，趁着对方俯身去斩伊勒德的时候，猛然放箭。

沃突一刀割断了伊勒德的脖子，顺势翻身从马上跳了下去，恰好避过那支冷箭。乌图勇士们发觉这支箭，不善的目光直射阿日斯兰："杀了他！"

十几只狼听到号令，扑向阿日斯兰。

沃突打了声呼哨，狼群停住，呜呜着后退。沃突提着刀走向阿日斯兰："我记得你，上次就是你把那个老族长从我刀下抢走的。"

阿日斯兰警惕而仇恨地瞪着他。沃突不以为意，擦了擦手上黏腻的血："你是个忠诚的勇士，我愿意亲自动手杀你，拿起刀。"

在无数族人的惨叫声中，阿日斯兰怒吼着，挥刀砍向那个绿眼的沃突。

上一次，他也和这位绿眼的狼神之子交过手，那一次，沃突刚突袭完另一个部族，身受重伤，满身的血，就算这样，他还是一刀划开了老族长的半个身子，阿日斯兰忘不了那个场景，忘不了那种令人惊悸的疯狂与凶狠。

他拿刀的手因为恐惧在颤抖，甚至接不住沃突一刀。

哐当一声，和刀一同落地的，还有阿日斯兰的头颅。

沃突挥去刀上的热血，再一次跃上马，举刀大声道："找出白族所有的男人，杀了他们。"

"是！"男人们大声应和，狼骑们会用它们敏锐的嗅觉，找到每一个躲藏逃跑的人。

部落间的斗争，生死都是男人间的事，一个部族如果被灭，那族中成年男子必定会被全数杀死，只留下能繁衍后代的女人和不及车轮高的孩子。

一场屠杀进行得很快，尸体被堆在一处，活下来的女人和小孩也挤在一处，瑟瑟发抖，目光惊恐。

活下来的人们会被打散编入其他部族，草原上的小部族几乎都是这样，被更大的部族吞并或者杀灭。现在这些白族的女人，也有一大半，是从各个小部族抢来的，她们已经很习惯这种生活，对她们来说，能进入一个强大的部族，不再遭受这种被抢来抢去的命运，就是最幸运的事。

而白族原本的那些女人，特别是地位很高的女人，她们就不同了，和那些被抢来的其他部族的女人相比，白族的女人们穿着更精致的衣服，戴着金质首饰，身上也更干净。白族的女人皮肤很白，是草原有名的美人，一群白族女人聚在一起，沃突过去时，一个女人扑倒在他的马下，双眼盈盈地看着他："尊贵的狼神之子，我是白族公主，我愿意侍奉你！"

女人虽是这么说，藏着的匕首却已经蓄势待发，只等沃突靠近，她就会拼尽全力杀死这个敌人。

可沃突不为所动，举起弓箭，一箭射出，将人当胸射穿，巨大的力道带着那公主钉在地上。

"这些白族女人，找出带着武器的，全都杀了。"沃突不知经历过多少这样的事，当然不会被蒙蔽。

战后充满血腥气的战场，响起女人痛苦的哭声，成为这片草原上一场战役的尾声。

"族长，还抓到一个中原男人，他自称是殷国人。"一个乌图勇士绑着那个想逃跑的中年文士推了过来。

沃突看了眼那中年文士："把他看好了，带回去。"

"是！"

处理完白族，沃突让人装上东西，带着牛羊和俘虏们，回族中去。这些杂事，向来都是那日松做的。比起杀伐果决的沃突，那日松是个更敏感的人，每一次他们吞并一个部族，那日松都会沉默，在他们回去的路上，那日松坐在马上拉起他的那把二弦琴。

沃突和那日松的母亲，当初也是被乌图部族抢回去的女人，乌图部族，也是在无数岁月里由无数个小部族组成的。在这片贫瘠的土地上，如果不强大，等待着他们的就是家园被毁，心爱的女人被夺走。不抢就会灭亡，不杀别人，就会被杀。

这是个美丽又残酷的地方，孕育着冷酷又温柔的战士。

沃突在那日松的琴声中放声歌唱，勇士们击掌相和，连受伤的战士也会参与。这歌并不是歌颂胜利，而是述说亲人、爱人与家园的歌曲。经历了战争的人，会格外想念家。

路过一个湖的时候他们暂时停了下来。沃突走进湖里去，洗掉了身上的血渍。其他的乌图部族勇士，也早就各自清洗起来了。从前他们就是这样，那时候沃突不明白这些人怎么这么麻烦，他是从来不会费这个事的，反正带着一身血回部落也没什么，但现在他明白了这是一种什么样的心情。

他们回到部族时，已经过去了四天。

沃突远远看见了一个人站在坡上，风吹拂着她蓝色的裙摆。他一眼就看出来，那是他的妻子。

"欸！沃突！你突然一个人冲那么快干什么？！"

"看那边，好像有个人影，是公主吧？"

"嘻，难怪了。"

沃突将马停在殷如许身边，将她抱上马，埋头在她脖子上蹭了两下，笑着低声喊她："絮絮。"

在敌人面前闪着冷光的绿眼睛，此时便成了阳光下的湖水。

11

江德清是赵国人，还是个大人物家中的客卿，只是那位大人物府中客卿众多，他没任何出奇的本事，成为客卿三年都没能在主人家露脸做上两件大事。和其他很多只想着混口饭吃的客卿不同，江德清想着有朝一日能真正出头，谋一谋那滔天富贵。

他做梦都想着有贵人赏识，终于，被他等来了机会。府中主人告诉他们，上面的主子想控制草原，需要有人潜入草原，在各部族间为他传递消息，必要的时候制造一些混乱。

江德清在知道这是谁的想法后，欣喜若狂，只觉得金钱权势唾手可得了，他万分激动地从赵国来到草原。他最开始也曾想混进乌图部族，在里面谋一个位置，只可惜他费了千辛万苦也不得其门。乌图部族和江德清先前想象中的不同，他本以为这就是个普通部族，大多数人没见识，连字都不认得，肯定很好骗，结果他差点就被个半大少年给吓尿了。

那少年是乌图部族狼骑一员，也是从小养狼驯狼，一双利眼洞悉人心，揪出过好几个心怀不轨的探子，江德清如果不是跑得快，早前就已经栽在人家手里了。

不过也没差，他去白族煽动了伊勒德与乌图部族作对，又给对方画大饼，许诺让白族以后迁往赵国，结果不自量力，使得白族提前覆灭，他自己也被绳子一捆拴在马后带回了乌图。

带他回来的乌图族长沃突，回到家就又成了野男子汉，就想拐着媳妇去学骑马，完全把这个人忘到了脑后。

其他带回来的俘虏都安排好了，就剩下江德清这一个人，负责的人问到那日松头上，那日松先前听江德清自称是殷国人，觉得自己不好处理，便把这事告诉了殷如许。

殷如许的时间都给沃突了，难得空下来，过了两三日才得空让人把江德清押上来。

江德清这几日倒没怎么受苦，好歹还有吃有喝，他已经从最开始的惊慌失措变得冷静下来，并且在心里盘算怎么办。听说要被带去见殷如许，他心中一喜，心道，那个殷国公主，听说是个性格温和的柔弱贵女，这样的女子最是心软，也没什么心机，他要是谎话说得好，说不定能糊弄过去。

他心中大定，待见到殷如许，心中更是放下了，打定主意要装疯卖傻，扑上去哭求道："公主饶命啊，小人冤枉，小人是殷国良民，是被白族捉去的，与他们并不是一路人哪！"

殷如许已经听人说过他那日在白族的鬼祟行径，这会儿将他上下一打量，便问他："你可是上次被白族劫杀的那商队中人？"

江德清顺杆子爬，连连点头："对对！"

他想这公主哪里晓得那么多，估计也不可能去调查他的身份，结果殷如许招手，让人拿来一册文书："那你是叫何名字，出生于何处，来草原行商，家乡的保证人又是哪三个，你所贩货物为何？"

江德清没想到她会问得这么细，再一看她手里拿着的，竟然还是那商队的人员文书，心中不由得暗骂怎么这个都准备了。他要是说得不对，立即就会露馅，可他哪里知道那商队里的人的名字和来历，只能硬着头皮胡诌道："这……小人其实是偷渡的，半途中遇到盗贼失去了货物，求商队带我一程，所以不在商队名单上……"

殷如许放下文书，再一次问："你是殷国人？"

江德清一口咬定："是，是殷国人！"

殷如许："不，你是赵国人。"

她语气虽轻柔，却十分笃定，如一声炸雷落入江德清耳中，他心中惊疑，不明白为什么这个公主能一口说出自己的来历。

殷如许："果然是赵国人。看来，我问你问题，你定是不肯据实回答了。"

江德清心里一颤，嘴里还是喊："不，小人是殷国人哪！真的是殷国人！"心里则在想，难不成她要杀我？就听殷如许吩咐人说："把他带下去，关起来吧。"

只是关起来？那还好，她肯定是去确认他的身份，去殷国一来一回，还需要一段时间，在这段时间他应该是安全的，要是能趁机送信出去，说不定会有人来救。江德清安慰自己，心里也生出些不屑，觉得果然是女人，心慈手软，难成大事。

殷如许并没有去确认江德清的身份，她让人把江德清带下去后，告诉了看守江德清的人："将他关在窄小无法平躺的小屋中，以后三日送一次吃食，一日送一碗水，多的不必，另外，不许任何人和他说一句话，一个字都不许和他说。"

宫女们好奇地问她："公主，此人真不是殷国人？他是赵国奸细吗？"

殷如许："嗯。"

宫女们："既然是奸细，只关起来也太便宜他了，何不直接杀了！"

殷如许只摇摇头，并不多说。这世间，比死更难以忍受的事情还有很多，没有体会过的人，是不会知道这种囚禁究竟有多可怕的。

这个来自赵国的奸细，让殷如许日渐放松的心弦又绷了起来。赵国为什么会在这个时候派奸细来草原，是否只有这一个？她觉得不可能只有这一个。

"你是怀疑赵国在草原放了大批奸细？"沃突晚上在帐中听殷如许说了这事，不太放在心上，很是不以为意道，"这是我的草原，几个小小奸细能有什么用？"

他是个很自信的男人，也非常骄傲，真如狼一般，可是这种自信在某些时候会成为他失败的原因。

殷如许没有和他争辩几个赵国奸细会有什么害处，也没有试图告诉他赵王赵胥有什么野心，她只是平静地对骄傲地昂起脑袋的男人说："赵王之前想娶我，估计是还没死心吧，母亲来信，说赵国与晋国联合，还曾想借道晋国，前来草原。"

沃突这下子就不是之前那态度了。

就像兽类，能让他们迅速警惕起来的，就是试图侵犯他们地盘，以及抢夺他们配偶的敌人。殷如许早摸清了沃突的性子，知道说什么才会让他在意。

果然，沃突当晚没说什么，第二日就让人准备去其他小部族送信。草原上大小部族很多，乌图统一草原之后，所有的"族"都成为"部"，以表示依附。沃突让人送信，告诉所有部族，因为往来商队日渐增加，为防止出现白族之前的乱子，所有外来之人都必须来乌图领取身份凭证。

短短几日，就揪出了不少的探子，来源竟然不只是赵国。不管是哪国人，殷如许都如法炮制，和江德清一般关押起来。这些人起先没觉得有什么，可是日子久了，就有人忍不住崩溃了，整日在那里哭喊，先前被抓时铁骨铮铮、闭口不言，后来也哀求起看守他们的人。

可看守的人得了殷如许的叮嘱，完全不理会他们。

"公主，您猜得不错，最开始被关的江德清，确实认识后来的其中几个人，我们让人半夜躲在那儿听，果然听到不少消息！"

殷如许听罢，点点头："好。"再没有其他的话。

她的话少，只有和沃突在一起时，才显得活泼些。宫女们瞧着，从最开始埋怨沃突族长老霸占着公主，带她去做些不着调的事情，到现在巴不得沃突族长早点过来，带公主出去玩得开心些。

"絮絮，走了，今日带你去练箭。"说沃突，沃突就来了。

他又是一身的汗，大概刚跑马巡逻回来，走进帐里咕嘟咕嘟大口喝完了殷如许给他晾凉的茶，帮她拿起弓箭，擦擦手，牵着她走出去。

殷如许已经会骑马了，虽然还跑不快，但也能自己骑着马小跑，见她学会了骑马，沃突又想教她射箭，殷如许也无所谓，沃突愿意教，她就学。

现在两人一起骑着马出去，已经是部族里每日都能看到的景象。

殷如许用的是一把小弓，沃突八九岁就能用这种弓了，但殷如许的力气，或许真的连他八九岁时还比不上，暂时只能用这种。

"我们今日到这里练。"沃突站在殷如许旁边给她做示范，并帮殷如许指正姿势，先带着她找感觉，再让她自己试。他盘着腿坐在旁边看公主练箭，她巴掌大的白皙脸庞上都是认真，歪歪扭扭射出一箭，然后放下弓，噔噔噔跑过去把歪到一边的箭再捡回来，他就觉得这女人怎么这么可爱。

殷如许练了一阵子，坐下来休息，沃突拉着她的手，揉揉她通红的指尖："我给你做个皮指套，戴着就不会这样了。"

沃突会做很多东西，他和草原上大部分男人一样，习惯于自己动手制作各种器具，特别是各种小东西，他非常擅长。这男人说来奇怪，照顾起他自己是一窍不通，照顾起殷如许，却好像天生就会似的。

殷如许骑马的小皮靴，是他硝的皮子，又韧又结实。之前殷如许骑马，两条大腿磨得通红，他还给她做了个马鞍垫子，扣在马鞍上之后就好了。除了这些，他还亲手给殷如许做了把匕首，刀刃磨了很久，就算是殷如许这个力气，用那把匕首也能轻易拆开羊骨羊肉。

但这匕首，可不是单单给她拆食物用的，那是一把真正能杀人的锋利匕首。

殷如许学骑马射箭时总受伤，他瞧见她身上的伤就难受，可就算难受，他也没说过让殷如许别学了。

殷如许是个公主，这具身体没吃过什么苦头，拉弓拉得双臂酸痛发软，连东西都拿不动，累得不想说话。沃突从旁边的地洞里掏出只毛茸茸的懒鼠，给她摸几把，让她缓缓手疼，这非常见效。

等回去了，殷如许连盘子里的饼都拿不起来，沃突就一手拿着一个肉馅饼，一个自己吃，一个递到殷如许嘴边让她吃。他啃一大口，啃掉半个馅饼，腮帮子都鼓起来一大块，殷如许那饼才咬了一小口，她秀秀气气的，半天才吃掉一小块。

沃突瞧着直笑："哈哈哈，你简直像只懒鼠！"

殷如许张口，咬他的手指。

沃突："……"

殷如许："没看清，咬错了。"她假装自己眼神不好，继续吃饼。

沃突：……要命。

12

赵国与晋国联合攻打鲁国，却接连失利，几场战役败多胜少，在渝关之外更是损兵折将，连晋国主帅都险些殒身于此。

战事僵持，此时若是收兵，晋、赵两国没得到丝毫好处，反而白白损失了这大把粮草和兵卒性命，赵王和晋王又怎么甘心，可要是坚持攻打，没人有把握能尽快攻下。赵胥收到前线战报，再一次后悔起当初的联盟。

早知如此，他就该和鲁国联姻，谁知道在原世界里不堪一击的鲁国，这次竟然如有神助，能在两国联合之下硬扛这么久。那个守城的大将兀渠更是让赵胥头疼，那本来应该是未来被他收入麾下的一员猛将，现在却成为敌人，简直叫人内伤。

"国君，当真还要继续打下去？"

"打！"赵胥斩钉截铁道。现如今已经不是他自己可以决定的了，朝中的各种声浪推着他往前，这一仗他不仅要打，还必须打一场全胜之仗，否则别说攻打他国和草原，赵国内部都要出现问题。

赵胥要亲自前往渝关的消息一传出，晋、赵、鲁三国都有些震动，赵国内部也并不是全都忠心于这个年轻的赵王，有一部分人仍效忠于他的叔父余商君，多的是人想看他的好戏。

晋国则是多有猜测，觉得这个赵王是想得更大的便宜，原本两国的军队是以晋国为主，但赵胥一去，以他的国君身份，当然就是统帅之人，如此一来，一旦渝关被攻破，得到最多好处的，岂不就是赵国了？晋国这边又想赵胥出力，又不想己方得到的利益减少，只能暗地里搞些小动作。

至于鲁国，他们能苦守这么久，背后少不了周围国家暗中的支持，特别是殷国，卖了不少物资给他们，从草原贩来的战马、本地产的粮食，甚至兵器，算是皆大欢喜。

这边战局胶着，远在草原的乌图部族，难得迎来了一个丰年，草原上的物产与资源源源不断被运往中原，又有大车大车的物资运到草原，几个部族聚居之地日益热闹，人们的生活也可见地富足了起来。

夏季过去，草原上迎来了秋日，在这种广阔大地，更显秋日的天高气爽与苍茫。大家已经为入冬忙碌起来，外出打猎成了部族里的男人们最爱的事。

若说箭术，当然没人比得过乌图部族的族长沃突，大家早知道他的厉害，前几年还有不知天高地厚的年轻人要和他比试，这两年基本没人愿意搭理他了，男人们自己玩自己的，不带他一起，毕竟谁也不想总是看着这么个妖孽来打击自己。

所以，沃突出门打猎一般是一个人，如今就是带着殷如许两个人了。

"你的箭学得差不多了，可以出门实战。只学会把箭射出去，但不去真的射中什么，箭学了也没什么用，走，咱们去猎几只红背狐狸回来给你做帽子。"沃突这么对自己的"学生"说，然后找了个日子，理直气壮带着她跑出去疯玩了好几天。

他们就两个人，骑着马走了挺远，从太阳刚升起来的时候，到月亮升起来，一望无际的草原只有他们两人。殷如许开始自己骑着马，骑久了觉得困了，沃突就将她抱到自己的马上护在身前，让她靠着自己睡觉，殷如许那匹马就跟在沃突的马后面，乖乖一起小跑着。

殷如许总是找不到猎物，因为那些小东西都擅于隐藏，它们在这片草原上生活了很久，熟悉这里。如果是殷如许一个人，她大概会一无所获，可她还带着一位狼神之子，她的沃突族长生于草原，了解这里的一切，包括那些狡猾的小家伙。

沃突每次看到猎物，都先拽拽殷如许，让她看，然后让她出手。

十射十空。

殷如许才刚能射中静止不动的靶子，现在就让她射这种能灵巧跑动的动物，实在为难她了。但沃突乐此不疲，每每瞧见她射不中，都不知道为什么特高兴。

他们遇到了一群黄羊，殷如许一箭射出去，一只黄羊把射过去的箭给蹬飞了。

殷如许："……"

沃突："哈哈哈，我第一次看见有人射黄羊被蹬飞箭的，哈哈哈！"他笑得直拍自己大腿。

殷如许拿着弓对他比画了一下，作势吓唬他。沃突更是要笑死了，对她说："来，你先射我试试。"

殷如许："胡说。"

沃突："没，我没胡说，你先射我一下看看，就你这个力道，我抬手就能抓住你的箭了。"

在他的再三要求下，殷如许对他放了一箭，沃突不闪不躲，果然闪电般一把抓住了她的箭。"准头还行，力道不行。"沃突把手上好几支殷如许的箭给她插回了箭篓。

殷如许的箭尾，被他漆上了红色的标志。

"别着急，咱们慢慢来，肯定能打到的。"他嘲笑完公主，又用力抱着人家往天上抛起来逗人开心。

两人漫无目的地到处走，殷如许偶尔会担心不认识回去的路了，沃突摇头失笑："我当然知道该怎么回去，担心这个干什么……欸，絮絮，你看那个草丛旁边有个洞，兔子看到没？快，赶紧射！"

殷如许也紧张起来，小心拉着弓，对着那只兔子射出去。唰的一下，尾羽点红的箭扎进了洞里，兔子跑了。

沃突："哈哈哈哈！"

殷如许被他笑恼了，盯着他不说话。沃突抬手："好好好，我不笑了，不敢了！"

"这兔子跑不了，来。"他跳下马，顺手把殷如许抱下马，带着她在周围找了找，果然找出了另一个洞，"你在这儿等着，待会儿兔子钻出来，你就给它按住。"

殷如许："兔子为什么会从这里钻出来？你怎么知道？"

沃突："我就是知道。"他在找到的另外两个洞里折腾了一会儿，蹲在了另一个洞前面。也不知道做了什么，过了一会儿，殷如许果然听到一些动静。她屏住呼吸，跪坐在地上去看面前的洞，隐约看到个兔子影。

"啊！抓到了！沃突！"

殷如许一把按住突然冒头的兔子，这是她第一次亲手抓住一只兔子，有些激动地按着那挣扎的毛茸茸的小东西，因为手法生疏，把人家的毛抓得乱糟糟的。

"沃突，快，它要跑了！"

沃突看够了她像个小女孩那样激动的样子，上手揪住兔子耳朵，拯救了她。"看，你抓的兔子。"他提着兔子在殷如许面前晃了晃。

捆住兔子放在马背着的口袋里，两人继续往前。

"絮絮，看那边。"沃突再一次戳了戳媳妇。

殷如许瞧了那边一眼，不动手了。

沃突："絮絮，是红背狐狸。"

殷如许："……你来。"

"好吧。"沃突张弓，拉到一半又放了下来，抬手从殷如许的箭篓里抽出一支箭，将弓拉满，咻地射了出去。他当然是不会落空的，那只红背狐狸跑出去几步，却恰好被洞察了先机的沃突射中脖子。他看殷如许还是没什么反应，打马过去把红背狐狸捡了回来。

之后他不管射什么，都从殷如许的箭篓里抽箭，就是不用自己的箭。

"不许用我的箭了，快被你用完了。"

"那下回你自己射箭？"

"……我自己射箭。"

还是什么都没射中。

射不中就射不中，殷如许也不气馁，自己一箭射不中，喊一声沃突，旁边的沃突就跟着一箭射过去，往往能有所斩获。

到晚上，他们坐在篝火堆旁边，星空无垠而沉寂，维持着千年万年不变，只要躺下来，整个人就能沉进身下的土地里，忘却一切。

最开始殷如许睡不着，这种简陋的环境，她只能靠着沃突半躺着。沃突就抱着她，给她唱歌。他的手粗糙又宽厚，抚在脑袋上很有重量，殷如许被他用下巴抵着脑袋唱会儿歌就睡着了。

偶尔殷如许也会给他唱殷国的歌。殷国的歌讲究音律相和，辞藻得清丽华美，旋律要婉转动听。她的歌就和她的人一样婉约精致，像草原深处的一个南国美梦。她靠在沃突肩头唱歌，沃突就安静注视着她，双眼和他背后的繁星一样闪着光。

出门在外，不像在部族里那么方便，他们虽然带了足够的水，却不能每日洗漱，要是途中遇到水了，殷如许就难免想洗一洗，趁着太阳还在，水还有些温度，殷如许解开头发和衣服，下水去洗洗身上的汗。

身后忽然凑过来一个强壮而熟悉的身躯。

沉入水中，被水流包围，一同在水中沉浮，湖水的冰冷被另一副炙热的身躯驱散，此刻天地之间就只有两个人，融化成生命最初交汇的模样。

两个人单独相处久了，就好像只剩下他们，见不到其他部族的痕迹，也没有别的人出现，只是这样与日月相伴，骑马奔驰于旷野，恍惚间，殷如许会忘记自己是殷国的公主，忘记曾经被困在一方狭小天地中的痛苦。

她觉得自己好像变成了一阵风或者一片云。

"来，我们该回去了。"听到沃突这么说的时候，她还有些失落。

沃突看出来了，揉了揉她的脑袋，额头靠着她的额头："下次再带你出来玩，我还有很多地能带你去。"

"等下一次，你就能自己打到猎物了。"

殷如许觉得他在哄自己玩儿，可还是高兴起来。

13

丁零零——

这是赵国王宫箐芜殿檐下一排铜铃的声音。这排铜铃从宫殿建造之初就在这里，百年来，每当有风雨徘徊，就会发出这样清脆的丁零声，秋风起的晚上，与绵绵春雨不歇的日子，常常一响便是一晚。

嗒啦啦——

这是箐芜殿内殿水晶帘被人轻轻撩动又滑落着撞击在一起的声音。殷如许躺在床上的时候，听到这声音，就知道有人来了。

"小殿下，小殿下？快出来，夫人睡着了，不要吵醒了夫人。"

这是箐芜殿里伺候她的宫女存青的声音，殷如许对她的声音甚至比对赵胥的声音还熟悉，因为在无数次的循环中，她与存青相处的时间最多，不管愿不愿意，她的一切都是由存青照料的，这个听命于赵胥的宫女，让她又恨又痛。

存青在外面轻声呼唤，但没人回答她。殷如许盖着的薄被被人拉开了一点，她的床榻上爬上来一个小小的身子。

"母亲，母亲。"她的孩子小声呼唤她。

"母亲，你又病了吗？"这是个很乖巧的孩子，又听话，又懂事，来看她的时候，从来不会大声吵闹，好像生怕大声一些，就会将病中的母亲惊住。

殷如许温软但是有些凉的手被一双小手给拉住了，那双小手热乎乎的："母亲，你是不是想念家乡了？我听人说，你生病是因为想家，你不要再难过了，等我长大，就带你回家。"

听到这种话，殷如许的内心没有感动，而是下意识感到惊惧起来，她想伸手捂住孩子的嘴，告诉他不要再说了，不要再说这种话了，不要被那个人听到！殷国已经被灭，再没什么家可回了。可她动弹不了，她的身体不由她自己操控。

殷如许看到了孩子稚气的面容和孺慕认真的眼神，还透过水晶帘子，看到了站在帘外的那个男人。赵胥静静地站在那儿，像是一道可怖的影子，他的眼神冰冷，如同毫无暖意的冰雪一样刺人。

她知道接下来会发生什么。

"夫人，小殿下……小殿下他失足落水，已经、已经去了，您不要难过，您还会有其他孩子的……"存青哭着对她说，用她那双淹死了孩子的手，轻轻搀扶着她。

殷如许的身体在大哭，在崩溃地痉挛，可内里的殷如许已经没有力气再做多余的反应，她只觉得冷，似乎被人扔进了水里的是她自己。

孩子的脸青白，小手冰冷，没有了气息。箐芜殿下的铜铃响了一夜，前殿赵胥的宫宴舞乐也响了一夜。

秋风萧瑟，锦衾冷彻。

……

"絮絮，絮絮？"

"……"

"怎么了，你是不是做噩梦了，怎么哭成这样？"沃突擦掉了她脸上的眼泪。

他睡到半夜，听到压抑的哭声，发现妻子喘不上气似的蜷在一边，闭着眼睛哭，忙将她喊醒。

殷如许还没能回神，恍惚地躺在那儿一动不动，她满身的冷汗，眼泪干了之后，脸颊上一阵刺疼。

发觉她手心冰冷，沃突将她的手紧紧握住，顺便将她牢牢抱在自己怀里："好了，好了。"

殷如许过了好久才从沼泽般的噩梦中回过神，她控制不住地发抖，拼命往沃突怀里钻。

庄生晓梦迷蝴蝶，她想，究竟是谁在做梦？是现在的自己，还是箐芜殿里那个殷如许？

沃突察觉她不对劲，浓眉皱了皱，忽然从架子上拿了披风，裹住了自己和殷如许，然后大步出了王帐。他带着殷如许骑上马，往部族外面的荒原奔驰。

有巡夜的族人发觉动静，还以为发生了什么，紧张地跑过来，沃突说了声："是我，没事。"然后也没停马，直接奔了出去。

这会儿是半夜，外面一片漆黑，骑在马上奔驰，寒风扑面而来。殷如许彻底清醒了，她扯过沃突手里的马缰，双眼通红地望着前方的黑夜，策马狂奔。

直到她完全脱力，沃突才接过她手里的马缰："好点了？"

殷如许把脑袋靠在他胸口上，听着那里的动静，小声嗯了一声。

"冷不冷？我们回去了。"

晨曦，天边现出一条白线，这条白线驱散黑夜，把阴沉的暗色变成沉郁的蓝色调，等到太阳出来，沉郁的蓝又变成清朗的蓝。

"你做梦的时候怎么哭得那么小声？我听着都难受，你要是想哭，大声点哭，也不会憋得这么难受。"沃突裹着殷如许，慢慢踱回部族里。

殷如许："梦里不敢哭，有一个我害怕的人在看着我。"

沃突："什么人让你这么害怕？"

殷如许："……我不记得是谁了，等我想起来，就告诉你。"她温存地抱着沃突的颈脖，心里却在想，那个人总归是要死的。

"以后可不能再这么跑马了，这几个月得养一养，公主的身体虽说好了些，可也不比那些健壮妇人，还是少折腾的好，最好先别骑马了，这样孩子才能安安生生地落地。"

"嗯，我知道了。"

殷如许和沃突半夜出去跑了一阵马，冷静下来后就有种莫名的预感，让人去把带来的医师叫过来诊脉。她本来只是猜测，结果真的被她给猜中了。她怀了身孕，需要养胎。

这消息一传出去，就有人传得神乎其神，先是有人说难怪族长大半夜的突然跑出去，后来传着传着，就成了大半夜突然有流光落进王帐，族长和妻子才避了出来，说天生异象，族长的儿子定然是位了不得的人物。

消息也不知怎的传到了各部族，很快就有依附的其他部族过来送礼，又很是热闹了一阵。

对于孩子的到来，殷如许非常平静，只看着不断搓手的沃突微笑。沃突则表现得很高兴，来祝贺的部族，他都难得给面子一一见了，还特地让乌日珠阿姆叫了族中生育过好几个孩子的妇人过来，让她们多照顾着些殷如许。

殷如许身边伺候的多是年轻宫女，有这些妇人在，就有条理多了。

不管是殷国还是草原，沃突这个年纪的男人，一般都有孩子了，现在终于传出喜讯，整个部族都十分高兴。虽然乌图不像中原国家那样看重君王的继承人，但如果英明的族长有优秀的继承人，无疑是令人觉得安心的事，那代表着他们的安稳日子能够延续更长的时间。

殷如许还写信送回了殷国。从她联姻嫁到草原，草原与殷国接壤的几座小城就没再发生过摩擦，沃突管束了周边流散的部族，不许他们再生事端，双方关系一度缓和，再加上商队来往流量大，就有城池开始愿意让一些和善的部族人进城，也允许他们在城内贸易居住。

殷如许带到草原的工匠，则在这几个月里熟悉部族和生活，然后招收学徒，同样搞得热火朝天。

与之相比，赵胥的日子就没那么好过了。他为了尽快发兵草原，亲自带兵攻打渝关，想要早点结束这一场僵持的战役。他这人确实有些智谋，在半个月内攻破了渝关，可是渝关守将身边也有能人相助，使了个离间计，让晋国主帅与赵胥之间产生嫌隙，在最后之战里，晋国军队不听赵胥调派，擅自行动，导致几万大军身陷死城，损失惨重。

这一仗即使胜了，也是惨胜，对晋国来说，更是不值。

本以为拿下渝关，他们就能一气直捣鲁国都城，到时候也算是能减少损失，可在渝关之后的一个要塞小城，他们愣是又被大军拦了下来。这一拦又是半个月，就像是扎在赵胥眼睛里的一根刺。

晋国在这时候宣布撤兵，直接抛弃了赵国这个盟友。

赵胥简直被晋王的昏庸愚蠢气笑了，尤其是对方在信中竟然口口声声说他指挥不当，使得晋国损失众多良兵。如果晋王在他面前，赵胥绝对能一剑斩了那老不死的东西。

"这晋国当真可恶！在这种时候撤兵，对他们有什么好处？！"赵胥帐下众将同样火大，一个个都骂起来。

"确实不能再拖下去了，事到如今已是箭在弦上不得不发，哪怕晋国撤兵，我们也得打下这小小磺城！"

"王，您可有什么办法攻破磺城？"

"从这些日子磺城的种种行事看来，他们早就打算弃渝关，据守磺城了。"赵胥指着地图，"我们不打磺城，绕路泷周。"

他是准备走一条险路，若能成功，直取鲁国都城绝不是问题。可惜，他是注定了做什么都无法成功，险路成险境，险些把他一条命留在那里。鲁军好像早已知道他会走泷周，陈兵二十万等着他去。那一仗，两军人数相差不小，鲁军又是为守护家园背水一战，气势上压倒了屡屡失意的赵军，哪怕赵胥本领通天，也难以力挽狂澜，只能看着兵败如山倒。

如果不是心腹拼死抢救，他恐怕会死在那里。

他受了不轻的伤，带着一小部分残兵奔逃回国。去时声势浩大，回来却落魄狼狈，打了这么一场虎头蛇尾的仗，晋、赵两国之间本就不怎么牢固的联盟一下子破裂了。

14

晋、赵两国闹翻了，赵胥终于忍不了晋王这个猪队友了，最重要的是，他觉得以晋王的昏庸，晋国灭亡是早晚的事。如今已经不能用从前的经验来行事，虽然在原来的世界剧情里，晋国被他灭亡的时间比较晚，但现在看来，与其打鲁国，他还不如干脆先把晋国打下来。

可惜，晋国损失惨重，赵国也没讨到什么好，一场对鲁之战结束后，这两国别说再起战端了，只是对付国内那些不满之声和乱象，就已经足够他们忙的。赵胥打了败仗逃回国后，就一直试图练兵强兵，再广招良才，把自己从前知晓的那些将帅之才全部收到麾下，避免再发生渝关那种事。

然而这从前很顺利的事情，现在是屡屡失败，要么是找不到人，要么是找到了却发现对方早已投奔他国，好不容易捞到两个，还需要不断磨炼才堪大用。

他就如同困在浅水滩的鱼，纵使觉得自己入海便能化龙，奈何大海离他十万八千里，压根去不了，也就只能继续在浅水滩里蹦跶。

这两国消停了，鲁国趁机休养生息，这一次险些遭遇灭国之祸，幸好背后还有殷国和其他小国的帮助，鲁国为此特地递交国书与殷国建交。

在这场战争里，殷国无疑是得益最多的那个。殷如许从送来的信中看到如今的各国形势，沉思片刻，又着手写回信。

她的信大部分是让信得过的可靠之人专程带去给兄长的。是的，她并不是给母亲写信，而是给兄长写信。她的兄长耳根子软，没什么主见，但对她这个妹妹还算疼爱，虽然耳根子软有坏处，但同样有好处，至少他听得进她说的话。作为殷国国君之子，兄长比她这个公主能做更多的事。

殷如许希望和平的局面能维持得更久，她希望至少在自己有生之年，不管是她如今的家，还是故园的家，都能平安。所以，她需要一个拥有自己血脉的孩子，将来能继承这片草原，同时也需要一个和她血缘更亲近的人，继承殷国国君之位。

她不由自主抚摩着自己的肚子。

"孩子"，从前只要一想到这个词，她的心就是一阵抽痛，痛得多了，久了，就再没有感觉。她自以为不会再有感觉，可恐惧还是体现在了梦中。那一天她从噩梦中醒来，和沃突在夜晚骑马奔驰，忽然，恐惧就被她远远抛下了。

她一天比一天平静，最近，已经隐约能感觉到一些久违的喜悦和一点期待。这份喜悦和期待的心情，并不是她自己找回来的，而是沃突传达给她的。

"絮絮，今天怎么样？"沃突从外面回来，第一句就是这些日子以来习惯的问候。

殷如许："挺好的。"她看着沃突的手，果然，他今天又带回来了新的东西。

"今天是什么？"

"这个？这是鹰骨，在山岩下找到的，准备做个骨笛。"沃突把手里的东西摆到她面前，让她摸几下。等殷如许看够了，他摸出刀，拿着那根骨头比画，就开始又削又琢。

从知道她怀了身孕开始，他就常从外面带些东西回来，说要给未出世的孩子做几样玩具。说是几样玩具，但就这么些日子，他已经零零碎碎做满了一个小箱子。殷如许往王帐角落一个红漆箱子看了一眼，那是她特地腾出来的箱子，专门用来放沃突做给孩子的小玩意儿。

前日他说要给孩子削一把小弓，做完了，殷如许顺口问他，等到孩子能用弓了，这弓会不会也坏了。沃突想了一会儿，把那把弓送给了她："那就给你用！"

殷如许："……"

这种说是做给孩子，结果做完了又改主意送给她的情况也不少，所以，他们的床旁边还有一个红漆箱子，里面放的是给殷如许的东西。

沃突看到了她怀孕后偶尔的异常表现，可他并不知道殷如许那些经历，只猜测她是怀着孩子所以害怕，心里也想借着这些小东西，逗她开心。虽然他并不希望孩子这么早来，担心公主身体受不住，可既然孩子已经来了，他也只能想办法让公主开心放松些。

沃突做骨笛做了一半，因为这个需要细细雕琢，他做得比较慢，见殷如许在旁边看着自己做的骨笛，他问："骨笛，你想要吗？想要就先给你了。"

"不是做给孩子的吗，怎么又送我？"

沃突放下匕首，把骨笛放在唇边试了两个音，又改了主意："算了，这个做得不怎么好，给孩子吧，下次我找个好的再给你做。"

上一回，他从驰部回来，说看见那里的小孩子玩那种会奔跑的木马，就给孩子做了一个。殷如许看得有趣，拿在手上把玩了两回，沃突就宣布那木马归她了，不仅如此，他还给殷如许做了好几个，饶有兴趣地涂上各种颜色，全都摆在王帐里那张新添的梳妆台上，把殷如许的首饰都挤得没地方放了。

他那段时间骑马出去巡视草场，都会随身带几块木头，没事就拿出来削削砍砍，惹得其他人都好奇地询问，结果全部族都知道公主喜欢他们族长做的小马了。还别说，这小木马挺好看，那日松家的小男孩每次过来，都眼巴巴看着公主那一堆小木马，不知道多羡慕。

部族里的小孩们都有家里大人削的小马，可是公主有这么多好看的小马，是独一份，所以她就是孩子们最羡慕的人了。

最好笑的是还有商队问部族里的人，有没有这种小马卖，据说后来贩卖到中原等地，卖得还不错。

已是秋日，沃突忙起来了，他时常要带着人去其他部族，商讨一些事，部族里来找他询问事情的人也很多。沃突不是很喜欢处理那些需要耐心和时间的事，以前他都是不想干了就跑出去抢地盘，把事情扔给其他人，可现在地盘都抢完了，总不能自己抢自己。况且怀着孕的妻子在部族里待着呢，他就像被线牵住了，在外面跑一段时间就想回来，这下子跑不掉了，只能硬着头皮干。

"这么苦恼？"殷如许每次看到他皱着眉头坐在那儿写字都想笑话他。因为他这个族长，不怎么擅长算术，底下的其他部秋日里送来多少牛羊，和哪个部打了一架收缴了多少东西，部落里今年新添了多少人口……都算不清。

他也不是不明白，这男人聪明得很，学什么都很快，只是实在嫌烦而已，耐心都被他给吃了，殷如许都不知道平时他对自己的耐心哪里来的。

"怎么样，数清楚有多少只羊了吗？"殷如许看他算得头都快秃了，捂嘴偷笑一阵，提起笔在旁边写下一行数字，"是这个，算了，看你这样，我帮你写吧。"

沃突如获大赦，干脆把这些事交给了她。殷如许一度怀疑，自己的族长之所以会被灭族，说不定就是因为没人帮他处理这些事。

公主的加入使乌图部族的文字书写习惯发生了很大的改变，因为乌图部族很少用文字记载东西，那是巫的职责，他们的各种风俗和经验都是一代代口口相传，大多是用歌谣，形成刻在骨子里的记忆，并不像中原对文字的运用广泛。

在殷如许过来前，沃突都是用匕首刻字，还是他们本部族的数字，非常复杂。

"我想让人教部族里的孩子学中原的文字，教他们用纸笔书写，你觉得怎么样？"殷如许不太确定沃突会不会同意，但她确实选了一个很好的时机开口。她很清楚，习惯是最难改变的东西，而文化的融合，也需要很长的时间。他们的下一代愿意学习另一种文字和文化，就代表着一种认同和亲近，所以，这是一种信号。

沃突注视着她的脸，绿眼睛里有着洞悉之色，他抬手摸了摸她的鬓发，忽然笑了："好。"

"族长，这不太好吧，我们自己也有文字，干什么要学中原那一套！"意料之中，部族里有些人不同意沃突的做法。

那日松等沃突的亲信则很支持："这有什么不好的！现在来我们这里的商队越来越多，大家学了他们的字和话，交流不就更简单了？"

众人吵吵嚷嚷，上下尊卑在这里没有中原分明，所以大家吵着吵着就要动手，沃突也不管，他自己该吃吃该喝喝，吃饱喝足了，等下面人打完，他一抹嘴，看向其他人："打完了？打完了就回去把消息传下去，让小崽子们去学。"

"族长！"还有人不甘心，试图再说几句。

沃突抬头看过去，也没和人生气，只道："以后部族里的年轻人，会有比我们现在更广阔的天空，如果只知道我们这一个部族的文字，他们的世界就只有这么大。满都，你希望你的孩子比你走得更远，比你更强大吗？"

满都沉默片刻，无言地退了下去。

沃突注视这里所有的人："我做的决定，不可能更改，你们应该都很清楚。你们不服，可以，但我不许有人私底下找公主麻烦，如果被我发现了……希望你们还没忘记五年前的事。"

五年前，十几岁的狼神之子，杀死了老族长和一大部分乌图贵族——现如今他们这种随意的气氛，也是因为当初那些看重权势、身份的乌图贵族死得太多了，能站在这儿听沃突说话的，大多是当初跟着他一起反叛的普通族人。

他们不会忘记能有现在这个自由富足的乌图部族是因为谁，更不会忘记提着老族长人头的少年，是怎么坐进王帐的。

15

目阐部的习俗，秋日射雁，也就是一群人在原野上射雁，寓意送秋。乌图部族统领这片草原后，和目阐部一直关系不错，沃突作为王，每年目阐部这个射雁活动，都会邀请他去。

殷如许因为要养胎，许久没被沃突带出去乱跑，这回难得有热闹，沃突就悄悄把她偷了出去，带到目阐部去见识见识。

等公主的医师和宫女们发现公主不见了，殷如许人都已经到了目阐部。乌日珠阿姆熟练地安慰这些容易大惊小怪的殷国人："没事，就是去看个射雁子，晚上就回来了。"

医师摇头晃脑地捋着胡子："哎呀！公主不能出去骑马吹风啊！"

乌日珠阿姆："放心，我们族长会照顾好公主的，谁都没他紧张公主。"

因为是一大早被沃突"偷"出来的，殷如许难得没有穿殷国的裙装，而是穿着一身乌日珠阿姆给她做的袍子，红黑两色的袍子，裙边上绣着蓝色和金色的纹样，脚上一双鹿皮靴子。

她的腰最近粗了些，所以彩绦系得并不紧，胸前挂着沃突送给她的红珊瑚和蜜蜡珠串，头发是她自己编的，因为最近气温下降，她有些头疼，还特地戴了顶帽子，遮住了半张脸。

沃突把她带到目阐部，一路上，认识沃突的人都忍不住朝她多看几眼。这位殷国公主在大部分不经常去乌图的别部人看来，是很神秘的，听说她来草原时带了很多车马，仪仗连绵十几里，还带了许多珠宝珍玩。乌图王沃突喜欢她，将她视若珍宝，大家都知道，就有人猜测，她肯定长得很美，可不就人人都想看看了？

这回沃突大摇大摆地把她带到目阐部，本来今日目阐部就热闹，他们来了之后，那就更热闹了。

"欸，那是殷国公主吗？"

"好像是，看上去腰都没我阿姆手臂粗啊！"

"听说公主在乌图都是在有帘子的帐子后面坐着的，是真的吗？"

沃突听到周围的议论声，闷笑两声，等到了地方，他先自己下来，再把怀孕的妻子抱下来。"我给你找个地方坐着。"

目阐部的射雁活动之所以邀请他来，可不只因为他是王，还因为他是公认的神射手，论射箭，无人比得过他，而目阐部的信仰就是弓，他们最钦佩的就是弓箭用得好的勇士。因此，沃突在这里比在乌图本族还要受欢迎，不管男男女女，见了他都十分热情。

沃突和目阐部族长商讨射雁，殷如许坐在另一个特地收拾出来的帐子里，还有人给她送来热腾腾的水和食物。招待虽然周到，但这个部族里的人也确实太热情了，殷如许坐在这儿，看到帐门口左右围满了偷看的小孩子和女人，时不时还换上一拨人。只有女人和小孩会过来悄悄看她，男人是不好意思凑过来的，就远远站着。

这些来围观的少女里面，几乎有大半是抱着"看情敌"的心来的。之前沃突一直没娶妻，只说还没遇到能看对眼的，他自己不急，可急坏了众多部族里的未婚女子。有人问他喜欢什么样的女子，沃突张口就说欣赏那种潇洒豪爽，能一同打猎喝酒，高挑健美的女子。

他这么一说，众部族里顿时就出现了许多能上马打猎、下马砍人的女汉子，可是一年复一年，各部族的女人越来越凶悍了，沃突还是没有看对眼的。到最后，他娶了个和从前喜欢的类型完全不一样的殷国公主。既不高挑健美，也不潇洒豪爽，看上去更不像擅长喝酒打猎的，可他还是喜欢得和眼珠子似的。

"乌图王骗人！他喜欢的明明就是这种、这种看上去像珍珠一样莹润的女人！"围观了半天，一个目阐部女子怒气冲冲地说。

其他女子同意地点头，纷纷声讨沃突："坏心眼的男人！男人的话都听不得！"

她们说得太投入，声音大了些，被殷如许听到了。她自己也知道这一茬，每每想起都觉得好笑，她见帐子外面的年轻姑娘们龇牙咧嘴，气得齐齐跺脚的样子，忍不住就朝她们笑了一笑。

一群年轻的少女"呀"地惊叫，莫名羞红了脸，噔噔噔往后退，退到一旁殷如许看不到的地方去了。

"嘿呀，公主笑起来真好看，花儿一样的，换了我，我也喜欢啊。"先前那个挥拳头大骂沃突的女子突然改口说，"不知道殷国有没有公主这样的男人啊？"

目阐部族长搂着沃突的肩走到附近，听到了几声声讨，大笑道："听见没，又是在说你。"

其实沃突自己也很无辜，在他没见到殷如许之前，也不觉得自己会喜欢这种，谁料得到呢？不过他可不管这些抱怨，直接去帐子里把殷如许牵出来，带她一起去看射雁。

每年这段时间，都会有很多雁从这边经过，今年也不例外。殷如许坐在一边，看着沃突首先上场，将一支漆成黑色、尾部染红了的箭搭上弓，朝着天上一行雁射去。他射落的是一行雁里处于最末的那只，这也是目阐部的传统，他们射雁是绝不会射头雁的。

"哦！！！"雁从天上掉下来，沃突策马去接，恰好接在手中，又引起了一轮围观人群的欢呼。

之前骂他的那群少女欢呼声尤其响亮，浑然忘记了之前的愤怒。还有几个少女也是要参加之后的射雁的，在沃突策马奔回来之后，少女们就和其他勇士们一起上马，追逐着远飞的雁，开始张弓搭箭。虽然不是每个人都能射落大雁，但每当有人射落，总会响起一阵阵的欢呼，部族里所有的人都在为他们欢呼鼓舞，欢乐的气氛充满了每个角落。

如果有人射落了雁，拿着雁去向心上人表白，大多能得到一个美满的结局，这雁就是目阐部求亲的信物之一，所以每年射雁之后，部族里就会多上好几对新人。今年尤其多，因为沃突娶妻了，女子们眼见没戏，当然得另找对象。

她们遵从的更像是自然界里的规则，而这里的人从来如此，倒显得沃突像个异类。

"絮絮。"沃突不知道什么时候摸到了殷如许身边，他手里提着只大雁，递给了殷如许，"送你的。"

殷如许刚好听见远处一个射落了雁的青年朝一个少女大喊："雁送你，做我的妻子吧！"

她抬头看沃突："可我已经是你的妻子了，怎么还给我送这个？"

沃突就蹲在她身边："想你喜欢我多一点。"

殷如许握着他的手，靠在他身上："已经很多了。"

在目阐部玩了一天，回去没多久，天气就凉了下来。

草原的冬日来得很早，他们要迁徙去另一个地方了，去他们冬季的驻扎地要走上大半个月，沃突说，那里离横断雪山更近，而他们要在大雪降下来之前到达。

这是殷如许在草原经历的第一个冬日，她多少有些不习惯，这寒冷的天气和殷国、赵国都不同，雪还没下，她就穿上了皮毛衣服，就是乌日珠阿姆她们用沃突珍藏的那些皮子给她做的。因为穿得厚，再加上她怀着身孕，看上去圆润了些，沃突总喜欢抱她，大概也是觉得手感特别好。

部族里的人都有条不紊地准备着迁徙，他们要把固定的帐子拆下来，还要用牛和马来拉大帐。殷如许是第一次知道，原来王帐可以被直接拉着走。

不像他们这些没见识的殷国人，乌图部族人都已经习惯了这样的迁徙，大人小孩都手脚利索，没几天就把一个偌大的聚居地拆了。宫女们之前还和殷如许说，这么多人要是搬走，不知要耽误多久，结果没两天，看到部族里翻天覆地的变化，她们简直目瞪口呆。

殷国人大多终身生活在同一个地方，像这种不停迁徙转移居住地的行为，她们不能理解，人对于不明白的事情总是抱着一种敬畏。这群宫女好奇，跑出去看人家怎么收拾东西也看得津津有味，回来七嘴八舌地和殷如许说。

"不知道我们要去的地方是不是更偏僻荒芜，说要去那边的雪山脚下，那里冬日难道不会更冷吗？"有的宫女难免忧心。

殷如许不能回答她，因为她自己也不知道，这是她没有经历过的人生。

可沃突能告诉她，他说："冬季并不可怕，雪山也不可怕，相反，那儿好玩的地方很多。还记得我告诉过你的温水湖吗？湖面上都是热气，湖边开满了花，我早就想带你去看。"

所以殷如许是带着期待去的。冬日对乌图部族人来说，除了严寒和无边的风雪，也有着独特的魅力。

只可惜到了冬季的驻扎地，商队就不能像夏季那样去得勤了，毕竟离得远，风雪大的话容易迷失方向，实在不好走。

殷如许可以说是最轻松的一个，她大部分时间待在王帐里休息，沃突安排完了事情就会回来，偶尔带着她缓缓骑着马走一段路。

高耸连绵的雪山，距离他们越来越近，而离得越近，就越能感觉到那是一个怎样鬼斧神工的天然屏障。雪山的顶峰终年积雪，如果天晴，湛蓝的天空下，雪山就显得格外澄净，有一种圣洁之感。雨雾的日子，雪山一半都掩在云雾里，又极为神秘。

沃突给她唱雪山的歌，殷如许就跟着他学。

16

赵国这一年注定是多事之秋，前有国君赵胥吃了败仗，后有干旱与严寒，赵国治下，民不聊生，国内乱象频出。可是国都王宫内，赵胥还在谋划对晋国之战。

他要是想处理乌图，必须借道晋国，既然现在和晋国闹翻了，那就干脆直接打下晋国。朝中许多大臣并不赞同他的做法，可赵胥疯魔了似的，铁了心要打晋国。他如今根本不能容许别人忤逆自己，特别是在吃败仗之后，更是恨不得立刻打场胜仗洗刷自己的屈辱。

可是不管他想做什么，总是无法顺利，他刚提出打晋国，就有许多人站出来劝他："请王三思啊！如今阑乔与合阳等地发生民乱，还有多地受灾，不知有多少人饿死冻死，此时怎么能再起战事！"

"是啊，更何况不久之前，我们赵国还与晋国为盟，如今转头就打晋国，不免显得凉薄反复，对我赵国声名也有损哪！"

赵胥只能想到自己的危机，哪里还能顾及那些远在天边的受灾民众和什么名声。但凡不赞同的声音，都被他施以手段压了下去。为了达到自己的目的，他花费了这么久，至少明面上，再没人敢和他唱反调。

没人知道赵胥的焦虑与憋闷，唯一知道他在想什么的绿化系统已经完全把他抛弃，每天掉线，不知道是不是崩溃了，反正它也没什么用，数据总是出错，赵胥干脆就不再管它。

他如今是一心调兵遣将、排兵布阵，誓要把晋国尽快打下来。晋国先前吃了大亏，比赵国损失还大，正是元气大伤的时候，据说国内也不安稳，若这个时候打过去，当然是最好的。赵胥不是不知道赵国的种种问题，只是他不愿意放过这么好的机会，决定兵行险招。

他有这样的决断，也有与之相配的狠辣手段。为了找一个光明正大的出兵理由，赵胥牺牲了先前晋国送来联姻的那位公主。

那女子长得还不错，赵胥先前宠爱了她几日，如今需要牺牲品，他也毫不迟疑，把那怀了身孕的女子处死了，对外则说那女子试图谋害他，才落得这个下场。既然晋国派来的公主要"谋害"他，当然就是晋国不怀好意，所以他要打晋国，就有了个能站住脚的理由。

如果要打仗，想找理由很容易，也并不只有这一个，但赵胥毫不犹豫选择了这么做。没有其他原因，只是他觉得这样最简单而已。

伴随着一个无辜女子的死，两国开战。这一年最冷的冬日，严寒无比，穿在身上的铁甲如果沾了水，贴在皮肉上，脱下来时能活生生撕下一块皮肉。而没有盔甲，甚至没有棉衣御寒的底层士兵，活生生冻死在大营内，每日扫营，都能搬出几具冻得面色青白的尸体。

这一年的冬日，注定是赵、晋两国，最难挨的一个冬日。

远在草原雪山之下，在第一场雪到来之前，乌图部族已经扎下大营。去年的痕迹还在，他们用雪山上采下的大石搭的岗哨和矮墙也还在，只是需要稍加修缮。

之前遥远的雪山如今就近在咫尺了，甚至望不到头，只觉得巍峨，殷如许从未见过这样的雪山，常裹着厚厚的皮裘坐在那儿仰望雪山，没事儿能看一下午。

部族里其他人见了，不知为何都露出奇怪的笑，殷如许觉得奇怪，回去问沃突，沃突就笑着告诉她："因为狼神来自雪山，雪山是狼神的故乡，我这个'狼神之子'是被这片雪山庇佑的孩子，所以大家都觉得你是在表达对我的喜欢。"

殷如许："真的有狼神？它会庇佑你？"

沃突抱着她，陪着她一起看着那茫茫雪山，爽朗厚重的声音响在风中："如果真的有狼神，我更希望它能庇护你。"

殷如许心中一动。她不知道自己为什么终于能挣脱那个不断重复的轮回，但她现在愿意相信，冥冥之中真的有什么在帮助她。

她想，如果真有狼神，请让一切的爱与恨，全都停止在这一世吧。

乌图部族冬日的聚居地和夏季的不太一样，冬季的驻扎地很多地方都有栅栏和矮石墙，这是因为冬日这边有很多动物，狼群多，还有熊这种大型的猛兽，偶尔还会有雪豹从雪峰上下来找吃的，为了避免被野兽轻易闯进聚居地，才会设置这些东西。

大家搭帐篷的时候也会盖上更厚的皮，严实地挡住风雪，保持帐内的温暖。为了生存，大家一年中大部分时间是忙忙碌碌的，冬季尤其如此。

乌日珠阿姆他们早早就准备了很多的羊绒，经过煮洗晾晒，然后将羊绒纺成线，或是碾成片，抓成小绒，用来做衣物、帽子和各种毡毯。

部族里有一个大帐，冬日里烧了牛粪羊粪炉，暖和得很，里面聚满女人和小孩，女人们在那里一起做东西，说说笑笑，十分热闹，最多的就是缝皮子和做羊毛毡毯的，一起做的话，不会的跟着学，会的就比比谁做得更好。

最开始殷如许没有过去，她觉得自己贸然过去了，可能大家都会不习惯。可是沃突来了这冬季驻扎地还有很多事要做，不能一直陪着她，见她一个人和几个宫女在王帐里待得冷清，整天没什么声气，沃突就直接把她领到了那个大帐里，交给了乌日珠阿姆和那日松的妻子。

"你们带公主一起玩。"

"好嘞，难得公主愿意来这里跟我们这些人挤，我们肯定照顾好她，族长，你放心吧！"

一群已婚的女人更泼辣，嘻嘻哈哈打趣沃突族长。沃突临走前见殷如许还有些不习惯的样子，上前一只手按着她的脑袋抱了抱她，低声跟她说："晚上回来跟你说我小时候在大帐里的事。"

沃突一走，乌日珠阿姆把殷如许拉到了中间，招呼大家继续做继续说。一开始确实有许多人不好意思在公主面前吵嚷，可是过了一会儿，见公主安安静静听她们说话，嗓门大她也不嫌弃吵，乖乖巧巧像个小闺女的模样，大家就都放松了下来。

"族长可把公主看得太紧了，早该出来跟我们一起玩的。"有性格直率的不过一会儿已经聚到殷如许身边。大家其实对她很好奇，只是深入接触的不多，在这里跟殷如许熟悉的也就乌日珠阿姆几个人。

有她们在中间牵线搭桥，殷如许很快融入了大帐的女人之间，比她想象中快多了，也容易多了。

"我们之中托娅最会弹二弦了，听说公主你会弹那个好多根弦的什么琴，真的吗？"

"我都没听过呢，听说很好听。"

"我是听过的，上次公主在王帐里弹过。"乌日珠阿姆一边利索地拉羊毛，一边炫耀地说。

她这么一说，其他女人都发出好想听的感叹，小孩子们也在一边起哄。乌日珠阿姆刚想让大家消停点，别闹公主，就听殷如许让人把王帐里放着的那把箜篌拿过来。

她的箜篌是特制的，雕着形状优美的凤凰纹饰，高昂起的曲颈，漆金描红，镶金嵌玉，还系着红色的丝绦。

"这是凤首箜篌。"殷如许将箜篌置于身前，双手弹拨。

"哇！真的好多根弦啊，这有多少根？""这个箜篌好漂亮啊！"一群女人把公主围在中间，外面的人抱着毡毯踮起脚往里看，小孩子们则挤在缝隙里，露出个脑袋伸长脖子看着那架从未见过的箜篌。

"共有十三根弦。"殷如许说着，双手拇指和食指分别划过琴弦，顿时指下流泻出一串流畅而华美的音色。

当她开始弹奏，所有人都闭上了嘴，安静听着，连小孩子都趴在地上，不敢出声打扰。

弹完两曲，有人感叹道："真好听啊……公主弹箜篌真好看，难怪族长喜欢。"

"我觉得这比二弦有趣多了，我也想学！"

天黑时，沃突带着满身风雪和狼骑们回来。离得远远的，岗哨见到他们，打了声哨子，让他们进入。他们在外面跑了一天，回到部族里，闻到了食物的香味，大部分人直接往中心大帐去。他们的女人大部分在中心大帐里待着，他们习惯了回来后先去瞧上一眼，把人领回家去吃东西。

沃突也去中心大帐，他在外面抖落肩上、头上的雪，心里想着不知道公主这一天过得怎么样。走进去，见中心大帐里女人孩子们围在一起吃东西，说说笑笑，公主竟然也在人堆里，只是她在大帐最暖和的地方，身上盖着又厚又软的皮子，睡得正香，脸颊都红扑扑的。

沃突不自觉笑了："她睡着了？"

乌日珠阿姆："吃了不少东西，困了，听我们说话，听着听着就睡着了，睡得挺熟的。族长，你把人抱回王帐去，别吵醒了，来，把人裹好了。"

沃突把人连着大块柔软皮毛一起抱回去了，塞进熊皮褥子里。他自己则坐到屏风外面，就着热汤，大口吃完了好几块饼和两大盘肉。顶着风雪在外面跑了这么久，当然辛苦，他是早就饿了。

可是他在外面的时候，想到公主在部族里能吃饱穿暖，开开心心，就觉得自己也舒服起来。

沃突刚吃完，殷如许就裹着熊皮毯子坐了起来。

"醒了？今天在大帐里感觉怎么样？好玩吗？"

"给她们弹箜篌听……你不是说回来讲你小时候在大帐的故事？"

"哈哈哈，好，讲！"沃突挨着殷如许，抱着她的肩，"我小的时候，老族长不许我进王帐，我也没有自己的帐子，夏天随便哪里一躺都能睡，但冬天太冷了，睡外面受不住。我们部族里每年冬天都有这样的大帐，白天里面很多女人小孩，里面的干牛粪炉子会烧一个白天，我就白天在大帐里面睡觉，睡够了，晚上大帐里没炉子，也不许人进，我就跑出去，去那边的雪山上玩。

"白天的大帐很热闹，我在那儿找个地方睡了，有心善的还会给我盖一块毡毯，我每次都能睡得很舒服。"

"你……"殷如许讶异，"你不是'狼神之子'吗？怎么会这么对你？"

沃突露出一口白牙："可能就是因为我是'狼神之子'，那个老头才会这么对我，他怕死我了。"

"我是想说，在大帐里睡很舒服的，你今天有没有这个感觉？嗯？"沃突用额头顶着她的脑袋问。

殷如许垂下眼睛："在你身边睡更安心。"

17

冬日夜晚，外面寒风呼啸，一个一个的帐子埋在风雪里，寂静无声。这个时候，大部分人睡了，小沃突从羊圈里爬出来。

他晚上一般没地方去，虽然那日松的阿姆偷偷让他去他们家的帐子睡，但因为这事，她家男人肯定又要打她，所以沃突不想去。

他这么个小孩子，和一头小羊也差不多大，往羊圈角落里一藏，也没人能发现，只是味道难闻了点，但他不在意这个。

只是他今天白天在大帐里睡了暖和的一觉，现在睡不着，就想着四处跑跑。他是个胆子很大的孩子，每天都能自己找到乐子。他从羊圈里爬出去的时候，一只羊咬住了他的衣服。

小沃突扭头挠了挠羊脑袋："我不睡，我出去玩！"他把自己发黑的衣角扯回来，爬出去左右看了看，他准备去雪山上，但雪山总是很危险的，所以他先悄悄跑到某个帐篷后面，扒开那里的积雪，从里面刨出来一把旧匕首，然后跳到一个帐子门口，把随意丢在那里的弓箭拖起来背在自己身上。

他知道有一堵矮墙塌了一角，负责那堵矮墙的人一直没有把墙修好，他能毫不费力地从那里翻过去。翻出部族的聚集地后，小沃突就像一匹小马，在黑夜里冲向雪山。他的眼睛能在黑夜里看清东西，所以他一路顺利地穿过矮杉树丛，拖着好几根被压断的树枝，跑到山里去了。

对很多人来说危险的雪山，在小沃突看来，是个很有趣的地方。他知道雪山里有一片湖，冬天也是温热的，在里面一点都不会冷。在他看来，那就是只有各种神话传说中才会出现的"神湖"。和往常一样，他来到那里，丢下身上的弓箭和身上裹着的皮子，扑通跳进温热的水里。

他在水里很灵活，像一条鱼一样钻来钻去。他在水里睁开眼睛，让自己漂浮在一片温暖的黑暗里，温柔的水流抚慰着他。等到一口长长的气快吐完，他腿一摆冲到水面，呼吸一大口，再重新沉进水里。

他在水里跷起脚，看到小腿上面一条伤口因为泡久了水开始流血，他随手抹了抹，还是爬回了岸上。他会去附近碰碰运气，看看能不能找到什么小动物。虽然他很小，但狩猎仿佛是他与生俱来的本领，他能看见雪地上奔跑的兔子，能听到飞在杉树枝上的鸟。

抓到了能吃的东西，他就回到湖边那个山壁凹陷里，那里有他路上拖过来的树枝，上一回带来的树枝已经干了，他蹲在那儿把树枝折断生火烤吃的。但是柴火不多，往往食物都烤不熟，不过没关系，他也能吃得很开心，反正能填饱肚子他就开心了。

只是他偶尔运气不好，会遇到熊。特别冷的冬天，山上的熊瞎子找不到吃的，就往这下面来了，小沃突可不觉得自己能打倒那小山一样的熊，他的办法就是立刻钻进蓬松的雪地里，把自己埋起来。

有一次那只熊瞎子好久都没离开，他在雪堆里冷得差点没气了，都无法动弹，是一个去雪山巡逻的勇士把他拖了出来——他长大之后，有一次又遇上那只瞎了一只眼的熊，就把它打死了，剥了皮拿回去垫脚，熊肉送了当初救他的勇士。

不过那已经是他十七八岁的事了。在剥了那头熊之前，他先杀了老族长和大半的乌图贵族。

其实让他动手的原因很简单，在别人看来甚至有些可笑。

羊圈里有一只羊，它的耳朵上扎了彩绸，那代表着它已经平安活了很久。乌图部族的习俗是在羊群中选两只羊扎上彩绸，不去宰杀它们，让它们活到老死，以酬谢上天恩德。小沃突不去外面乱跑的冬日，就会靠在那只羊肚子旁边睡觉，而他从羊圈里跑出去的时候，那只羊会轻轻咬住他的衣角，不让他乱跑。

小沃突被它咬住衣角，总会想起那日松出去乱跑的时候，他阿姆揪住他耳朵的样子。

他从小孩子变成少年，那只羊一直陪着他。少年沃突越来越强壮，也不再依靠部族里那些好心人偷偷给的食物，他能自己去草原上寻找能吃的东西。他会捉兔子懒鼠，能猎鹰打鸟，他几乎不想回去部族。

部族里从前有很多贵族，理所当然地压迫着其他普通族民，一个大部族延续久了，就会出现这样的阶级。那些贵族的孩子讨厌沃突，因为沃突比他们都优秀，哪怕他都没有一件像样的衣服，身上没有任何首饰，吃的东西远比不上他们，可他还是最优秀的年轻人。

有一天，少年沃突回到部族，一个看他不顺眼的同龄贵族少年，让人给他送来了一锅羊肉。

还有一根带血的彩绸。

"不就是一只羊吗？我特地杀了让人给你分一锅肉呢，你尝尝，好不好吃，比你打的兔子好吃多了吧？怎么，你还真把它当阿姆了？哈哈哈，笑死我了，什么狼神之子，我看你是羊之子吧？"

沃突没说话，他直接干脆地用匕首划断了那人的喉咙，鲜血喷了好长一道痕迹。他第一次杀人，却毫无畏惧。

所有人都被他吓到了，包括他的生父老族长。多年来，老族长总是害怕着他会如同预言中那样取代自己，之所以没有杀他，可能是因为巫说，杀了他会引起狼神的愤怒和报复，老族长才忍了下来，想让沃突自生自灭，可谁知道他平安长大了，还敢杀人。

死去少年的贵族父亲叫喊着要杀死他，老族长也终于决定杀死他，但最终的结果是沃突杀死了他们。

沃突并不知道怎么做一个族长，但他明白一件事。那些会违背老族长意思，偷偷给他食物的人；那些会在大帐里给他盖上毡毯的女人；把自己的匕首和弓箭放在外面，被他拿走却装作不知的人；故意没有修矮墙，对他偷溜出部族不闻不问，却会跟上去把他从雪堆里拉出来抱回去的人……这些人，他不会让他们像那只羊一样，被人随意杀死。

"沃突，那只羊的耳朵上为什么有一条彩绸？"殷如许指着一群羊中最显眼的那只。

沃突看了一眼，就给她讲了那个小孩和羊的故事。

扎着彩绸的，已经是另一只羊了。他跑过去把羊抱回来，给殷如许看耳朵上的彩绸。那羊在他怀里很乖顺，都不吭声，只在殷如许摸它脑袋的时候抖了抖耳朵。沃突又把羊塞回了羊堆里，跑回来继续和殷如许骑着马往雪山去。

他今天要带殷如许去看雪山上那片温水湖。

"为什么我看见什么好奇，你都喜欢把人家捉过来让我摸呢？"殷如许发现沃突这个习惯。

沃突："我看你是想摸的样子。好摸的才会抓过来让你摸，不好摸的就不抓了。"论起薅草原动物，他可是最熟练的。

马去不到山上，沃突就牵着殷如许踩着雪往上走。路过杉树林，他看到被雪压断的枝条，习惯性地抓起来拖走。

"看，这扫出来的痕迹是不是很有趣？"

殷如许看着雪地上的痕迹，半晌问："有熊吗？"

沃突："以前是有的，我小时候每年冬天都能看到，但是这几年族里的勇士冬天常跑到山上来抓熊，就不怎么见到了。"

殷如许指着一个脚印："这不是熊的脚印？"

沃突露出一点诧异的神色："……哇，好像真的有熊。"心里在偷乐，他为了把怀着身孕的妻子带上来玩，先自己上来做了一番准备，其实这脚印是他昨天上来时闲着没事想吓唬妻子搞出来的。

殷如许果然有些紧张，靠他紧了点。

"你看，这儿也有熊脚印，这么大的脚印，看上去是只大熊。"一路牵着殷如许，沃突时不时指着路边雪地上忽然出现的脚印，一本正经地说。

殷如许开始还紧紧拉着他的手，后来就没什么表情了，甚至不吭声回答他了。

沃突："熊说不定就在附近呢。"

殷如许忽然认真地说："这只熊能跳得很远，还会飞。"

沃突："嗯？为什么？"

殷如许："因为它的上一个脚印和下一个脚印隔得太远了，从那边到这边，不是跳过来的，就是飞过来的。"

沃突给她逗笑了，知道她是猜出来怎么回事了，一把将她抱起来："好了，我跟你玩呢，你累不累？我抱你走。"

温水湖边雪积不住，长了一片茸茸绿草，在这样的冬天显得格外鲜嫩。湖上烟气袅袅，都是湿润的水汽。

沃突把殷如许放在湖边，热情邀请她试试水温。殷如许试探着用手指触了触湖水，小心翼翼的。沃突看不下去，抓着她的手猛地按进水里。

殷如许："……"

沃突："暖不暖和？"

殷如许："嗯……不许脱衣服。"

沃突："我只是想在这儿洗个澡，没想干别的。"

最终他还是在这儿洗了澡，殷如许在他的强烈要求下，泡了个脚。

"冷不冷？旁边山壁那个凹陷的地方我放了块皮子，还有生火的东西，我给你拿来盖？"

殷如许和他一起去山壁凹陷那边看，却发现那地方被不速之客给占了。

"嘿，这是我的地方，我的皮子，你们赶紧走开。"沃突蹲在那里朝两双水灵灵的大眼睛说。

殷如许拉拉他的头发："算了，让它们在那儿待着吧。这是狼吗？"

在沃突昨天才放过来的皮子上，两只显然刚出生不久的幼狼正趴在那儿。

"怎么没见到母狼？"

"可能离开找食物去了。"沃突说着试图去抓两只小狼，"奇怪了，这个时候怎么会有这样的幼狼，也不是雪山上狼繁衍的时候。"

两只幼狼半点不怕他，嗷嗷叫着要咬他的手。殷如许把他的手扯了回来："不要抓，我们先回去吧，这个地方先让给它们暂时住着。"

18

没过几天，沃突提回来两只幼狼，就是殷如许之前和他在雪山温水湖边看到的那两只。

"母狼一直没回去过，应该是死在外面了，我不提回来，这两个小东西就要饿死在那里。"沃突粗手粗脚的，随意地把两只幼崽放在殷如许面前，"你要是想养，养着玩也行，等它们长大了说不定还能有些用，你要是不想养，我就扔给狼骑那些崽子。"

殷如许看着两只饿得都叫不出声的幼狼，拧着眉摸了摸它们身上打结的毛。因为没有了母狼的照顾，这两只幼狼看上去特别狼狈。

"我不会养，你教我怎么养。"

"不用怎么精心照顾，放心，它们生命力顽强得很，有吃的就能活。"

果然，就像沃突说的，这两只幼狼吃了东西后，慢慢就恢复了，但还是对周围的一切很警惕。也许是因为殷如许照顾得太精心，两只幼狼似乎把她当成了母亲，常常要钻进她怀里，还会对她发出温驯的呜呜叫。

对于沃突这个压迫感甚重的家伙，两只狼崽感觉到威胁，所以会对他发出呜呜的威胁声。它们还太小，一点杀伤力都没有，在沃突看来跟小狗也没区别，两只幼崽也不知道是喜欢他还是讨厌他，偶尔也会凑到他身边作势咬他的手掌。

沃突晃晃手掌把它们晃下来，捏着后脖子随手把它们丢出大帐。

殷如许一抬眼看到了："沃突！"

沃突起身去把狼崽捡回来，拍拍它们身上的雪和灰，重新塞进殷如许手里："你玩，你玩。"

这个冬天，殷如许就有了两个暖和的狼手炉。狼冬天为了避寒，会长厚厚的一层毛，幼狼的毛更是又软又暖，摸上去柔顺舒服，简直让人停不下来。殷如许白天在大帐里，跟乌日珠阿姆她们学做毡毯，学她们的二弦，给她们弹箜篌或者听她们闲聊，两只小狼就乖巧地窝在她身边。她要是盖着皮毛小睡，两只幼狼会钻进皮毛里面，团在她怀里一起睡。

这里的冬日确实很冷，至少比殷国、赵国的冬日要冷得多，可是当冬天过去，她回想起来，却没有什么寒冷的感觉，留下的回忆，都是大帐里热闹的说笑和温暖的炉子，是沃突带她去看的皑皑白雪和被绿茵包围的温水湖，每一样让她想起来都觉得安心柔软。

她的肚子大起来，沃突以前总喜欢忽然把她抱起来或者举起来，背在背上也要故意颠一颠逗她玩，现在不敢了。

他会在夜晚睡前仔细观察她的肚子，时不时用手摸一下。每次这么观察过后，第二天他就会带些新鲜的东西回来给她换换口味。

在冬季驻扎地的日子是枯燥的，乌日珠阿姆怕殷如许待得不耐烦，告诉她说，等雪化了，他们就会迁到新的地方去。

在雪化之前，部族的驻扎地里闯进了狼。一直没化的积雪堆在矮墙边，给它们搭了个阶梯，这群饿得不行的野狼忍耐不住，闯进人的聚居地，想要拖羊圈里的羊。最先发现"闯入者"的是狼骑养的那些狼，它们虽然被驯养，但野性不改，论起凶狠，丝毫不比野狼差。它们发现闯入者，马上示警，半夜里，狼嚎一时间响彻整个驻扎地。

殷如许也早醒了，她是被两只小狼的嗷嗷叫给吵醒的，见两只小狼站在皮毛垫子上朝着王帐门口叫，而沃突也站在王帐门口，注视着外面的什么东西，殷如许都没发现他是什么时候醒的，又是什么时候起来的。

"沃突，外面怎么了？"

"没事，闯进了几只野狼而已。"沃突朝她摆摆手，让她继续睡。

如果换个小部族，遇到一群饿狼闯入驻扎地，绝对会很慌乱，别说羊圈里的羊了，就是人被叼走也是有可能的，但乌图部族就没有这个担忧了，狼骑一群人飞快追着自己的狼出来了，把那些闯入的野狼全部赶在了一起围在中间。他们训练有素，燃起火把，把那些陷入包围的野狼照得清清楚楚。

有勇士架着弓箭在后面和同伴说话："你打哪只？这回看谁打得多，要不要比比？"

"行啊，比，来！"

许多人衣服都来不及穿，光着膀子在外面起哄。

有好奇的女人披着衣服起来看热闹，也半点不怕地围到旁边，说说笑笑，简直就是半夜开宴会。

殷如许没能出去看，被沃突按回去睡了。她早上起来，发现那闯入的狼群已经被处理干净，大家还兴致勃勃地讨论着昨天晚上谁更厉害，中午的时候她们就吃到了狼肉。

"我以前在的那个小部族，人很少，有一年冬天特别冷，野狼群跑到我们部族里，咬死了好几个人。那时候我还小，看着一只狼咬掉了旁边帐篷里一个姐姐的脸，吓得都不敢哭。"大帐里做毛毡的一个女人忽然说。

她的话引起了其他女人的话头，有个女人接话说："是啊，我出生的那个部族也是，冬天遇到狼，可害怕了，部族里的男人经常冬天夜里不睡，在外面守着，就怕万一睡着了被狼拖走，我们那边的狼可凶得很！"

"不过，自从到了乌图，就不怕狼了。"

"对，当然不怕了，有族长在，都是狼怕我们，他可是狼神之子！"

一群女人脸上都有庆幸和轻松。她们又看着殷如许，满是对安定的向往和期许："公主和族长的孩子，一定也会是个勇敢强大的小族长，狼神的后代，能一直庇佑我们。"

除驻扎地半夜闯进野狼群之外，没有再发生过其他的事，每天都很平静。这份平静一直延续到雪化，他们要动身迁往另一个驻扎地。

雪山上的雪还没化，等到天气更加炎热之后，雪才会渐渐融化成水，顺着山势而下，一路汇聚成溪流小河，通往草原的各处，滋润沿途的土地，让各处长出青草繁花，再汇聚成一个个湖，成为草原上的"明珠"。

殷如许的肚子已经挺大了，沃突最近学会了轻拿轻放，摸她肚子的动作也放轻了很多。殷如许早已习惯了孕育生命的感觉，反而没有沃突那点紧张的心情。天气好的时候，她还自己抱着肚子到处走走，两只小狼就跟在她脚边，跑跑跳跳，要跟她玩闹。

乌图部族一路迁徙，越往前，天气就越暖和，他们又在岷山脚下住了两个月。草原的春日和夏、秋、冬都不同，那是一种生机勃勃的感觉，站在坡地上，每一日的景色都会有所变化，地面上染了连绵成片的绿色，一层一层变得浓郁，又渐渐变黄，那是一种常见的野花，生命力顽强，春风一吹就能开遍整片原野，还是部族里羊群最爱的食物。

春日是个短暂的过渡，他们很快就会在这片草场被吃光后，回到去岁夏天的驻扎地，那片水草丰茂的地方。

经过这么久的孕育滋润，他们去岁的驻扎营地上长了青草，大家就像旅行归来的人，忙忙碌碌打扫家园，重新安置自己的家。

一个冬天没来的商队早已等待多时，他们带来了更多的商品，用来和部族换冬日里打的猎物皮毛，商队重新变得络绎不绝，今年比去年来得更多了，导致沃突不得不把部族驻扎地又往外扩了一圈。

整个冬天窝在大帐里，大家都憋坏了，趁着这个热闹，他们又开始时常办一些集会，赛马射箭，还有从殷国流传过来的藤球，不管是大人还是小孩，都围着个球跑来跑去，部族前那大片平整的草地，每日都有许多人围观一群人踢藤球。

在这最热闹的时候，殷如许的孩子终于出生了。

孩子出生的时间不太巧，那一天沃突正好去目阐部参加目阐部族长妹妹的婚礼，殷如许这边刚有反应，宫女们就白着脸跑出去找人，乌日珠阿姆朝部族前的人群里吆喝了一嗓子："公主要生了，谁去目阐部把族长找回来？"

当即就有好几匹快马飞奔出去，人群中响起一片嘹亮的欢呼，还有人大喊："快点快点！"

没过多久，沃突回来了，他一个人骑着马冲在前面，把其他人都远远甩在身后。路过部族门口，众人立即给他让路，让他一路顺畅地冲到了王帐前。

"人怎么样了？"

"还没生呢，族长，你到一边等着，别碍事。"

他足足等了一天，才等到了一个皱巴巴的儿子。他的儿子和他一样有一双绿色的眼睛，面容却更像殷如许。

殷如许和沃突的孩子出生这天，赵国和晋国的战事终于结束了，这持久的战事，打得两国国内动荡，最后以赵军攻破晋国王城，逼死晋王为结局。

赵胥在三个月前亲自带兵攻打晋国，他这一次的亲征比上一次要稍微顺利一些，对比起来，这次他可谓是一雪前耻。当他站在晋国王城城墙上，俯视着这座刚经过战火焚烧的王城时，心中的自信再一次升腾。

他想，谁说我失去了世界的气运就只能一直失败？

打下晋国只是第一步而已，接下来就是乌图部族了。能成功一次，就能再成功无数次。

"报！"

"王，都城传来急报，余商君反叛！"

赵胥的叔父余商君，趁着赵胥长久领兵在外，国内空虚，一举反叛，已经成功控制了都城和周边好几座城。

赵胥还没来得及好好享受得来不易的胜利，就收到这消息，得知自己老家被别人占了，简直如同当头一棒。

"怎么回事？！我临走前的布置呢，为什么没人阻止那老不死的东西？！"赵胥就是在这里再愤怒，也无济于事，只能匆匆带着大军奔回赵国都城。然而祸不单行，他们途经晋国与赵国交界的埠沅江时，遭到了晋国残兵的埋伏。

带领这股残兵的是晋国一位忠心的将军，他在驰援的途中听到王城已经被赵军攻破的消息，当机立断搞了这么个埋伏，誓要杀了赵王赵胥，一雪国恨家仇。

19

赵胥决定亲自领兵攻打晋国的时候，当然没忘记在国内布置眼线，还将一系列事情托付给心腹，为的就是避免他在外的时候出什么乱子。可他一切都打算得好好的，还是出了问题。

急着回去收拾叛军，结果途中又杀出伏兵，简直是运气差到了极点，赵胥甚至觉得这个世界是在逗自己玩，刚让他看到一点希望，又狠狠给他一巴掌。可要说他运气差，也不尽然，因为这一次，他仍是在心腹的保护下逃了出去，就算伤了一条腿，到底也还活着。

就如同上一次打鲁国的翻版，他负伤逃出生天后，又被赶紧送往赵国都城。

"待我回到赵国，这些……这些该死的反叛之人，还有那晋国残兵，统统都没有好下场！"赵胥捂着断腿，语气发狠。但是很快，他再次被打脸了。

一行人秘密回到赵国王城附近，赵胥试图悄悄联系城中心腹。能让他在这种时候联系的，当然是他最相信的下属，在从前无数次的轮回里，这人一直对他忠心耿耿，甚至不惜杀掉自己的父母妻儿表示忠心。然而这一回，这人竟然投靠了反叛的余商君，接到他的信后带着人前来捉拿他。

"赵王，等你许久了，余商君……不，是王想请你相见。"中年文士朝他一躬身，很是恭谨的模样。

赵胥沉着脸望着这个下属："其他人也背叛本王了？"

文士微笑道："没有什么其他人了。"余商君一上位，那些人就被找出来解决了。

赵胥："你为何背叛本王？莫非本王给你的优待还不够？"

文士只意味不明地一笑，并不回答他，朝后做了个请的手势。

赵胥无法，被那些从前护卫他的士兵押着回到本属于他的宫城。因为腿在之前的埋伏中断了还未休养好，他只能被人抬着，可到了宫殿门口，其他人不能进去，赵胥只能在呵斥声中自己拖着伤腿慢慢走进去。

余商君早就在那儿等着他，见到他进来，让身边伺候的人给他上了一杯茶。

"放心，没有毒，怎么说我也是你的叔父，并不准备要你性命。"

余商君翻着书案上的各种书册，语气淡淡，"喝完这杯茶，你就该去牢中待着，度过你的下半辈子。"

赵胥冷笑一声："你不杀我，说得倒是好听。"

余商君看了他一眼："至少，我与你不同。"

赵胥："都是为了权力，有何不同？说得再义正词严，也不过和我一般野心勃勃。"

余商君没再与他多说，让人将他关进了冬牢。

赵胥一夕之间从王成为阶下囚，没有了宫殿华服、美味佳肴、美人宫娥，初入冬牢，着实发了一阵脾气，看守之人见他这个模样，渐渐就对他放松了戒备，每日只听他大骂便是。

余商君虽未杀他，但怕他还留了什么后手，因此令人密切关注他的行为，听人回报说他在牢中状似发疯，不像作伪，一派山穷水尽的模样，便也懒得再多加关注。

过了几个月，冬牢的守卫开始松懈，一日晚上，一行人潜入冬牢，来到赵胥牢门之前。

"王！属下前来救您出去了。"为首之人打开牢门，跪在一地狼藉之上。

坐在那儿浑身狼狈污浊，头发垂下覆满面颊的赵胥缓缓站起，一双黑沉的眼睛里俱是冷意："来得太晚了。"

"是，是属下无用，委屈王了。"那人连忙磕头，上前搀扶着赵胥离开。

他们是赵胥以防万一留下的后路，几个月来蛰伏不动，就为了等待时机救出赵胥。因为打点过，他们逃离冬牢的路上没有遭到任何的阻拦。

王城不能再留，赵胥甚至都没来得及换衣服，就带着追随他的一群人逃出赵国王城，免得被发现后让卫兵堵在城中。

急奔出城后，赵胥选了个不引人注意的城暂时安顿下来。他的腿因为先前的伤没及时救治，走起路来都有些跛。赵胥如何能忍，走在路上被人多看一眼他都要发怒，若不是现在情势不妙，有人敢用那种目光看他，他必定要将人抓起来处刑示众。

"王，这腿定然能治的。"

赵胥："滚！"

"是是。"说话的人喏喏退后，再不敢提起这事。

毕竟当了多年的王，赵胥若想东山再起，还是有机会的，他仔细盘算后，决定先去试试能不能寻到盟友。他想找的就是那些手中有兵，也有些野心的人，只要他允诺夺回王位后，再给金银宝物，划给对方更多封地，待遇优厚，不怕没人心动。

赵胥最先找的是祁阳王，他先让人前去试探，结果祁阳王连他的面都不愿见，只带给了他一句话："君与晋国为盟，转头便能灭晋，实不敢信也。"

嘲讽他先前与晋国结盟，后来又撕毁盟约灭亡晋国，这番行径没有信义。被人羞辱一番，赵胥还无法反驳，只能迅速带人离开祁阳王封地。

他的选择是正确的，他们走后没多久，就有卫兵寻到他暂时落脚的地方，要将他捉拿去向新王讨赏。

"王，我们接下来该如何是好？"

"继续去寻墨阳王。"赵胥并不相信人人都像祁阳王这样愚蠢胆小。

墨阳王那老狐狸倒是见了他，也十分热情地招待他，口中说些什么希望他尽早夺回王位之类的话，可真谈到发兵王城，他就不说话了，一推六二五地混过去。

赵胥找遍了能找的人，也就只有一个义阳王看好他，对方将女儿嫁给他，想日后女儿能成为王后，并且狮子大开口要求了许多东西。赵胥不怕对方要得多，可问题是义阳王手中的兵并不多，想要光凭这么些人打回王都去，实在是痴人说梦。

可他也没有什么其他的办法了，如今没人愿意庇护他，他只能先留在义阳王处稳住对方，借由对方的女儿达成更深的联盟，再慢慢招兵买马。同时他也没放弃继续试探各地其他手握兵权之人，着实是挖空了心思在赵国蹦跶。

他隐姓埋名，将自己藏得很深，余商君寻了他两年无果，只能放任不管，如此，赵胥积蓄了几年之后，终于寻到了一个机会。

东南大旱，余商君要往郾城祭天，赵胥决定前去伏击余商君，取其首级再一鼓作气直奔王城，夺回王位。

这一年，距离赵胥被人从王位上赶下来，已经过了八年多。

草原上又是一年夏季，如今的乌图部族，比前几年大了几倍，这里就如同几年前殷如许说过的，成了一个热闹的小城。最开始只有殷国的商队常常来此，但是几年前，沃突带领族人开辟了通往西陵的路，渐渐地，也有西陵那边的商队过来了。他们还在氓山发现了一种晶莹剔透的宝石，这些年光是前往氓山采矿买石的人就数不清，来来往往的人，总要经过乌图部族。

人多了之后，他们也并不是全都依靠放牧牛羊生活，仍然有一部分人保持着冬季迁徙的习惯，但还有一部分人已经开始习惯定居。

乌图部族在这个季节人是最多的，分隔开的集市上熙熙攘攘，外围的空地早已成为球场，是半大少年们最爱的玩闹区域。女人们这个时候则大多在湖附近，那里开凿了水渠，殷国带来的工匠花费了大力气做出了这个便捷的供水处，女人们会在这边清洗衣物、处理食材。

"阿衍，跑哪儿去了？公主找你呢。"水渠边一个妇人打扮的女人端着盆站起来，对不远处一个骑马的孩子喊道。

女人长相是标准的殷国人，她是当初跟随殷如许一同来和亲的宫女之一，后来嫁给了一个狼骑的勇士。而她口中的阿衍，则是殷如许和沃突的孩子，乌图部族人人喜爱的"小族长"。

阿衍不过九岁，个子已经很高，骑在马上隐约有了几分少年气，他的长相更肖似母亲，清丽俊逸，只是鼻梁高挺，一双绿眼睛，更像父亲。

"丁香，阿姆找我干什么？"阿衍在马上挥动着手里的弓箭，他的马上还挂了一串兔子和其他的小型动物，看来是跑去打猎了。

"好像是找你试新衣。"

"好，我知道了。"阿衍应了一声，对跑在马后的一只威武大狼喊道，"二宝，快点！"那狼嗷呜一声似在回应，赶上了前头的一人一马，很快就跑进了不远处的聚居地。

"阿姆！"阿衍提着一串猎物，高喊着阿姆，噔噔噔进了王帐。

殷如许从屏风后面走出来："回来了，去哪儿掏了兔子洞，怎么带了这么多回来？"

阿衍跑到她面前，献宝一样捧上自己的猎物，嘴里回答："是父亲之前带我去的地方，那里好多兔子！"

殷如许笑着给他擦脑门上的汗，这孩子和他父亲一样，非常擅长从洞里薅兔子、懒鼠，到处都给他们祸害光了，简直草原双煞。

"跑得这么急，身上全都是汗，来，外套脱了，给你擦擦。架子上有给你做的新衣，最近天气热了，穿轻薄点更舒服些。"

"嗯。"阿衍仰着小脸让母亲给自己擦汗。他脱衣服的时候，衣襟和袖子里窸窸窣窣往下掉土渣和小石子，还有两把小匕首。殷如许甚至从他怀里掏出来一只巴掌大的小懒鼠。

殷如许："……你钻到懒鼠洞里去了？"

阿衍捡起掉在地上的小匕首，摸摸脑袋："我都忘记还有它了！阿姆，这个送给你，给你玩儿。"

换上新衣后，又喝了几杯水，阿衍擦擦嘴，拿着小弓："阿姆，父亲这两日不在，你肯定无聊了，我带你去玩吧！"

他们父子两个，都喜欢带她出去玩。

殷如许笑："你要带我去哪儿玩？你又知道哪里好玩？"

阿衍："我回来的时候看到他们在射彩绸，我们也可以去啊！"

殷如许想了想："好吧，跟你一起去。"

她也换了件衣服，戴上沃突给她做的指套，背着弓箭和儿子一起去山坡上玩射箭。阿衍没忘记招呼帐前的两只大狼。

"大宝、二宝，走了，玩去了！"

这两只狼是当年温水湖边那两只，跟着阿衍从小一起长大。大宝喜欢跟着殷如许，二宝则更爱跟着阿衍，阿衍去哪儿疯玩，二宝都要一起。

"阿姆，我现在射箭能比过你了。"

"哦，是吗？但是，比过我不算，要比过你父亲才厉害。"

20

赵胥隐忍多年，此次谨慎布局，终于在途中成功伏击了余商君，将对方杀死。他打着讨伐逆贼的旗号，带着士气大振的义阳王士兵和一些其他势力凑集的兵卒，奔往王城。

他自以为胜利近在眼前，距离自己夺回王位，就剩下一场战争。然而他万万没想到，还是从前背叛他的中年文士发现了他的阴谋，辅佐余商君的儿子匆匆继位，又紧急调遣军队守城。王城城墙高厚，若是据守不出，短时间内绝对无法攻破。

赵胥原本想的就是攻其不备，谁知对方反应如此之快，打算瞬时落空，不仅如此，调集的外地援军也来得出乎意料地快。赵胥带领军队落入包围圈后，城门打开，城内守军配合援军一起，将他们堵在包围圈里，如果不是赵胥见势不妙飞快逃遁，估计就只能落得个和大部分兵卒一样被乱刀砍死在王城门口的结局。

赵胥打过胜仗，他确实有能力，可偏偏在最关键的战役上总是输，一次又一次，而且几乎全都能归结于他的"运气"不好。就连从前一直跟着他的下属，也不得不嘀咕起来。其他人都是如此，赵胥这个当事人自然更加憋屈，可他有什么办法呢？

"现在……咱们该怎么办？"一群残兵面面相觑，都悄悄去看满身血渍的赵胥。

赵胥脸色阴晴不定，沉声说："回义阳。"

"可是……"他的副手迟疑，"义阳王还能像之前那样支持您吗？还有，这次孤注一掷已经彻底暴露了我们，估计要不了多久就会有大军前去义阳讨伐。"

赵胥冷冷一笑："走！"

他回到义阳，义阳王早已听说他失败之事，心里是又失望又害怕，生怕被他连累，果真就一改先前的支持态度，翻脸不认人，还试图让护卫杀死他。

"到了这个地步还想和我撇清关系，不觉得太晚了吗？！"赵胥这人心狠手辣，又有时间布置，这几年暗地里控制了义阳王府许多人，如今和义阳王翻脸，他毫不犹豫反杀了义阳王，自己占了义阳王府。

"王，夫人……"下属清理义阳王府，搜出了躲藏起来的义阳王女儿，对于这个与自己做了几年夫妻的女人，赵胥的反应是干脆地下了命令："杀了。"要是放着不管，说不定会坏了他的事。

他解决了所有隐患后，又将义阳城门紧闭，做出一副准备死守城池的架势，可暗地里，他带着一群心腹，扮作商人模样，在关闭城门前，偷偷出了城，往草原方向而去。

他的心腹下属们不明白他为何忽然要在这种时候去草原，心里都暗暗猜想他是不是因为受的打击太大，走到了绝路，所以脑子开始不清楚了。或者他是想改名换姓，藏匿到距离赵国更远的草原去，蛰伏几年，积蓄力量再反攻回来？

赵胥确实是走到山穷水尽的地步了，经过几次打击，他不得不挫败地承认，失去气运的自己，被这个世界排斥得太厉害了，如果想要成功，还得借助女主角的气运。

他之所以之前没有去草原找殷如许，而是等到现在没有退路了才找去，是因为他预感不会顺利，虽然不愿意承认，但他心里清楚自己很有可能会失败。

但是，如果不试一试，他绝不甘心就这么失败。

他们一群人乔装成一个小商队，运送茶叶等物，又在途中搭上了一个殷国的商队，与他们结伴而行。赵胥靠着那张能迷惑人的俊脸，成功和商队里的女管事勾搭在一起，借由她们的帮助，来到了乌图。

"看，那就是乌图部族了，不过现在能说是一座城了，这两年还有不少人住进这里，你们是第一次来，得先去登记。"

赵胥听说过乌图这些年发展得不错，可是亲眼看过之后，他还是感到不愉快。这简直和他形成对照，他是越来越惨，乌图却越来越好，这一切果然是因为殷如许这个女主角。

每个世界在某段时间，都会出现一个气运之子，他们凝聚了一个世界的气运之钥，注定能一生平安顺遂幸福美满。赵胥很久以前无意中得知了某些关于世界的秘密，就开始收集世界的气运，他用各种手段得到那些气运之子的爱慕，再用各种方法折磨她们，让她们原本顺遂的人生里出现许多波折，让她们痛苦痴恋而离不开自己，借此控制她们，达成牵制整个世界气运的目的。

一旦成功，那些世界将不再发展繁衍，它们只会重复气运之子的一生，一次又一次，为他提供足够多的气运，这些气运又能让他去到更多的世界，得到更多控制其他世界的机会。

他已经顺利太久，成功太多，几乎忘记了失败的滋味。可是现在，就如同这个世界的赵胥，他一次次被打回原形。

可他还是不甘心失败，不甘心认输。

"听说乌图部族如今的繁华，都是那位殷国公主带来的，真是令人敬佩。"赵胥有意无意地提起殷如许。

"公主是开了个好头，不过那乌图族长也是厉害，这么些年也不是没有其他的人来找麻烦，可他当真就是百战百胜，庇佑了这几条商道，现如今都说这几条商道是最安全的，都不用担心有马贼匪盗，哪里想得到十年前的恶劣！"商队管事带着他去办理市集行商的证明，一路上还和他介绍了一下乌图的情况。

在赵胥和管事穿过一条路后，路对面的小摊前，阿衍拉了拉殷如许的手，好奇地问道："阿姆，你在看什么？"

他没有得到回应，这让他觉得奇怪，仔细去看阿姆的表情，却发现向来温柔的阿姆面无表情，眼神可怕地看着对面的路口。

"阿姆？"阿衍担心地抓紧了母亲。

殷如许转头看向他，露出一个无力的笑，她蹲下来轻轻抚摩孩子的脑袋。孩子的眼睛里满是孺慕和担忧，恍惚间和那个无辜丧命的孩子重合，只是那可怜的孩子，没活到这个年纪就去了。

"阿衍，你自己去玩，带上你的弓，找你的伙伴们陪你去打猎。"殷如许的语气虽然温柔，却带着一股不许人拒绝的强硬。阿衍发觉母亲不太对劲，但他不愿意违背母亲的意思，迟疑片刻还是答应了下来。

殷如许回到王帐，给孩子准备了吃食，免得他打猎时饿了，又目送他离开，还在他转身回望时朝他笑着招手。

走出去一段路，阿衍不放心，停下马招呼二宝："二宝，你回去陪着阿姆。"

跟着他的狼嗷呜了一声，十分通人性地扭头跑回了王帐。殷如许正坐在王帐里沉思，手缓缓抚摩着那把沃突送给她的匕首。见到二宝回来，她的神情有片刻缓和，摸摸狼头："是阿衍叫你回来的？"

狼蹭了蹭她的手掌，和另一只狼一起围在她身边，做守卫状。

殷如许放下了匕首，招来了几个狼骑。沃突外出，大概要晚上才回来，沃突不在，乌图部族里她的话最权威，作为乌图最强的战力，狼骑里有不少勇士娶了她身边的陪嫁宫女，和她的关系也非常紧密。

"部族里混进了一个奸细，你们去把他押过来。这人狡诈凶狠，务必一击即中，不得让他逃脱。"殷如许细细和这些狼骑勇士说明后，就让他们下去抓人，自己则坐在帐中等待着。

这边赵胥并不知自己已经被殷如许发现，还在思考着该如何制造和殷如许见面的机会，他还得弄清楚，这个女主角要是换了人，又是换了个什么人。

"他、他就暂时安顿在这里，您明鉴，我们真不知道他是奸细啊！"

听到帐外传来混乱的人声，赵胥一惊，觉得不妙，下意识想要先躲藏起来观察情况，可这帐子没多大，来人又冲得快，几下就将他扭住。

"就是这家伙？"

"衣服和样子都对得上，没错，就是他，带走！"

赵胥镇定地道："几位有什么事？大约是误会了。"

没人理他，几个狼骑压着他往外走，赵胥出去时才发现自己带来的下属已经被许多狼骑给制住，身上藏着的武器都被搜出来丢在地上。

赵胥也不例外，两个狼骑粗鲁地给他搜身，把他身上危险的武器都搜出来，才带着他去见殷如许。

"公主，奸细已经带来了。"

赵胥一抬头，见到坐在那儿，身边围着两只狼的殷如许。他只觉得殷如许眼神奇怪，立刻出声喊道："公主怕是对我有什么误会，不如听我解释一二，公主对如今的情况难道不觉得好奇？或许我能帮助公主！"他是把这个殷如许也当作和从前几个世界女主角一样的情况了。

虽然他没有办法，但这么说了，只要殷如许确实不是原本的殷如许，肯定会露出破绽，到时候他自然能用其他言语争取谈话的机会，只要这个女人愿意和他谈，他就还有希望。不得不说，赵胥终于学会在弱势时收一收自己的狂傲霸道了。

只可惜，他失策了。殷如许只是一直用一种奇怪的眼神看着他，然后她轻飘飘放下一句话。

"把这个奸细带下去，五马分尸，尸块分开埋在部族外几条人来人往的路面下。"她要让他凄惨痛苦地死去，死后尸骨被千万人踩踏。

赵胥目眦欲裂，挣扎起来："等等！你不能杀我！我是赵胥，你不是真的殷如许，是不是？"

狼骑抬手给了他一巴掌："在公主面前胡说什么！包藏祸心，果然不是好东西！"

殷如许静静看着赵胥发狂的模样，看着他被狼骑们拖下去，怒骂声越来越远。她确实不明白为什么自己要无数次经历那些事，不明白为什么赵胥表现得好像认识她，但这些她都不想明白了。从看到他的第一眼，她只明白一件事，那就是想这个人死。

粗绳套上四肢和脖子，马的拉力撕裂一个人就像撕裂一张纸。赵胥在极度的痛苦中彻底失去了和这个世界的联系。

傍晚时分，沃突带着人回到部族，他的马奔驰过部族前那条路，他看见自己的妻子站在路中间望着脚下的土地，她脚下踩着的土仿佛刚翻新过。

"絮絮，怎么出来等我了？"沃突跃下马，一只手牵着马，另一只手牵着她，两人一齐走进部族。

殷如许在他肩上靠了一下："忽然有些想你了。"

沃突一愣，然后露出个大大的笑容，双手把她举起来，举着她玩闹般地跑回了王帐。

"那我明天带你去玩？"

"好。"

21

沃突发现公主有了一些变化。

这些年，她在这片草原上扎根，慢慢适应着一切，但她始终和部族里的其他人不一样。她不管做什么都是不疾不徐，仿佛有什么压着她，让她沉静。偶尔沃突会看见她独自一人坐在那儿眺望远方——那不是殷国的方向。

她在看什么？又在想什么？沃突会想起她从前梦中惊醒的模样，想起孩子出生后，她崩溃的哭声。他想，也许有什么是他不知道的。

但是不知道也没有关系，每晚他们入睡的时候，公主睡着了，总是会不自觉地靠在他的怀里，那是一种非常依赖的姿势。他只知道这是他一生爱护的女人，知道她需要且依赖着自己，这就足够了。

殷如许开始常常跟着沃突一起出门去其他部族，学习其他部的话；她的箭术越来越厉害，终于换了一把大些的弓；他们遇到草原流匪，殷如许用那把随身匕首刺死了一个偷袭沃突后背的人；她的笑容多了，渐渐不再眺望那个未知的远方；他们又生下了一个孩子，叫作阿寄，是个格外乖巧的孩子，喜欢往殷如许的榻上爬，半夜总被沃突抱出来交给他哥哥阿衍。

乌图部族的地界多出来几座城，最大的一座就是乌图本族，最出名的是氓山城，那里出产一种宝石，非常珍贵，用来做首饰极受欢迎，所以那一片有许多开采工人，慢慢就形成了一座规模不小的山城，每年都有无数人专程过去采购石头，发展出了一个特色石城。

在之后的数十年中，不仅是殷国与乌图接壤的城池慢慢接受了许多草原部族常驻，相邻的另外两国也是如此。虽然几国之间偶尔也有小摩擦，却再没了大型战争发生，比起前些年要安定许多。

初夏的草原上，两匹马在清晨迎风奔驰，殷如许在马上露出飞扬的神采，和旁边的沃突轻轻击了击掌，他们的笑声一同回响起来。

几十年后——

一列长长的队伍在草原上蜿蜒前进，正中间的大车窗边趴着一个少女，她颇好奇地看着外面和自己平时所见完全不同的场景。

"这就是草原吗？真大，看上去比天还要广阔。"

"公主，您可别这样了，快坐好，乌图部族说不定马上就来人迎接了，要是看到您这个样子，说不定会对您印象不好的。"坐在她身边的宫女担忧地拉着她的袖子。

少女撑着下巴，无忧无虑地笑："怕什么？不喜欢我就不喜欢我，乌图部族里还有我姑奶奶在呢，听说她可厉害了，整个乌图都听她的，肯定不会让那个哈斯欺负我。要是我不喜欢他啊，就求姑奶奶给我找个其他的人，他们那儿不是很多勇士吗？我就不信没有一个好的。"

宫女们听着哭笑不得："公主，您是去和亲的，和哈斯小王子的亲事，怎么能不喜欢就选别人？"

"反正我不怕。"少女将手伸到窗外晃荡，感受着外面的风。

几里外，上百人的狼骑朝这个队伍奔来。为首的是个表情桀骜不驯的青年，他闷闷不乐地皱着眉。

"哈斯，你怎么还是这个表情，当心到时候把你的公主给吓跑了！"旁边的骑士笑道。

青年哼了一声："吓跑了最好，我本来就不想要那什么公主，我一个人过得好好的，没事给我找个公主来干吗，麻烦死了！"

与他年纪相仿的骑士笑话他："你这样说，要是被祖母听到了，可要生气的，她也是殷国和亲的公主。"

青年："我对祖母又没意见，要不是因为这个，我才不会答应来接人，都是看在祖母的面子上我才来的。"

骑士摇摇头，心想这下可好，估计这场联姻是不会好了。

然后很快，他就发现自己想错了。

两方队伍接上头之后，骑士看到刚在路上还一脸勉强的伙伴，这会儿完全没有了不愿意，神情别别扭扭地在那儿偷看大车里探出来的脑袋。

"那就是公主啊……看着还行。"哈斯说。

骑士：……什么叫看着还行，你敢把眼睛移开一下吗，人家公主都瞪你了！

"你这个是狼吗？我听说过你们养狼的，可是为什么其他人都养一只，你养两只啊？"小公主趴在大车窗边朝哈斯招手，一点都没有拘束的意思。

哈斯莫名其妙就骑马过去了："这是祖母养的一群狼的后代，父亲叔伯和我们兄弟都有，这两只是我亲自照顾大的，是这一代最厉害的两只。"他说着说着就自豪地昂起了脑袋。

小公主很给面子地鼓掌："真好，我能不能摸一下？"

哈斯薅起自己的狼举起来给她摸。

小公主整个人都快从车窗里掉出来了，沉迷摸狼，兴奋得脸颊通红。

"公主，小心些，别掉下去了！"大车里的宫女们紧张兮兮地在后面拉她，哈斯一抬手把差点摔出来的小公主重新给塞回了车里。

小公主还没享受够这顶级的毛茸茸，扒在车窗边上问："我能不能也养啊？我要一只就行了！"

哈斯都没反应过来，就听到自己说："行，今年刚生了狼崽，回去给你抱一只。"

围观了这一切的骑士转开脑袋，心里觉得自己的担心挺多余。谁刚才在路上信誓旦旦地说麻烦，不想要公主，只想自己一个人自由自在的？

乌图部族内，穿着乌图部族服饰，却是殷国人长相的老妇人端着一碗乳浆走进王帐："公主，你休息一下吧，喝点浆水。"她是陪嫁宫女，几十年了，从少女到老人，她还是习惯叫殷如许公主。

殷如许的年纪已经很大，满头银丝。她如今儿孙满堂，大家族十分热闹，每次聚在一起，王帐都满满当当的。

她放下手里的一块皮子，坐下喝乳浆。

老妇人擦擦手也在她身边坐下，担心地看着外面，说道："哈斯小王子去接人了，看他那么不情愿的样子，也不知道能不能好好把人接回来。"

殷如许并不担心，她的眼神沉稳而温厚，有着睿智的光，以及一点笑意："放心吧，哈斯肯定能把人好好接回来。"

老妇人："这些孩子都尊敬您，听您的话，这我是知道的，可这不喜欢也不好强求啊，真要是接回来了不喜欢可怎么办？"

殷如许却笑了出来，感叹道："他们这些孩子，跟他们祖辈父辈，都是一脉相承的别扭。我啊，觉得没什么好担心的。真要是过不到一起去也没关系，给那孩子选个她喜欢的就是了。唉，谁叫我这么多孙子呢。"

老妇人闻言也笑了起来。

长风吹过乌图的草场，掠向蓝天，飞往雪峰，牧羊的女子唱着不变的古老牧歌，一代又一代的人，在这片土地上繁衍。

历史奔流向前，再不为一个人停留。

赵胥回到了主空间，他的空间快要坍塌成一片废墟，比他上一次来时还要凄惨许多。神隐了很久的绿化系统终于半死不活地给了他一点反应。

回来啦。

赵胥没理他，只看着那原本在自己控制下的世界一个接一个地在面前黯淡湮灭，最后只剩下一个微弱的光点。

你该去下一个世界了。

赵胥动了动唇，脸上一点表情都没有："不用你提醒。"

哦，那你要不要看看上个世界的结局？女主角一生幸福美满，不知道多爽呢。

赵胥："闭嘴。"

看来你还是不愿意接受现实，都被这么多世界教做人了，你就没有一点其他的感想？

其他的感想，赵胥是有的。愤怒、怨恨、恐惧、焦躁、无力……一系列情绪他都体验过了，而现在，他只有一个想法——杀了女主角。杀了这些注定要跟自己作对的女主角，这么想一想，他这个主人格还不如那些小世界里杀了女主角的表人格痛快。

他甚至恶从心头起，想着反正剩下的世界气运也不会放过他，不如先下手为强，就算彻底死了也算是出了一口恶气。

显然，他是真的快被这好几次憋屈的死法给气疯了。

检测到他想法的系统浮现出一行字——

劝你冷静一下，冲动是魔鬼，失败剩骨灰。

赵胥想说去你的，可他想起自己从前没听系统劝告后发生了什么，顿时就说不出话来了。

他毫不掩饰心中的恶意和厌恶："我知道你要说什么，但是要我从心底里认输，为了一个女人放弃我的权力、尊严，我还不如死了。"

嗯，你的渣和作，真是要贯彻到底。亲，这边是建议您早点去下一个世界呢，早完蛋，早了事。

赵胥脸一黑："你这么笃定我不能成功？！"

对的呢，亲。